iHuman
新民説

成为更好的人

林 贤 治　评 注

鲁迅选集

杂感 I

GUANGXI NORMAL UNIVERSITY PRESS
广西师范大学出版社
·桂林·

鲁迅选集 • 杂感 I
Luxun Xuanji • Zagan I

图书在版编目（CIP）数据

鲁迅选集. 杂感. I / 林贤治评注. —桂林：广西师范大学出版社，2018.2
ISBN 978-7-5495-9960-8

Ⅰ. ①鲁… Ⅱ. ①林… Ⅲ. ①鲁迅著作－选集 ②鲁迅杂文－选集 Ⅳ. ①I210.2

中国版本图书馆 CIP 数据核字（2017）第 172659 号

广西师范大学出版社出版发行
（广西桂林市五里店路 9 号　邮政编码：541004
网址：http://www.bbtpress.com）
出版人：张艺兵
全国新华书店经销
长沙鸿发印务实业有限公司印刷
（湖南省长沙县黄花镇黄垅村黄花工业园 3 号　邮政编码：410137）
开本：889 mm × 1 240 mm　1/32
印张：13.375　插页：3　字数：320 千字
2018 年 2 月第 1 版　2018 年 2 月第 1 次印刷
印数：0 001~7 000 册　定价：60. 00 元

上海鲁迅故居

陶元庆送给鲁迅的素描，作于 1926 年。鲁迅认为“画得很好”，一直挂在会客室兼书房。现存北京鲁迅博物馆

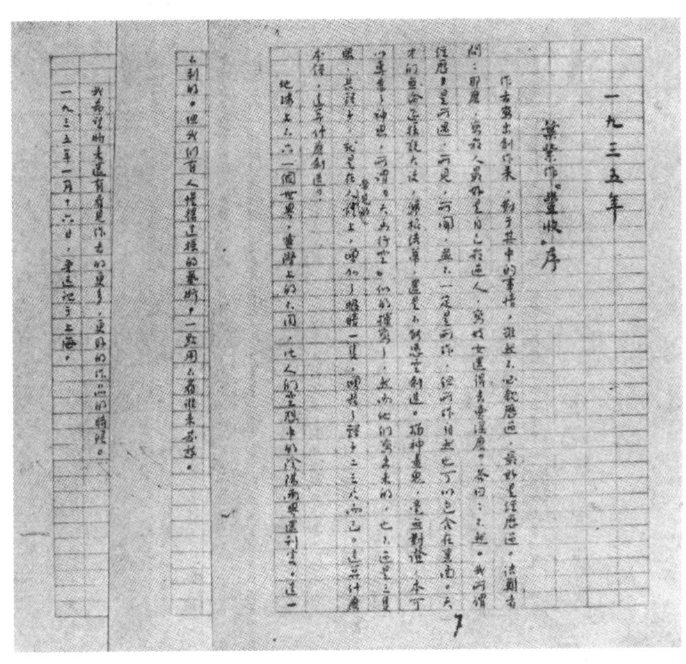
一九三五年

葉紫作《豐收》序

作者寫出創作來，對於其中的事情，雖然不必親歷過，最好是經歷過。詰難者問：那麼，寫殺人最好是自己殺過人，寫妓女還得去賣淫麼？答曰：不然。我所謂經歷，是所遇，所見，所聞，並不一定是所作，但所作自然也可以包含在裏面。天才們無論怎樣說大話，歸根結蒂，還是不能憑空創造。描神畫鬼，毫無對證，本可以專靠神思，所謂「天馬行空」似的揮寫了，然而他們寫出來的，也不過是三隻眼，長頸子，就是在常見的人體上，增加了眼睛一隻，增長了頸子二三尺而已。這算什麼本領，這算什麼創造？

地球上不只一個世界，實際上的不同，比人們空想中的陰陽兩界還利害。這一

7

不到的。但我們有人懂得這樣的藝術，一點用不著誰來發愁。

我希望將來還有看見作者的更多，更好的作品的時候。

一九三五年一月十六日，魯迅記於上海。

1935 年 1 月 16 日，鲁迅作《叶紫作〈丰收〉序》

鲁迅全家与冯雪峰全家合影

香港青年会礼堂。1927 年 2 月中旬，鲁迅应邀赴香港青年会，先后发表了题为《无声中国》《老调子已经唱完》的讲演

鲁迅在复旦大学讲演，题为《革命文学》。1927 年 11 月 2 日

目　录

评　论

序跋

关于本书的说明

鲁迅是现代中国的首席思想家和文学家。作为新文学运动的灵魂式人物，他一生独立不倚，坚韧不拔地同权力者及其文化代表势力作战，致力传播西方进步的思想观念，瓦解横亘数千年的专制主义意识形态；并以富于个人风格的语言形式，把两者有机地统一起来。本书精选鲁迅文字遗产中的个人撰述部分，力求体现鲁迅思想的现代性，以及其表现的野性之美。

一、鲁迅生前喜欢按写作时间的先后编集，以便于“知人论世”；他的文集，实际上是一部相当完整的个人的精神传记。本书换一种编法，按文体分为四卷，计七辑；复以问题、主题、不同的思想范畴划界，居间分为若干组，每组之内，则仍按时间顺序排列。

二、鲁迅著作以“杂感”为最丰，其实，他的杂感包容了多种体裁。为方便读者阅读，本书除保留杂感的名目之外，另脱出散文部分，独立成组。在这里，杂感仅取狭义的内容，当代文体概念中的随笔和杂文，庶几近之。

三、编选者附加的文字有三种：一为导读，分述正文中不同文体的思想内容、艺术形态及成就；二为断片式评论，关注的是局部和细部，间或有所生发；三为注释，除文字上的实证主义工作以外，尽可能提供更多一点的背景材料。

四、前言取断片形式，概述鲁迅的人格、思想、艺术、地位和影响。

评论

文章界域，本来是极可驰张的。鲁迅发表的文字，除了小说，我们几乎都把它们归入杂文一类。对于一个思想战士来说，这种归纳，本来没有什么不妥之处；但从读者方面考虑，分类细一些，当更便于理解和掌握。在信中，鲁迅把《花边文学》和《且介亭杂文》分别称作“短评”和“杂论”，可见在他那里是可以细分的，而且“评”与“论”明显有别。相对于杂感，他还多次说到他有一本评论集，这意义好像并不曾引起大家的注意。其实，评论在他的文字中占有相当大的比重；他本人就说到，《二心集》是“最锋利”的。

为了改造国民性，鲁迅认为，必须设法“注入深沉的勇气”和“启发明白的理性”。从文体论，最富于理性色彩，便是评论。鲁迅的评论，从大的格局上说，可分前后两部分。前期以论为主，重在自由平等观念的阐发；后期以评为主，重在文学和社会问题的剖析。在后期，鲁迅参加了几次重大的论争，这时的评论，不只是现象的评论，而且产评论的评论；也就是说，他已经把社会改造的基本理念转移到针对知识分子自身的斗争实践上来了。的确，他是一个游击战专家，如果说，杂文体现了他的灵活多变的游击风格 话，那么评论则是从正面发动的进攻，庄严，平正，率真，推进式，以集中而强大的火力形成一种摧毁性打击。

早在留日时期，鲁迅同时沿着两条平行的路线开展他的文学活动：

一是搞翻译，再就是做评论：《人之历史》《科学史教篇》《摩罗诗力说》《文化偏至论》《破恶声论》，都是启蒙的大题目。这些评论有三个要素：一、世界眼光；二、历史经验；三、危机感和责任感。五四时期的评论，如《我之节烈观》《我们现在怎样做父亲》《娜拉走后怎样》等，论教育，论道德，论妇女，论社会改革，一样是大题目。不同的是，此时的论文不再羁限于西方现代观念的介绍，而是以介绍过的观念对本土文化传统实行批判。当作者进入新的论述范围，尤其是卷入女师大风潮以及相随的各种现实中的斗争之后，评论明显地增加了一个要素，就是个人经验的介入。《论"费厄泼赖"应该缓行》和《答徐懋庸并关于抗日统一战线问题》就是前后两个著名的例子。经验性可以激活思想观念中的东西，从而使读者产生一种在场感。

由于战斗的需要，鲁迅虽然在文体上作出了自己的选择，但是在行文中，却也常常打破彼此在形式上的限界，同时使用最富于个人智慧和力量的手段。在评论中，习惯使用一些日常性材料，以支持他的论点，正如政治家潘恩将他的关于人权的政治小册子命名为"常识"一样，这样的常识，可能并不见于知识分子的词典，却是实实在在的常识，有一种真理的自明性；在论战中使用，则具有特别的杀伤力。比如在《"硬译"与"文学的阶级性"》中反驳梁实秋所谓的"普遍的人性"时，他这样写道："自然，'喜怒哀乐，人之情也'，然而穷人决无开交易所折本的懊恼，煤油大王那会知道北京捡煤渣老婆子身受的酸辛，饥区的灾民，大约总不去种兰花，像阔人的老太爷一样，贾府上的焦大，也不爱林妹妹的。"这是常识，当然无可辩驳。此外，还有一大特点，便是比喻。其中有的带有总体的象征性，如说"无声的中国”，说“老调子已经唱完”等；“痛打落水狗”，“脚踏两只船”之类，取喻是为了突出事物或事象的典型性；更多的比喻乃出于论证过程的需要，目的以图像化代替逻辑推理。在《文艺与政治的歧途》的演讲中，当鲁迅说到“政治家最不喜欢人家反抗他的意见，最不喜欢人家要想，要开口”时，便援用了原始部落和动物世界中的事例，说是猴子的首领要它们怎样，它们就怎样，又说部落里的酋长要他们死，也只好去死。题为《关于知识阶级》的演讲同样使用了这个比喻，只是别有意义，旨在证实思想自由对于颠覆一个专制政体的作用。在反驳“第三种人”时，有一个有名的比喻：“要做这样的人，恰如用自己的手拔着头发，要离开地球一样，他离不开，焦躁着，然而并非因为有人摇了摇头，使他不敢拔了的缘故。”自然，他的评论有许多精警之处，仍在于直话直说，短兵相接。《答徐懋庸并关于抗日统一战线问题》就是这样。他说：“首先应该扫荡的，倒是拉大旗作为虎皮，包着自己，去吓呼别人：小不如意，就倚势（！）定人罪名，而且重得可怕的横暴者。”又说：“抓到一面旗帜，就以为出人头地，摆出奴隶总管的架子，以鸣鞭为唯一的业绩——是无药可医，于中国也不但毫无用处，而且还是有害的。”完全以率真出之，由伦理而政治，造就一种质疑、抗辩的风格。

彻底的批判精神是鲁迅评论的灵魂。正是批判性使他的评论不同于学院派，或者官派。胡适和他的朋友曾经创办过《现代评论》《独立评论》等刊物，其实所载不是讨匪的檄文，便是媚官的策论，遗风是很古远的。倒是鲁迅这个人从莽原和荒坟里走来的不挂任何好看的名目的人物，以他的野性文字，显示了评论这一文类的现代性与独立性。

文化偏至论[1]

中国既以自尊大昭闻天下，善诋諆者，或谓之顽固；且将抱守残阙，以底于灭亡。近世人士，稍稍耳新学之语，则亦引以为愧，翻然思变，言非同西方之理弗道，事非合西方之术弗行，掊击旧物，惟恐不力，曰将以革前缪而图富强也。间尝论之：昔者帝轩辕氏之戡蚩尤[2]而定居于华土也，典章文物，于以权舆，有苗裔之繁衍于兹，则更改张皇，益臻美大。其蠢蠢于四方者，胥蕞尔小蛮夷耳，厥种之所创成，无一足为中国法，是故化成发达，咸出于己而无取乎人。降及周秦，西方有希腊罗马起，艺文思理，灿然可观，顾以道路之艰，波涛之恶，交通梗塞，未能择其善者以为师资。洎元明时，虽有一二景教父师[3]，以教理暨历算质学于中国，而其道非盛。故迨于海禁既开，皙人[4]踵至之顷，中国之在天下，见夫四夷之则效上国，革面来宾者有之；或野心怒发，狡焉思逞者有之；若其文化昭明，诚足以相上下者，盖未之有也。

许寿裳《我所认识的鲁迅》称："民元前五年(1909)他二十七岁所作的《文化偏至论》《摩罗诗力说》等，都是怵于当时一般新党思想的浅薄猥贱，不知道个性之当尊，天才之可贵，于是大声疾呼地来匡救，所谓'自觉之声发，每响必中于人心，清晰昭明，不同凡响'。""实在是绍介那时欧洲最

新文艺思潮的第一人。”（按，所记时间有误）

中国由来封闭自大，无由吸纳异质文化以变革自身，宴安日久，终于衰落。

屹然出中央而无校雠[5]，则其益自尊大，宝自有而傲睨万物，固人情所宜然，亦非甚背于理极者矣。虽然，惟无校雠故，则宴安日久，苓落以胎，迫拶不来，上征亦辍，使人茶，使人屯，其极为见善而不思式。有新国林起于西，以其殊异之方术来向，一施吹拂，块然踣傹[6]，人心始自危，而辁才小慧之徒，于是竞言武事。后有学于殊域者，近不知中国之情，远复不察欧美之实，以所拾尘芥，罗列人前，谓钩爪锯牙，为国家首事，又引文明之语，用以自文，征印度波兰，作之前鉴。夫以力角盈绌者，于文野亦何关？远之则罗马之于东西戈尔[7]，迩之则中国之于蒙古女真，此程度之离距为何如，决之不待智者。然其胜负之数，果奈何矣？苟曰是惟往古为然，今则机械其先，非以力取，故胜负所判，即文野之由分也。则曷弗启人智而开发其性灵，使知罟获戈矛，不过以御豺虎，而喋喋誉白人肉攫之心，以为极世界之文明者又何耶？且使如其言矣，而举国犹孱，授之巨兵，奚能胜任，仍有僵死而已矣。嗟夫，夫子盖以习兵事为生，故不根本之图，而仅提所学以干天下；虽兜牟[8]深隐其面，威武若不可陵，而干禄之色，固灼然现于外矣！计其次者，乃复有制造商估立宪国会之说。前二者素见重于中国青年间，纵不主张，治之者亦将不可缕数。盖国若一日存，固足以假力图富强之名，博志士之誉，即有不幸，宗社为墟，而广有金资，大能温饱，即使

这里指出，西方的思潮产生于西方社会内部，是受一定文化条件的制约的，不应盲目追随，而中国改革，同样地，也必须在中国具体的国情中寻找根据。因此，“不知中国之情”，“不察欧美之实”是行不通的。

怙恃既失，或被虐杀如犹太遗黎[9]，然善自退藏，或不至于身受；纵大祸垂及矣，而幸免者非无人，其人又适为己，则能得温饱又如故也。若夫后二，可无论已。中较善者，或诚痛乎外侮迭来，不可终日，自既荒陋，则不得已，姑拾他人之绪余，思鸠大群以抗御，而又飞扬其性，善能攘扰，见异己者兴，必借众以陵寡，托言众治，压制乃尤烈于暴君。此非独于理至悖也，即缘救国是图，不惜以个人为供献，而考索未用，思虑粗疏，茫未识其所以然，辄皈依于众志，盖无殊痼疾之人，去药石摄卫之道弗讲，而乞灵于不知之力，拜祷稽首于祝由[10]之门者哉。至尤下而居多数者，乃无过假是空名，遂其私欲，不顾见诸实事，将事权言议，悉归奔走干进之徒，或至愚屯之富人，否亦善垄断之市侩，特以自长营搰[11]，当列其班，况复掩自利之恶名，以福群之令誉，捷径在目，斯不惮竭蹶以求之耳。呜呼，古之临民者，一独夫也；由今之道，且顿变而为千万无赖之尤，民不堪命矣，于兴国究何与焉。顾若而人者，当其号召张皇，盖蔑弗托近世文明为后盾，有佛戾[12]其说者起，辄谥之曰野人，谓为辱国害群，罪当甚于流放。第不知彼所谓文明者，将已立准则，慎施去取，指善美而可行诸中国之文明乎，抑成事旧章，咸弃捐不顾，独指西方文化而为言乎？物质也，众数也，十九世纪末叶文明之一面或在兹，而论者不以为有当。盖今所成就，无一不绳前时之遗

国门开放以后，在如何实行改革的问题上，有种种不同的主张：一、“竞言武事”；二、实业救国；三、倡言立宪国会。作者在此逐一批判之。

中国是君主集权，一个人说了算；这里提出警惕托言“众治”，借众陵寡的“群众民主”（“群众专政”），不愧为一个深知中国“国民性”的思想者言。

思想解放，是国家和民族兴旺发达的根本前提。

借改革之名，行自私之实。

所谓“偏至”，是文化发展的自然倾向，但是，在进化的过程中又势必导致强烈的矫正。“重物质”是对中世纪宗教正统思想的矫正，“众治”是对寡头政治的矫正。但是矫正之后又出现了新的偏至。于是，“掊物质而张灵明，任个人而排众数”，也便成了势所必至的事。

迹，则文明必日有其迁流，又或抗往代之大潮，则文明亦不能无偏至。诚若为今立计，所当稽求既往，相度方来，掊物质而张灵明，任个人而排众数。人既发扬踔厉矣，则邦国亦以兴起。奚事抱枝拾叶，徒金铁[13]国会立宪之云乎？夫势利之念昌狂于中，则是非之辨为之昧，措置张主，辄失其宜，况乎志行污下，将借新文明之名，以大遂其私欲者乎？是故今所谓识时之彦，为按其实，则多数常为盲子，宝赤菽以为玄珠，少数乃为巨奸，垂微饵以冀鲸鲵。即不若是，中心皆中正无瑕玷矣，于是拮据辛苦，展其雄才，渐乃志遂事成，终致彼所谓新文明者，举而纳之中国，而此迁流偏至之物，已陈旧于殊方者，馨香顶礼，吾又何为若是其芒芒哉！是何也？曰物质也，众数也，其道偏至。根史实而见于西方者不得已；横取而施之中国则非也。借曰非乎？请循其本——

夫世纪之元，肇于耶稣出世，历年既百，是为一期，大故若兴，斯即此世纪所有事，盖从历来之旧贯，而假是为区分，无奥义也。诚以人事连绵，深有本柢，如流水之必自原泉，卉木之茁于根茇，倏忽隐见，理之必无。故苟为寻绎其条贯本末，大都蝉联而不可离，若所谓某世纪文明之特色何在者，特举荦荦大者而为言耳。按之史实，乃如罗马统一欧洲以来，始生大洲通有之历史；已而教皇以其权力，制御全欧，使列国靡然受圈，如同社会，疆域之判，等于一区；

益以梏亡人心，思想之自由几绝，聪明英特之士，虽摘发新理，怀抱新见，而束于教令，胥缄口结舌而不敢言。虽然，民如大波，受沮益浩，则于是始思脱宗教之系缚，英德二国，不平者多，法皇[14]宫庭，实为怨府，又以居于意也，乃并意太利人而疾之。林林之民，咸致同情于不平者，凡有能阻泥教旨，抗拒法皇，无间是非，辄与赞和。时则有路德（M. Luther）者起于德，谓宗教根元，在乎信仰，制度戒法，悉其荣华，力击旧教而仆之。自所创建，在废弃阶级，黜法皇僧正[15]诸号，而代以牧师，职宣神命，置身社会，弗殊常人；仪式祷祈，亦简其法。至精神所注，则在牧师地位，无所胜于平人也。转轮[16]既始，烈栗遍于欧洲，受其改革者，盖非独宗教而已，且波及于其他人事，如邦国离合，争战原因，后兹大变，多基于是。加以束缚弛落，思索自由，社会蔑不有新色，则有尔后超形气学[17]上之发见，与形气学上之发明。以是胚胎，又作新事：发隐地[18]也，善机械也，展学艺而拓贸迁也，非去羁勒而纵人心，不有此也。顾世事之常，有动无定，宗教之改革已，自必益进而求政治之更张。溯厥由来，则以往者颠覆法皇，一假君主之权力，变革既毕，其力乃张，以一意孤临万民，在下者不能加之抑制，日夕孳孳，惟开拓封域是务，驱民纳诸水火，绝无所动于心：生计绌，人力耗矣。而物反于穷，民意遂动，革命于是见于英，继起于美，复次则大起于

西方自由思想史：个人自由是西方政治、宗教、科学、文化发展的原动力。

革命无疑是近世平等自由的催生婆，然而另一面，它又异化为“多数临天下而暴独特者”。

法朗西[19]，扫荡门第，平一尊卑，政治之权，主以百姓，平等自由之念，社会民主之思，弥漫于人心。流风至今，则凡社会政治经济上一切权利，义必悉公诸众人，而风俗习惯道德宗教趣味好尚言语暨其他为作，俱欲去上下贤不肖之闲，以大归乎无差别。同是者是，独是者非，以多数临天下而暴独特者，实十九世纪大潮之一派，且曼衍入今而未有既者也。更举其他，则物质文明之进步是已。当旧教盛时，威力绝世，学者有见，大率默然，其有毅然表白于众者，每每获囚戮之祸。递教力堕地，思想自由，凡百学术之事，勃焉兴起，学理为用，实益遂生，故至十九世纪，而物质文明之盛，直傲睨前此二千余年之业绩。数其著者，乃有棉铁石炭之属，产生倍旧，应用多方，施之战斗制造交通，无不功越于往日；为汽为电，咸听指挥，世界之情状顿更，人民之事业益利。久食其赐，信乃弥坚，渐而奉为圭臬，视若一切存在之本根，且将以之范围精神界所有事，现实生活，胶不可移，惟此是尊，惟此是尚，此又十九世纪大潮之一派，且曼衍入今而未有既者也。虽然，教权庞大，则覆之假手于帝王，比大权尽集一人，则又颠之以众庶。理若极于众庶矣，而众庶果足以极是非之端也耶？宴安逾法，则矫之以教宗，递教宗淫用其权威，则又掊之以质力。事若尽于物质矣，而物质果品尽人生之本也耶？平意思之，必不然矣。然而大势如是者，盖如前言，文明无不根旧迹而演来，亦以矫往事而生偏至，缘督[20]校量，其颇灼然，犹孑与躄[21]焉耳。特其见于欧洲也，为不得已，且亦不可去，去孑与躄，斯失孑与躄之德，而留者为空无。不安受宝重之者奈何？顾横被之不相系之中国而膜拜之，又宁见其有当也？明者微睇，察逾众凡，大士哲人，乃蚤识其弊而生愤叹，此十九世纪末叶思潮之所以变矣。德人尼佉（Fr. Nietzsche）[22]氏，则假察罗图斯德罗（Zarathustra）之言曰，吾行太远，孑然失其侣，返而观夫今之世，文明之邦国矣，斑斓之社会矣。特其为社会也，无确固之崇信；众庶之于知识也，无作始之性质。邦国如是，奚能淹留？吾见放于父母之邦矣！聊可望者，独苗裔耳。此其深思遐瞩，见近世文明之伪与偏，又无望于今之人，不得已而念来叶者也。

然则十九世纪末思想之为变也，其原安在，其实若何，其力之及于将来也又奚若？曰言其本质，即以矫十九世纪文明而起者耳。盖五十年来，人智弥进，渐乃返观前此，得其通弊，察其黮暗，于是浡焉兴作，会为大潮，以反动破坏充其精神，以获新生为其希望，专向旧有之文明，而加之掊击扫荡焉。全欧人士，为之栗然震惊者有之，芒然自失者有之，其力之烈，盖深入于人之灵府矣。然其根柢，乃远在十九世纪初叶神思一派[23]；递夫后叶，受感化于其时现实之精神，已而更立新形，起以抗前时之现实，即所谓

思想变迁史。

十九世纪初叶的“神思”一派，及二十世纪的“神思新宗”（“非物质”与“重个人”）。

神思宗之至新者也。若夫影响，则眇眇来世，肊测殊难，特知此派之兴，决非突见而靡人心，亦不至突灭而归乌有，据地极固，函义甚深。以是为二十世纪文化始基，虽云早计，然其为将来新思想之朕兆，亦新生活之先驱，则按诸史实所昭垂，可不俟繁言而解者已。顾新者虽作，旧亦未僵，方遍满欧洲，冥通其地人民之呼吸，余力流衍，乃扰远东，使中国之人，由旧梦而入于新梦，冲决嚣叫，状犹狂酲。夫方贱古尊新，而所得既非新，又至偏而至伪，且复横决，浩乎难收，则一国之悲哀亦大矣。今为此篇，非云已尽西方最近思想之全，亦不为中国将来立则，惟疾其已甚，施之抨弹，犹神思新宗之意焉耳。故所述止于二事：曰非物质，曰重个人。

个人一语，入中国未三四年，号称识时之士，多引以为大诟，苟被其谥，与民贼同。意者未遑深知明察，而迷误为害人利己之义也欤？夷考其实，至不然矣。而十九世纪末之重个人，则吊诡殊恒，尤不能与往者比论。试案尔时人性，莫不绝异其前，入于自识，趣于我执，刚愎主己，于庸俗无所顾忌。如诗歌说部之所记述，每以骄蹇不逊者为全局之主人。此非操觚之士，独凭神思构架而然也，社会思潮，先发其朕，则逐之载籍而已矣。盖自法朗西大革命以来，平等自由，为凡事首，继而普通教育及国民教育，无不基是以遍施。久浴文化，则渐悟人类之尊严；既知自我，则顿识个性之价值；加以往之习惯坠地，崇信荡摇，则其自觉之精神，自一转而之极端之主我。且社会民主之倾向，势亦大张，凡个人者，即社会之一分子，夷隆实陷，是为指归，使天下人人归于一致，社会之内，荡无高卑。此其为理想诚美矣，顾于个人殊特之性，视之蔑如，既不加之别分，且欲致之灭绝。更举黮暗，则流弊所至，将使文化之纯粹者，精神益趋于固陋，颓波日逝，纤屑靡存焉。盖所谓平社会者，大都夷峻而不湮卑，若信至程度大同，必在前此进步水平以下。况人群之内，明哲非多，伧俗横行，浩不可御，风潮剥蚀，全体以沦于凡庸。非超越尘埃，解脱人事，或愚屯罔识，惟众是从者，其能缄口而无言乎？物反于极，则先觉善斗之士出矣：德人斯契纳尔（M. Stirner）[24]乃先以极端之个人主义现于世。谓真之进步，在于己之足下。人必发挥自性，而脱观念世界之执持。惟此自性，即造物主。惟有此我，本属自由；既本有矣，而更外求也，是曰矛盾。自由之得以力，而力即在乎个人，亦即资财，亦即权利。故苟有外力来被，则无间出于寡人，或出于众庶，皆专制也。国家谓吾当与国民合其意志，亦一专制也。众意表现为法律，吾即受其束缚，虽曰为我之舆台，顾同是舆台耳。去之奈何？曰：在绝义务。义务废绝，而法律与偕亡矣。意盖谓凡一个人，其思想行为，必以己为中枢，亦以己为终极：即立我性为绝对之自由者也。

论个人与个人主义。

介绍施蒂纳、叔本华、克尔凯廓尔、易卜生和尼采等个人主义的“先觉善斗”之士。

至勖宾霍尔（A. Schopenhauer）[25]，则自既以兀傲刚愎有名，言行奇觚，为世希有；又见夫盲瞽鄙倍之众，充塞两间，乃视之与至劣之动物并等，愈益主我扬己而尊天才也。至丹麦哲人契开迦尔（S. Kierkegaard）[26]则愤发疾呼，谓惟发挥个性，为至高之道德，而顾瞻他事，胥无益焉。其后有显理伊勃生（Henrik Ibsen）[27]见于文界，瑰才卓识，以契开迦尔之诠释者称。其所著书，往往反社会民主之倾向，精力旁注，则无间习惯信仰道德，苟有拘于虚[28]而偏至者，无不加之抵排。更睹近世人生，每托平等之名，实乃愈趋于恶浊，庸凡凉薄，日益以深，顽愚之道行，伪诈之势逞，而气宇品性，卓尔不群之士，乃反穷于草莽，辱于泥涂，个性之尊严，人类之价值，将咸归于无有，则常为慷慨激昂而不能自已也。如其《民敌》一书，谓有人宝守真理，不阿世媚俗，而不见容于人群，狡狯之徒，乃巍然独为众愚领袖，借多陵寡，植党自私，于是战斗以兴，而其书亦止：社会之象，宛然具于是焉。若夫尼佉，斯个人主义之至雄桀者矣，希望所寄，惟在大士天才；而以愚民为本位，则恶之不殊蛇蝎。意盖谓治任多数，则社会元气，一旦可隳，不若用庸众为牺牲，以冀一二天才之出世，递天才出而社会之活动亦以萌，即所谓超人之说，尝震惊欧洲之思想界者也。由是观之，彼之讴歌众数，奉若神明者，盖仅见光明一端，他未遍知，因加赞颂，使反而观诸黑暗，当立悟其不然矣。一梭格拉第[29]也，而众希腊人鸩之，一耶稣基督也，而众犹太人磔之，后世论者，孰不云缪，顾其时则从众志耳。设留今之众志，迻诸载籍，以俟评骘于来哲，则其是非倒置，或正如今人之视往古，未可知也。故多数相朋，而仁义之途，是非之端，樊然淆乱；惟常言是解，于奥义也漠然。常言奥义，孰近正矣？是故布鲁多既杀该撒[30]，昭告市人，其词秩然有条，名分大义，炳如观火；而众之受感，乃不如安多尼指血衣之数言。于是方群推为爱国之伟人，忽见逐于域外。夫誉之者众数也，逐之者又众数也，一瞬息中，变易反复，其无特操不俟言；即观现象，已足知不祥之消息矣。故是非不可公于众，公之则果不诚；政事不可公于众，公之则治不郅。惟超人出，世乃太平。苟不能然，则在英哲。嗟夫，彼持无政府主义者，其颠覆满盈，铲除阶级，亦已至矣，而建说创业诸雄，大都以导师自命。夫一导众从，智愚之别即在斯。与其抑英哲以就凡庸，曷若置众人而希英哲？则多数之说，缪不中经，个性之尊，所当张大，盖揆之是非利害，已不待繁言深虑而可知矣。虽然，此亦赖夫勇猛无畏之人，独立自强，去离尘垢，排舆言而弗沦于俗囿者也。

精英主义与社群主义构成一种张力。

若夫非物质主义者，犹个人主义然，亦兴起于抗俗。盖唯物之倾向，固以现实为权舆，浸润人心，久而不止。故在十九世纪，爰为大潮，据地极坚，且被来叶，一若生活本根，舍此将莫有在者。不知纵令物质文明，即现实生活之大本，而崇奉逾度，倾向偏趋，外此诸端，悉弃置而不顾，则按其究竟，必将缘偏颇之恶因，失文明之神旨，先以消耗，终以灭亡，历世精神，不百年而具尽矣。递夫十九世纪后叶，而其弊果益昭，诸凡事物，无不质化，灵明日以亏蚀，旨趣流于平庸，人惟客观之物质世界是趋，而主观之内面精神，乃舍置不之一省。重其外，放其内，取其质，

十九世纪文明之通弊，在于把物质主义推向极端，扼杀精神生活。

遗其神，林林众生，物欲来蔽，社会憔悴，进步以停，于是一切诈伪罪恶，蔑弗乘之而萌，使性灵之光，愈益就于黯淡：十九世纪文明一面之通弊，盖如此矣。时乃有新神思宗徒出，或崇奉主观，或张皇意力，匡纠流俗，厉如电霆，使天下群伦，为闻声而摇荡。即其他评骘之士，以至学者文家，虽意主和平，不与世迕，而见此唯物极端，且杀精神生活，则亦悲观愤叹，知主观与意力主义之兴，功有伟于洪水之有方舟者焉。主观主义者，其趣凡二：一谓惟以主观为准则，用律诸物；一谓视主观之心灵界，当较客观之物质界为尤尊。前者为主观倾向之极端，力特著于十九世纪末叶，然其趋势，颇与主我及我执殊途，仅于客观之习惯，无所言从，或不置重，而以自有之主观世界为至高之标准而已。以是之故，则思虑动作，咸离外物，独往来于自心之天地，确信在是，满足亦在是，谓之渐自省具内曜之成果可也。若夫兴起之由，则原于外者，为大势所向，胥在平庸之客观习惯，动不由己，发如机缄，识者不能堪，斯生反动；其原于内者，乃实以近世人心，日进于自觉，知物质万能之说，且逸个人之情意，使独创之力，归于槁枯，故不得不以自悟者悟人，冀挽狂澜于方倒耳。如尼佉伊勃生诸人，皆据其所信，力抗时俗，示主观倾向之极致；而契开迦尔则谓真理准则，独在主观，惟主观性，即为真理，至凡有道德行为，亦可弗问客观之结果若何，而一任主

真理的主观性。

观之善恶为判断焉。其说出世，和者日多，于是思潮为之更张，骛外者渐转而趣内，渊思冥想之风作，自省抒情之意苏，去现实物质与自然之樊，以就其本有心灵之域；知精神现象实人类生活之极颠，非发挥其辉光，于人生为无当；而张大个人之人格，又人生之第一义也。然尔时所要求之人格，有甚异于前者。往所理想，在知见情操，两皆调整，若主智一派，则在聪明睿智，能移客观之大世界于主观之中者。如是思惟，迨黑该尔（F. Hegel）[31] 出而达其极。若罗曼暨尚古 [32] 一派，则息孚支培黎（Shaftesbury）[33] 承卢骚（J. Rousseau）[34] 之后，尚容情感之要求，特必与情操相统一调和，始合其理想之人格。而希籁（Fr. Schiller）[35] 氏者，乃谓必知感两性，圆满无间，然后谓之全人。顾至十九世纪垂终，则理想为之一变。明哲之士，反省于内面者深，因以知古人所设具足调协之人，决不能得之今世；惟有意力轶众，所当希求，能于情意一端，处现实之世，而有勇猛奋斗之才，虽屡踣屡僵，终得现其理想：其为人格，如是焉耳。故如勖宾霍尔所张主，则以内省诸己，豁然贯通，因曰意力为世界之本体也；尼佉之所希冀，则意力绝世，几近神明之超人也；伊勃生之所描写，则以更革为生命，多力善斗，即迕万众不慑之强者也。夫诸凡理想，大致如斯者，诚以人丁转轮之时，处现实之世，使不若是，每至舍己从人，沉溺逝波，莫知所届，文明真

人格的扩大与完善，在这里被视为“人生之第一义”。

强调人的全面发展，即知性（理性）与感性的协调发展，也即所谓“全人”。

髓，顷刻荡然；惟有刚毅不挠，虽遇外物而弗为移，始足作社会桢干。排斥万难，黾勉上征，人类尊严，于此攸赖，则具有绝大意力之士贵耳。虽然，此又特其一端而已。试察其他，乃亦以见末叶人民之弱点，盖往之文明流弊，浸灌性灵，众庶率纤弱颓靡，日益以甚，渐乃反观诸己，为之欿然，于是刻意求意力之人，冀倚为将来之柱石。此正犹洪水横流，自将灭顶，乃神驰彼岸，出全力以呼善没者尔，悲夫！

由是观之，欧洲十九世纪之文明，其度越前古，凌驾亚东，诚不俟明察而见矣。然既以改革而胎，反抗为本，则偏于一极，固理势所必然。洎夫末流，弊乃自显。于是新宗蹶起，特反其初，复以热烈之情，勇猛之行，起大波而加之涤荡。直至今日，益复浩然。其将来之结果若何，盖未可以率测。然作旧弊之药石，造新生之津梁，流衍方长，曼不遽已，则相其本质，察其精神，有可得而征信者。意者文化常进于幽深，人心不安于固定，二十世纪之文明，当必沉邃庄严，至与十九世纪之文明异趣。新生一作，虚伪道消，内部之生活，其将愈深且强欤？精神生活之光耀，将愈兴起而发扬欤？成然以觉，出客观梦幻之世界，而主观与自觉之生活，将由是而益张欤？内部之生活强，则人生之意义亦愈邃，个人尊严之旨趣亦愈明，二十世纪之新精神，殆将立狂风怒浪之间，恃意力以辟生路者也。中国在今，内密既发，四邻竞集而

注重“精神生活”，即注重内部性，自觉性，个人性。

迫拶，情状自不能无所变迁。夫安弱守雌，笃于旧习，固无以争存于天下。第所以匡救之者，缪而失正，则虽日易故常，哭泣叫号之不已，于忧患又何补矣？此所为明哲之士，必洞达世界之大势，权衡校量，去其偏颇，得其神明，施之国中，翕合无间。外之既不后于世界之思潮，内之仍弗失固有之血脉，取今复古，别立新宗，人生意义，致之深邃，则国人之自觉至，个性张，沙聚之邦，由是转为人国。人国既建，乃始雄厉无前，屹然独见于天下，更何有于肤浅凡庸之事物哉？顾今者翻然思变，历岁已多，青年之所思惟，大都归罪恶于古之文物，甚或斥言文为蛮野，鄙思想为简陋，风发浡起，皇皇焉欲进欧西之物而代之，而于适所言十九世纪末之思潮，乃漠然不一措意。凡所张主，惟质为多，取其质犹可也，更按其实，则又质之至伪而偏，无所可用。虽不为将来立计，仅图救今日之阽危，而其术其心，违戾亦已甚矣。况乎凡造言任事者，又复有假改革公名，而阴以遂其私欲者哉？今敢问号称志士者曰，将以富有为文明欤，则犹太遗黎，性长居积，欧人之善贾者，莫与比伦，然其民之遭遇何如矣？将以路矿为文明欤，则五十年来非澳二洲，莫不兴铁路矿事，顾此二洲土著之文化何如矣？将以众治为文明欤，则西班牙波陀牙[36]二国，立宪且久，顾其国之情状又何如矣？若曰惟物质为文化之基也，则列机括[37]，陈粮食，遂足以雄长天下欤？曰惟

“外之既不后于世界之思潮，内之仍弗失固有之血脉”，一种辩证的观点。

“人国”：一个乌托邦的建立。

所谓“立人”，即“尊个性而张精神”。

这里指出：“杀之以物质而囿之以多数”，从而剥夺个性，既是中国民族历史的积弊，也是接受西方现代病影响的结果。

多数得是非之正也，则以一人与众禺处，其亦将木居而芧食欤[38]？此虽妇竖，必否之矣。然欧美之强，莫不以是炫天下者，则根柢在人，而此特现象之末，本原深而难见，荣华昭而易识也。是故将生存两间，角逐列国是务，其首在立人，人立而后凡事举；若其道术，乃必尊个性而张精神。假不如是，槁丧且不俟夫一世。夫中国在昔，本尚物质而疾天才矣，先王之泽，日以殄绝，逮蒙外力，乃退然不可自存。而辁才小慧之徒，则又号召张皇，重杀之以物质而囿之以多数，个人之性，剥夺无余。往者为本体自发之偏枯，今则获以交通传来之新疫，二患交伐，而中国之沉沦遂以益速矣。呜呼，眷念方来，亦已焉哉！

一九〇七年作。

注 释

1 发表于1908年8月东京《河南》月刊第7号，署名迅行。后编入《坟》。

2 **帝轩辕氏之戡蚩尤** 轩辕氏即黄帝，相传为汉族的始祖，曾先后征战炎帝与蚩尤，平定中原，被尊为天子。蚩尤，相传为炎帝后裔，一说为九黎族首领。相传黄帝擒杀蚩尤，是在有名的涿鹿之战中。

3 **景教父师** 指在中国的传教士。景教，原系唐代传入中国的基督教聂斯脱利派，后也用称天主教。

4 皙人 白种人。

5 校雠 校对、比较。

6 踣傹 僵倒。踣，倒毙；傹，同僵。

7 戈尔 今译哥特人。属古代日耳曼民族，分东哥特人和西哥特人。公元三世纪末开始，哥特人多次侵扰罗马帝国，410年终至攻占罗马城。

8 兜牟 军盔。

9 犹太遗黎 公元前一世纪，罗马帝国吞并犹太人在巴勒斯坦建立的国家，犹太人从此流散欧洲及世界各地。

10 祝由 古代医学十三科之一。以祝祷诅咒的方法治疗疾病，是为祝由。

11 营搰 钻营剥夺。搰，挖掘。

12 佛戾 拂逆。佛，通拂；戾，通捩。

13 金铁 金即金钱，铁指铁炮，洋务派所谓"富国强兵"，强调的是加强国家的经济和军事实力。1906年杨度在日本创办《中国新报》月刊，随后在该刊发表《金铁主义说》。

14 法皇 即罗马教皇。

15 僧正 主教。

16 转轮 意指变革。

17 超形气学 相当于形而上学，亦即哲学。下文的"形气学"，则指以形而下的物质世界为研究对象的科学，指自然科学。

18 发隐地 指十五世纪末至十六世纪的地理大发现。

19 这里依次说的是英国革命、美国独立战争和法国大革命。法朗西，今译法兰西。

20 缘督 遵循正确的标准。《庄子·养生主》："缘督以为经。"郭象注："顺中以为常也。"督，中央，中间。

21 孑与躄 独臂与跛足。

22 尼佉　通译尼采。察罗图斯德罗　今译查拉图斯特拉（古波斯语译音），古波斯人。传为琐罗亚斯德教（旧称祆教）的创建者。尼采著有《查拉图斯特拉如是说》一书，只是假拟先知的训示，其实所叙与此人无关。

23 神思一派　与下文的“神思宗”，是鲁迅立足于“思想革命”，对十九世纪以黑格尔为代表的注重精神的哲学流派的一种独特性概括。下文的“神思宗之至新者”，即“新神思宗”，则指兴起于十九世纪末的以尼采、叔本华、克尔凯郭尔、施蒂纳等为代表的哲学派别，更多地强调个体生存和自由意志。

24 斯契纳尔（1806—1856）　通译施蒂纳，德国哲学家卡斯巴尔 · 施米特的笔名。无政府主义者，唯我论者，青年黑格尔派代表之一。著有《唯一者及其所有物》。

25 勖宾霍尔（A. Schopenhauer）　通译叔本华，德国哲学家。

26 契开迦尔（S. Kierkegaard）　通译克尔凯郭尔，丹麦哲学家。

27 显理伊勃生（Henrik Ibsen）　通译亨利克 · 易卜生，挪威戏剧家。

28 拘于虚　局限于狭隘的见解。《庄子 · 秋水》：“井蛙不可以语于海者，拘于虚也。”虚，洞孔。

29 梭格拉第（Sokrates，前 469—前 399）　通译苏格拉底，古希腊哲学家。

30 布鲁多既杀该撒　布鲁多（Brutus，前 85—前 42，）　今译布鲁图，古罗马政治家、斯多噶派学者、共和派领袖。该撒，通译恺撒，古罗马军事家、政治家。公元前 48 年，被任命为终身独裁者，前 44 年被布鲁图刺死。死后，他的好友安东尼（即文中的安多尼）指恺撒血衣立誓复仇，布鲁图亡命罗马东部，征集军队保卫共和政治，结果被安东尼击败，自杀身亡。

31 黑该尔（F. Hegel，1770—1831）　通译黑格尔，德国哲学家，欧洲古典哲学的集大成者。1830 年任柏林大学校长。创立欧洲哲学史上最庞大的哲学体系，极大地发展了辩证法，把思维与存在同一论作为哲学的基本出发点，认为两者统一于绝对精神，绝对精神作为一个独立主体，是事物的本原和基础，它的辩证发展经过逻辑、自然、精神三个阶段，而他的哲学相应地也是由逻辑学、自然哲学和精神哲学三个部分构成。主要著作有《精神现象学》《逻辑学》《哲学全书》《法哲学原理》《哲学史讲演录》《历史哲学》《美学》《宗教哲学》等。

32 **罗曼暨尚古一派** 即古典浪漫派，指十八世纪下半叶欧洲文化中新古典主义与浪漫主义相融合的艺术流派。罗曼，浪漫主义；尚古，古典主义。

33 **息孚支培黎**（1671—1713） 通译沙夫茨伯里，英国政治家、哲学家，自然神论者。著有《人的特征、风习、见解和时代》，在欧洲大陆很有影响。他的生存年代早于卢梭，文中说“承卢骚之后”，有误。

34 **卢骚**（1712—1778） 通译卢梭，法国启蒙运动中最重要的思想家和活动家之一。一生为维护人权而斗争，备受僧侣、贵族以及社会的迫害和打击。他的政治学说对 1789 年法国大革命，尤其是雅各宾党人影响很大。代表性著作有《论人类不平等的起源和基础》《社会契约论》《新爱洛绮丝》《爱弥儿》《忏悔录》等。

35 **希籁**（1759—1805） 通译席勒，德国诗人、戏剧家。德国浪漫主义文学的代表作家之一。著有剧本《强盗》《阴谋与爱情》《华伦斯坦》等。

36 **波陀牙** 即葡萄牙。

37 **机括** 这里指武器。

38 **禺** 大猴子。**芧** 栎树，也指栎实。《庄子・齐物论》：“狙公赋芧。”

摩罗诗力说[1]

求古源尽者将求方来之泉，将求新源。嗟我昆弟，新生之作，新泉之涌于渊深，其非远矣。

——尼佉[2]

一

从诗歌的视角，看古国文化的演变。

人有读古国文化史者，循代而下，至于卷末，必凄以有所觉，如脱春温而入于秋肃，勾萌绝朕[3]，枯槁在前，吾无以名，姑谓之萧条而止。盖人文之留遗后世者，最有力莫如心声。古民神思，接天然之閟宫，冥契万有，与之灵会，道其能道，爰为诗歌。其声度时劫而入人心，不与缄口同绝；且益曼衍，视其种人[4]。递文事式微，则种人之运命亦尽，群生辍响，荣华收光；读史者萧条之感，即以怒起，而此文明史记，亦渐临末页矣。凡负令誉于史初，开文化之曙色，而今日转为影国[5]者，无不如斯。使举国人所习闻，最适莫如天竺。天竺古有《韦陀》[6]四种，瑰丽幽夐，称世界大文；其《摩诃波罗多》暨《罗摩衍那》二赋[7]，亦至美妙。厥后有诗人加黎陀萨（Kalidasa）[8]者出，以传奇鸣世，间染抒情之篇；日耳曼诗宗瞿提（W. von Goethe），至崇为两间之绝唱。降及种人失力，而文事亦共零夷，至大之声，渐不生于彼国民之灵府，流转异域，如亡人也。次为希伯来，虽多涉信仰教诫，而文章以幽邃庄严胜，教宗文术，此其源泉，灌溉人心，迄今兹未艾。特在以色列族，则止耶利米（Jeremiah）[9]之声；列王荒矣，帝怒以赫，耶路撒冷遂隳，而种人之舌亦默。当彼流离异地，虽不遽忘其宗邦，方言正信，拳拳未释，然《哀歌》而下，无赓响矣。复次为伊兰[10]埃及，皆中道废弛，有如断绠，灿烂于古，萧瑟于今。若震旦而逸斯列，则人生大戬，无逾于此。何以故？英人加勒尔（Th. Carlyle）[11]曰，得昭明之声，洋洋乎歌心意而生者，为国民之首义。意太利分崩矣，然实一统也，彼生但丁（Dante Alighieri），彼有意语。大俄罗斯之札尔[12]，有兵刃炮火，政治之上，能辖大区，行大业。然奈何无声？中或有大物，而其为大也喑。（中略）迨兵刃炮火，无不腐蚀，而但丁之声依然。有但丁者统一，而无声兆之俄人，终支离而已。

文化史“灿烂于古，萧瑟于今”，就因为没有诗歌。极言诗歌，也即个体反抗精神的重要性。

尼佉（Fr. Nietzsche）不恶野人，谓中有新力，言亦确凿不可移。盖文明之朕，固孕于蛮荒，野人狉獉[13]其形，而隐曜即伏于内。文明如华，蛮野如蕾，文明如实，蛮野如华，上征在是，希望亦在是。惟文化已止之古民不然：发展既央，隳败随起，况久席古宗祖之光荣，尝首出周围之下国，暮气之作，每不自知，自用而愚，污如死海。其煌煌居历史之首，而终匿形于卷末者，殆以此欤？俄之无声，激响在焉。俄如孺子，而非喑人；俄如伏流，而非古井。十九世纪前叶，果有鄂戈理（N. Gogol）[14]者起，以不可见之泪痕悲色，振其邦人，或以拟英之狭斯丕尔（W. Shakespeare）[15]，即加勒尔所赞扬崇拜者也。顾瞻人间，新声争起，无不以殊特雄丽之言，自振其精神而绍介其伟美于世界；若渊默而无动者，独前举天竺以下数古国而已。嗟夫，古民之心声手泽，非不庄严，非不崇大，然呼吸不通于今，则取以供览古之人，使摩挲咏叹而外，更何物及其子孙？否亦仅自语其前此光荣，即以形迩来之寂寞，反不如新起之邦，纵文化未昌，而大有望于方来之足致敬也。故所谓古文明国者，悲凉之语耳，嘲讽之辞耳！中落之胄，故家荒矣，则喋喋语人，谓厥祖在时，其为智慧武怒者何似，尝有闳宇崇楼，珠玉犬马，尊显胜于凡人。有闻其言，孰不腾笑？夫国民发展，功虽有在于怀古，然其怀也，思理朗然，如鉴明镜，时时上征，时时反顾，时时进光明之长途，时时念辉煌之旧有，故其新者日新，而其古亦不死。若不知所以然，漫夸耀以自悦，则长夜

中国今日，“爱国”之士仍“喋喋语人”，推崇故家旧物，“历举前有之耿光”。现在古国，国民的文化心态少有大变动者。

之始，即在斯时。今试履中国之大衢，当有见军人蹀躞而过市者，张口作军歌，痛斥印度波阑之奴性；有漫为国歌者亦然。盖中国今日，亦颇思历举前有之耿光，特未能言，则姑曰左邻已奴，右邻且死，择亡国而较量之，冀自显其佳胜。夫二国与震旦究孰劣，今姑弗言；若云颂美之什，国民之声，则天下之咏者虽多，固未见有此作法矣。诗人绝迹，事若甚微，而萧条之感，辄以来袭。意者欲扬宗邦之真大，首在审己，亦必知人，比较既周，爰生自觉。自觉之声发，每响必中于人心，清晰昭明，不同凡响。非然者，口舌一结，众语俱沦，沉默之来，倍于前此。盖魂意方梦，何能有言？即震于外缘，强自扬厉，不惟不大，徒增欷耳。故曰国民精神发扬，与世界识见之广博有所属。

今且置古事不道，别求新声于异邦，而其因即动于怀古。新声之别，不可究详；至力足以振人，且语之较有深趣者，实莫如摩罗[16]诗派。摩罗之言，假自天竺，此云天魔，欧人谓之撒但[17]，人本以目裴伦（G. Byron）[18]。今则举一切诗人中，凡立意在反抗，指归在动作，而为世所不甚愉悦者悉入之，为传其言行思惟，流别影响，始宗主裴伦，终以摩迦（匈加利）文士[19]。凡是群人，外状至异，各禀自国之特色，发为光华；而要其大归，则趣于一：大都不为顺世和乐之音，动吭一呼，闻者兴起，争天拒俗，而精神复深感后世人心，绵延至于无已。虽未生以前，解脱而后，

摩罗诗派："立意在反抗，指归在动作。"

或以其声为不足听；若其生活两间，居天然之掌握，辗转而未得脱者，则使之闻之，固声之最雄桀伟美者矣。然以语平和之民，则言者滋惧。

二

平和为物，不见于人间。其强谓之平和者，不过战事方已或未始之时，外状若宁，暗流仍伏，时劫一会，动作始矣。故观之天然，则和风拂林，甘雨润物，似无不以降福祉于人世，然烈火在下，出为地囱[20]，一旦偾兴，万有同坏。其风雨时作，特暂伏之见象，非能永劫安易，如亚当之故家也。人事亦然，衣食家室邦国之争，形现既昭，已不可以讳掩；而二士室处，亦有吸呼，于是生颢气[21]之争，强肺者致胜。故杀机之昉，与有生偕；平和之名，等于无有。特生民之始，既以武健勇烈，抗拒战斗，渐进于文明矣，化定俗移，转为新懦，知前征之至险，则爽然思归其雌[22]，而战场在前，复自知不可避，于是运其神思，创为理想之邦，或托之人所莫至之区，或迟之不可计年以后。自柏拉图（Platon）《邦国论》始，西方哲士，作此念者不知几何人。虽自古迄今，绝无此平和之朕，而延颈方来，神驰所慕之仪的，日逐而不舍，要亦人间进化之一因子欤？吾中国爱智之士，独不与西方同，心神所注，辽远在于唐虞，或迳入古初，游于人兽杂居之

中国知识精英（“爱智之士”）独不与西方同。

世；谓其时万祸不作，人安其天，不如斯世之恶浊阽危，无以生活。其说照之人类进化史实，事正背驰。盖古民曼衍播迁，其为争抗劬劳，纵不厉于今，而视今必无所减；特历时既永，史乘无存，汗迹血腥，泯灭都尽，则追而思之，似其时为至足乐耳。傥使置身当时，与古民同其忧患，则颓唐侘傺，复远念盘古未生，斧凿未经之世，又事之所必有者已。故作此念者，为无希望，为无上征，为无努力，较以西方思理，犹水火然；非自杀以从古人，将终其身更无可希冀经营，致人我于所仪之主的，束手浩叹，神质同隳焉而已。且更为忖度其言，又将见古之思士，决不以华土为可乐，如今人所张皇；惟自知良懦无可为，乃独图脱屣尘埃，惝恍古国，任人群堕于虫兽，而已身以隐逸终。思士如是，社会善之，咸谓之高蹈之人，而自云我虫兽我虫兽也。其不然者，乃立言辞，欲致人同归于朴古，老子之辈，盖其枭雄。老子书五千语，要在不撄人心；以不撄人心故，则必先自致槁木之心，立无为之治；以无为之为化社会，而世即于太平。其术善也。然奈何星气既凝[23]，人类既出面后，无时无物，不禀杀机，进化或可停，而生物不能返本。使拂逆其前征，势即入于苓落，世界之内，实例至多，一览古国，悉其信证。若诚能渐致人间，使归于禽虫卉木原生物，复由渐即于无情，则宇宙自大，有情已去，一切虚无，宁非至净。而不幸进化如飞矢，非堕落不止，非著物

中西思想文化比较是本文的大框架，由此可见鲁迅当时的世界主义眼光。

不止，祈逆飞而归弦，为理势所无有。此人世所以可悲，而摩罗宗之为至伟也。人得是力，乃以发生，乃以曼衍，乃以上征，乃至于人所能至之极点。

中国之治，理想在不撄，而意异于前说。有人撄人，或有人得撄者，为帝大禁，其意在保位，使子孙王千万世，无有底止，故性解（Genius）[24]之出，必竭全力死之；有人撄我，或有能撄人者，为民大禁，其意在安生，宁蜷伏堕落而恶进取，故性解之出，亦必竭全力死之。柏拉图建神思之邦，谓诗人乱治，当放域外；虽国之美污，意之高下有不同，而术实出于一。盖诗人者，撄人心者也。凡人之心，无不有诗，如诗人作诗，诗不为诗人独有，凡一读其诗，心即会解者，即无不自有诗人之诗。无之何以能够？惟有而未能言，诗人为之语，则握拨一弹，心弦立应，其声澈于灵府，令有情皆举其首，如睹晓日，益为之美伟强力高尚发扬，而污浊之平和，以之将破。平和之破，人道蒸也。虽然，上极天帝，下至舆台，则不能不因此变其前时之生活；协力而夭阏之，思永保其故态，殆亦人情已。故态永存，是曰古国。惟诗究不可灭尽，则又设范以囚之。如中国之诗，舜云言志[25]；而后贤立说，乃云持人性情，三百之旨，无邪所蔽[26]。夫既言志矣，何持之云？强以无邪，即非人志。许自繇[27]于鞭策羁縻之下，殆此事乎？然厥后文章，乃果辗转不逾此界。其颂祝主人，悦媚豪右之作，可无俟

诗人与诗，在这里均取广义，强调的是“撄人心”的诗歌精神。

言。即或心应虫鸟，情感林泉，发为韵语，亦多拘于无形之囹圄，不能舒两间之真美；否则悲慨世事，感怀前贤，可有可无之作，聊行于世。倘其嗫嚅之中，偶涉眷爱，而儒服之士，即交口非之。况言之至反常俗者乎？惟灵均将逝，脑海波起，通于汨罗，返顾高丘，哀其无女[28]，则抽写哀怨，郁为奇文。茫洋在前，顾忌皆去，怼世俗之浑浊，颂己身之修能，怀疑自遂古之初[29]，直至百物之琐末，放言无惮，为前人所不敢言。然中亦多芳菲凄恻之音，而反抗挑战，则终其篇未能见，感动后世，为力非强。刘彦和所谓才高者菀其鸿裁，中巧者猎其艳辞，吟讽者衔其山川，童蒙者拾其香草。皆著意外形，不涉内质，孤伟自死，社会依然，四语之中，函深哀焉。故伟美之声，不震吾人之耳鼓者，亦不始于今日。大都诗人自倡，生民不耽。试稽自有文字以至今日，凡诗宗词客，能宣彼妙音，传其灵觉，以美善吾人之性情，崇大吾人之思理者，果几何人？上下求索，几无有矣。第此亦不能为彼徒罪也，人人之心，无不泐二大字曰实利，不获则劳，既获便睡。纵有激响，何能撄之？夫心不受撄，非槁死则缩朒耳，而况实利之念，复黏黏热于中，且其为利，又至陋劣不足道，则驯至卑懦俭啬，退让畏葸，无古民之朴野，有末世之浇漓，又必然之势矣，此亦古哲人所不及料也。夫云将以诗移人性情，使即于诚善美伟强力敢为之域，闻者或哂其迂远乎；而事

论屈原：作为中国传统诗人的优秀代表，即使顾忌皆去，放言无惮，却一样缺乏反抗挑战的力量。

复无形，效不显于顷刻。使举一密栗[30]之反证，殆莫如古国之见灭于外仇矣。凡如是者，盖不止笞击縻系，易于毛角[31]而已，且无有为沉痛著大之声，撄其后人，使之兴起；即间有之，受者亦不为之动，创痛少去，即复营营于治生，活身是图，不恤污下，外仇又至，摧败继之。故不争之民，其遭遇战事，常较好争之民多，而畏死之民，其苓落殇亡，亦视强项敢死之民众。

千八百有六年八月，拿坡仑[32]大挫普鲁士军，翌年七月，普鲁士乞和，为从属之国。然其时德之民族，虽遭败亡窘辱，而古之精神光耀，固尚保有而未隳。于是有爱伦德（E. M. Arndt）[33]者出，著《时代精神篇》（*Geist der Zeit*），以伟大壮丽之笔，宣独立自繇之音，国人得之，敌忾之心大炽；已而为敌觉察，探索极严，乃走瑞士。递千八百十二年，拿坡仑挫于墨斯科之酷寒大火，逃归巴黎，欧土遂为云扰，竞举其反抗之兵。翌年，普鲁士帝威廉三世[34]乃下令召国民成军，宣言为三事战，曰自由正义祖国；英年之学生诗人美术家争赴之。爱伦德亦归，著《国民军者何》暨《莱因为德国大川特非其界》二篇，以鼓青年之意气。而义勇军中，时亦有人曰台陀开纳（Theodor Körner）[35]，慨然投笔，辞维也纳剧场诗人之职，别其父母爱者，遂执兵行；作书贻父母曰，普鲁士之鹫，已以鸷击诚心，觉德意志民族之大望矣。吾之吟咏，无不为宗邦神往。吾将舍所有福祉欢欣，为宗国战死。嗟夫，吾以明神之力，已得大悟。为邦人之自由与人道之善故，牺牲孰大于是？热力无量，涌吾灵台[36]，吾起矣！后此之《竖琴长剑》（*Leier und Schwert*）一集，亦无不以是精神，凝为高响，展卷方诵，血脉已张。然时之怀热诚灵悟如斯状者，盖非止开纳一人也，举德国青年，无不如是。开纳之声，即全德人之声，开纳之血，亦即全德人之血耳。故推而论之，败拿坡仑者，不为国家，不为皇帝，不为兵刃，国民而已。国民皆诗，亦皆诗人之具，而德卒以不亡。此岂笃守功利，摈斥诗歌，或抱异域之朽兵败甲，冀自卫其衣食室家者，意料之所能至哉？然此亦仅譬诗力于米盐，聊以震崇实之士，使知黄金黑铁，断不足以兴国家，德法二国之外形，亦非吾邦所可活剥；示其内质，冀略有所悟解而已。此篇本意，固不在是也。

三

由纯文学上言之，则以一切美术之本质，皆在使观听之人，为之兴感怡悦。文章为美术之一，质当亦然，与个人暨邦国之存，无所系属，实利离尽，究理弗存。故其为效，益智不如史乘，诫人不如格言，致富不如工商，弋功名不如卒业之券[37]。特世有文章，而人乃以几于具足。英人道覃（E. Dowden）[38]有言曰，美术文章之桀出于世者，观诵而后，似无裨于人间者，往往有之。然吾人乐于观诵，如游巨浸，前临渺茫，浮游波际，游泳既已，神质悉移。而彼之大海，实仅波起涛飞，绝无情愫，未始以一教训一格言相授。顾游者之元气体力，则为之陡增也。故文章之于人生，其为用决不次于衣食，宫室，宗教，道德。盖缘人在两间，必有时自觉以勤劬，有时丧我而惝恍，时必致

文学艺术的重要性。

力于善生[39]，时必并忘其善生之事而入于醇乐，时或活动于现实之区，时或神驰于理想之域；苟致力于其偏，是谓之不具足。严冬永留，春气不至，生其躯壳，死其精魂，其人虽生，而人生之道失。文章不用之用，其在斯乎？约翰穆黎[40]曰，近世文明，无不以科学为术，合理为神，功利为鹄。大势如是，而文章之用益神。所以者何？以能涵养吾人之神思耳。涵养人之神思，即文章之职与用也。

世界的优秀文学都是为人生的。

此他丽于文章能事者，犹有特殊之用一。盖世界大文，无不能启人生之閟机，而直语其事实法则，为科学所不能言者。所谓閟机，即人生之诚理是已。此为诚理，微妙幽玄，不能假口于学子。如热带人未见冰前，为之语冰，虽喻以物理生理二学，而不知水之能凝，冰之为冷如故；惟直示以冰，使之触之，则虽不言质力二性，而冰之为物，昭然在前，将直解无所疑沮。惟文章亦然，虽缕判条分，理密不如学术，而人生诚理，直笼其辞句中，使闻其声者，灵府朗然，与人生即会。如热带人既见冰后，曩之竭研究思索而弗能喻者，今宛在矣。昔爱诺尔特（M. Arnold）[41]氏以诗为人生评骘，亦正此意。故人若读鄂谟（Homeros）[42]以降大文，则不徒近诗，且自与人生会，历历见其优胜缺陷之所存，更力自就于圆满。此其效力，有教示意；既为教示，斯益人生；而其教复非常教，自觉勇猛发扬精进，彼实示之。凡苓落颓唐之邦，无不以不

文学与科学的界别。

耳此教示始。

顾有据群学[43]见地以观诗者，其为说复异：要在文章与道德之相关。谓诗有主分，曰观念之诚。其诚奈何？则曰为诗人之思想感情，与人类普遍观念之一致。得诚奈何？则曰在据极溥博之经验。故所据之人群经验愈溥博，则诗之溥博视之。所谓道德，不外人类普遍观念所形成。故诗与道德之相关，缘盖出于造化。诗与道德合，即为观念之诚，生命在是，不朽在是。非如是者，必与群法僢驰[44]。以背群法故，必反人类之普遍观念；以反普遍观念故，必不得观念之诚。观念之诚失，其诗宜亡。故诗之亡也，恒以反道德故。然诗有反道德而竟存者奈何？则曰，暂耳。无邪之说，实与此契。苟中国文事复兴之有日，虑操此说以力削其萌蘖者，尚有徒也。而欧洲评骘之士，亦多抱是说以律文章。十九世纪初，世界动于法国革命之风潮，德意志西班牙意太利希腊皆兴起，往之梦意，一晓而苏；惟英国较无动。顾上下相迕，时有不平，而诗人裴伦，实生此际。其前有司各德（W. Scott）[45]辈，为文率平妥翔实，与旧之宗教道德极相容。迨有裴伦，乃超脱古范，直抒所信，其文章无不函刚健抗拒破坏挑战之声。平和之人，能无惧乎？于是谓之撒但。此言始于苏惹（R. Southey）[46]，而众和之；后或扩以称修黎（P. B. Shelley）[47]以下数人，至今不废。苏惹亦诗人，以其言能得当时人群普遍之诚故，获月桂冠，

强调诗与道德相契合，而道德，即为“普遍观念”，今之谓“普世价值”是也。

攻裴伦甚力。裴伦亦以恶声报之，谓之诗商。所著有《纳尔逊传》（*The Life of Lord Nelson*）今最行于世。

《旧约》记神既以七日造天地，终乃抟埴为男子，名曰亚当，已而病其寂也，复抽其肋为女子，是名夏娃，皆居伊甸。更益以鸟兽卉木；四水出焉。伊甸有树，一曰生命，一曰知识。神禁人勿食其实；魔乃侂[48]蛇以诱夏娃，使食之，爰得生命知识。神怒，立逐人而诅蛇，蛇腹行而土食；人则既劳其生，又得其死，罚且及于子孙，无不如是。英诗人弥耳敦（J. Milton）[49]，尝取其事作《失乐园》（*The Paradise Lost*），有天神与撒但战事，以喻光明与黑暗之争。撒但为状，复至狞厉。是诗而后，人之恶撒但遂益深。然使震旦人士异其信仰者观之，则亚当之居伊甸，盖不殊于笼禽，不识不知，惟帝是悦，使无天魔之诱，人类将无由生。故世间人，当蔑弗秉有魔血，惠之及人世者，撒但其首矣。然为基督宗徒，则身被此名，正如中国所谓叛道，人群共弃，艰于置身，非强怒善战豁达能思之士，不任受也。亚当夏娃既去乐园，乃举二子，长曰亚伯，次曰凯因[50]。亚伯牧羊，凯因耕植是事，尝出所有以献神。神喜脂膏而恶果实，斥凯因献不视；以是，凯因渐与亚伯争，终杀之。神则诅凯因，使不获地力，流于殊方。裴伦取其事作传奇，于神多所诘难。教徒皆怒，谓为渎圣害俗，张皇灵魂有尽之诗，攻之至力。迄今日评骘之士，亦尚有

西方有异教徒，中国有叛道者，都一样面临“人群共弃，艰于置身”的境遇。鲁迅晚年“横站着作战”，亦常有此慨叹。

以是难裴伦者。尔时独穆亚（Th. Moore）[51]及修黎二人，深称其诗之雄美伟大。德诗宗瞿提，亦谓为绝世之文，在英国文章中，此为至上之作；后之劝遏克曼（J. P. Eckermann）[52]治英国语言，盖即冀其直读斯篇云。《约》又记凯因既流，亚当更得一子，历岁永永，人类益繁，于是心所思惟，多涉恶事。主神乃悔，将殄之。有挪亚独善事神，神令致亚斐木为方舟[53]，将眷属动植，各从其类居之。遂作大雨四十昼夜，洪水泛滥，生物灭尽，而挪亚之族独完，水退居地，复生子孙，至今日不绝。吾人记事涉此，当觉神之能悔，为事至奇；而人之恶撒但，其理乃无足诧。盖既为挪亚子孙，自必力斥抗者，敬事主神，战战兢兢，绳其祖武，冀洪水再作之日，更得密诏而自保于方舟耳。抑吾闻生学家言，有云反种[54]一事，为生物中每现异品，肖其远先，如人所牧马，往往出野物，类之不拉（Zebra）[55]，盖未驯以前状，复现于今日者。撒但诗人之出，殆亦如是，非异事也。独众马怒其不伏箱[56]，群起而交踶之，斯足悯叹焉耳。

四

以下举例从拜伦始，分述不同国族、不同时期的“摩罗诗人”。

裴伦名乔治戈登（George Gordon），系出司堪第那比亚[57]海贼蒲隆（Burun）族。其族后居诺曼[58]，从威廉入英，递显理二世[59]时，始用今字。裴伦以千七百八十八年一月二十二日生于伦敦，十二岁即为诗；长游堪勃力俱大学[60]不成，渐决去英国，作汗漫游，始于波陀牙，东至希腊突厥[61]及小亚细亚，历审其天物之美，民俗之异，成《哈洛尔特游草》（*Childe Harold's Pilgrimage*）[62]二卷，波谲云诡，世为之惊绝。次作《不信者》（*The Giaour*）暨《阿毕陀斯新妇行》（*The Bride of Abydos*）二篇，皆取材于突厥。前者记不信者（对回教而言）通哈山之妻，哈山投其妻于水，不信者逸去，后终归而杀哈山，诣庙自忏；绝望之悲，溢于毫素，读者哀之。次为女子苏黎加爱舍林，而其父将以婚他人，女偕舍林出奔，已而被获，舍林斗死，女亦终尽；其言有反抗之音。迨千八百十四年一月，赋《海贼》（*The Corsair*）之诗。篇中英雄曰康拉德，于世已无一切眷爱，遗一切道德，惟以强大之意志，为贼渠魁，领其从者，建大邦于海上。孤舟利剑，所向悉如其意。独家有爱妻，他更无有；往虽有神，而康拉德早弃之，神亦已弃康拉德矣。故一剑之力，即其权利，国家之法度，社会之道德，视之蔑如。权力若具，即用行其意志，他人奈何，天帝何命，非所问也。若问定命之何如？则曰，在鞘中，一旦外辉，彗且失色而已。然康拉德为人，初非元恶，内秉高尚纯洁之想，尝欲尽其心力，以致益于人间；比见细人蔽明，谗谄害聪，凡人营营，多猜忌中伤之性，则渐冷淡，则渐坚凝，则渐嫌厌；终乃以受自或人之怨毒，举而报之全群，利剑轻舟，无间人神，所向无不抗战。盖复仇一事，独贯注其全精神矣。一日攻塞特，败而见囚，塞特有妃爱其勇，助之脱狱，泛舟同奔，遇从者于波上，乃大呼曰，此吾舟，此吾血色之旗也，吾运未尽于海上！然归故家，则银釭暗而爱妻逝矣。既而康拉德亦失去，其徒求之波间海角，踪迹杳然，独有以无量罪恶，系一德义之名，永存于世界而已。裴伦之祖约翰，尝念先人为海王，因投海军为之帅；裴伦赋此，缘起似同；有即以海贼字裴伦者，裴伦闻之窃喜，则篇中康拉德为人，实即此诗人变相，殆无可疑已。越三月，又作赋曰《罗罗》（*Lara*），记其人尝杀人不异海贼，后图起事，败而伤，飞矢来贯其胸，遂死。所叙自尊之夫，力抗不可避之定命，为状惨烈，莫可比方。此他犹有所制，特非雄篇。其诗格多师司各德，而司各德由是锐意于小说，不复为诗，避裴伦也。已而裴伦去其妇，世虽不知去之之故，然争难之，每临会议，嘲骂即四起，且禁其赴剧场。其友穆亚为之传，评是事曰，世于裴伦，不异其母，忽爱忽恶，无判决也。顾窘戮天才，殆人群恒状，滔滔皆是，宁止英伦。中国汉晋以来，凡负文名者，多受谤毁，刘彦和为之辩曰，人禀五才，修短殊用，自非上哲，难以求备，然将相以位隆特达，文士以职卑多诮，此江河所以腾涌，涓流所以寸析[63]者。东方恶习，尽此数言。然裴伦之祸，则缘起非如前陈，实反由于名盛，社会顽愚，仇敌窥覗，乘隙立起，众则不察而妄和之；若颂高官而厄寒士者，其污且甚于此矣。顾裴伦由是遂不能居英，自曰，使世之评骘诚，吾在英为无值，若评骘谬，则英于我为无值矣。吾其行乎？然未已也，虽赴异邦，彼且蹑我。已而终去英伦，千八百十六年十月，抵意太利。自此，裴伦之作乃益雄。

裴伦在异域所为文，有《哈洛尔特游草》之续，《堂祥》（*Don Juan*）[64]之诗，及三传奇称最伟，无不张撒但而抗天帝，言人所不能言。一曰《曼弗列特》（*Manfred*），记曼以失爱绝欢，陷于巨苦，欲忘弗能，鬼神见形问所欲，曼云欲忘，鬼神告以忘在死，则对曰，死果能令人忘耶？复衷疑而弗信也。后有魅来降曼弗列特，而曼忽以意志制苦，毅然斥之曰，汝曹决不能诱惑灭亡我。（中略）我，自坏者也。

行矣，魅众！死之手诚加我矣，然非汝手也。意盖谓己有善恶，则褒贬赏罚，亦悉在己，神天魔龙，无以相凌，况其他乎？曼弗列特意志之强如是，裴伦亦如是。论者，或以拟瞿提之传奇《法斯忒》（*Faust*）[65]云。二曰《凯因》（*Cain*），典据已见于前分，中有魔曰卢希飞勒[66]，导凯因登太空，为论善恶生死之故，凯因悟，遂师摩罗。比行世，大遭教徒攻击，则作《天地》（*Heaven and Earth*）以报之，英雄为耶彼第，博爱而厌世，亦以诘难教宗，鸣其非理者。夫撒但何由昉乎？以彼教言，则亦天使之大者，徒以陡起大望，生背神心，败而堕狱，是云魔鬼。由是言之，则魔亦神所手创者矣。已而潜入乐园，至善美安乐之伊甸，以一言而立毁，非具大能力，曷克至是？伊甸，神所保也，而魔毁之，神安得云全能？况自创恶物，又从而惩之，且更瓜蔓以惩人，其慈又安在？故凯因曰，神为不幸之因。神亦自不幸，手造破灭之不幸者，何幸福之可言？而吾父曰，神全能也。问之曰，神善，何复恶邪，则曰，恶者，就善之道尔。神之为善，诚如其言：先以冻馁，乃与之衣食；先以疠疫，乃施之救援；手造罪人，而曰吾赦汝矣。人则曰，神可颂哉，神可颂哉！营营而建伽兰焉。卢希飞勒不然，曰吾誓之两间，吾实有胜我之强者，而无有加于我之上位。彼胜我故，名我曰恶，若我致胜，恶且在神，善恶易位耳。此其论善恶，正异尼佉。尼佉意谓强胜弱故，弱者乃字其所为曰恶，故恶实强之代名；此则以恶为弱之冤谥。故尼佉欲自强，而并颂强者；此则亦欲自强，而力抗强者，好恶至不同，特图强则一而已。人谓神强，因亦至善。顾善者乃不喜华果，特嗜腥膻，凯因之献，纯洁无似，则以旋风振而落之。人类之始，实由主神，一拂其心，即发洪水，并无罪之禽虫卉木而殄之。人则曰，爰灭罪恶，神可颂哉！耶彼第乃曰，汝得救孺子众！汝以为脱身狂涛，获天幸欤？汝曹偷生，逞其食色，目击世界之亡，而不生其悯叹；复无勇力，敢当大波，与同胞之人，共其运命；偕厥考逃于方舟，而建都邑于世界之墓上，竟无惭耶？然人竟无惭也，方伏地赞颂，无有休止，以是之故，主神遂强。使众生去而不之理，更何威力之能有？人既授神以力，复假之以厄撒但；而此种人，又即主神往所殄灭之同类。以撒但之意观之，其为顽愚陋劣，如何可言？将晓之欤，则音声未宣，众已疾走，内容何若，不省察也。将任之欤，则非撒但之心矣，故复以权力现于世。神，一权力也；撒但，亦一权力也。惟撒但之力，即生于神，神力若亡，不为之代；上则以力抗天帝，下则以力制众生，行之背驰，莫甚于此。顾其制众生也，即以抗故。倘其众生同抗，更何制之云？裴伦亦然，自必居人前，而怒人之后于众。盖非自居人前，不能使人勿后于众故；任人居后而自为之前，又为撒但大耻故。故既揄扬威力，颂美强者矣，复曰，吾爱亚美利加，此自由之区，神之绿野，不被压制之地也。由是观之，裴伦既喜拿坡仑之毁世界，亦爱华盛顿之争自由，既心仪海贼之横行，亦孤援希腊之独立，压制反抗，兼以一人矣。虽然，自由在是，人道亦在是。

裴伦，通译拜伦：摩罗诗人的首席代表。

五

自尊至者，不平恒继之，忿世嫉俗，发为巨震，与对蹠之徒争衡。盖人既独尊，自无退让，自无调和，意力所如，非达不已，乃以是渐与社会生冲突，乃以是渐有所厌倦于人间。若裴伦者，即其一矣。其言曰，硗确之区，吾侪奚获耶？（中略）凡有事物，无不定以习俗至谬之衡，所谓舆论，实具大力，而舆论则以昏黑蔽全球也。此其所言，与近世诺威文人伊孛生（H. Ibsen）所见合，伊氏生于近世，愤世俗之昏迷，悲真理之匿耀，假《社会之敌》以立言，使医士斯托克曼为全书主者，死守真理，以拒庸愚，终获群敌之谥。自既见放于地主[67]，其子复受斥于学校，而终奋斗，不为之摇。末乃曰，吾又见真理矣。地球上至强之人，至独立者也！其处世之道如是。顾裴伦不尽然，凡所描绘，皆禀种种思，具种种行，或以不平而厌世，远离人群，宁与天地为侪偶，如哈洛尔特；或厌世至极，乃希灭亡，如曼弗列特；或被人天之楚毒，至于刻骨，乃咸希破坏，以复仇雠，如康拉德与卢希飞勒；或弃斥德义，蹇视淫游，以嘲弄社会，聊快其意，如堂祥。其非然者，则尊侠尚义，扶弱者而平不平，颠仆有力之蠢愚，虽获罪于全群无惧，即裴伦最后之时是已。彼当前时，经历一如上述书中众士，特未欷歔断望，愿自逖于人间，如曼弗列特之所为而已。故怀抱不平，突突上发，则倨傲纵逸，不恤人言，破坏复仇，无所顾忌，而义侠之性，亦即伏此烈火之中，重独立而爱自繇，苟奴隶立其前，必衷悲而疾视，衷悲所以哀其不幸，疾视所以怒其不争，此诗人所为援希腊之独立，而终死于其军中者也。盖裴伦者，自繇主义之人耳，尝有言曰，若为自由故，不必战于宗邦，则当为战于他国。是时，意太利适制于墺[68]，失其自由，有秘密政党起，谋独立，乃密与其事，以扩张自由之元气者自任，虽狙击密侦之徒，环绕其侧，终不为废游步驰马之事。后秘密政党破于墺人，企望悉已，而精神终不消。裴伦之所督励，力直及于后日，起马志尼[69]，起加富尔[70]，于是意之独立[71]成。故马志尼日，意太利实大有赖于裴伦。彼，起吾国者也！盖诚言已。裴伦平时，又至有情愫于希腊，思想所趣，如磁指南。特希腊时自由悉丧，入突厥版图，受其羁縻，不敢抗拒。诗人惋惜悲愤，往往见于篇章，怀前古之光荣，哀后人之零落，或与斥责，或加激励，思使之攘突厥而复兴，更睹往日耀灿庄严之希腊，如所作《不信者》暨《堂祥》二诗中，其怨愤谯责之切，与希冀之诚，无不历然可征信也。比千八百二十三年，伦敦之希腊协会[72]驰书托裴伦，请援希腊之独立。裴伦平日，至不满于希腊今人，尝称之曰世袭之奴，曰自由苗裔之奴，因不即应；顾以义愤故，则终诺之，遂行。而希腊人民之堕落，乃诚如其说，励之再振，为业至难，因羁滞于克弗洛尼亚岛[73]者五月，始向密淑伦其[74]。其时海陆军方奇困，闻裴伦至，狂喜，群集迓之，如得天使也。次年一月，独立政府任以总督，并授军事及民事之全权，而希腊是时，财政大匮，兵无宿粮，大势几去。加以式列阿忒[75]佣兵见裴伦宽大，复多所要索，稍不满，辄欲背去；希腊堕落之民，又诱之使窘裴伦。裴伦大愤，极诋彼国民性之陋劣；前所谓世袭之奴，乃果不可猝救如是也。而裴伦志尚不灰，自立革命之中枢，当四围之艰险，将士内讧，则为之调和，以己为楷模，教之人道，更设法举债，以振其穷，又定印刷之制，且坚堡垒以备战。内争方烈，而突厥果攻密淑伦其，式列阿忒佣兵三百人，复乘乱占要害地。裴伦方病，闻之泰然，力平党派之争，使一心以面敌。特内外迫拶，神质剧劳，久之，疾乃渐革。将死，其从者持楮墨，将录其遗言。裴伦曰否，时已过矣。不之语，已而微呼人名，终乃曰，吾言已毕。从者曰，吾不解公言。裴伦曰，吁，不解乎？呜呼晚矣！状若甚苦。有间，复曰，吾既以吾物暨吾康健，悉付希腊矣。今更付之吾生。他更何有？遂死，时千八百二十四年四月十八日夕六时也。今为反念前时，则裴伦抱大望而来，将以天纵之才，致希腊复归于往时之荣誉，自意振臂一呼，人必将靡然向之。盖以异域之人，犹凭义愤为希腊致力，而彼邦人，纵堕落腐败者日久，然旧泽尚存，人心未死，岂意遂无情愫于故国乎？特至今兹，则前此所图，悉如梦迹，知自由苗裔之奴，乃果不可猝救有如此也。次日，希腊独立政府为举国民丧，市肆悉罢，炮台鸣炮三十七，如裴伦寿也。

吾今为案其为作思惟，索诗人一生之内閟，则所遇常抗，所向必动，贵力而尚强，尊已而好战，其战复不如野兽，为独立自由人道也，此已略言之前分矣。故其平生，如狂涛如厉风，举一切伪饰陋习，悉与荡涤，瞻顾前后，素所不知；精神郁勃，莫可制抑，力战而毙，亦必自救其精神；不克厥敌，战则不止。而复率真行诚，无所讳掩，谓世之毁誉褒贬是非善恶，皆缘习俗而非诚，因悉措而不理也。盖英伦尔时，虚伪满于社会，以虚文缛礼为真道德，有秉自由思想而探究者，世辄谓之恶人。裴伦善抗，性又率真，夫自

叫喊反抗，反对庸众。

不可以默矣，故托凯因而言曰，恶魔者，说真理者也。遂不恤与人群敌。世之贵道德者，又即以此交非之。遏克曼亦尝问瞿提以裴伦之文，有无教训。瞿提对曰，裴伦之刚毅雄大，教训即函其中；苟能知之，斯获教训。若夫纯洁之云，道德之云，吾人何问焉。盖知伟人者，亦惟伟人焉而已。裴伦亦尝评朋思（R. Burns）[76]曰，斯人也，心情反张[77]，柔而刚，疏而密，精神而质，高尚而卑，有神圣者焉，有不净者焉，互和合也。裴伦亦然，自尊而怜人之为奴，制人而援人之独立，无惧于狂涛而大儆于乘马，好战崇力，遇敌无所宽假，而于累囚之苦，有同情焉。意者摩罗为性，有如此乎？且此亦不独摩罗为然，凡为伟人，大率如是。即一切人，若去其面具，诚心以思，有纯禀世所谓善性而无恶分者，果几何人？遍观众生，必几无有，则裴伦虽负摩罗之号，亦人而已，夫何诧焉。顾其不容于英伦，终放浪颠沛而死异域者，特面具为之害耳。此即裴伦所反抗破坏，而迄今犹杀真人而未有止者也。嗟夫，虚伪之毒，有如是哉！裴伦平时，其制诗极诚，尝曰，英人评骘，不介我心。若以我诗为愉快，任之而已。吾何能阿其所好为？吾之握管，不为妇孺庸俗，乃以吾全心全情感全意志，与多量之精神而成诗，非欲聆彼辈柔声而作者也。夫如是，故凡一字一辞，无不即其人呼吸精神之形现，中于人心，神弦立应，其力之曼衍于欧土，例不能别求之英诗人中；仅司各德

捣破面具，抨击虚伪。

所为说部，差足与相伦比而已。若问其力奈何？则意太利希腊二国，已如上述，可毋赘言。此他西班牙德意志诸邦，亦悉蒙其影响。次复入斯拉夫族而新其精神，流泽之长，莫可阐述。至其本国，则犹有修黎（Percy Bysshe Shelley）一人。契支（John Keats）[78]虽亦蒙摩罗诗人之名，而与裴伦别派，故不述于此。

六

论雪莱。

修黎生三十年而死，其三十年悉奇迹也，而亦即无韵之诗。时既艰危，性复狷介，世不彼爱，而彼亦不爱世，人不容彼，而彼亦不容人，客意太利之南方，终以壮龄而夭死，谓一生即悲剧之实现，盖非夸也。修黎者，以千七百九十二年生于英之名门，姿状端丽，夙好静思；比入中学，大为学友暨校师所不喜，虐遇不可堪。诗人之心，乃早萌反抗之朕兆；后作说部，以所得值飨其友八人，负狂人之名而去。次入恶斯佛大学[79]，修爱智之学，屡驰书乞教于名人。而尔时宗教，权悉归于冥顽之牧师，因以妨自由之崇信。修黎蹶起，著《无神论之要》一篇，略谓惟慈爱平等三，乃使世界为乐园之要素，若夫宗教，于此无功，无有可也。书成行世，校长见之大震，终逐之；其父亦惊绝，使谢罪返校，而修黎不从，因不能归。天地虽大，故乡已失，于是至伦敦，时年十八，顾已孤立两间，欢爱悉绝，不得不与社会战矣。已而知戈德文（W. Godwin）[80]，读其著述，博爱之精神益张。次年入爱尔兰，檄其人士，于政治宗教，皆欲有所更革，顾终不成。逮千八百十五年，其诗《阿剌斯多》（*Alastor*）[81]始出世，记怀抱神思之人，索求美者，遍历不见，终死旷原，如自叙也。次年乃识裴伦于瑞士；裴伦深称其人，谓奋迅如狮子，又善其诗，而世犹无顾之者。又次年成《伊式阑转轮篇》（*The Revolt of Islam*）。凡修黎怀抱，多抒于此。篇中英雄曰罗昂，以热诚雄辩，警其国民，鼓吹自由，挤击压制，顾正义终败，而压制于以凯还，罗昂遂为正义死。是诗所函，有无量希望信仰，暨无穷之爱，穷追不舍，终以殒亡。盖罗昂者，实诗人之先觉，亦即修黎之化身也。

至其杰作，尤在剧诗；尤伟者二，一曰《解放之普洛美迢斯》（*Prometheus Unbound*）[82]，一曰《煔希》（*The Cenci*）。前者事本希腊神话，意近裴伦之《凯因》。假普洛美迢为人类之精神，以爱与正义自由故，不恤艰苦，力抗压制主者僦毕多[83]，窃火贻人，受絷于山顶，猛鹫日啄其肉，而终不降。僦毕多为之辟易；普洛美迢乃眷女子珂希亚，获其爱而毕。珂希亚者，理想也。《煔希》之篇，事出意太利，记女子煔希之父，酷虐无道，毒虐无所弗至，煔希终杀之，与其后母兄弟，同戮于市。论者或谓之不伦。顾失常之事，不能绝于人间，即中国《春秋》[84]，修自圣人之手者，类此之事，且数数见，又多直书无所讳，吾人独于修黎所作，乃和众口而难之耶？上述二篇，诗人悉出以全力，尝自言曰，吾诗为众而作，读者将多。又曰，此可登诸剧场者。顾诗成而后，实乃反是，社会以谓不足读，伶人以谓不可为；修黎抗伪俗弊习以成诗，而诗亦即受伪俗弊习之夭阏，此十九稘[85]上叶精神界之战士，所为多抱正义而骈殒者也。虽然，往时去矣，任其自去，若夫修黎之真值，则至今日而大昭。革新之潮，此其巨派，戈德文书出，初启其端，得诗人之声，乃益深入世人之灵府。凡正义自由真理以至博爱希望诸说，无不化而成醇，或为罗昂，或为普洛美迢，或为伊式阑之壮士，现于人前，与旧习对立，更张破坏，无稍假借也。旧习既破，何物斯存，则惟改革之新精神而已。十九世纪机运之新，实赖有此。朋思唱于前，裴伦修黎起其后，掊击排斥，人渐为之仓皇；而仓皇之中，即亟人生之改进。故世之嫉视破坏，加之恶名者，特见一偏而未得其全体者尔。若为案其真状，则光明希望，实伏于中。恶物悉颠，于群何毒？破坏之云，特可发自冥顽牧师之口，而不可出诸全群者也。若其闻之，则破坏为业，斯愈益贵矣！况修黎者，神思之人，求索而无止期，猛进而不退转，浅人之所观察，殊莫可得其渊深。若能真识其人，将见品性之卓，出于云间，热诚勃然，无可沮遏，自趁其神思而奔神思之乡；此其为乡，则爱有美之本体。奥古斯丁[86]曰，吾未有爱而吾欲爱，因抱希冀以求足爱者也。惟修黎亦然，故终出人间而神行，冀自达其所崇信之境；复以妙音，喻一切未觉，使知人类曼衍之大故，暨人生价值之所存，扬同情之精神，而张其上征渴仰之思想，使怀大希以奋进，与时劫同其无穷。世则谓之恶魔，而修黎遂以孤立；群复加以排挤，使不可久留于人间，于是压制凯还，修黎以死，盖宛然阿剌斯多之殒于大

“嫉视破坏”者，代有其人，于和平时期（或曰平庸时期，停滞时期）为甚。

漠也。

虽然，其独慰诗人之心者，则尚有天然在焉。人生不可知，社会不可恃，则对天物之不伪，遂寄之无限之温情。一切人心，孰不如是。特缘受染有异，所感斯殊，故目睛夺于实利，则欲驱天然为之得金资；智力集于科学，则思制天然而见其法则；若至下者，乃自春徂冬，于两间崇高伟大美妙之见象，绝无所感应于心，自堕神智于深渊，寿虽百年，而讫不知光明为何物，又奚解所谓卧天然之怀，作婴儿之笑矣。修黎幼时，素亲天物，尝曰，吾幼即爱山河林壑之幽寂，游戏于断崖绝壁之为危险，吾伴侣也。考其生平，诚如自述。方在稚齿，已盘桓于密林幽谷之中，晨瞻晓日，夕观繁星，俯则瞰大都中人事之盛衰，或思前此压制抗拒之陈迹；而芜城古邑，或破屋中贫人啼饥号寒之状，亦时复历历入其目中。其神思之澡雪[87]，既至异于常人，则旷观天然，自感神阂，凡万汇之当其前，皆若有情而至可念也。故心弦之动，自与天籁合调，发为抒情之什，品悉至神，莫可方物，非狭斯丕尔暨斯宾塞[88]所作，不有足与相伦比者。比千八百十九年春，修黎定居罗马，次年迁毕撒[89]；裴伦亦至，此他之友多集，为其一生中至乐之时。迨二十二年七月八日，偕其友乘舟泛海，而暴风猝起，益以奔电疾雷，少顷波平，孤舟遂杳。裴伦闻信大震，遣使四出侦之，终得诗人之骸于水裔，乃葬罗马焉。修黎生时，久欲与生死问题以诠解，自曰，未来之事，吾意已满于柏拉图暨培庚之所言，吾心至定，无畏而多望，人居今日之躯壳，能力悉蔽于阴云，惟死亡来解脱其身，则秘密始能阐发。又曰，吾无所知，亦不能证，灵府至奥之思想，不能出以言辞，而此种事，纵吾身亦莫能解尔。嗟乎，死生之事大矣，而理至闷，置而不解，诗人未能，而解之之术，又独有死而已。故修黎曾泛舟坠海，乃大悦呼曰，今使吾释其秘密矣！然不死。一日浴于海，则伏而不起，友引之出，施救始苏，曰，吾恒欲探井中，人谓诚理伏焉，当我见诚，而君见我死也。然及今日，则修黎真死矣，而人生之闷，亦以真释，特知之者，亦独修黎已耳。

七

论普希金、莱蒙托夫。

若夫斯拉夫民族，思想殊异于西欧，而裴伦之诗，亦疾进无所沮核。俄罗斯当十九世纪初叶，文事始新，渐乃独立，日益昭明，今则已有齐驱先觉诸邦之概，令西欧人士，无不惊其美伟矣。顾夷考权舆，实本三士：曰普式庚[90]，曰来尔孟多夫[91]，曰鄂戈理。前二者以诗名世，均受影响于裴伦；惟鄂戈理以描绘社会人生之黑暗著名，与二人异趣，不属于此焉。

普式庚（A. Pushkin）以千七百九十九年生于墨斯科，幼即为诗，初建罗曼宗于其文界，名以大扬。顾其时俄多内讧，时势方亟，而普式庚诗多讽喻，人即借而挤之，将流鲜卑[92]，有数耆宿力为之辩，始获免，谪居南方。其时始读裴伦诗，深感其大，思理文形，悉受转化，小诗亦尝摹裴伦；尤著者有《高加索累囚行》[93]，至与《哈洛尔特游草》相类。中记俄之绝望青年，囚于异域，有少女为释缚纵之行，青年之情意复苏，而厥后终于孤去。其《及泼希》（*Gypsy*）

一诗亦然，及泼希者，流浪欧洲之民，以游牧为生者也。有失望于世之人曰阿勒戈，慕是中绝色，因入其族，与为婚因，顾多嫉，渐察女有他爱，终杀之。女之父不施报，特令去不与居焉。二者为诗，虽有裴伦之色，然又至殊，凡厥中勇士，等是见放于人群，顾复不离亚历山大时俄国社会之一质分，易于失望，速于奋兴，有厌世之风，而其志至不固。普式庚于此，已不与以同情，诸凡切于报复而观念无所胜人之失，悉指摘不为讳饰。故社会之伪善，既灼然现于人前，而及泼希之朴野纯全，亦相形为之益显。论者谓普式庚所爱，渐去裴伦式勇士而向祖国纯朴之民，盖实自斯时始也。尔后巨制，曰《阿内庚》（*Eugiene Onieguine*）[94]，诗材至简，而文特富丽，尔时俄之社会，情状略具于斯。惟以推敲八年，所蒙之影响至不一，故性格迁流，首尾多异。厥初二章，尚受裴伦之感化，则其英雄阿内庚为性，力抗社会，断望人间，有裴伦式英雄之概，特已不凭神思，渐近真然，与尔时其国青年之性质肖矣。厥后外缘转变，诗人之性格亦移，于是渐离裴伦，所作日趣于独立；而文章益妙，著述亦多。至与裴伦分道之因，则为说亦不一：或谓裴伦绝望奋战，意向峻绝，实与普式庚性格不相容，曩之信崇，盖出一时之激越，迨风涛大定，自即弃置而返其初；或谓国民性之不同，当为是事之枢纽，西欧思想，绝异于俄，其去裴伦，实由天性，天性不合，则裴伦之长存自难矣。凡此二说，无不近理；特就普式庚个人论之，则其对于裴伦，仅摹外状，迨放浪之生涯毕，乃骤返其本然，不能如来尔孟多夫，终执消极观念而不舍也。故旋墨斯科后，立言益务平和，凡足与社会生冲突者，咸力避而不道，且多赞诵，美其国之武功。千八百三十一年波阑抗俄[95]，西欧诸国右波阑，于俄多所憎恶。普式庚乃作《俄国之谗谤者》暨《波罗及诺之一周年》

二篇[96]，以自明爱国。丹麦评骘家勃阑兑思（G. Brandes）[97]于是有微辞，谓惟武力之恃而狼藉人之自由，虽云爱国，顾为兽爱。特此亦不仅普式庚为然，即今之君子，日日言爱国者，于国有诚为人爱而不坠于兽爱者，亦仅见也。及晚年，与和阑[98]公使子覃提斯迮，终于决斗被击中腹，越二日而逝，时为千八百三十七年。俄自有普式庚，文界始独立，故文史家芘宾[99]谓真之俄国文章，实与斯人偕起也。而裴伦之摩罗思想，则又经普式庚而传来尔孟多夫。

来尔孟多夫（M. Lermontov）生于千八百十四年，与普式庚略并世。其先来尔孟斯（T. Learmont）[100]氏，英之苏格兰人；故每有不平，辄云将去此冰雪警吏之地，归其故乡。顾性格全如俄人，妙思善感，惆怅无间，少即能缀德语成诗；后入大学被黜，乃居陆军学校二年，出为士官，如常武士，惟自谓仅于香宾酒中，加少许诗趣而已。及为禁军骑兵小校，始仿裴伦诗纪东方事，且至慕裴伦为人。其自记有曰，今吾读《世胄裴伦传》，知其生涯有同我者；而此偶然之同，乃大惊我。又曰，裴伦更有同我者一事，即尝在苏格兰，有媪谓裴伦母曰，此儿必成伟人，且当再娶。而在高加索，亦有媪告吾大母，言与此同。纵不幸如裴伦，吾亦愿如其说。顾来尔孟多夫为人，又近修黎。修黎所作《解放之普洛美迢》，感之甚力，于人生善恶竞争诸问，至为不宁，而诗则不之仿。初虽摹裴伦及普式庚，后亦自立。且思想复类德之哲人勖宾赫尔，知习俗之道德大原，悉当改革，因寄其意于二诗，一曰《神摩》（*Demon*），一曰《谟哜黎》（*Mtsyri*）[101]。前者托旨于巨灵，以天堂之逐客，又为人间道德之憎者，超越凡情，因生疾恶，与天地斗争，苟见众生动于凡情，则辄旋以贱视。后者一少年求自由之呼号也。有孺子焉，生长山寺，长老意已断其情感希望，而孺子魂梦，不离故园，一夜暴风雨，乃乘长老方祷，潜遁出寺，彷徨林中者三日，自由无限，毕生莫伦。后言曰，尔时吾自觉如野兽，力与风雨电光猛虎战也。顾少年迷林中不能返，数日始得之，惟已以斗豹得伤，竟以是殒。尝语侍疾老僧曰，丘墓吾所弗惧，人言毕生忧患，将入睡眠，与之永寂，第忧与吾生别耳。……吾犹少年。……宁汝尚忆少年之梦，抑已忘前此世间憎爱耶？倘然，则此世于汝，失其美矣。汝弱且老，灭诸希望矣。少年又为述林中所见，与所觉自由之感，并及斗豹之事曰，汝欲知吾获自由时，何所为乎？吾生矣。老人，吾生矣。使尽吾生无此三日者，且将惨淡冥暗，逾汝暮年耳。及普式庚斗死，来尔孟多夫又赋诗以寄其悲，末解有曰，汝侪朝人，天才自由之屠伯，今有法律以自庇，士师盖无如汝何，第犹有尊严之帝在天，汝不能以金资为赂。……以汝黑血，不能涤吾诗人之血痕也。诗出，举国传诵，而来尔孟多夫亦由是得罪，定流鲜卑；后遇援，乃戍高加索，见其地之物色，诗益雄美。惟当少时，不满于世者义至博大，故作《神摩》，其物犹撒但，恶人生诸凡陋劣之行，力与之敌。如勇猛者，所遇无不庸懦，则生激怒；以天生崇美之感，而众生扰扰，不能相知，爰起厌倦，憎恨人世也。顾后乃渐即于实，凡所不满，已不在天地人间，退而止于一代；后且更变，而猝死于决斗。决斗之因，即肇于来尔孟多夫所为书曰《并世英雄记》[102]。人初疑书中主人，即著者自序，迨再印，乃辨言曰，英雄不为一人，实吾曹并时众恶之象。盖其书所述，实即当时人士之状尔。于是有友摩尔迭诺夫[103]者，谓来尔孟多夫取其状以入书，因与索斗。来尔孟多夫不欲杀其友，仅举枪射空中；顾摩尔迭诺夫则拟而射之，遂死，年止二十七。

前此二人之于裴伦，同汲其流，而复殊别。普式庚在厌世主义之外形，来尔孟多夫则直在消极之观念。故普式庚终服帝力，入于平和，而来尔孟多夫则奋战力拒，不稍退转。波覃勖迭[104]氏评之曰，来尔孟多夫不能胜来追之运命，而当降伏之际，亦至猛而骄。凡所为诗，无不有强烈弗和与踔厉不平之响者，良以是耳。来尔孟多夫亦甚爱国，顾绝异普式庚，不以武力若何，形其伟大。几所眷爱，乃在乡村大野，及村人之生活；且推其爱而及高加索土人。此土人者，以自由故，力敌俄国者也；来尔孟多夫虽自从军，两与其役，然终爱之，所作《伊思迈尔培》(*Ismail-Bey*)[105]一篇，即纪其事。来尔孟多夫之于拿坡仑，亦稍与裴伦异趣。裴伦初尝责拿坡仑对于革命思想之谬，及既败，乃有愤于野犬之食死狮而崇之。来尔孟多夫则专责法人，谓自陷其雄士。至其自信，亦如裴伦，谓吾之良友，仅有一人，即是自己。又负雄心，期所过必留影迹。然裴伦所谓非憎人间，特去之而已，或云吾非爱人少，惟爱自然多耳等意，则不能闻之来尔孟多夫。彼之平生，常以憎人者自命，凡天物之美，足以乐英诗人者，在俄国英雄之目，则长此黯淡，浓云疾雷而不见霁日也。盖二国人之异，亦差可于是见之矣。

拜伦、普希金、莱蒙托夫异同论：对普希金“终服帝力，入于平和”的“兽爱”，以及拜伦后来对拿破仑的崇拜，批判是明显的。其间，特别欣赏莱蒙托夫的独立、自由、平等的思想。

八

丹麦人勃阑兑思，于波阑之罗曼派，举密克威支

（A. Mickiewicz）[106] 斯洛伐支奇（J. Slowacki）[107] 克拉旬斯奇（S. Krasinski）[108] 三诗人。密克威支者，俄文家普式庚同时人，以千七百九十八年生于札希亚小村之故家。村在列图尼亚 [109]，与波阑邻比。十八岁出就维尔那大学 [110]，治言语之学，初尝爱邻女马理维来苏萨加，而马理他去，密克威支为之不欢。后渐读裴伦诗，又作诗曰《死人之祭》（*Dziady*）[111]。中数份叙列图尼亚旧俗，每十一月二日，必置酒果于垅上，用享死者，聚村人牧者术士一人，暨众冥鬼，中有失爱自杀之人，已经冥判，每届是日，必更历苦如前此；而诗止断片未成。尔后居加夫诺（Kowno）[112] 为教师；二三年返维尔那。递千八百二十二年，捕于俄吏，居囚室十阅月，窗牖皆木制，莫辨昼夜；乃送圣彼得堡，又徙阿兑塞 [113]，而其地无需教师，遂之克利米亚 [114]，揽其地风物以助咏吟，后成《克利米亚诗集》一卷。已而返墨斯科，从事总督府中，著诗二种，一曰《格罗苏那》（*Grazyna*）[115]，记有王子烈泰威尔，与其外父域多勒特迕，将乞外兵为援，其妇格罗苏那知之，不能令勿叛，惟命守者，勿容日耳曼使人入诺华格罗迭克。援军遂怒，不攻域多勒特而引军薄烈泰威尔，格罗苏那自擐甲，伪为王子与战，已而王子归，虽幸胜，而格罗苏那中流丸，旋死。及葬，紥发炮者同置之火，烈泰威尔亦殉焉。此篇之意，盖在假有妇人，第以祖国之故，则虽背夫子之命，斥去援兵，欺

论密茨凯维奇、斯沃伐茨基、克拉辛斯基。

其军士，濒国于险，且召战争，皆不为过，苟以是至高之目的，则一切事，无不可为者也。一曰《华连洛德》（*Wallenrod*），其诗取材古代，有英雄以败亡之余，谋复国仇，因伪降敌阵，渐为其长，得一举而复之。此盖以意太利文人摩契阿威黎（Machiavelli）[116]之意，附诸裴伦之英雄，故初视之亦第罗曼派言情之作。检文者不喻其意，听其付梓，密克威支名遂大起。未几得间，因至德国，见其文人瞿提。此他犹有《佗兑支氏》（*Pan Tadeusz*）[117]一诗，写苏孛烈加暨诃什支珂二族之事，描绘物色，为世所称。其中虽以佗兑支为主人，而其父约舍克易名出家，实其主的。初记二人熊猎，有名华伊斯奇者吹角，起自微声，以至洪响，自榆度榆，自檞至檞，渐乃如千万角声，合于一角；正如密克威支所为诗，有今昔国人之声，寄于是焉。诸凡诗中之声，清澈弘厉，万感悉至，直至波阑一角之天，悉满歌声，虽至今日，而影响于波阑人之心者，力犹无限。令人忆诗中所云，听者当华伊斯奇吹角久已，而尚疑其方吹未已也。密克威支者，盖即生于彼歌声反响之中，至于无尽者夫。

密克威支至崇拿坡仑，谓其实造裴伦，而裴伦之生活暨其光耀，则觉普式庚于俄国，故拿坡仑亦间接起普式庚。拿坡仑使命，盖在解放国民，因及世界，而其一生，则为最高之诗。至于裴伦，亦极崇仰，谓裴伦所作，实出于拿坡仑，英国同代之人，虽被其天才影响，而卒莫能并大。盖自诗人死后，而英国文章，状态又归前纪矣。若在俄国，则善普式庚，二人同为斯拉夫文章首领，亦裴伦分文，逮年渐进，亦均渐趣于国粹；所异者，普式庚少时欲畔帝力，一举不成，遂以铩羽，且感帝意，愿为之臣[118]，失其英年时之主义，而密克威支则长此保持，洎死始已也。当二人相见时，普式庚有《铜马》[119]一诗，密克威支则有《大彼得像》[120]一诗为其记念。盖千八百二十九年顷，二人尝避雨像次，密克威支因赋诗纪所语，假普式庚为言，末解曰，马足已虚，而帝不勒之返。彼曳其枚，行且坠碎。历时百年，今犹未堕，是犹山泉喷水，著寒而冰，临悬崖之侧耳。顾自由日出，熏风西集，寒沍之地，因以昭苏，则喷泉将何如，暴政将何如也？虽然，此实密克威支之言，特托之普式庚者耳。波阑破后[121]，二人遂不相见，普式庚有诗怀之；普式庚伤死，密克威支亦念之至切。顾二人虽甚稔，又同本裴伦，而亦有特异者，如普式庚于晚出诸作，恒自谓少年眷爱自繇之梦，已背之而去，又谓前路已不见仪的之存，而密克威支则仪的如是，决无疑贰也。

斯洛伐支奇以千八百九年生克尔舍密涅克（Krzemieniec）[122]，少孤，育于后父；尝入维尔那大学，性情思想如裴伦。二十一岁入华骚户部[123]为书记；越二年，忽以事去国，不能复返。初至伦敦；已而至巴黎，成诗一卷，仿裴伦诗体。时密克威支亦来相见，未几而迕。所作诗歌，多惨苦之音。千八百三十五年去巴黎，作东方之游，经希腊埃及叙利亚；三十七年返意太利，道出易尔爱列须[124]阻疫，滞留久之，作《大漠中之疫》一诗。记有亚剌伯人，为言目击四子三女，洎其妇相继死于疫，哀情涌于毫素，读之令人忆希腊尼阿孛（Niobe）[125]事，亡国之痛，隐然在焉。且又不止此苦难之诗而已，凶惨之作，恒与俱起，而斯洛伐支奇为尤。凡诗词中，靡不可见身受楚毒之印象或其见闻，最著者或根史实，如《克垒勒度克》（*Król Duch*）[126]中所述俄帝伊凡四世，以剑钉使者之足于地一节，盖本诸古典者也。

波阑诗人多写狱中戍中刑罚之事，如密克威支作《死人之祭》第三卷中，几尽绘己身所历，倘读其《契珂夫斯奇》（*Cichowski*）一章，或《娑波卢夫斯奇》（*Sobolewski*）之什，记见少年二十橇，送赴鲜卑事，不为之生愤激者盖鲜也。而读上述二人吟咏，又往往闻报复之声。如《死人祭》第三篇，有囚人所歌者：其一央珂夫斯奇曰，欲我为信徒，必见耶稣马理[127]，先惩污吾国土之俄帝而后可。俄帝若在，无能令我呼耶稣之名。其二加罗珂夫斯奇曰，设吾当受谪放，劳役缧绁，得为俄帝作工，夫何靳耶？吾在刑中，所当力作，自语曰，愿此苍铁，有日为帝成一斧也。吾若出狱，当迎韃靼女子，语之曰，为帝生一巴棱（杀保罗一世者）[128]。吾若迁居植民地，当为其长，尽吾陇亩，为帝植麻，以之成一苍色巨索，织以银丝，俾阿尔洛夫（杀彼得三世者）[129]得之，可缳俄帝颈也。末为康拉德歌曰，吾神已寂，歌在坟墓中矣。惟吾灵神，已嗅血腥，一噭而起，有如血蝠（Vampire）[130]，欲人血也。渴血渴血，复仇复仇！仇吾屠伯！天意如是，固报矣；即不如是，亦报尔！报复诗华，盖萃于是，使神不之直，则彼且自报之耳。

如上所言报复之事，盖皆隐藏，出于不意，其旨在凡窘于天人之民，得用诸术，拯其父国，为圣法也。故格罗苏那虽背其夫而拒敌，义为非谬；华连洛德亦然。苟拒异族之军，虽用诈伪，不云非法，华连洛德伪附于敌，乃歼日耳曼军，故土自由，而自亦忏悔而死。其意盖以为一人苟有所图，得当以报，则虽降敌，不为罪愆。如《阿勒普耶罗斯》（*Alpujarras*）[131]一诗，益可以见其意。中叙摩亚[132]之王阿勒曼若，以城方大疫，且不得不以格拉那陀地降西班牙，因夜出。西班牙人方聚饮，忽白有人乞见，来者一阿剌伯人，进而呼曰，西班牙人，吾愿奉汝明神，信汝先哲，为汝奴仆！众识之，盖阿勒曼若也。西人长者抱之为吻礼，诸首领皆礼之。而阿勒曼若忽仆地，攫其巾大悦呼曰，吾中疫矣！盖以彼忍辱一行，而疫亦入西班牙之军矣。斯洛伐支奇为诗，亦时责奸人自行诈于国，而以诈术陷敌，则甚美之，如《阑勃罗》（*Lambro*）《珂尔强》（*Kordjan*）皆是。《阑勃罗》为希腊人事，其人背教为盗，俾得自由以仇突厥，性至凶酷，为世所无，惟裴伦东方诗中能见之耳。珂尔强者，波阑人谋刺俄帝尼可拉一世者也。凡是二诗，其主旨所在，皆特报复而已矣。

上二士者，以绝望故，遂于凡可祸敌，靡不许可，如格罗苏那之行诈，如华连洛德之伪降，如阿勒曼若之种疫，如珂尔强之谋刺，皆是也。而克拉旬斯奇之见，则与此反。此主力报，彼主爱化。顾其为诗，莫不追怀绝泽，念祖国之忧患。波阑人动于其诗，因有千八百三十年之举；馀忆所及，而六十三年大变[133]，亦因之起矣。即在今兹，精神未忘，难亦未已也。

九

若匈加利当沉默蜷伏之顷，则兴者有裴象飞（A. Petőfi）[134]，沽肉者子也，以千八百二十三年生于吉思珂罗（Kiskörös）。其区为匈之低地，有广漠之普斯多（Puszta 此翻平原），道周之小旅以及村舍，种种物色，感之至深。盖普斯多之在匈，犹俄之有斯第孛（Steppe 此亦翻平原），善能起诗人焉。父虽贾人，而殊有学，能解腊丁文。裴象飞十岁出学于科勒多，既而至阿琐特，治文法三年。然生有殊禀，挚爱自繇，

论裴多菲。

愿为俳优；天性又长于吟咏。比至舍勒美支，入高等学校三月，其父闻裴彖飞与优人伍，令止读，遂徒步至菩特沛思德[135]，入国民剧场为杂役。后为亲故所得，留养之，乃始为诗咏邻女，时方十六龄。顾亲属谓其无成，仅能为剧，遂任之去。裴彖飞忽投军为兵，虽性恶压制而爱自由，顾亦居军中者十八月，以病疟罢。又入巴波大学[136]，时亦为优，生计极艰，译英法小说自度。千八百四十四年访伟罗思摩谛（M. Vörösmarty）[137]，伟为梓其诗，自是遂专力于文，不复为优。此其半生之转点，名亦陡起，众目为匈加利之大诗人矣，次年春，其所爱之女死，因旅行北方自遣，及秋始归。洎四十七年，乃访诗人阿阑尼（J. Arany）于萨伦多[138]，而阿阑尼杰作《约尔提》（*Joldi*）适竣，读之叹赏，订交焉。四十八年以始，裴彖飞诗渐倾于政事，盖知革命将兴，不期而感，犹野禽之识地震也。是年三月，墺大利人革命[139]报至沛思德，裴彖飞感之，作《兴矣摩迦人》（*Tolpra Magyar*）[140]一诗，次日诵以徇众，至解末迭句云，誓将不复为奴！则众皆和，持至检文之局，逐其吏而自印之，立俟其毕，各持之行。文之脱检，实自此始。裴彖飞亦尝自言曰，吾琴一音，吾笔一下，不为利役也。居吾心者，爰有天神，使吾歌且吟。天神非他，即自由耳。顾所为文章，时多过情，或与众忤；尝作《致诸帝》[141]一诗，人多责之。裴彖飞自记曰，去三月十五数日而后，吾忽为众恶之人矣，褫夺花冠，独研深谷之中，顾吾终幸不屈也。比国事渐急，诗人知战争死亡且近，极思赴之。自曰，天不生我于孤寂，将召赴战场矣。吾今得闻角声召战，吾魂几欲骤前，不及待令矣。遂投国民军（Honvéd）中，四十九年转隶贝谟[142]将军麾下。贝谟者，波阑武人，千八百三十年之役，力战俄人者也。时轲苏士[143]招之来，使当脱阑希勒伐尼亚[144]一面，甚爱裴彖飞，如家人父子然。裴象飞三去其地，而不久即返，似或引之。是年七月三十一日舍俱思跋[145]之战，遂殁于军。平日所谓为爱而歌，为国而死者，盖至今日而践矣。裴象飞幼时，尝治裴伦暨修黎之诗，所作率纵言自由，诞放激烈，性情亦仿佛如二人。曾自言曰，吾心如反响之森林，受一呼声，应以百响者也。又善体物色，著之诗歌，妙绝人世，自称为无边自然之野花。所著长诗，有《英雄约诺斯》（*János Vitéz*）[146]一篇，取材于古传，述其人悲欢畸迹。又小说一卷曰《缢吏之缳》（*A Hóhér Kötele*）[147]，记以眷爱起争，肇生孽障，提尔尼阿遂陷安陀罗奇之子于法。安陀罗奇失爱绝欢，庐其子垅上，一日得提尔尼阿，将杀之。而从者止之曰，敢问死与生之忧患孰大？曰，生哉！乃纵之使去；终诱其孙令自经，而其为绳，即昔日缳安陀罗奇子之颈者也。观其首引耶和华言，意盖云厥祖罪愆，亦可报诸其苗裔，受施必复，且不嫌加甚焉。至于诗人一生，亦至殊异，浪游变易，殆无宁时。虽少逸豫者一时，而其静亦非真静，殆犹大海漩洑中心之静点而已。设有孤舟，卷于旋风，当有一瞬间忽尔都寂，如风云已息，水波不兴，水色青如微笑，顾漩洑偏急，舟复入卷，乃至破没矣。彼诗人之暂静，盖亦犹是焉耳。

上述诸人，其为品性言行思惟，虽以种族有殊，外缘多别，因现种种状，而实统于一宗：无不刚健不

国家危机意识。五四前后，这种意识逐渐淡出，而社会解放意识明显加强。

挠，抱诚守真；不取媚于群，以随顺旧俗；发为雄声，以起其国人之新生，而大其国于天下。求之华土，孰比之哉？夫中国之立于亚洲也，文明先进，四邻莫之与伦，蹇视高步，因益为特别之发达；及今日虽彫苓，而犹与西欧对立，此其幸也。顾使往昔以来，不事闭关，能与世界大势相接，思想为作，日趣于新，则今日方卓立宇内，无所愧逊于他邦，荣光俨然，可无苍黄变革之事，又从可知尔。故一为相度其位置，稽考其邂逅，则震旦为国，得失滋不云微。得者以文化不受影响于异邦，自具特异之光采，近虽中衰，亦世希有。失者则以孤立自是，不遇校雠，终至堕落而之实利；为时既久，精神沦亡，逮蒙新力一击，即砉然冰泮，莫有起而与之抗。加以旧染既深，辄以习惯之目光，观察一切，凡所然否，谬解为多，此所为呼维新既二十年，而新声迄不起于中国也。夫如是，则精神界之战士贵矣。英当十八世纪时，社会习于伪，宗教安于陋，其为文章，亦摹故旧而事涂饰，不能闻真之心声。于是哲人洛克[148]首出，力排政治宗教之积弊，唱思想言议之自由，转轮之兴，此其播种。而在文界，则有农人朋思生苏格阑，举全力以抗社会，宣众生平等之音，不惧权威，不跽金帛，洒其热血，注诸韵言；然精神界之伟人，非遂即人群之骄子，轗轲流落，终以夭亡。而裴伦修黎继起，转战反抗，具如前陈。其力如巨涛，直薄旧社会之柱石。余波流衍，入

论中国文化之得失。

比较文化的观点。

俄则起国民诗人普式庚，至波阑则作报复诗人密克威支，入匈加利则觉爱国诗人裴象飞；其他宗徒，不胜具道。顾裴伦修黎，虽蒙摩罗之谥，亦第人焉而已。凡其同人，实亦不必口摩罗宗，苟在人间，必有如是。此盖聆热诚之声而顿觉者也，此盖同怀热诚而互契者也。故其平生，亦甚神肖，大都执兵流血，如角剑之士，转辗于众之目前，使抱战栗与愉快而观其鏖扑。故无流血于众之目前者，其群祸矣；虽有而众不之视，或且进而杀之，斯其为群，乃愈益祸而不可救也！

摩罗诗人谱系。

今索诸中国，为精神界之战士者安在？有作至诚之声，致吾人于善美刚健者乎？有作温煦之声，援吾人出于荒寒者乎？家国荒矣，而赋最末哀歌，以诉天下贻后人之耶利米，且未之有也。非彼不生，即生而贼于众，居其一或兼其二，则中国遂以萧条。劳劳独躯壳之事是图，而精神日就于荒落；新潮来袭，遂以不支。众皆曰维新，此即自白其历来罪恶之声也，犹云改悔焉尔。顾既维新矣，而希望亦与偕始，吾人所待，则有介绍新文化之士人。特十余年来，介绍无已，而究其所携将以来归者；乃又舍治饼饵守囹圄之术[149]而外，无他有也。则中国尔后，且永续其萧条，而第二维新之声，亦将再举，盖可准前事而无疑者矣。俄文人凯罗连珂（V. Korolenko）作《末光》[150]一书，有记老人教童子读书于鲜卑者，曰，书中述樱花黄鸟，而鲜卑沍寒，不有此也。翁则解之曰，此鸟即止于樱

在中国，首要的工作在于养成“精神界之战士”，也即启蒙的启蒙。

开篇即说："盖人文之留遗后世者，最有力莫如心声。"文末重新回到真诚（"热诚""至诚"）这一"诗"的道德起点。

木，引吭为好音者耳。少年乃沉思。然夫，少年处萧条之中，即不诚闻其好音，亦当得先觉之诠解；而先觉之声，乃又不来破中国之萧条也。然则吾人，其亦沉思而已夫，其亦惟沉思而已夫！

一九〇七年作。

注 释

1 发表于 1908 年东京《河南》月刊第 2 号、第 3 号，署名令飞。后编入《坟》。

2 尼佉　通译尼采。引文见于《查拉图斯特拉如是说》。

3 勾萌绝朕　生机断绝。勾萌，弯曲的幼苗；朕，先兆。

4 种人　种族或民族。

5 影国　影子国，此指徒有其名的文明古国。

6《韦陀》 通译《吠陀》，印度古代经典，约产生于公元前 2500 年至前 500 年间，内容包括颂诗、祷告文、咒文及其他宗教文献。

7《摩诃波罗多》暨《罗摩衍那》 印度古代两大史诗。《摩诃波罗多》完成于公元前七世纪至前四世纪，共分十八篇，号称十万颂（每颂两行），所叙为诸神及英雄的故事；《罗摩衍那》，大约完成于公元前五世纪，叙述的是王子罗摩的漫游故事。

8 加黎陀萨（约公元五世纪） 通译迦梨陀娑，印度古代诗人、戏剧家。一生中创作了大量作品，包括叙事诗《罗怙世系》和《鸠摩罗出世》，抒情长诗《云使》，剧本《沙恭达罗》等。

9 耶利米　古代犹太先知。关于他的记述，见于《圣经·旧约》中的《耶利米书》。

10 伊兰　即伊朗，古称波斯。

11 加勒尔　今译卡莱尔。

12 札尔　即沙皇。

13 狉獉　原作榛狉，形容远古时代人类尚未开化的情景。柳宗元《封建论》："草木榛榛，鹿豕狉狉。"榛榛，草木茂密丛生的样子；狉狉，野兽成群奔跑的样子。

14 鄂戈理　通译果戈理。

15 狭斯丕尔　通译莎士比亚。

16 摩罗　通作魔罗，梵文 Mára 音译，佛教传说中的魔鬼。

17 撒但　希伯来文 Ṣāṭan 音译，意为"仇敌""反叛者"，《圣经》中原为天使长，因反抗上帝被打入地狱，成为魔王。

18 裴伦　通译拜伦。

19 摩迦文士　这里指裴多菲。摩迦，通译马扎尔，匈牙利的主要民族。

20 地囱　火山。

21 颢气　空气。

22 思归其雌　退守潜藏。《老子》："知其雄，守其雌，为天下谿。"

23 星气既凝　康德在《自然历史与天体论》中提出的有关太阳系起源的"星云说"，认为地球等天体乃由星云凝聚而成。

24 性解　意为天才。这个词创译自严复的《天演论》。

25 舜云言志　见《尚书·舜典》："诗言志，歌永言，声依永，律和声。"舜，即虞舜，上古帝王。

26 三百之旨，无邪所蔽　见《论语·为政》："诗三百，一言以蔽之，曰：思无邪。"诗三百，即《诗经》。

27 自繇　即自由。繇，通由。

28 返顾高丘，哀其无女　见屈原《离骚》：“忽反顾以流涕兮，哀高丘之无女。”高丘，高山，又据汉代王逸注，为楚国山名；女，情操高洁的女人，王逸注：“女以喻臣。”唐代吕向注：“女，神女，喻忠臣也。”宋代朱熹注：“女，神女，盖以比贤君也。”

29 怀疑自遂古之初　指屈原的《天问》。遂古，远古。

30 密栗　确凿。

31 毛角　指禽兽。

32 拿坡仑　通译拿破仑。

33 爱伦德（1769—1860）通译阿恩特，德国诗人、历史学家。著有《德意志人之歌》《时代精神》等。

34 威廉三世（1770—1840）即腓特烈·威廉三世，普鲁士国王。1806 年普法战争中被拿破仑打败，六年后，当拿破仑从莫斯科溃败，又与之交战，发布《致我人民书》，号召全军抗击法军，又联合俄奥诸国作战，终获胜利。

35 台陀开纳（1791—1813）通译特沃多尔·柯尔纳，德国诗人、戏剧家。1813 年参加反抗拿破仑侵略的义勇军，不久阵亡。诗集《琴与剑》是他的代表作。

36 灵台　同灵府，指心。《庄子·庚桑楚》：“不可内于灵台。”

37 卒业之券　即毕业文凭。

38 道覃（1843—1913）今译多顿，爱尔兰评论家、传记作家。著有《文学研究》《莎士比亚：他的思想与艺术》《雪莱传》等。

39 善生　指生计。文中与“醇乐”相对，有经营之意。

40 约翰穆黎　通译约翰·穆勒，也作约翰·密尔。

41 爱诺尔特（1822—1888）通译阿诺德，英国文艺批评家、诗人。著有《邵莱布和罗斯托》《文学批评论集》《文化与无政府状态》等。

42 鄂谟　通译荷马，相传为古希腊盲诗人，著名史诗《伊利亚特》和《奥德赛》

为他所作。

43 群学 即社会学。

44 僢驰 背道而驰。僢，两足相背。

45 司各德（1771—1832） 今译司各特，英国作家。早年做过律师和出版家，后从事文学创作，1814年后集中写作历史题材的长篇小说，对十九世纪欧洲浪漫主义文学产生相当大的影响。作品有《艾凡赫》《十字军英雄记》等。

46 苏惹（1774—1843） 通译骚塞，英国诗人、散文家。与华兹华斯、格勒律治并称为“湖畔诗人”。1813年受封为“桂冠诗人”。著有《撒拉巴》《纳尔逊》等。

47 修黎（1792—1822） 通译雪莱，英国诗人。曾参加爱尔兰民族独立运动。他的文字表达了对君主专制、宗教欺骗的质疑和反抗，富含浪漫的抒情气质和现实主义精神。著有《伊斯兰的反叛》《阿拉斯特》《解放了的普罗米修斯》等。

48 侂 同托。

49 弥耳敦（J. Milton，1608—1674） 通译弥尔顿，英国诗人、政治家。生于伦敦一个清教徒家族，毕业于剑桥大学。英国革命时期，积极投入斗争；在此前后，撰写了一系列政论文章，驳斥王党的谬论，宣传革命，为英国人民判处查理一世死刑辩护。最著名的政论有《论出版自由》《论国王与官吏的职权》《为英国人民辩护》等。因积劳成疾，致使双目失明。1660年，斯图亚特王朝复辟，惨遭迫害，著作被焚，生活困顿，但仍以口述方式完成三部长诗：《失乐园》《复乐园》《力士参孙》。

50 凯因 通译该隐。据《旧约·创世记》，该隐是亚当和夏娃的长子，亚伯之兄。

51 穆亚（1779—1852） 通译穆尔，爱尔兰诗人、音乐家。著有《爱尔兰歌曲集》，反对英国政府对爱尔兰人民的压迫，颂扬民族独立。1830年作《拜伦传》，为拜伦辩诬。

52 遏克曼（1792—1854） 通译艾克曼，德国作家。曾任歌德私人秘书，著有《歌德谈话录》。

53 挪亚　通译诺亚。亚斐木　通译歌斐木。

54 反种　即生物学所说的返祖现象。

55 之不拉　英语斑马的音译。

56 不伏箱　不服驾驭。《诗经 · 小雅 · 大东》：“睆彼牵牛，不以服箱。”

57 司堪第那比亚　即斯堪的纳维亚半岛。

58 诺曼　即诺曼底，在法国北部。1066 年，诺曼底封建领主威廉公爵渡海征服英格兰，成为英国国王，诺曼底属于英国。至 1450 年，始划归法国。

59 显理二世　通译亨利第二，1154 年起为英国国王。

60 堪勃力俱大学　通译剑桥大学。

61 突厥　指土耳其。

62 《哈洛尔特游草》 通译《恰尔德 · 哈罗尔德游记》，拜伦早期写作的一部长诗。下文的《不信者》以及《阿毕陀斯新妇行》《海贼》《罗罗》，分别通译为《异教徒》《阿拜多斯的新娘》《海盗》《莱拉》。

63 寸析　原作寸折，曲折很多的意思。

64 《堂祥》 通译《唐 · 璜》，长篇叙事诗。写于 1819 年至 1824 年间。诗中叙述西班牙贵族青年游历希腊、俄国、英国的见闻，对封建专制统治以及金钱万能的社会现实，进行了广泛的揭露和无情的讽刺，是拜伦的代表作。

65 《法斯忒》 通译《浮士德》，歌德根据传统题材创作的著名诗剧。

66 卢希飞勒　通译路西弗。据犹太教经典《泰尔谟德》，他原为天使长，后因违抗命令而被赶出天国，堕入地狱，成为魔鬼。

67 地主　据易卜生原著，这里指房东。

68 墺　奥地利。

69 马志尼（G. Mazzini，1805—1872） 意大利政治家，民族解放运动复兴运动中的民主共和派领袖。曾加入烧炭党，后被捕，被驱逐出国。1831 年创立青年意大利党。参加 1848 年意大利革命，为 1849 年罗马共和国三头政治的领导人之一。革命失败后，仍为意大利的统一而斗争。十九世纪六十年代，宣传在“劳资合作”和“生产合作社”的基础上解决工人问题。下文所引他对拜伦的评价，见于《拜伦和歌德》一文。

70 加富尔（C. B. di Cavour，1810—1861） 意大利政治家。自由贵族及君主立宪派领袖，统一的意大利王国第一任首相。

71 意之独立 1820 年至 1821 年，意大利在烧炭党的鼓动之下，举行起义，反对奥国统治，被以奥国为首的“神圣同盟”所镇压。1848 年，意大利再度发生革命，最后经过 1860 年至 1861 年的民族革命战争取得胜利，成立了统一的意大利王国。

72 希腊协会 1821 年，希腊反对土耳其统治的独立战争爆发后，欧洲一些国家组织了支援希腊独立的委员会。这里指设在伦敦的英国支援委员会，拜伦是该会的主要成员。

73 克茀洛尼亚岛 通译克法洛尼亚岛，希腊爱奥尼亚群岛之一。

74 密淑伦其 通译米索郎基，希腊西部的重要城市。1824 年，拜伦曾在这里指挥抵抗土耳其侵略军的战斗，在前线染病后逝世。

75 式列阿忒（Suliote） 通译苏里沃特。希腊和阿尔巴尼亚的少数民族，当时为土耳其所统治。

76 朋思（1759—1796） 通译彭斯，苏格兰诗人。出身于佃农家庭，十六岁前随家人漂泊，从事农业劳动，生活极其贫困。用苏格兰方言写作。他的诗大多取材于苏格兰民谣和民间传说，歌咏农村生活，赞美劳动人民，揭露地主和教士的无耻，反对专制，向往革命。由于深受民歌影响，作品格调清新，韵律优美，便于吟唱，在民间流传极广。三十七岁时在贫困中病故。

77 反张　犹矛盾。

78 契支（1795—1821） 通译济慈，英国诗人。出身贫苦，早年学医，后弃医从文。他的诗具有自由民主的精神，富于抒情气质，善于表达哲思，讲究形式，语言优美。著名的作品有《夜莺颂》《秋颂》《希腊古瓮颂》等。

79 恶斯佛大学　通译牛津大学。

80 戈德文（1756—1836）通译葛德文，英国作家，空想社会主义者。早年曾任牧师，后脱离教会辞去圣职，移居伦敦。1789 年法国革命爆发，他积极支持，并于 1793 年出版《政治正义论》，为革命辩护，同时又不主张使用暴力，宣扬通过"道德教育"来改造社会。在英国，"反雅各宾战争"时期，仍写了许多政论文章，揭露反对派。此外，著有小说《卡莱布·威廉历险记》等，是英国浪漫主义运动的先驱者。

81《阿剌斯多》及下文的《伊式阑转轮篇》，分别通译为《阿拉斯特》和《伊斯兰起义》。

82《解放之普洛美迢斯》及下文的《煔希》，分别通译为《解放了的普罗米修斯》和《钦契》。

83 僦毕多（Jupiter） 通译朱庇特，罗马神话中的主神，相当于希腊神话中的宙斯。

84《春秋》 春秋时期鲁国的编年史，相传为孔子所修。解释《春秋》的书有《左传》《公羊传》《穀梁传》，均属儒家经典。

85 稘　即朞，亦作期。原指周年，这里借指世纪。

86 奥古斯丁（A. Augustinus，354—430） 古罗马末期的基督教神学家。曾在罗马帝国非洲领地希波（今属阿尔及利亚）任教主。他利用新柏拉图主义来论证基督教主义，宣传"原罪说"，鼓吹教权主义。他的教权至上理论，为中世纪政教合一的教会国家奠定了思想基础，为罗马教会的世界性统治提供了哲学根据。主要著作有《忏悔录》和《论上帝之城》。

87 澡雪 高洁之意。《庄子・知北游》："澡雪而精神。"

88 斯宾塞（E. Spenser，1552—1599） 英国诗人。生于伦敦布商家庭，1580年起在爱尔兰担任官职。他的诗表现了新生资产阶级的积极进取的精神，其罗曼司风格对后来的英国浪漫主义运动有很大影响。作品除了长诗《仙后》，还有《牧人时令歌》《十四行诗》《爱情小诗》等。诗体完美，音乐性强，世称"斯宾塞体"。

89 毕撒（Pisa） 通译比萨，意大利中部城市。

90 普式庚（А. С. Пушкин，1799—1837） 今译普希金，俄国诗人，俄罗斯近代文学的奠基者。出生于莫斯科一个贵族地主家庭，青年时深受十二月党人的影响。皇村中学毕业后在外交部供职，并致力诗歌创作。早期著名的诗作有《自由颂》《致恰达耶夫》等，抨击农奴制度，歌颂自由平等，讽刺沙皇及其大臣，要求实行开明政治。1820年被流放到俄国南方，在严密的监视下，写成《高加索的俘虏》等叙事诗，接着发表历史悲剧《鲍里斯・戈斯诺夫》，试图改革俄罗斯戏剧。十二月党人失败后，沙皇尼古拉一世将他召回莫斯科，并接见了他。虽然他的战斗意向有所削弱，仍然写出长诗《叶甫盖尼・奥涅金》和小说《上尉的女儿》。此外，还创办了著名的《现代人》杂志，宣扬民主思想。后在一次阴谋布置的决斗中负伤，不治身亡。

91 来尔孟多夫（М. Ю. Лермонтов，1814—1841） 今译莱蒙托夫，俄国诗人。出生于贵族家庭，1830年进入莫斯科大学，学生时代开始文学活动。1837年，普希金在决斗中中弹死亡后，莱蒙托夫为其写下有名的《诗人之死》一诗，抨击沙皇统治，指斥沙皇是杀人凶手，结果被流放到高加索。1841年在决斗中被杀害。一生写了四百多首短诗，还有长诗《恶魔》《童僧》，长篇小说《当代英雄》和剧本《假面舞会》等。

92 鲜卑 这里指西伯利亚，沙皇时期著名的流放地。

93 《高加索累囚行》及下文的《及泼希》，分别通译为《高加索的俘虏》和《茨冈》，是普希金流放高加索期间写作的长诗。

94 《阿内庚》 通译《叶甫盖尼·奥涅金》，长篇叙事诗，普希金的代表作。

95 波阑抗俄 波阑，今译波兰。1815 年，俄国、普鲁士、奥地利三国在战胜拿破仑以后举行的维也纳会议上，对波兰进行瓜分。原华沙公国大部分成为沙俄统治的波兰王国，沙皇兼任波兰国王。1830 年 11 月，波兰军队拒绝开往比利时作战，并举行起义，解放华沙，宣布废除沙皇尼古拉一世的统治，成立临时政府。次年 9 月，沙俄军队攻占华沙，重新实行军事控制。

96 《俄国之谗谤者》及《波罗及诺之一周年》，今译分别为《致俄罗斯的谗谤者》和《波罗金诺纪念日》。普希金这两首诗写于 1831 年，有美化沙皇对外侵略行为的民族主义倾向。

97 勃阑兑思 今译勃兰兑斯。

98 和阑 即荷兰。

99 芘宾（A. H. Пыпин，1833—1904） 通译佩平，俄国文学史家。著有《俄罗斯文学史》等。

100 来尔孟斯（约 1220—1297） 今译莱尔蒙特，苏格兰诗人。

101 《神摩》及《谟哜黎》，今译分别为《恶魔》《童僧》。

102 《并世英雄记》 今译《当代英雄》。

103 摩尔迭诺夫（H. C. Мартынов） 今译马尔廷诺夫，俄国军官。1841 年 7 月，在高加索疗养地皮亚季戈尔斯克的一次决斗中，杀害莱蒙托夫。

104 波覃勖迭（F. M. von Bodenstedt，1819—1892） 通译博登施泰特，德国作家、翻译家、批评家。他曾翻译过普希金、莱蒙托夫等俄国作家的作品。著有《米尔扎·沙菲的歌谣》《莎士比亚的同时代人及其作品》等。

105 《伊思迈尔培》 通译《伊斯梅尔·贝》，莱蒙托夫写于 1832 年的长篇叙事诗，描写高加索人民反对沙皇统治的民族解放斗争。

106 密克威支（1798—1855） 通译密茨凯维奇。

107 斯洛伐支奇（1809—1849） 通译斯沃伐茨基，波兰诗人、剧作家。他与密茨凯维奇、克拉辛斯基共同领导了波兰文学的浪漫主义运动。参加过 1830 年的华沙起义和 1848 年的波兹南起义。著有《精神之王》《沙漠中的瘟疫》等。

108 克拉旬斯奇（1812—1859） 今译克拉辛斯基，波兰诗人、剧作家。著有悲剧《非神曲》《伊里迪翁》和诗歌《黎明之前》等。

109 列图尼亚 通译立陶宛。

110 维尔那大学 在今立陶宛首都维尔纽斯。

111 《死人之祭》 通译《先人祭》，诗剧。

112 加夫诺 立陶宛城市。

113 阿兑塞 通译敖德萨，在今乌克兰共和国南部，黑海港口。

114 克利米亚 即克里米亚半岛，位于俄罗斯西南部，黑海与亚速海之间。

115 《格罗苏那》及下文的《华连洛德》，通译为《格拉席娜》和《华伦洛德》，均为长篇叙事诗。

116 摩契阿威黎（1469—1527） 通译马基雅维利，意大利作家、政治理论家。曾任佛罗伦萨共和国执政委员会秘书等职。著有《君主论》《佛罗伦萨史》等。他在《君主论》中关于政治权术的论述，被称为马基雅维利主义。

117 《佗兑支氏》 通译《塔杜施先生》，长篇叙事诗。下文的“华伊斯奇”，波兰语，意为大管家。

118 普希金于 1831 年秋在沙皇政府外交部任职，后又曾为官廷近侍。

119 《铜马》 通译为《青铜骑士》。

120 《大彼得像》 通译为《彼得大帝纪念碑》。

121 指 1830 年波兰起义失败，次年沙皇军队占领华沙，再次将波兰划归俄国版图。

122 克尔舍密涅克 通译克列梅涅茨，今在乌克兰境内。

123　**华骚**　即华沙。**户部**　负责掌管土地、户籍及财政事务的行政机构。

124　**曷尔爱列须**　通译埃尔·阿里什，埃及西奈半岛城市，濒临地中海。

125　**尼阿孛**　今译尼俄柏，希腊神话中吕狄亚王的女儿、底比斯王的妻子。因为她蔑视太阳神阿波罗的母亲（她只生育两个孩子）而夸耀自己的六男六女，结果她的儿女被阿波罗和他的妹妹月神阿耳忒弥斯全部杀死。

126　**《克垒勒度克》**　波兰语，今译为《精神之王》，哲理诗。

127　**马理**　通译玛利亚，基督教中的“圣母”，耶稣的母亲。

128　**巴棱**　即彼得·帕伦，沙皇保罗一世的宠臣，任彼得堡总督。1801 年，伙同列昂节耶维奇将军等说服王位继承人亚历山大同意废黜他父亲，然后杀死保罗。

129　**阿尔洛夫**　今译奥尔洛夫，即格里戈里·奥尔洛夫和阿列克谢·奥尔洛夫兄弟，俄国军官。在沙皇彼得三世的妻子叶卡捷琳娜授意下发动政变，废黜彼得三世，拥立叶卡捷琳娜为女皇。

130　**血蝠**　即吸血鬼。

131　**《阿勒普耶罗斯》**以及下文的《阑勃罗》《珂尔强》，今译分别为《阿尔普亚拉》《拉姆勃罗》《科尔迪安》。

132　**摩亚**　通译摩尔，非洲北部民族。曾于 1238 年建立格拉纳达王国，1492 年为西班牙所灭。**阿勒曼若**　密茨凯维奇虚构的人物，喻指格拉纳达最后一代国王穆罕默德十一世。

133　**六十三年大变**　指 1863 年波兰一月起义。这次起义成立临时民族政府，发布解放农奴的宣言和有关法令，后为沙皇所镇压。

134　**裴象飞**　通译裴多菲。

135　**菩特沛思德**　今译布达佩斯，匈牙利首都。

136　**巴波大学**　巴波今译帕波，大学应为中学，在匈牙利西部帕波城内。

137　**伟罗思摩谛**（1800—1855）　今译弗勒什毛尔蒂，匈牙利诗人。曾参加 1848

年革命，被选为国民议会代表，出任最高法院法官。他主持的文学机构曾资助出版裴多菲的诗集。著有《卓兰的出走》、诗剧《钟哥与金黛》等。

138 阿阑尼（1817—1882） 今译阿兰尼，匈牙利诗人。曾参加 1848 年革命，担任《人民之友》报编辑。著有长篇叙事诗《多尔第》三部曲。萨伦多 村名，位于匈牙利东部。

139 墺大利人革命 墺大利，今译奥地利。1848 年 3 月 13 日，奥地利学生和市民在首府维也纳举行请愿和示威活动，要求实行政治改革。奥王被迫罢黜首相梅涅特，改组内阁，施行宪政。

140 《兴矣摩迦人》 指《民族之歌》。“兴矣摩迦人”是诗中首句，今译为：“起来，匈牙利人！”

141 《致诸帝》 今译作《给国王们》。

142 贝谟（J. Bem，1795—1850） 通译贝姆，波兰将军。1830 年 11 月波兰起义领导人之一，后流亡国外，又参加了 1848 年维也纳武装起义和 1849 年匈牙利民族解放战争。

143 轲苏士（L. Kossuth，1802—1894） 通译科苏特，匈牙利政治家，民族独立运动领袖。1848 年匈牙利革命的主要领导人。1849 年匈牙利独立时，曾出任国家元首，失败后亡命国外，客死于意大利。

144 脱阑希勒伐尼亚 通译特兰西瓦尼亚，今属罗马尼亚。

145 舍俱思跋 通译瑟克什堡。

146 《英雄约诺斯》 通译《勇敢的约翰》，长篇叙事诗。

147 《缢吏之缳》 通译《绞吏之绳》。

148 洛克（J. Locke，1632—1704） 英国哲学家。他反对天赋观念论及君权神授说，认为知识起源于感觉，后天经验是认识的源泉；在政治上鼓吹自由，主张宽容，提出分权说，拥护代议制，强调国家对私有财产的保护。在经济学方面，有不少创见。著有《人类理解力论》《政府论》等。

149　治饼饵守囹圄之术　指晚清中国留学生据日文译介的关于家政和警察学一类的书。

150　凯罗连珂（1853—1921）　今译柯罗连科，俄国作家、社会活动家。因反对沙皇、参加革命运动而多次被捕，并流放西伯利亚。著有小说《西伯利亚故事》《盲音乐家》及回忆录《我的同时代人的故事》等。《末光》是《西伯利亚故事》中的一篇，也译作《最后的光芒》。

我们现在怎样做父亲[1]

我作这一篇文的本意，其实是想研究怎样改革家庭；又因为中国亲权重，父权更重，所以尤想对于从来认为神圣不可侵犯的父子问题，发表一点意见。总而言之：只是革命要革到老子身上罢了。但何以大模大样，用了这九个字的题目呢？这有两个理由：

宗法社会的中国，父子问题带有原型性质，包含着权力的一种天然合理的统驭关系。

第一，中国的"圣人之徒"[2]，最恨人动摇他的两样东西。一样不必说，也与我辈绝不相干；一样便是他的伦常[3]，我辈却不免偶然发几句议论，所以株连牵扯，很得了许多"铲伦常""禽兽行"之类的恶名。他们以为父对于子，有绝对的权力和威严；若是老子说话，当然无所不可，儿子有话，却在未说之前早已错了。但祖父子孙，本来各各都只是生命的桥梁的一级，决不是固定不易的。现在的子，便是将来的父，也便是将来的祖。我知道我辈和读者，若不是现任之父，也一定是候补之父，而且也都有做祖宗的希望，所差只在一个时间。为想省却许多麻烦起见，我们便该无须客气，尽可先行占住了上风，摆出父亲的尊严，谈谈我们和我们子女的事；不但将来着手实行，可以减少困难，在中国也顺理成章，免得“圣人之徒”听了害怕，总算是一举两得之至的事了。所以说，“我们怎样做父亲。”

第二，对于家庭问题，我在《新青年》的《随感录》(二五,四十,四九)中，曾经略略说及，总括大意，便只是从我们起，解放了后来的人。论到解放子女，本是极平常的事，当然不必有什么讨论。但中国的老年，中了旧习惯旧思想的毒太深了，决定悟不过来。譬如早晨听到乌鸦叫，少年毫不介意，迷信的老人，却总须颓唐半天。虽然很可怜，然而也无法可救。没有法，便只能先从觉醒的人开手，各自解放了自己的孩子。自己背着因袭的重担，肩住了黑暗的闸门，放他们到宽阔光明的地方去；此后幸福的度日，合理的做人。

还有，我曾经说，自己并非创作者，便在上海报纸的《新教训》里，挨了一顿骂[4]。但我辈评论事情，总须先评论了自己，不要冒充，才能像一篇说话，对得起自己和别人。我自己知道，不特并非创作者，并且也不是真理的发见者。凡有所说所写，只是就平日见闻的事理里面，取了一点心以为然的道理；至于终极究竟的事，却不能知。便是对于数年以后的学说的进步和变迁，也说不出会到如何地步，单相信比现在

进化论的根据：一、生命是可敬畏的；二、生存是第一位的；三、要着眼于未来。

总该还有进步还有变迁罢了。所以说，“我们现在怎样做父亲。”

我现在心以为然的道理，极其简单。便是依据生物界的现象，一，要保存生命；二，要延续这生命；三，要发展这生命（就是进化）。生物都这样做，父亲也就是这样做。

生命的价值和生命价值的高下，现在可以不论。单照常识判断，便知道既是生物，第一要紧的自然是生命。因为生物之所以为生物，全在有这生命，否则失了生物的意义。生物为保存生命起见，具有种种本能，最显著的是食欲。因有食欲才摄取食物，因有食物才发生温热，保存了生命。但生物的个体，总免不了老衰和死亡，为继续生命起见，又有一种本能，便是性欲。因性欲才有性交，因有性交才发生苗裔，继续了生命。所以食欲是保存自己，保存现在生命的事；性欲是保存后裔，保存永久生命的事。饮食并非罪恶，并非不净；性交也就并非罪恶，并非不净。饮食的结果，养活了自己，对于自己没有恩；性交的结果，生出子女，对于子女当然也算不了恩。——前前后后，都向生命的长途走去，仅有先后的不同，分不出谁受谁的恩典。

伦理学惟有建立在生物学的基础上，才有可能获致科学性，即合乎人性（天性）。

可惜的是中国的旧见解，竟与这道理完全相反。夫妇是“人伦之中”，却说是“人伦之始”[5]；性交是常事，却以为不净；生育也是常事，却以为天大的大功。人人对于婚姻，大抵先夹带着不净的思想。亲戚朋友有许多戏谑，自己也有许多羞涩，直到生了孩子，还是躲躲闪闪，怕敢声明；独有对于孩子，却威严十足，这种行径，简直可以说是和偷了钱发迹的财主，不相上下了。我并不是说，——如他们攻击者所意想的，——人类的性交也应如别种动物，随便举行；或如无耻流氓，专做些下流举动，自鸣得意。是说，此后觉醒的人，应该先洗净了东方固有的不净思想，再纯洁明白一些，了解夫妇是伴侣，是共同劳动者，又是新生命创造者的意义。所生的子女，固然是受领新生命的人，但他也不永久占领，将来还要交付子女，像他们的父母一般。只是前前后后，都做一个过付的经手人罢了。

生命何以必需继续呢？就是因为要发展，要进化。个体既然免不了死亡，进化又毫无止境，所以只能延续着，在这进化的路上走。走这路须有一种内的努力，有如单细胞动物有内的努力，积久才会繁复，无脊椎动物有内的努力，积久才会发生脊椎。所以后起的生命，总比以前的更有意义，更近完全，因此也更有价值，更可宝贵；前者的生命，应该牺牲于他。

但可惜的是中国的旧见解，又恰恰与这道理完全相反。本位应在幼者，却反在长者；置重应在将来，却反在过去。前者做了更前者的牺牲，自己无力生存，却苛责后者又来专做他的牺牲，毁灭了一切发展本身

以幼者和将来为本位。

的能力。我也不是说，——如他们攻击者所意想的，——孙子理应终日痛打他的祖父，女儿必须时时咒骂他的亲娘。是说，此后觉醒的人，应该先洗净了东方古传的谬误思想，对于子女，义务思想须加多，而权力思想却大可切实核减，以准备改作幼者本位的道德。况且幼者受了权利，也并非永久占有，将来还要对于他们的幼者，仍尽义务，只是前前后后，都做一切过付的经手人罢了。

“父子间没有什么恩”这一个断语，实是招致“圣人之徒”面红耳赤的一大原因。他们的误点，便在长者本位与利己思想，权利思想很重，义务思想和责任心却很轻。以为父子关系，只须“父兮生我”[6]一件事，幼者的全部，便应为长者所有。尤其堕落的，是因此责望报偿，以为幼者的全部，理该做长者的牺牲。殊不知自然界的安排，却件件与这要求反对，我们从古以来，逆天行事，于是人的能力，十分萎缩，社会的进步，也就跟着停顿。我们虽不能说停顿便要灭亡，但较之进步，总是停顿与灭亡的路相近。

道德：权利与义务。

自然界的安排，虽不免也有缺点，但结合长幼的方法，却并无错误。他并不用“恩”，却给予生物以一种天性，我们称他为“爱”。动物界中除了生子数目太多——爱不周到的如鱼类之外，总是挚爱他的幼子，不但绝无利益心情，甚或至于牺牲了自己，让他的将来的生命，去上那发展的长途。

关于爱。

人类也不外此，欧美家庭，大抵以幼者弱者为本位，便是最合于这生物学的真理的办法。便在中国，只要心思纯白，未曾经过“圣人之徒”作践的人，也都自然而然的能发现这一种天性。例如一个村妇哺乳婴儿的时候，决不想到自己正在施恩；一个农夫取妻的时候，也决不以为将要放债。只是有了子女，即天然相爱，愿他生存；更进一步的，便还要愿他比自己更好，就是进化。这离绝了交换关系利害关系的爱，便是人伦的索子，便是所谓“纲”。倘如旧说，抹杀了“爱”，一味说“恩”，又因此责望报偿，那便不但败坏了父子间的道德，而且也大反于做父母的实际的真情，播下乖刺的种子。有人做了乐府[7]，说是“劝孝”，大意是什么“儿子上学堂，母亲在家磨杏仁，预备回来给他喝，你还不孝么”之类，自以为“拼命卫道”。殊不知富翁的杏酪和穷人的豆浆，在爱情上价值同等，而其价值却正在父母当时并无求报的心思；否则变成买卖行为，虽然喝了杏酪，也不异“人乳喂猪”[8]，无非要猪肉肥美，在人伦道德上，丝毫没有价值了。

所以我现在心以为然的，便只是“爱”。

无论何国何人，大都承认“爱己”是一件应当的事。这便是保存生命的要义，也就是继续生命的根基。因为将来的运命，早在现在决定，故父母的缺点，便是子孙灭亡的伏线，生命的危机。易卜生做的《群鬼》

（有潘家洵君译本，载在《新朝》一卷五号）虽然重在男女问题，但我们也可以看出遗传的可怕。欧士华本是要生活，能创作的人，因为父亲的不检，先天得了病毒，中途不能做人了。他又很爱母亲，不忍劳他服侍，便藏着吗啡，想待发作时候，由使女瑞琴帮他吃下，毒杀了自己；可是瑞琴走了。他于是只好托他母亲了。

欧 “母亲，现在应该你帮我的忙了。”

阿夫人 “我吗？”

欧 “谁能及得上你。”

阿夫人 “我！你的母亲！”

欧 “正为那个。”

阿夫人 “我，生你的人！”

欧 “我不曾教你生我。并且给我的是一种什么日子？我不要他！你拿回去罢！”

这一段描写，实在是我们做父亲的人应该震惊戒惧佩服的；决不能昧了良心，说儿子理应受罪。这种事情，中国也很多，只要在医院做事，便能时时看见先天梅毒性病儿的惨状；而且傲然的送来的，又大抵是他的父母。但可怕的遗传，并不只是梅毒；另外许多精神上体质上的缺点，也可以传之子孙，而且久而久之，连社会都蒙着影响。我们且不高谈人群，单为子女说，便可以说凡是不爱己的人，实在欠缺做父亲的资格。就令硬做了父亲，也不过如古代的草寇称

遗传学：体质与精神。

王一般，万万算不了正统。将来学问发达，社会改造时，他们侥幸留下的苗裔，恐怕总不免要受善种学（Eugenics）[9]者的处置。

倘若现在父母并没有将什么精神上体质上的缺点交给子女，又不遇意外的事，子女便当然健康，总算已经达到了继续生命的目的。但父母的责任还没有完，因为生命虽然继续了，却是停顿不得，所以还须教这新生命去发展。凡动物较高等的，对于幼雏，除了养育保护以外，往往还教他们生存上必需的本领。例如飞禽便教飞翔，鸷兽便教搏击。人类更高几等，便也有愿意子孙更进一层的天性。这也是爱。上文所说的是对于现在，这是对于将来。只要思想未遭锢蔽的人，谁也喜欢子女比自己更强，更健康，更聪明高尚，——更幸福；就是超越了自己，超越了过去。超越便须改变，所以子孙对于祖先的事，应该改变，“三年无改于父之道可谓孝矣”[10]，当然是曲说，是退婴的病根。假使古代的单细胞动物，也遵着这教训，那便永远不敢分裂繁复，世界上再也不会有人类了。

改革即超越：超越自己，超越过去。

幸而这一类教训，虽然害过许多人，却还未能完全扫尽了一切人的天性。没有读过“圣贤书”的人，还能将这天性在名教的斧钺底下，时时流露，时时萌蘖；这便是中国人虽然凋落萎缩，却未灭绝的原因。

所以觉醒的人，此后应将这天性的爱，更加扩张，更加醇化；用无我的爱，自己牺牲于后起新人。开宗第一，便是理解。往昔的欧人对于孩子的误解，是以为成人的预备；中国人的误解是以为缩小的成人。直到近来，经过许多学者的研究，才知道孩子的世界，与成人截然不同；倘不先行理解，一味蛮做，便大碍于孩子的发达。所以一切设施，都应该以孩子为本位，日本近来，觉悟的也很不少；对于儿童的设施，研究儿童的事业，都非常兴盛了。第二，便是指导。时势既有改变，生活也必须进化；所以后起的人物，一定尤异于前，决不能用同一模型，无理嵌定。长者须是指导者协商者，却不该是命令者。不但不该责幼者供奉自己；而且还须用全副精神，专为他们自己，养成他们有耐劳作的体力，纯洁高尚的道德，广博自由能容纳新潮流的精神，也就是能在世界新潮流中游泳，不被淹没的力量。第三，便是解放。子女是即我非我的人，但既已分立，也便是人类中的人，因为即我，所以更应该尽教育的义务，交给他们自立的能力；因为非我，所以也应同时解放，全部为他们自己所有，成一个独立的人。

反对封建礼教是新文化运动的重要一翼。

长者应是“指导”者，“协商”者，而不是“命令”者。

把儿童教育问题置于世界潮流之中进行考察。教育即解放。根本目的是长成为“独立的人”。

这样，便是父母对于子女，应该健全的产生，尽力的教育，完全的解放。

但有人会怕，仿佛父母从此以后，一无所有，无聊之极了。这种空虚的恐怖和无聊的感想，也即从谬误的旧思想发生；倘明白了生物学的真理，自然便会消灭。但要做解放子女的父母，也应预备一种能力。

父母要解放子女，也须自身具有独立性，有“广博的趣味”和“高尚的娱乐”。

便是自己虽然已经带着过去的色采，却不失独立的本领和精神，有广博的趣味，高尚的娱乐。要幸福么？连你的将来的生命都幸福了。要“返老还童”，要“老复丁”[11]么？子女便是“复丁”，都已独立而且更好了。这才是完了长者的任务，得了人生的慰安。倘若思想本领，样样照旧，专以“勃谿”[12]为业，行辈自豪，那便自然免不了空虚无聊的苦痛。

或者又怕，解放之后，父子间要疏隔了。欧美的家庭，专制不及中国，早已大家知道；往者虽有人比之禽兽，现在却连“卫道”的圣徒[13]，也曾替他们辩护，说并无“逆子叛弟”了。因此可知：惟其解放，所以相亲；惟其没有“拘挛”子弟的父兄，所以也没有反抗“拘挛”的“逆子叛弟”。若威逼利诱，便无论如何，决不能有“万年有道之长”[14]。例便如我中国，汉有举孝，唐有孝悌力田科，清末也还有孝廉方正[15]，都能换到官做。父恩谕之于先，皇恩施之于后，然而割股[16]的人物，究属寥寥。足可证明中国的旧学说旧手段，实在从古以来，并无良效，无非使坏人增长些虚伪，好人无端的多受些人我都无利益的苦痛罢了。

独有“爱”是真的。路粹引孔融说，“父之于子，当有何亲？论其本意，实为情欲发耳。子之于母，亦复奚为，譬如寄物瓶中，出则离矣。”（汉末的孔府上，很出过几个有特色的奇人，不像现在这般冷落，这话也许确是北海先生所说；只是攻击他的偏是路粹和曹操，教人发笑罢了。）[17]虽然也是一种对于旧说的打击，但实于事理不合。因为父母生了子女，同时又有天性的爱，这爱又很深广很长久，不会即离。现在世界没有大同，相爱还有差等，子女对于父母，也便最爱，最关切，不会即离。所以疏隔一层，不劳多虑。至于一种例外的人，或者非爱所能钩连。但若爱力尚且不能钩连，那便任凭什么“恩威，名分，天经，地义”之类，更是钩连不住。

中国的传统道德是缺乏相爱相助、不负责任的道德，旨在“收拾幼者弱者”。

或者又怕，解放之后，长者要吃苦了。这事可分两层：第一，中国的社会，虽说“道德好”，实际却太缺乏相爱相助的心思。便是“孝”“烈”这类道德，也都是旁人毫不负责，一味收拾幼者弱者的方法。在这样社会中，不独老者难于生活，既解放的幼者，也难于生活。第二，中国的男女，大抵未老先衰，甚至不到二十岁，早已老态可掬，待到真实衰老，便更须别人扶持。所以我说，解放子女的父母，应该先有一番预备；而对于如此社会，尤应该改造，使他能适于合理的生活。许多人预备着，改造着，久而久之，自然可望实现了。单就别国的往时而言，斯宾塞[18]未曾结婚，不闻他侘傺无聊；瓦特早没有了子女，也居然“寿终正寝”，何况在将来，更何况有儿女的人呢？

解放子女必先改造社会。

或者又怕，解放之后，子女要吃苦了。这事也有两层，全如上文所说，不过一是因为老而无能，一是因为少不更事罢了。因此觉醒的人，愈觉有改造社会的任务。中国相传的成法，谬误很多：一种是锢闭，以为可以与社会隔离，不受影响，一种是教给他恶本领，以为如此才能在社会中生活。用这类方法的长者，虽然也含有继续生命的好意，但比照事理，却决定谬误。此外还有一种，是传授些周旋方法，教他们顺应社会。这与数年前讲"实用主义"[19]的人，因为市上有假洋钱，便要在学校里遍教学生看洋钱的法子之类，同一错误。社会虽然不能不偶然顺应，但决不是正当办法。因为社会不良，恶现象便很多，势不能一一顺应；倘都顺应了，又违反了合理的生活，倒走了进化的路。所以根本方法，只有改良社会。

就实际上说，中国旧理想的家族关系父子关系之类，其实早已崩溃。这也非"于今为烈"，正是"在昔已然"。历来都竭力表彰"五世同堂"，便足见实际上同居的为难；拼命的劝孝，也足见事实上孝子的缺少。而其原因，便全在一意提倡虚伪道德，蔑视了真的人情。我们试一翻大族的家谱，便知道始迁祖宗，大抵是单身迁居，成家立业；一到聚族而居，家谱出版，却已在零落的中途了。况在将来，迷信破了，便没有哭竹，卧冰；医学发达了，也不必尝秽[20]，割骨。又因为经济关系，结婚不得不迟，生育因此也迟，或者子女才能自存，父母已经衰老，不及依赖他们供养，事实上也就是父母反尽了义务。世界潮流逼拶着，这样做的可以生存，不然的便都衰落；无非觉醒者多，加些人力，便危机可望较少就是了。

但既如上言，中国家庭，实际久已崩溃，并不如"圣人之徒"纸上的空谈，则何以至今依然如故，一无进步呢？这事很容易解答。第一，崩溃者自崩溃，纠缠者自纠缠，设立者又自设立；毫无戒心，也不想到改革，所以如故。第二，以前的家庭中间，本来常有勃豀，到了新名词流行之后，便都改称“革命”，然而其实也仍是讨嫖钱至于相骂，要赌本至于相打之类，与觉醒者的改革，截然两途。这一类自称“革命”的勃豀子弟，纯属旧式，待到自己有了子女，也决不解放；或者毫不管理，或者反要寻出《孝经》，勒令诵读，想他们“学于古训”[21]，都做牺牲。这只能全归旧道德旧习惯旧方法负责，生物学的真理决不能妄任其咎。

家庭问题与社会改造。

“觉醒的父母，完全应该是义务的，利他的，牺牲的。”

既如上言，生物为要进化，应该继续生命，那便“不孝有三无后为大”[22]，三妻四妾，也极合理了。这事也很容易解答。人类因为无后，绝了将来的生命，虽然不幸，但若用不正当的方法手段，苟延生命而害及人群，便该比一人无后，尤其“不孝”。因为现在的社会，一夫一妻制最为合理，而多妻主义，实能使人群堕落。堕落近于退化，与继续生命的目的，恰恰完全相反。无后只是灭绝了自己，退化状态的有后，便会毁到他人。人类总有些为他人牺牲自己的精神，而况生物自发生以来，交互关联，一人的血统，大抵总与他人有多少关系，不会完全灭绝。所以生物学的真理，决非多妻主义的护符。

“一面清结旧账，一面开辟新路。”

总而言之，觉醒的父母，完全应该是义务的，利他的，牺牲的，很不易做；而在中国尤不易做。中国觉醒的人，为想随顺长者解放幼者，便须一面清结旧账，一面开辟新路。就是开首所说的“自己背着因袭的重担，肩住了黑暗的闸门，放他们到宽阔光明的地

呼吁一种自觉的牺牲精神。

方去；此后幸福的度日，合理的做人。”这是一件极伟大的要紧的事，也是一件极困苦艰难的事。

但世间又有一类长者，不但不肯解放子女，并且不准子女解放他们自己的子女；就是并要孙子曾孙都做无谓的牺牲。这也是一个问题；而我是愿意平和的人，所以对于这问题，现在不能解答。

一九一九年十月。

注　释

1 发表于 1919 年 11 月《新青年》第 6 卷第 6 号，署名唐俟。后编入《坟》。

2 “圣人之徒”　指封建卫道者。

3 伦常　封建伦理道德，指“父子有亲，君臣有义，夫妇有别，长幼有叙，朋友有信”，也称五伦，因为这样的道德准则被认为是常道，故也称伦常。

4 指上海《时事新报》对作者的谩骂。作者在《新青年》发表《随感录》四十三、四十六、五十三，批判《时事新报》副刊《泼克》所载讽刺画的恶劣形象和不良倾向，《时事新报》便发表了署名“记者”的《新教训》一文，骂作者“轻佻”“狂妄”“头脑未免不清楚，可怜！”等。

5 “人伦之始”　语见《南史·阮孝绪传》：“十五，冠而见其父，彦之诫曰：‘三加弥尊，人伦之始，宜思自勖，以庇尔躬。’”

6 “父兮生我”　语见《诗经·小雅·蓼莪》：“父兮生我，母兮鞠我。拊我畜我，长我育我。”

7 有人　指林琴南。下文所引“乐府”，是林琴南 1919 年 3 月 24 日在《公言报》发表的《劝世白话新乐府》。

8 **“人乳喂猪”** 语出《世说新语·汰侈》：“武帝尝降王武子家，武子供馔……烝㹠肥美，异于常味。帝怪而问之，答曰：‘以人乳饮㹠。’”㹠，同豚，小猪。

9 **善种学** 即优生学。应用遗传学原理来改善人类的遗传素质的一门学科，为英国遗传学家高尔顿所创建。其中提出“改良人种”学说，由于人在生理和智能的差别是由遗传决定的，因此认为有必要发展“优等人”，同时淘汰“劣等人”，并以此影响社会生活。纳粹德国就曾利用优生学来实施种族主义。二战以后，优生学才逐步进入一门独立科学的正常发展阶段。

10 **“三年无改于父之道可谓孝矣”** 语见《论语·学而》。

11 **“老复丁”** 从老年回复到壮年。丁，健壮。语出汉代史游《急就篇》：“长乐无极老复丁。”

12 **“勃谿”** 争吵，争斗。《庄子·外物》：“室无空虚，则妇姑勃谿；心无天游，则公凿相攘。”

13 **“卫道”的圣徒** 指林琴南。他辩护说欧美家庭并无“逆子叛弟”，见所译小说《孝友镜》的《译余小识》，声明“此书为西人辩诬也”。

14 **“万年有道之长”** 久远之意。

15 **举孝** 汉代通过由各地举荐孝子的途径选拔官吏。**孝悌力田** 汉唐科举名目之一，由地方官向朝廷推荐有“孝悌”德行和勤劳耕作的人，中选者由朝廷分别任用或赏赐。**孝廉方正** 清代特设为科举名目，由地方官荐举孝、廉、方正的人，经礼部考试，授以知县等官职。

16 **割股** 古时标准孝子“善事父母”的行为之一，割取自己的股肉煎药，以医治父母的重病，即所谓“割股疗亲”。

17 **路粹（？—215）** 字文蔚，陈留（今河南开封东南）人，曹操的军谋祭酒、秘书令。他承曹操的意旨控告孔融，就说孔融对祢衡说了如上的话，让曹操借“不孝”的罪名杀掉他。作者对此说是“教人发笑”，是因为曹操在《求贤令》中，又公开说是只要有才能，“不仁不孝”也可以任用，使自己陷于自相矛盾的尴尬境地。路粹枉告孔融事，参见《后汉书·孔融传》。

18 斯宾塞（H. Spencer，1820—1903） 英国哲学家，进化论者。主要著作有《综合哲学》《社会静态学》《社会学研究方法》等。

19 “实用主义” 也称实验主义，现代西方哲学学说与流派之一，十九世纪末产生于美国，二十世纪初在西方广泛流行。詹姆斯是奠基人，与杜威并称为实用主义的主要代表。实用主义强调实践，讲求知识的工具性，价值的兑现和效用，把经验提升到客观现实的高度，认为认识的主体与客体之分只是经验内部的区别。因此，詹姆斯称为彻底经验论，杜威称作经验自然论。

20 哭竹，卧冰，尝秽 均系古代孝子的故事，见《二十四孝》。哭竹，说三国时吴国孟宗后母好笋，冬季也要食用，他走进竹林恸哭，笋果然长了出来。卧冰，晋代王祥的后母要吃鲜鱼，其时天寒冰冻，他正准备脱衣凿冰下水捉鱼，冰层忽然自动融解，有双鲤跳出，于是捉了带回家去。尝秽，南朝梁庾黔娄的父亲发病头两天，医生说是要有正确的诊断，得尝粪便的甜苦。庾父泻痢，他立即取来尝。

21 “学于古训” 语见《尚书·说命》。

22 “不孝有三无后为大” 语见《孟子·离娄》。汉代赵岐注：“于礼有不孝者三事，谓阿意曲从，陷亲不义，一不孝也；家穷亲老，不为禄仕，二不孝也；不娶无子，绝先祖祀，三不孝也。三者之中，无后为大。”

娜拉走后怎样[1]

——一九二三年十二月二十六日在北京女子高等师范学校文艺会讲

我今天要讲的是"娜拉走后怎样？"

伊孛生[2]是十九世纪后半的瑙威的一个文人。他的著作，除了几十首诗之外，其余都是剧本。这些剧本里面，有一时期是大抵含有社会问题的，世间也称作"社会剧"，其中有一篇就是《娜拉》。

《娜拉》一名 Ein Puppenheim，中国译作《傀儡家庭》。但 Puppe 不单是牵线的傀儡，孩子抱着玩的人形[3]也是；引申开去，别人怎么指挥，他便怎么做的人也是。娜拉当初是满足地生活在所谓幸福的家庭里的，但是她竟觉悟了：自己是丈夫的傀儡，孩子们又是她的傀儡。她于是走了，只听得关门声，接着就是闭幕。这想来大家都知道，不必细说了。

娜拉要怎样才不走呢？或者说伊孛生自己有解答，就是 Die Frau vom Meer，《海的女人》，中国有人译作《海上夫人》的。这女人是已经结婚的了，然而先前有一个爱人在海的彼岸，一日突然寻来，叫她一同去。她便告知她的丈夫，要和那外来人会面。临末，她的丈夫说，娜拉出走问题首先是一个自由问题，关于自由的境遇问题。

“现在放你完全自由。（走与不走）你能够自己选择，并且还要自己负责任。”于是什么事全都改变，她就不走了。这样看来，娜拉倘也得到这样的自由，或者也便可以安住。

但娜拉毕竟是走了的。走了以后怎样？伊孛生并无解答；而且他已经死了。即使不死，他也不负解答的责任。因为伊孛生是在做诗，不是为社会提出问题来而且代为解答。就如黄莺一样，因为他自己要歌唱，所以他歌唱，不是要唱给人们听得有趣，有益。伊孛生是很不通世故的，相传在许多妇女们一同招待他的筵宴上，代表者起来致谢他作了《傀儡家庭》，将女性的自觉，解放这些事，给人心以新的启示的时候，他却答道，“我写那篇却并不是这意思，我不过是做诗。”

娜拉走后怎样？——别人可是也发表过意见的。一个英国人曾作一篇戏剧，说一个新式的女子走出家庭，再也没有路走，终于堕落，进了妓院了。还有一个中国人，——我称他什么呢？上海的文学家罢，——说他所见的《娜拉》是和现译本不同，娜拉终于回来了。这样的本子可惜没有第二人看见，除非是伊孛生自己寄给他的。但从事理上推想起来，娜拉或者也实在只有两条路：不是堕落，就是回来。因为如果是一匹小鸟，则笼子里固然不自由，而一出笼门，外面便又有鹰，有猫，以及别的什么东西之类；倘使已经关得麻痹了翅子，忘却了飞翔，也诚然是无路可以走。还有一条，就是饿死了，但饿死已经离开了生活，更无所谓问题，所以也不是什么路。

人生最苦痛的是梦醒了无路可以走。做梦的人是幸福的；倘没有看出可走的路，最要紧的是不要去惊醒他。你看，唐朝的诗人李贺[4]，不是困顿了一世的么？而他临死的时候，却对他的母亲说，“阿妈，上帝造成了白玉楼，叫我做文章落成去了。”这岂非明明是一个诳，一个梦？然而一个小的和一个老的，一个死的和一个活的，死的高兴地死去，活的放心地活着。说诳和做梦，在这些时候便见得伟大。所以我想，假使寻不出路，我们所要的倒是梦。

“人生最苦痛的是，梦醒了无路可以走。”

但是，万不可做将来的梦。阿尔志跋绥夫[5]曾经借了他所做的小说，质问过梦想将来的黄金世界的理想家，因为要造那世界，先唤起许多人们来受苦。他说，“你们将黄金世界预约给他们的子孙了，可是有什么给他们自己呢？”有是有的，就是将来的希望。但代价也太大了，为了这希望，要使人练敏了感觉来更深切地感到自己的苦痛，叫起灵魂来目睹他自己的腐烂的尸骸。惟有说诳和做梦，这些时候便见得伟大。所以我想，假使寻不出路，我们所要的就是梦；但不要将来的梦，只要目前的梦。

然而娜拉既然醒了，是很不容易回到梦境的，因此只得走；可是走了以后，有时却也免不掉堕落或回来。否则，就得问：她除了觉醒的心以外，还带了什么去？倘只有一条像诸君一样的紫红的绒绳的围巾，那可是无论宽到二尺或三尺，也完全是不中用。她还须更富有，提包里有准备，直白地说，就是要有钱。

梦是好的；否则，钱是要紧的。

钱这个字很难听，或者要被高尚的君子们所非笑，但我总觉得人们的议论是不但昨天和今天，即使饭前和饭后，也往往有些差别。凡承认饭需钱买，而以说钱为卑鄙者，倘能按一按他的胃，那里面怕总还有鱼肉没有消化完，须得饿他一天之后，再来听他发议论。

所以为娜拉计，钱，——高雅的说罢，就是经济，是最要紧的了。自由固不是钱所能买到的，但能够为钱而卖掉。人类有一个大缺点，就是常常要饥饿。为补救这缺点起见，为准备不做傀儡起见，在目下的社会里，经济权就见得最要紧了。第一，在家应该先获得男女平均的分配；第二，在社会应该获得男女相等的势力。可惜我不知道这权柄如何取得，单知道仍然要战斗；或者也许比要求参政权更要用剧烈的战斗。

经济问题与妇女解放。

要求经济权固然是很平凡的事，然而也许比要求高尚的参政权以及博大的女子解放之类更烦难。天下事尽有小作为比大作为更烦难的。譬如现在似的冬天，我们只有这一件棉袄，然而必须救助一个将要冻死的苦人，否则便须坐在菩提树下冥想普度一切人类的方法去。普度一切人类和救活一人，大小实在相去太远

关于妇女解放，鲁迅特别看重经济权，认为比争取参政权更紧迫，也更烦难。

了，然而倘叫我挑选，我就立刻到菩提树下去坐着，因为免得脱下唯一的棉袄来冻杀自己。所以在家里说要参政权，是不至于大遭反对的，一说到经济的平匀分配，或不免面前就遇见敌人，这就当然要有剧烈的战斗。

战斗不算好事情，我们也不能责成人人都是战士，那么，平和的方法也就可贵了，这就是将来利用了亲权来解放自己的子女。中国的亲权是无上的，那时候，就可以将财产平匀地分配子女们，使他们平和而没有冲突地都得到相等的经济权，此后或者去读书，或者去生发，或者为自己去享用，或者为社会去做事，或者去花完，都请便，自己负责任。这虽然也是颇远的梦，可是比黄金世界的梦近得不少了。但第一需要记性。记性不佳，是有益于己而有害于子孙的。人们因为能忘却，所以自己能渐渐地脱离了受过的苦痛，也因为能忘却，所以往往照样地再犯前人的错误。被虐待的儿媳做了婆婆，仍然虐待儿媳；嫌恶学生的官吏，每是先前痛骂官吏的学生；现在压迫子女的，有时也就是十年前的家庭革命者。这也许与年龄和地位都有关系罢，但记性不佳也是一个很大的原因。救济法就是各人去买一本 note-book[6] 来，将自己现在的思想举动都记上，作为将来年龄和地位都改变了之后的参考。假如憎恶孩子要到公园去的时候，取来一翻，看见上面有一条道，“我想到中央公园去”，那就即刻心平气和了。别的事也一样。

世间有一种无赖精神，那要义就是韧性。听说拳匪[7]乱后，天津的青皮，就是所谓无赖者很跋扈，譬如给人搬一件行李，他就要两元，对他说这行李小，他说要两元，对他说道路近，他说要两元，对他说不要搬了，他说也仍然要两元。青皮固然是不足为法的，而那韧性却大可以佩服。要求经济权也一样，有人说这事情太陈腐了，就答道要妇女要争取经济权以及其他的平等的权利，必须作韧性的斗争。

经济权；说是太卑鄙了，就答道要经济权；说是经济制度就要改变了，用不着再操心，也仍然答道要经济权。

妇女解放是妇女自身的问题。论“同情”之不足取。

其实，在现在，一个娜拉的出走，或者也许不至于感到困难的，因为这人物很特别，举动也新鲜，能得到若干人们的同情，帮助着生活。生活在人们的同情之下，已经是不自由了，然而倘有一百个娜拉出走，便连同情也减少，有一千一万个出走，就得到厌恶了，断不如自己握着经济权之为可靠。

妇女解放是社会解放的一部分。

在经济方面得到自由，就不是傀儡了么？也还是傀儡。无非被人所牵的事可以减少，而自己能牵的傀儡可以增多罢了。因为在现在的社会里，不但女人常作男人的傀儡，就是男人和男人，女人和女人，也相互地作傀儡，男人也常作女人的傀儡，这决不是几个女人取得经济权所能救的。但人不能饿着静候理想世界的到来，至少也得留一点残喘，正如涸辙之鲋[8]，急谋升斗之水一样，就要这较为切近的经济权，一面再想别的法。

如果经济制度竟改革了，那上文当然完全是废话。

然而上文，是又将娜拉当作一个普通的人物而说的，假使她很特别，自己情愿闯出去做牺牲，那就又另是一回事。我们无权去劝诱人做牺牲，也无权去阻止人做牺牲。况且世上也尽有乐于牺牲，乐于受苦的人物。欧洲有一个传说，耶稣去钉十字架时，休息在 Ahasvar[9] 的檐下，Ahasvar 不准他，于是被了咒诅，使他永世不得休息，直到末日裁判的时候。Ahasvar 从此就歇不下，只是走，现在还在走。走是苦的，安息是乐的，他何以不安息呢？虽说背着咒诅，可是大约总该是觉得走比安息还适意，所以始终狂走的罢。

论群众。

只是这牺牲的适意是属于自己的，与志士们之所谓为社会者无涉。群众，——尤其是中国的，——永远是戏剧的看客。牺牲上场，如果显得慷慨，他们就看了悲壮剧；如果显得觳觫[10]，他们就看了滑稽剧。北京的羊肉铺前常有几个人张着嘴看剥羊，仿佛颇愉快，人的牺牲能给与他们的益处，也不过如此。而况事后走不几步，他们并这一点愉快也就忘却了。

对于这样的群众没有法，只好使他们无戏可看倒是疗救，正无需乎震骇一时的牺牲，不如深沉的韧性的战斗。

论中国改革。

可惜中国太难改变了，即使搬动一张桌子，改装一个火炉，几乎也要血；而且即使有了血，也未必一定能搬动，能改装。不是很大的鞭子打在背上，中国自己是不肯动弹的。我想这鞭子总要来，好坏是别一问题，然而总要打到的。但是从那里来，怎么地来，我也是不能确切地知道。

我这讲演也就此完结了。

注　释

1　最初发表于 1924 年北京女子高等师范学校《文化会刊》第 6 期，同年上海《妇女杂志》第 10 卷转载。后编入《坟》。

2　伊孛生　通译易卜生。

3　人形　日语，即人形玩具。

4　李贺（790—816）唐代诗人。字长吉，昌谷（今河南宜阳）人，著有《李长吉歌诗》四卷。他投考进士，因犯家讳，长期不能入仕。只做过九品奉礼郎，一生穷愁潦倒，只活了二十七岁。他的诗想象奇幻，词章华美，具有鲜明的个人风格。

5　阿尔志跋绥夫（М. П. Арцыбашев，1878—1927）俄国小说家。十月革命后流亡国外，客死华沙。著有《工人绥惠略夫》《兰德之死》《萨宁》等。他的作品主要描写在沙皇专制统治下人们普遍的精神压抑和被扭曲的状态，擅长心理分析。

6　note-book　英语，笔记簿。

7　拳匪　对义和团拳民的蔑称。1900 年（庚子）爆发义和团运动。义和团，原是从义和拳等民间结社发展而来的一个以农民为主体的带有宗教色彩的秘密组织。最初流行于山东、河南等地，以设拳厂、练拳术等方式组织群众，故称“拳民”，官方则称为“拳匪”；后提出“扶清灭洋”口号，逐步发展到华北、东北一带。以义和拳为骨干的民间武术帮会率众攻击北京西什库教堂、东交民巷使馆区和天津紫竹林租界，一时颇具声势。1900 年 6 月，为清政府联合外国势力所镇压。

8　涸辙之鲋　语出《庄子 · 外物》：“庄周家贫，故往贷粟于监河侯。监河侯曰：‘诺，我将得邑金，将贷子三百金，可乎？’庄周忿然作色曰：‘周昨来，有中道而呼者，周顾视车辙中，有鲋鱼焉。周问之曰：“鲋鱼来，子何为者邪？”

对曰：“我东海之波臣也，君岂有斗升之水而活我哉！”周曰“诺，我且南游吴越之王，激西江之水而迎子，可乎？”鲋鱼忿然作色曰：“吾失我常，与我无所处，吾将斗升之水然活耳，君乃言此，曾不如早索我于枯鱼之肆。”’”

9 Ahasvar 阿哈斯瓦尔，欧洲传说中的一个补鞋匠。

10 觳觫 通作觳觫，恐惧颤抖貌。《孟子·梁惠王上》：“吾不忍其觳觫，若无罪而就死地。”

未有天才之前[1]

——一九二四年一月十七日在北京师范大学附属中学校友会讲

我自己觉得我的讲话不能使诸君有益或者有趣，因为我实在不知道什么事，但推托拖延得太长久了，所以终于不能不到这里来说几句。

我看现在许多人对于文艺界的要求的呼声之中，要求天才的产生也可以算是很盛大的了，这显然可以反证两件事：一是中国现在没有一个天才，二是大家对于现在的艺术的厌薄。天才究竟有没有？也许有着罢，然而我们和别人都没有见。倘使据了见闻，就可以说没有；不但天才，还有使天才得以生长的民众。

天才产生于民众。

天才并不是自生自长在深林荒野里的怪物，是由可以使天才生长的民众产生，长育出来的，所以没有这种民众，就没有天才。有一回拿破仑过 Alps 山[2]，说，“我比 Alps 山还要高！”这何等英伟，然而不要忘记他后面跟着许多兵；倘没有兵，那只有被山那面的敌人捉住或者赶回，他的举动，言语，都离了英雄的界线，要归入疯子一类了。所以我想，在要求天才的产生之前，应该先要求可以使天才生长的民众。——譬如想有乔木，想看好花，一定要有好土；没有土，便没有花木了。所以，土实在较花木还重要。花木非有土不可，正同拿破仑非有好兵不可一样。

土较花木重要。

然而现在社会上的论调和趋势，一面固然要求天才，一面却要他灭亡，连预备的土也想扫尽。举出几样来说：

其一就是“整理国故”。自从新思潮来到中国以后，其实何尝有力，而一群老头子，还有少年，却已丧魂失魄的来讲国故了，他们说，“中国自有许多好东西，都不整理保存，倒去求新，正如放弃祖宗遗产一样不肖。”抬出祖宗来说法，那自然是极威严的，然而我总不信在旧马褂未曾洗净叠好之前，便不能做一件新马褂。就现状而言，做事本来还随各人的自便，老先生要整理国故，当然不妨去埋在南窗下读死书。至于青年，却自有他们的活学问和新艺术，各干各事，也还没有大妨害的。但若拿了这面旗子来号召，那就是要中国永远与世界隔绝了。倘以为大家非此不可，那更是荒谬绝伦！我们和古董商人谈天，他自然总称赞他的古董如何好，然而他决不痛骂画家，农夫，工匠等类，说是忘记了祖宗：他实在比许多国学家聪明得远。

“整理国故”“崇拜创作”等论调和倾向，要害都在于排斥异流，使中国和世界隔绝。

其一是“崇拜创作”。从表面上看来，似乎这和要求天才的步调很相合，其实不然。那精神中，很含有排斥外来思想，异域情调的分子，所以也就是可以使中国和世界潮流隔绝的。许多人对于托尔斯泰，都介涅夫[3]，陀思妥夫斯奇的名字，已经厌听了，然而他们的著作，有什么译到中国来？眼光囚在一国里，听谈彼得和约翰[4]就生厌，定须张三李四才行，于是创作家出来了，从实说，好的也离不了刺取点外国作品的技术和神情，文笔或者漂亮，思想往往赶不上翻译品，甚者还要加上些传统思想，使他适合于中国人的老脾气，而读者却已为他所牢笼了，于是眼界便渐渐的狭小，几乎要缩进旧圈套里去。作者和读者互相为因果，排斥异流，抬上国粹，那里会有天才产生？即使产生了，也是活不下去的。

这样的风气的民众是灰尘，不是泥土，在他这里长不出好花和乔木来！

还有一样是恶意的批评。大家的要求批评家的出现，也由来已久了，到目下就出了许多批评家。可惜他们之中很有不少是不平家，不像批评家，作品才到面前，便恨恨地磨墨，立刻写出很高明的结论道：“唉，幼稚得很。中国要天才！”到后来，连并非批评家也这样叫喊了，他是听来的。其实即使天才，在生下来的时候的第一声啼哭，也和平常的儿童的一样，决不会就是一首好诗。因为幼稚，当头加以戕贼，也可以萎死的。我亲见几个作者，都被他们骂得寒噤了。那些作者大约自然不是天才，然而我的希望是：便是常人也留着。

恶意的批评家在嫩苗的地上驰马，那当然是十分快意的事；然而遭殃的是嫩苗——平常的苗和天才的苗。幼稚对于老成，有如孩子对于老人，决没有什么耻辱；作品也一样，起初幼稚，不算耻辱的。因为倘不遭了戕贼，他就会生长，成熟，老成；独有老衰和腐败，倒是无药可救的事！我以为幼稚的人，或者老大的人，如有幼稚的心，就说幼稚的话，只为自己要说而说，说出之后，至多到印出之后，自己的事就完了，对于无论打着什么旗子的批评，都可以置之不理的！

晚年作《三月的租界》，其中驳斥的狄克，以执行"自我批判"抹杀田军小说《八月的乡村》，仍属这类"恶意的批评家"。

就是在座的诸君，料来也十之九愿有天才的产生罢，然而情形是这样，不但产生天才难，单是有培养天才的泥土也难。我想，天才大半是天赋的；独有这培养天才的泥土，似乎大家都可以做。做土的功效，比要求天才还切近；否则，纵有成千成百的天才，也因为没有泥土，不能发达，要像一碟子绿豆芽。

做土要扩大了精神，就是收纳新潮，脱离旧套，能够容纳，了解那将来产生的天才；又要不怕做小事业，就是能创作的自然是创作，否则翻译，介绍，欣赏，读，看，消闲都可以。以文艺来消闲，说来似乎有些可笑，但究竟较胜于戕贼他。

一个战略思想：做培养天才的泥土。

泥土和天才比，当然是不足齿数的，然而不是坚苦卓绝者，也怕不容易做；不过事在人为，比空等天赋的天才有把握。这一点，是泥土的伟大的地方，也是反有大希望的地方，而且也有报酬——譬如好花从泥土里出来，看的人固然欣然的赏鉴，泥土也可以欣然的赏鉴，正不必花卉自身，这才心旷神怡的——假如当作泥土也有灵魂的说。

注　释

1　本篇最初发表于 1924 年北京师范大学附属中学《校友会刊》第 1 期。同年 12 月 27 的《京报副刊》转载。后编入《坟》。转载时，文前有作者小引："伏园兄，今天看看正月间在师大附中的演讲，其生命似乎确乎尚在，所以校正寄奉，以备转载。二十二日夜，迅上。"

2　Alps 山　即阿尔卑斯山，位于法国和意大利之间，横亘法国、瑞士、意大利、德国、奥地利诸国，为欧洲最高大的山脉。1800 年，拿破仑进军意大利与奥地利作战，曾越过此山。

3　都介涅夫（И. С. Тургенев，1818—1883）　通译屠格涅夫，俄国作家。著有小说《猎人笔记》《罗亭》《前夜》《贵族之家》《父与子》等。一生中致力揭露和抨击农奴制度，同时反映了俄国知识分子的精神面貌，作品形象鲜明，语言优美洗练。后半生侨居国外，客死于法国的布席瓦尔。

4　彼得和约翰　欧美常用人名，泛指外国人。

论“费厄泼赖”应该缓行[1]

一　解　题

《语丝》五七期上语堂[2]先生曾经讲起“费厄泼赖”（fair play）[3]，以为此种精神在中国最不易得，我们只好努力鼓励；又谓不“打落水狗”，即足以补充“费厄泼赖”的意义。我不懂英文，因此也不明这字的函义究竟怎样，如果不“打落水狗”也即这种精神之一体，则我却很想有所议论。但题目上不直书“打落水狗”者，乃为回避触目起见，即并不一定要在头上强装“义角”[4]之意。总而言之，不过说是“落水狗”未始不可打，或者简直应该打而已。

二　论“落水狗”有三种，大都在可打之列

今之论者，常将“打死老虎”与“打落水狗”相提并论，以为都近于卑怯[5]。我以为“打死老虎”者，装怯作勇，颇含滑稽，虽然不免有卑怯之嫌，却怯得令人可爱。至于“打落水狗”，则并不如此简单，当看狗之怎样，以及如何落水而定。考落水原因，大概可有三种：（1）

狗自己失足落水者，（2）别人打落者，（3）亲自打落者。倘遇前二种，便即附和去打，自然过于无聊，或者竟近于卑怯；但若与狗奋战，亲手打其落水，则虽用竹竿又在水中从而痛打之，似乎也非已甚，不得与前二者同论。

听说刚勇的拳师，决不再打那已经倒地的敌手，这实足使我们奉为楷模。但我以为尚须附加一事，即敌手也须是刚勇的斗士，一败之后，或自愧自悔而不再来，或尚须堂皇地来相报复，那当然都无不可。而于狗，却不能引此为例，与对等的敌手齐观，因为无论它怎样狂嗥，其实并不解什么"道义"；况且狗是能浮水的，一定仍要爬到岸上，倘不注意，它先就耸身一摇，将水点洒得人们一身一脸，于是夹着尾巴逃走了。但后来性情还是如此。老实人将它的落水认作受洗，以为必已忏悔，不再出而咬人，实在是大错而特错的事。

狗所以可打，要点在"咬人"。但是，今日居然有不少学者直接否定文中"痛打落水狗"的命题，以为"仇恨政治学"、"斗争哲学"，不"宽容"等等，似乎下决心与咬人者一气，怪哉！

总之，倘是咬人之狗，我觉得都在可打之列，无论它在岸上或在水中。

三　论叭儿狗尤非打落水里，又从而打之不可

叭儿狗一名哈吧狗，南方却称为西洋狗了，但是，听说倒是中国的特产，在万国赛狗会里常常得到金奖

牌，《大不列颠百科全书》的狗照相上，就很有几匹是咱们中国的叭儿狗。这也是一种国光。但是，狗和猫不是仇敌么？它却虽然是狗，又很像猫，折中，公允，调和，平正之状可掬，悠悠然摆出别个无不偏激，惟独自己得了“中庸之道”似的脸来。因此也就为阔人，太监，太太，小姐们所钟爱，种子绵绵不绝。它的事业，只是以伶俐的皮毛获得贵人豢养，或者中外的娘儿们上街的时候，脖子上拴了细链子跟在脚后跟。

这些就应该先行打它落水，又从而打之；如果它自坠入水，其实也不妨又从而打之，但若是自己过于要好，自然不打亦可，然而也不必为之叹息。叭儿狗如可宽容，别的狗也大可不必打了，因为它们虽然非常势利，但究竟还有些像狼，带着野性，不至于如此骑墙。

叭儿狗所以尤其该打，除咬人之外，还因为比别的狗多出一种投机性、欺骗性。

以上是顺便说及的话，似乎和本题没有大关系。

四　论不“打落水狗”是误人子弟的

总之，落水狗的是否该打，第一是在看它爬上岸了之后的态度。

狗性总不大会改变的，假使一万年之后，或者也许要和现在不同，但我现在要说的是现在。如果以为落水之后，十分可怜，则害人的动物，可怜者正多，便是霍乱病菌，虽然生殖得快，那性格却何等地老实。

然而医生是决不肯放过它的。

现在的官僚和土绅士或洋绅士，只要不合自意的，便说是赤化，是共产；民国元年以前稍不同，先是说康党，后是说革党[6]，甚至于到官里去告密，一面固然在保全自己的尊荣，但也未始没有那时所谓"以人血染红顶子"[7]之意。可是革命终于起来了，一群臭架子的绅士们，便立刻皇皇然若丧家之狗，将小辫子盘在头顶上。革命党也一派新气，——绅士们先前所深恶痛绝的新气，"文明"得可以；说是"咸与维新"了，我们是不打落水狗的，听凭它们爬上来罢。于是它们爬上来了，伏到民国二年下半年，二次革命的时候，就突出来帮着袁世凯咬死了许多革命人，中国又一天一天沉入黑暗里，一直到现在，遗老不必说，连遗少也还是那么多。这就因为先烈的好心，对于鬼蜮的慈悲，使它们繁殖起来，而此后的明白青年，为反抗黑暗计，也就要花费更多更多的气力和生命。

秋瑾女士，就是死于告密的，革命后暂时称为"女侠"，现在是不大听见有人提起了。革命一起，她的故乡就到了一个都督，——等于现在之所谓督军，——也是她的同志：王金发。他捉住了杀害她的谋主[8]，调集了告密的案卷，要为她报仇。然而终于将那谋主释放了，据说是因为已经成了民国，大家不应该再修旧怨罢。但等到二次革命失败后，王金发却被袁世凯的走狗枪决了，与有力的是他所释放的杀过秋瑾的

狗性（咬人性）不易改变，有革命史（流血史）为证。

谋主。

这人现在也已“寿终正寝”了，但在那里继续跋扈出没着的也还是这一流人，所以秋墐的故乡也还是那样的故乡，年复一年，丝毫没有长进。从这一点看起来，生长在可为中国模范的名城[9]里的杨荫榆女士和陈西滢先生，真是洪福齐天。

突如其来的奔袭：有讽刺，有暗示，却全然不见烟焰。

五　论塌台人物不当与“落水狗”相提并论

“犯而不校”[10]是恕道，“以眼还眼以牙还牙”[11]是直道。中国最多的却是枉道：不打落水狗，反被狗咬了。但是，这其实是老实人自己讨苦吃。

恕道。直道。枉道。

俗语说：“忠厚是无用的别名”，也许太刻薄一点罢，但仔细想来，却也觉得并非唆人作恶之谈，乃是归纳了许多苦楚的经历之后的警句。譬如不打落水狗说，其成因大概有二：一是无力打；二是比例错。前者且勿论；后者的大错就又有二：一是误将塌台人物和落水狗齐观，二是不辨塌台人物又有好有坏，于是视同一律，结果反成为纵恶。即以现在而论，因为政局的不安定，真是此起彼伏如转轮，坏人靠着冰山，恣行无忌，一旦失足，忽而乞怜，而曾经亲见，或亲受其噬啮的老实人，乃忽以“落水狗”视之，不但不打，甚至于还有哀矜之意，自以为公理已伸，侠义这时正在我这里。殊不知它何尝真是落水，巢窟是早已造好的了，食料是早经储足的了，并且都在租界里。虽然有时似乎受伤，其实并不，至多不过是假装跛脚，聊以引起人们的恻隐之心，可以从容避匿罢了。他日复来，仍旧先咬老实人开手，“投石下井”[12]，无所不为，寻起原因来，一部分就正因为老实人不“打落水狗”之故。所以，要是说得苛刻一点，也就是自家掘坑自家埋，怨天尤人，全是错误的。

六　论现在还不能一味“费厄”

仁人们或者要问：那么，我们竟不要“费厄泼赖”么？我可以立刻回答：当然是要的，然而尚早。这就是“请君入瓮”[13]法。虽然仁人们未必肯用，但我还可以言之成理。土绅士或洋绅士们不是常常说，中国自有特别国情，外国的平等自由等等，不能适用么？我以为这“费厄泼赖”也是其一。否则，他对你不“费厄”，你却对他去“费厄”，结果总是自己吃亏，不但要“费厄”而不可得，并且连要不“费厄”而亦不可得。所以要“费厄”，最好是首先看清对手，倘是些不配承受“费厄”的，大可以老实不客气；待到它也“费厄”了，然后再与它讲“费厄”不迟。

这似乎很有主张二重道德之嫌，但是也出于不得已，因为倘不如此，中国将不能有较好的路。中国现

道德不划一论。

在有许多二重道德，主与奴，男与女，都有不同的道德，还没有划一。要是对“落水狗”和“落水人”独独一视同仁，实在未免太偏，太早，正如绅士们之所谓自由平等并非不好，在中国却微嫌太早一样。所以倘有人要普遍施行“费厄泼赖”精神，我以为至少须俟所谓“落水狗”者带有人气之后。但现在自然也非绝不可行，就是，有如上文所说：要看清对手。而且还要有等差，即“费厄”必视对手之如何而施，无论其怎样落水，为人也则帮之，为狗也则不管之，为坏狗也则打之。一言以蔽之：“党同伐异”[14]而已矣。

至八十年代，有人做“仁人”状，复作高论，倡言“费厄泼赖”应该实行。结果如何？大可以查考。

满心“婆理”而满口“公理”的绅士们的名言暂且置之不论不议之列，即使真心人所大叫的公理，在现今的中国，也还不能救助好人，甚至于反而保护坏人。因为当坏人得志，虐待好人的时候，即使有人大叫公理，他决不听从，叫喊仅止于叫喊，好人仍然受苦。然而偶有一时，好人或稍稍蹶起，则坏人本该落水了，可是，真心的公理论者又“勿报复”呀，“仁恕”呀，“勿以恶抗恶”呀……的大嚷起来。这一次却发生实效，并非空嚷了：好人正以为然，而坏人于是得救。但他得救之后，无非以为占了便宜，何尝改悔；并且因为是早已营就三窟，又善于钻谋的，所以不多时，也就依然声势赫奕，作恶又如先前一样。这时候，公理论者自然又要大叫，但这回他却不听你了。

但是，“疾恶太严”，“操之过急”，汉的清流和明的东林，却正以这一点倾败，论者也常常这样责备他们。殊不知那一面，何尝不“疾善如仇”呢？人们却不说一句话。假使此后光明和黑暗还不能作彻底的战斗，老实人误将纵恶当作宽容，一味姑息下去，则现在似的混沌状态，是可以无穷无尽的。

七　论“即以其人之道还治其人之身”[15]

中国人或信中医或信西医，现在较大的城市中往往并有两种医，使他们各得其所。我以为这确是极好的事。倘能推而广之，怨声一定还要少得多，或者天下竟可以臻于郅治。例如民国的通礼是鞠躬，但若有人以为不对的，就独使他磕头。民国的法律是没有笞刑的，倘有人以为肉刑好，则这人犯罪时就特别打屁股。碗筷饭菜，是为今人而设的，有愿为燧人氏以前之民者，就请他吃生肉；再造几千间茅屋，将在大宅子里仰慕尧舜的高士都拉出来，给住在那里面；反对物质文明的，自然更应该不使他衔冤坐汽车。这样一办，真所谓“求仁得仁又何怨”[16]，我们的耳根也就可以清净许多罢。

但可惜大家总不肯这样办，偏要以己律人，所以天下就多事。“费厄泼赖”尤其有流弊，甚至于可以变成弱点，反给恶势力占便宜。例如刘百昭[17]殴曳女师大学生，《现代评论》上连屁也不放，一到女师大恢复，陈西滢鼓动女大学生占据校舍时，却道“要是她们不肯走便怎样呢？你们总不好意思用强力把她们的东西搬走了罢？”殴而且拉，而且搬，是有刘百昭的先例的，何以这一回独独“不好意思”？这就因为给他嗅到了女师大这一面有些“费厄”气味之故。但这“费厄”却又变成弱点，反而给人利用了来替章士钊的“遗泽”保镳。

八 结 束

论“宽容”。

或者要疑我上文所言，会激起新旧，或什么两派之争，使恶感更深，或相持更烈罢。但我敢断言，反改革者对于改革者的毒害，向来就并未放松过，手段的厉害也已经无以复加了。只有改革者却还在睡梦里，总是吃亏，因而中国也总是没有改革，自此以后，是应该改换些态度和方法的。

论中国改革。

为什么中国总是没有改革？要提防反改革者对于改革者的毒害，就必须改换先前的态度和方法——反“费厄泼赖”。

一九二五年十二月二十九日。

注　释

1　发表于 1926 年 1 月 10 日《莽原》第 1 期。后编入《坟》。

2　语堂　即林语堂（1895—1976），福建龙溪人，作家。曾先后留学美国和德国，归国后任职于北京大学等多所高校。为《语丝》撰稿人之一。三十年代，主编《论语》《人间世》《宇宙风》等杂志，提倡“性灵”“幽默”的小品文。1936 年移居美国，从事教学及著述。1966 年迁居台湾。著作有《剪拂集》《大荒集》《吾国与吾民》《瞬息京华》等。早期与鲁迅有较密切的交往，后在政治思想和文学观念方面，两人出现分歧。

3　“费厄泼赖”　英语 Fair play 的音译，原为体育比赛或其他竞技用语，意即光明正大，不使用不正当手段。作为一种精神，后来被英国和一些西方国家广泛用于社会生活和党派斗争中。

4　“义角”　即假角。陈西滢在《现代评论》中发表《闲话》，攻击鲁迅说：“花是人人爱好的，魔鬼是人人厌恶的。然而因为要取好于众人，不惜在花瓣上加上颜色，在鬼头上装上义角，我们非但觉得无聊，还有些嫌它肉麻。”

5　今之论者　指吴稚晖、周作人、林语堂等人。吴稚晖在 1925 年 12 月 1 日《京报副刊》发表《官欤——共产党欤——吴稚晖欤》一文，说批评章士钊“似乎是打死老虎”。周作人在《语丝》发表《失题》，也说：“打落水狗（吾乡方言，即‘打死老虎’之意）也是不大好的事。……一旦树倒猢狲散，更从哪里去找这班散了的，况且在平地上追赶猢狲，也有点无聊卑劣。”林语堂在《插论〈语丝〉的文体——稳健、骂人及费厄泼赖》一文中赞同周作人的意见，说：“‘费厄泼赖’精神在中国最不易得，我们也只好努力鼓励，中国‘泼赖’的精神就很少见，更谈不到‘费厄’，惟有时所谓不肯‘下井投石’即带有此义。对于失败者不应再施攻击，因为我们所攻击的在于思想非在人，以今日之段祺瑞、章士钊为例，我们便不应再攻击其个人。”

6 康党 指曾经参加或赞成康有为等发动变法维新的人。革党 指参加或赞成反清革命的人。

7 “以人血染红顶子” 指通过告密或捕杀革命党人而升官的行为。顶子，帽顶子；清朝官员以红色为标志，用红宝石或红珊瑚作帽顶子，是为一品高官。

8 谋主 秋瑾案的告密者是绍兴劣绅胡道南，这里当指大地主章介眉。他曾做浙江巡抚增韫的幕僚，策划掘毁秋瑾墓。辛亥革命后，因贪污受贿、平毁秋墓等罪被王金发逮捕，获释后任袁世凯总统府秘书，是杀害王金发的阴谋计划的重要参与者。

9 模范的名城 指无锡。陈西滢在《闲话》中有“听说无锡是中国的模范县”的句子。

10 “犯而不校” 语见《论语·泰伯》。

11 “以眼还眼以牙还牙” 语见《旧约·申命记》。

12 “投石下井” 也作投井下石，比喻乘人危急之时加以陷害。林语堂在解释“‘费厄泼赖’精神”时，曾经使用“下井投石”的比喻。

13 “请君入瓮” 比喻即以其人之道，还治其人之身。典见《资治通鉴》则天后天授二年：“或告文昌右丞周兴与丘神勣通谋，太后命来俊臣鞫之。俊臣与兴方推事对食，谓兴曰：‘囚多不承，当为何法？’兴曰：‘此甚易耳！取大瓮，以炭四周炙之，令囚入中，何事不承！’俊臣乃索大瓮，火围如兴法，因起谓兴曰：‘有内状推兄，请兄入此瓮。’兴惶恐叩头伏罪。”

14 “党同伐异” 纠合同伙一起攻击异己。语见《后汉书·党锢传序》。陈西滢在《闲话》中影射攻击鲁迅，说：“中国人是没有是非的。……凡是同党，什么都是好的，凡是异党，什么都是坏的。”又说：“在‘党同伐异’的社会里，有人非但攻击公认的仇敌，还要大胆的批评自己的朋友。”

15 “即以其人之道还治其人之身” 语见朱熹《中庸》第十三章注文。

16 “求仁得仁又何怨” 语见《论语·述而》。

17　刘百昭　字可亭，湖南武冈人，北洋军阀政府教育部专门教育司司长。1925年8月，女师大被勒令停办后，章士钊决定在女师大校址另办“国立女子大学”，派刘百昭前往筹办。他到校后，即雇人将留守学生强拖出校。

无声的中国[1]

——二月十六日在香港青年会[2]讲

以我这样没有什么可听的无聊的讲演，又在这样大雨的时候，竟还有这许多来听的诸君，我首先应当声明我的郑重的感谢！

我现在所讲的题目是：《无声的中国》。

现在，浙江，陕西，都在打仗[3]，那里的人民哭着呢还是笑着呢，我们不知道。香港似乎很太平，住在这里的中国人，舒服呢还是不很舒服呢，别人也不知道。

发表自己的思想、感情给大家知道的是要用文章的。然而拿文章来达意，现在一般的中国人还做不到，这也怪不得我们；因为那文字，先就是我们的祖先留传给我们的可怕的遗产。人们费了多年的工夫，还是难于运用。因为难，许多人便不理它了，甚至于连自己的姓，也写不清是张还是章，或者简直不会写，或者说道：Chang 。虽然能说话，而只有几个人听到，远处的人们便不知道，结果也等于无声。又因为难，有些人便当作宝贝，像玩把戏似的，之乎者也，只有几个人懂，——其实是不知道可真懂，而大多数的人们却不懂得，结果也等于无声。

文明人和野蛮人的分别，其一，是文明人有文字，能够把他们的思想，感情，藉此传给大众，传给将来。中国虽然有文字，现在却已经和大家不相干，用的是难懂的古文，讲的是陈旧的古意思，所有的声音，都是过去的，都就是只等于零的。所以，大家不能互相了解，正像一大盘散沙。

将文章当作古董，以不能使人认识，使人懂得为好，也许是有趣的事罢。但是，结果怎样呢？是我们已经不能将我们想说的话说出来。我们受了损害，受了侮辱，总是不能说出些应说的话。拿最近的事情来说，如中日战争[4]，拳匪事件，民元革命这些大事件，一直到现在，我们可有一部像样的著作？民国以来，也还是谁也不作声。反而在外国，倒常有说起中国的，但那都不是中国人自己的声音，是别人的声音。

政治文化专制使人远离现实。

这不能说话的毛病，在明朝是还没有这样厉害的；他们还比较地能够说些要说的话。待到满洲人以异族侵入中国，讲历史的，尤其是讲宋末的事情的人被杀害了，讲时事的自然也被杀害了。所以，到乾隆年间，人民大家便更不敢用文章来说话了。所谓读书人，便只好躲起来读经，校刊古书，做些古时的文章，和当时毫无关系的文章。有些新意，也还是不行的；不是学韩，便是学苏。韩愈苏轼他们，用他们自己的文章来说当时要说的话，那当然可以的。我们却并非唐宋时人，怎么做和我们毫无关系的时候的文章呢。即使做得像，也是唐宋时代的声音，韩愈苏轼的声音，而不是我们现代的声音。然而直到现在，中国人却还要着这样的旧戏法。人是有的，没有声音，寂寞得很。——人会没有声音的么？没有，可以说：是死了。倘要说得客气一点，那就是：已经哑了。

要恢复这多年无声的中国，是不容易的，正如命令一个死掉的人道："你活过来！"我虽然并不懂得宗教，但我以为正如想出现一个宗教上之所谓"奇迹"一样。

所谓"无声的中国"，说的"无声"，就是没有"现代的声音"。

首先，来尝试这工作的是"五四运动"前一年，胡适之先生所提倡的"文学革命"。"革命"这两个字，在这里不知道可害怕，有些地方是一听到就害怕的。但这和文学两字连起来的"革命"，却没有法国革命的"革命"那么可怕，不过是革新，改换一个字，就很平和了，我们就称为"文学革新"罢，中国文字上，这样的花样是很多的。那大意也并不可怕，不过说：我们不必再去费尽心机，学说古代的死人的话，要说现代的活人的话；不要将文章看作古董，要做容易懂得的白话的文章。然而，单是文学革新是不够的，因为腐败思想，能用古文做，也能用白话做。所以后来就有人提倡思想革新。思想革新的结果，是发生社会革新运动。这运动一发生，自然一面就发生反动，于是便酿成战斗……。

害怕"革命"而叫"改革"，害怕"制度"而叫"体制"，——中国这种在文字上玩花样的做法，仍是"旧戏法"。

但是，在中国，刚刚提起文学革新，就有反动了。不过白话文却渐渐风行起来，不大受阻碍。这是怎么一回事呢？就因为当时又有钱玄同先生提倡废止汉字，用罗马字母来替代。这本也不过是一种文字革新，很平常的，但被不喜欢改革的中国人听见，就大不得了了，于是便放过了比较的平和的文学革命，而竭力来骂钱玄同。白话乘了这一个机会，居然减去了许多敌人，反而没有阻碍，能够流行了。

开窗的比喻，精警之极。

中国人的性情是总喜欢调和，折中的。譬如你说，这屋子太暗，须在这里开一个窗，大家一定不允许的。但如果你主张拆掉屋顶，他们就会来调和，愿意开窗了。没有更激烈的主张，他们总连平和的改革也不肯行。那时白话文之得以通行，就因为有废掉中国字而用罗马字母的议论的缘故。

对于一个喜欢调和的民族，真正的改革，往往得采取激进的办法，庶几可以奏效。倘也主张改革，却又一味憎恶激烈，貌似平和可爱，实则等于守旧。

其实，文言和白话的优劣的讨论，本该早已过去了，但中国是总不肯早早解决的，到现在还有许多无谓的议论。例如，有的说：古文各省人都能懂，白话就各处不同，反而不能互相了解了。殊不知这只要教育普及和交通发达就好，那时就人人都能懂较为易解的白话文；至于古文，何尝各省人都能懂，便是一省里，也没有许多人懂得的。有的说：如果都用白话文，人们便不能看古书，中国的文化就灭亡了。其实呢，现在的人们大可以不必看古书，即使古书里真有好东西，也可以用白话来译出的，用不着那么心惊胆战。他们又有人说，外国尚且译中国书，足见其好，我们自己倒不看么？殊不知埃及的古书，外国人也译，非洲黑人的神话，外国人也译，他们别有用意，即使译出，也算不了怎样光荣的事的。

近来还有一种说法，是思想革新紧要，文字改革倒在其次，所以不如用浅显的文言来作新思想的文章，可以少招一重反对。这话似乎也有理。然而我们知道，连他长指甲都不肯剪去的人，是决不肯剪去他的辫子的。

因为我们说着古代的话，说着大家不明白，不听见的话，已经弄得像一盘散沙，痛痒不相关了。我们要活过来，首先就须由青年们不再说孔子孟子和韩愈柳宗元[5]们的话。时代不同，情形也两样，孔子时代的香港不这样，孔子口调的“香港论”是无从做起的，“吁嗟阔哉香港也”，不过是笑话。

我们要说现代的，自己的话；用活着的白话，将自己的思想，感情直白地说出来。但是，这也要受前辈先生非笑的。他们说白话文卑鄙，没有价值；他们说年青人作品幼稚，贻笑大方。我们中国能做文言的有多少呢？其余的都只能说白话，难道这许多中国人，就都是卑鄙，没有价值的么？至于幼稚，尤其没有什么可羞，正如孩子对于老人，毫没有什么可羞一样。幼稚是会生长，会成熟的，只不要衰老，腐败，就好。倘说待到纯熟了才可以动手，那是虽是村妇也不至于这样蠢。她的孩子学走路，即使跌倒了，她决不至于叫孩子从此躺在床上，待到学会了走法再下地面来的。

青年们先可以将中国变成一个有声的中国。大胆地说话，勇敢地进行，忘掉了一切利害，推开了古人，将自己的真心的话发表出来。——真，自然是不容易的。譬如态度，就不容易真，讲演时候就不是我的真态度，因为我对朋友，孩子说话时候的态度是不这样的。——

寄希望于青年的话，自“清党”之后便极少见。

但总可以说些较真的话，发些较真的声音。只有真的声音，才能感动中国的人和世界的人；必须有了真的声音，才能和世界的人同在世界上生活。

中国需要“真的声音”。

我们试想，现在没有声音的民族是哪几种民族。我们可听到埃及人的声音？可听到安南、朝鲜的声音？印度除了泰戈尔，别的声音可还有？

我们此后实在只有两条路：一是抱着古文而死掉，一是舍掉古文而生存。

注　释

1　最初发表于香港报纸，1927 年 3 月 23 日汉口《中央日报》副刊转载。据《鲁迅日记》，这篇讲演应作于 2 月 18 日。后编入《三闲集》。

2　青年会　基督教青年会。

3　浙江陕西在打仗，指 1926 年末到 1927 年初北洋军阀孙传芳在浙江进攻与广州国民政府有联系的陈仪等部，以及 1926 年 12 月冯玉祥的国民军在陕西反对北洋军阀吴佩孚的战争。

4　中日战争　指 1894 年（甲午）日本侵略中国而引起的战争，史称甲午战争。

5　柳宗元（773—819）　唐代文学家。字子厚，河东解（今山西运城西）人。贞元进士，与刘禹锡等参加主张革新的王叔文集团，任礼部员外郎。失败后贬为永州司马，后迁柳州刺史。与韩愈倡导古文运动，并称“韩柳”，被后人同列为“唐宋八大家”。著有《河东先生集》。

老调子已经唱完[1]

——二月十九日在香港青年会讲

今天我所讲的题目是“老调子已经唱完”：初看似乎有些离奇，其实是并不奇怪的。

凡老的，旧的，都已经完了！这也应该如此。虽然这一句话实在对不起一般老前辈，可是我也没有别的法子。

中国人有一种矛盾思想，即是：要子孙生存，而自己也想活得很长久，永远不死；及至知道没法可想，非死不可了，却希望自己的尸身永远不腐烂。但是，想一想罢，如果从有人类以来的人们都不死，地面上早已挤得密密的，现在的我们早已无地可容了；如果从有人类以来的人们的尸身都不烂，岂不是地面上的死尸早已堆得比鱼店里的鱼还要多，连掘井，造房子的空地都没有了么？所以，我想，凡是老的，旧的，实在倒不如高高兴兴的死去的好。

保障思想学说的持久性，其实也与保存死尸一样，都是以僵化的形象阻碍社会的新生。

在文学上，也一样，凡是老的和旧的，都已经唱完，或将要唱完。举一个最近的例来说，就是俄国。他们当俄皇专制的时代，有许多作家很同情于民众，叫出许多惨痛的声音，后来他们又看见民众有缺点，便失望起来，不很能怎样歌唱，待到革命以后，文学上便没有什么大作品了。只有几个旧文学家跑到外国去，作了几篇作品，但也不见得出色，因为他们已经失掉了先前的环境了，不再能照先前似的开口。

要有“新的声音”。

在这时候，他们的本国是应该有新的声音出现的，但是我们还没有很听到。我想，他们将来是一定要有声音的。因为俄国是活的，虽然暂时没有声音，但他究竟有改造环境的能力，所以将来一定也会有新的声音出现。

再说欧美的几个国度罢。他们的文艺是早有些老旧了，待到世界大战时候，才发生了一种战争文学。战争一完结，环境也改变了，老调子无从再唱，所以现在文学上也有些寂寞。将来的情形如何，我们实在不能豫测。但我相信，他们是一定也会有新的声音的。

现在来想一想我们中国是怎样。中国的文章是最没有变化的，调子是最老的，里面的思想是最旧的。但是，很奇怪，却和别国不一样。那些老调子，还是没有唱完。

驳“特别国情”说：强调中国特色，无非是阻绝世界新潮，以保守“旧贯”，维持现状。

这是什么缘故呢？有人说，我们中国是有一种“特别国情”。——中国人是否真是这样“特别”，我是不知道，不过我听得有人说，中国人是这样。——

倘使这话是真的，那么，据我看来，这所以特别的原因，大概有两样。

第一，是因为中国人没记性，因为没记性，所以昨天听过的话，今天忘记了，明天再听到，还是觉得很新鲜。做事也是如此，昨天做坏了的事，今天忘记了，明天做起来，也还是“仍旧贯”[2]的老调子。

第二，是个人的老调子还未唱完，国家却已经灭亡了好几次了。何以呢？我想，凡有老旧的调子，一到有一个时候，是都应该唱完的，凡是有良心，有觉悟的人，到一个时候，自然知道老调子不该再唱，将它抛弃。但是，一般以自己为中心的人们，却决不肯以民众为主体，而专图自己的便利，总是三翻四复的唱不完。于是，自己的老调子固然唱不完，而国家却已被唱完了。

改革：“以自己为中心”，抑或“以民众为主体”？

宋朝的读书人讲道学，讲理学，尊孔子，千篇一律。虽然有几个革新的人们，如王安石[3]等等，行过新法，但不得大家的赞同，失败了。从此大家又唱老调子，和社会没有关系的老调子，一直到宋朝的灭亡。

宋朝唱完了，进来做皇帝的是蒙古人——元朝。那么，宋朝的老调子也该随着宋朝完结了罢，不，元朝人起初虽然看不起中国人[4]，后来却觉得我们的老调子，倒也新奇，渐渐生了羡慕，因此元人也跟着唱起我们的调子来了，一直到灭亡。

这个时候，起来的是明太祖。元朝的老调子，到此应该唱完了罢，可是也还没有唱完。明太祖又觉得还有些意趣，就又教大家接着唱下去。什么八股咧，道学咧，和社会，百姓都不相干，就只向着那条过去的旧路走，一直到明亡。

清朝又是外国人。中国的老调子，在新来的外国主人的眼里又见得新鲜了，于是又唱下去。还是八股，考试，做古文，看古书。但是清朝完结，已经有十六年了，这是大家都知道的。他们到后来，倒也略略有些觉悟，曾经想从外国学一点新法来补救，然而已经太迟，来不及了。

老调子将中国唱完，完了好几次，而它却仍然可以唱下去。因此就发生一点小议论。有人说："可见中国的老调子实在好，正不妨唱下去。试看元朝的蒙古人，清朝的满洲人，不是都被我们同化了么？照此看来，则将来无论何国，中国都会这样地将他们同化的。"原来我们中国就如生着传染病的病人一般，自已生了病，还会将病传到别人身上去，这倒是一种特别的本领。

文化的"同化"问题。

殊不知这种意见，在现在是非常错误的。我们为甚么能够同化蒙古人和满洲人呢？是因为他们的文化比我们的低得多。倘使别人的文化和我们的相敌或更进步，那结果便要大不相同了。他们倘比我们更聪明，这时候，我们不但不能同化他们，反要被他们利用了我们的腐败文化，来治理我们这腐败民族。他们对于中国人，是毫不爱惜的，当然任凭你腐败下去。现在听说又很有别国人在尊重中国的旧文化了，那里是真在尊重呢，不过是利用！

从前西洋有一个国度，国名忘记了，要在非洲造一条铁路。顽固的非洲土人很反对，他们便利用了他们的神话来哄骗他们道："你们古代有一个神仙，曾从地面造一道桥到天上。现在我们所造的铁路，简直就和你们的古圣人的用意一样。"非洲人不胜佩服，高兴，铁路就造起来。——中国人是向来排斥外人的，然而现在却渐渐有人跑到他那里去唱老调子了，还说道："孔夫子也说过，'道不行，乘桴浮于海。'[5]所以外人倒是好的。"外国人也说道："你家圣人的话实在不错。"

倘照这样下去，中国的前途怎样呢？别的地方我不知道，只好用上海来类推。上海是：最有权势的是一群外国人，接近他们的是一圈中国的商人和所谓读书的人，圈子外面是许多中国的苦人，就是下等奴才。将来呢，倘使还要唱着老调子，那么，上海的情状会扩大到全国，苦人会多起来。因为现在是不像元朝清朝时候，我们可以靠着老调子将他们唱完，只好反而唱完自己了。这就因为，现在的外国人，不比蒙古人和满洲人一样，他们的文化并不在我们之下。

那么，怎么好呢？我想，唯一的方法，首先是抛弃了老调子。旧文章，旧思想，都已经和现社会毫无关系了，从前孔子周游列国的时代，所坐的是牛车。现在我们还坐牛车么？从前尧舜的时候，吃东西用泥碗，现在我们所用的是甚么？所以，生在现今的时代，捧着古书是完全没有用处的了。

“老调子”（“旧文化”）是一把“软刀子”。就国家而言，也有称作“软实力”者。

但是，有些读书人说，我们看这些古东西，倒并不觉得于中国怎样有害，又何必这样决绝地抛弃呢？是的。然而古老东西的可怕就正在这里。倘使我们觉得有害，我们便能警戒了，正因为并不觉得怎样有害，我们这才总是觉不出这致死的毛病来。因为这是“软刀子”。这“软刀子”的名目，也不是我发明的，明朝有一个读书人，叫做贾凫西[6]的，鼓词里曾经说起纣王，道：“几年家软刀子割头不觉死，只等得太白旗悬才知道命有差。”我们的老调子，也就是一把软刀子。

中国人倘被别人用钢刀来割，是觉得痛的，还有法子想；倘是软刀子，那可真是“割头不觉死”，一定要完。

论中国文化。文化的优劣存废，关键在于和“现在的民众”的关系。由于中国专制文化都是侍奉主子的文化，制造痛苦的文化，所以不应当保存。

我们中国被别人用兵器来打，早有过好多次了。例如，蒙古人满洲人用弓箭，还有别国人用枪炮。用枪炮来打的后几次，我已经出了世了，但是年纪青。我仿佛记得那时大家倒还觉得一点苦痛的，也曾经想有些抵抗，有些改革。用枪炮来打我们的时候，听说是因为我们野蛮；现在，倒不大遇见有枪炮来打我们了，大约是因为我们文明了罢。现在也的确常常有人说，中国的文化好得很，应该保存。那证据，是外国人也常在赞美。这就是软刀子。用钢刀，我们也许还会觉得的，于是就改用软刀子。我想：叫我们用自己的老调子唱完我们自己的时候，是已经要到了。

中国的文化，我可是实在不知道在那里。所谓文化之类，和现在的民众有甚么关系，甚么益处呢？近来外国人也时常说，中国人礼仪好，中国人肴馔好。中国人也附和着。但这些事和民众有甚么关系？车夫先就没有钱来做礼服，南北的大多数的农民最好的食物是杂粮。有什么关系？

中国的文化，都是侍奉主子的文化，是用很多的人的痛苦换来的。无论中国人，外国人，凡是称赞中国文化的，都只是以主子自居的一部份。

以前，外国人所作的书籍，多是嘲骂中国的腐败；到了现在，不大嘲骂了，或者反而称赞中国的文化了。常听到他们说："我在中国住得很舒服呵！"这就是中国人已经渐渐把自己的幸福送给外国人享受的证据。所以他们愈赞美，我们中国将来的苦痛要愈深的！

这就是说：保存旧文化，是要中国人永远做侍奉主子的材料，苦下去，苦下去。虽是现在的阔人富翁，他们的子孙也不能逃。我曾经做过一篇杂感[7]，大意是说："凡称赞中国旧文化的，多是住在租界或安稳地方的富人，因为他们有钱，没有受到国内战争的痛苦，所以发出这样的赞赏来。殊不知将来他们的子孙，营业要比现在的苦人更其贱，去开的矿洞，也要比现在的苦人更其深。"这就是说，将来还是要穷的，不过迟一点。但是先穷的苦人，开了较浅的矿，他们的后人，却须开更深的矿了。我的话并没有人注意。他们还是唱着老调子，唱到租界去，唱到外国去。但从此以后，不能像元朝清朝一样，唱完别人了，他们是要唱完了自己。

这怎么办呢？我想，第一，是先请他们从洋楼，卧室，书房里踱出来，看一看身边怎么样，再看一看社会怎么样，世界怎么样。然后自己想一想，想得了方法，就做一点。“跨出房门，是危险的。”自然，唱老调子的先生们又要说。然而，做人是总有些危险的，如果躲在房里，就一定长寿，白胡子的老先生应该非常多；但是我们所见的有多少呢？他们也还是常常早死，虽然不危险，他们也胡涂死了。

强调与实社会的接触。

要不危险，我倒曾经发见了一个很合式的地方。这地方，就是：牢狱。人坐在监牢里便不至于再捣乱，犯罪了；救火机关也完全，不怕失火；也不怕盗劫，到牢狱里去抢东西的强盗是从来没有的。坐监是实在最安稳。

但是，坐监却独独缺少一件事，这就是：自由。所以，贪安稳就没有自由，要自由就总要历些危险。只有这两条路。那一条好，是明明白白的，不必待我来说了。

以自由问题作结，令人深长思之。

现在我还要谢诸位今天到来的盛意。

注 释

1 本篇最初发表于1927年3月广州《国民新闻》副刊《新时代》，同年5月11日汉口《中央日报》副刊转载。后编入《集外集拾遗》。

2 “仍旧贯” 仍按旧例实行。语见《论语·先进》：“鲁人为长府，闵子骞曰：‘仍旧贯，如之何？何必改作！’”

3 王安石（1021—1086） 北宋政治家、文学家。字介甫，抚州临川（今属江西）人。宋神宗熙宁二年（1069）任参知政事，次年拜相，实行变法。推行青苗、市易、免役、农田水利等新法，因保守派反对而失败。熙宁七年（1074）被罢相；次年再相，九年再罢，退居江宁（今江苏南京），封荆国公，世称荆公。著有《王文公文集》《临川先生文集》等。文章雄健峭拔，为“唐宋八大家”之一。

4 元朝将全国人分为四等，蒙古人最贵，依次为色目人、汉人、南人。按，汉人指契丹、女真、高丽和原金朝治下的北中国汉人，南人指南宋遗民。

5 “道不行，乘桴浮于海” 语见《论语·公冶长》。

6 贾凫西（约1592—1674） 明代鼓词作家。字应宠，号木皮散人，山东曲阜人。文中所引的话，见于明亡后他所作的《木皮散人鼓词》。

7 一篇杂感 即《无花的蔷薇之二》。

关于妇女解放[1]

孔子曰："唯女子与小人为难养也，近之则不逊，远之则怨。"[2]女子与小人归在一类里，但不知道是否也包括了他的母亲。后来的道学先生们，对于母亲，表面上总算是敬重的了，然而虽然如此，中国的为母的女性，还受着自己儿子以外的一切男性的轻蔑。

辛亥革命后，为了参政权，有名的沈佩贞[3]女士曾经一脚踢倒过议院门口的守卫。不过我很疑心那是他自己跌倒的，假使我们男人去踢罢，他一定会还踢你几脚。这是做女子便宜的地方。还有，现在有些太太们，可以和阔男人并肩而立，在码头或会场上照一个照相；或者当汽船飞机开始行动之前，到前面去敲碎一个酒瓶[4]（这或者非小姐不可也说不定，我不知道那详细）了，也还是做女子的便宜的地方。此外，又新有了各样的职业，除女工，为的是她们工钱低，又听话，因此为厂主所乐用的不算外，别的就大抵只因为是女子，所以一面虽然被称为"花瓶"，一面也常有"一切招待，全用女子"的光荣的广告。男子倘要这么突然的飞黄腾达，单靠原来的男性是不行的，他至少非变狗不可。

这是五四运动后，提倡了妇女解放以来的成绩。不过我们还常常听到职业妇女的痛苦的呻吟，评论家的对于新式女子的讥笑。她们从闺阁走出，到了社会上，其实是又成为给大家开玩笑，发议论的新资料了。

这是因为她们虽然到了社会上，还是靠着别人的“养”；要别人“养”，就得听人的唠叨，甚而至于侮辱。我们看看孔夫子的唠叨，就知道他是为了要“养”而“难”，“近之”“远之”都不十分妥帖的缘故。这也是现在的男子汉大丈夫的一般的叹息。也是女子的一般的苦痛。在没有消灭“养”和“被养”的界限以前，这叹息和苦痛是永远不会消灭的。

这并未改革的社会里，一切单独的新花样，都不过一块招牌，实际上和先前并无两样。拿一匹小鸟关在笼中，或给站在竿子上，地位好象改变了，其实还只是一样的在给别人做玩意，一饮一啄，都听命于别人。俗语说：“受人一饭，听人使唤”，就是这。所以一切女子，倘不得到和男子同等的经济权，我以为所有好名目，就都是空话。自然，在生理和心理上，男女是有差别的；即在同性中，彼此也都不免有些差别，然而地位却应该同等。必须地位同等之后，才会有真的女人和男人，才会消失了叹息和苦痛。

关于两性关系，除了争取地位的平等，还须承认生理和心理的实际上的差别。不要为争取不同性别在生理上的同等，工作性质或工作强度的同等，反苟安于受歧视的政治地位，忘却社会解放。

在真的解放之前，是战斗。但我并非说，女人应该和男人一样的拿枪，或者只给自己的孩子吸一只奶，而使男子去负担那一半。我只以为应该不自苟安于目前暂时的位置，而不断的为解放思想，经济等等而战把妇女解放和社会解放联系起来。

斗。解放了社会，也就解放了自己。但自然，单为了现存的惟妇女所独有的桎梏而斗争，也还是必要的。

我没有研究过妇女问题，倘使必须我说几句，就只有这一点空话。

十月二十一日。

注　释

1　本篇发表情况未详。后编入《南腔北调集》。

2　语见《论语·阳货》。

3　**沈佩贞**　浙江杭州人。辛亥革命时组织“女子北伐队”，民国初年曾任袁世凯总统府顾问。

4　指掷瓶礼，西方传入的一种祝贺首航的仪式：当飞机船舰首航时，先由官眷或女界名流将一瓶系有彩带的香槟酒往机身或船身掷碎，以示祝贺。

在现代中国的孔夫子[1]

新近的上海的报纸，报告着因为日本的汤岛[2]，孔子的圣庙落成了，湖南省主席何键[3]将军就寄赠了一幅向来珍藏的孔子的画像。老实说，中国的一般的人民，关于孔子是怎样的相貌，倒几乎是毫无所知的。自古以来，虽然每一县一定有圣庙，即文庙，但那里面大抵并没有圣像。凡是绘画，或者雕塑应该崇敬的人物时，一般是以大于常人为原则的，但一到最应崇敬的人物，例如孔夫子那样的圣人，却好像连形象也成为亵渎，反不如没有的好。这也不是没有道理的。孔夫子没有留下照相来，自然不能明白真正的相貌，文献中虽然偶有记载，但是胡说白道也说不定。若是从新雕塑的话，则除了任凭雕塑者的空想而外，毫无办法，更加放心不下。于是儒者们也终于只好采取“全部，或全无”的勃兰特[4]式的态度了。

然而倘是画像，却也会间或遇见的。我曾经见过三次：一次是《孔子家语》[5]里的插画；一次是梁启超氏亡命日本时，作为横滨出版的《清议报》上的卷头画，从日本倒输入中国来的；还有一次是刻在汉朝墓石上的孔子见老子的画像。说起从这些图画上所得的孔夫子的模样的印象来，则这位先生是一位很瘦的老头子，身穿大袖口的长袍子，腰带上插着一把剑，或者腋下挟着一枝杖，然而从来不笑，非常威风凛凛的。假使在他的旁边侍坐，那就一定得把腰骨挺的笔直，经过两三点钟，就骨节酸痛，倘是平常人，大约总不免急于逃走的了。

后来我曾到山东旅行。在为道路的不平所苦的时候，忽然想到了我们的孔夫子。一想起那具有俨然道貌的圣人，先前便是坐着简陋的车子，颠颠簸簸，在这些地方奔忙的事来，颇有滑稽之感。这种感想，自然是不好的，要而言之，颇近于不敬，倘是孔子之徒，恐怕是决不应该发生的。但在那时候，怀着我似的不规矩的心情的青年，可是多得很。

我出世的时候是清朝的末年，孔夫子已经有了“大成至圣文宣王”这一个阔得可怕的头衔，不消说，正是圣道支配了全国的时代。政府对于读书的人们，使读一定的书，即四书和五经；使遵守一定的注释；使写一定的文章，即所谓“八股文”；并且使发一定的议论。然而这些千篇一律的儒者们，倘是四方的大地，那是很知道的，但一到圆形的地球，却什么也不知道，于是和四书上并无记载的法兰西和英吉利打仗而失败了。不知道为了觉得与其拜着孔夫子而死，倒不如保存自己们之为得计呢，还是为了什么。总而言之，这回是拚命尊孔的政府和官僚先就动摇起来，用官帑大翻起洋鬼子的书籍来了。属于科学上的古典之作的，则有侯失勒的《谈天》，雷侠儿的《地学浅释》，

讽刺崇孔的虚伪性。

代那的《金石识别》[6]，到现在也还作为那时的遗物，间或躺在旧书铺子里。

然而一定有反动。清末之所谓儒者的结晶，也是代表的大学士徐桐[7]氏出现了。他不但连算学也斥为洋鬼子的学问；他虽然承认世界上有法兰西和英吉利这些国度，但西班牙和葡萄牙的存在，是决不相信的，他主张这是法国和英国常常来讨利益，连自己也不好意思了，所以随便胡诌出来的国名。他又是一九〇〇年的有名的义和团的幕后的发动者，也是指挥者。但是义和团完全失败，徐桐氏也自杀了。政府就又以为外国的政治法律和学问技术颇有可取之处了。我的渴望到日本去留学，也就在那时候。达了目的，入学的地方，是嘉纳先生所设立的东京的弘文学院；在这里，三泽力太郎先生教我水是养气和轻气所合成，山内繁雄先生教我贝壳里的什么地方其名为“外套”。这是有一天的事情。学监大久保先生集合起大家来，说：因为你们都是孔子之徒，今天到御茶之水[8]的孔庙里去行礼罢！我大吃了一惊。现在还记得那时心里想，正因为绝望于孔夫子和他的之徒，所以到日本来的，然而又是拜么？一时觉得很奇怪。而且发生这样感觉的，我想决不止我一个人。

但是，孔夫子在本国的不遇，也并不是始于二十世纪的。孟子批评他为“圣之时者也”，倘翻成现代语，除了“摩登圣人”实在也没有别的法。为他自己

两个孔子，本来的孔子与后来的孔子并不一致。

计，这固然是没有危险的尊号，但也不是十分值得欢迎的头衔。不过在实际上，却也许并不这样子。孔夫子的做定了“摩登圣人”是死了以后的事，活着的时候却是颇吃苦头的。跑来跑去，虽然曾经贵为鲁国的警视总监[9]，而又立刻下野，失业了；并且为权臣所轻蔑，为野人所嘲弄，甚至于为暴民所包围，饿扁了肚子。弟子虽然收了三千名，中用的却只有七十二，然而真可以相信的又只有一个人。有一天，孔夫子愤慨道：“道不行，乘桴浮于海，从我者，其由与？”从这消极的打算上，就可以窥见那消息。然而连这一位由[10]，后来也因为和敌人战斗，被击断了冠缨，但真不愧为由呀，到这时候也还不忘记从夫子听来的教训，说道“君子死，冠不免”[11]，一面系着冠缨，一面被人砍成肉酱了。连唯一可信的弟子也已经失掉，孔子自然是非常悲痛的，据说他一听到这信息，就吩咐去倒掉厨房里的肉酱云。[12]

孔夫子到死了以后，我以为可以说是运气比较的好一点。因为他不会噜苏了，种种的权势者便用种种的白粉给他来化妆，一直抬到吓人的高度。但比起后来输入的释迦牟尼来，却实在可怜得很。诚然，每一县固然都有圣庙即文庙，可是一副寂寞的冷落的样子，一般的庶民，是决不去参拜的，要去，则是佛寺，或者是神庙。若向老百姓们问孔夫子是什么人，他们自然回答是圣人，然而这不过是权势者的留声机。他们也敬惜字纸，然而这是因为倘不敬惜字纸，会遭雷殛的迷信的缘故；南京的夫子庙固然是热闹的地方，然而这是因为另有各种玩耍和茶店的缘故。虽说孔子作《春秋》而乱臣贼子惧[13]，然而现在的人们，却几乎谁也不知道一个笔伐了的乱臣贼子的名字。说到乱臣贼子，大概以为是曹操，但那并非圣人所教，却是写了小说和剧本的无名作家所教的。

总而言之，孔夫子之在中国，是权势者们捧起来的，是那些权势者或想做权势者们的圣人，和一般的民众并无什么关系。然而对于圣庙，那些权势者也不过一时的热心。因为尊孔的时候已经怀着别样的目的，所以目的一达，这器具就无用，如果不达呢，那可更加无用了。在三四十年以前，凡有企图获得权势的人，就是希望做官的人，都是读“四书”和“五经”，做“八股”，别一些人就将这些书籍和文章，统名之为“敲门砖”。这就是说，文官考试一及第，这些东西也就同时被忘却，恰如敲门时所用的砖头一样，门一开，这砖头也就被抛掉了。孔子这人，其实是自从死了以后，也总是当着“敲门砖”的差使的。

后来的孔子是权势者为洗脑的需要而制造出来并捧为“圣人”的。

一看最近的例子，就更加明白。从二十世纪的开始以来，孔夫子的运气是很坏的，但到袁世凯时代，却又被从新记得，不但恢复了祭典，还新做了古怪的祭服，使奉祀的人们穿起来。跟着这事而出现的便是帝制。然而那一道门终于没有敲开，袁氏在门外死掉了。余剩的是北洋军阀，当觉得渐近末路时，也用它来敲过另外的幸福之门。盘据着江苏和浙江，在路上随便砍杀百姓的孙传芳将军，一面复兴了投壶之礼；钻进山东，连自己也数不清金钱和兵丁和姨太太的数目了的张宗昌将军，则重刻了《十三经》，而且把圣道看作可以由肉体关系来传染的花柳病一样的东西，拿一个孔子后裔的谁来做了自己的女婿。然而幸福之孔子之为“敲门砖”，结局是：幸福之门对谁也没有开。

门，却仍然对谁也没有开。

这三个人，都把孔夫子当作砖头用，但是时代不同了，所以都明明白白的失败了。岂但自己失败而已呢，还带累孔子也更加陷入了悲境。他们都是连字也不大认识的人物，然而偏要大谈什么《十三经》之类，所以使人们觉得滑稽；言行也太不一致了，就更加令人讨厌。既已厌恶和尚，恨及袈裟，而孔夫子之被利用为或一目的的器具，也从新看得格外清楚起来，于是要打倒他的欲望，也就越加旺盛。所以把孔子装饰得十分尊严时，就一定有找他缺点的论文和作品出现。即使是孔夫子，缺点总也有的，在平时谁也不理会，因为圣人也是人，本是可以原谅的。然而如果圣人之徒出来胡说一通，以为圣人是这样，是那样，所以你也非这样不可的话，人们可就禁不住要笑起来了。五六年前，曾经因为公演了《子见南子》[14]这剧本，引起过问题，在那个剧本里，有孔夫子登场，以圣人而论，固然不免略有欠稳重和呆头呆脑的地方，然而作为一个人，倒是可爱的好人物。但是圣裔们非常愤慨，把问题一直闹到官厅里去了。因为公演的地点，恰巧是孔夫子的故乡，在那地方，圣裔们繁殖得非常多，成着使释迦牟尼和苏格拉第都自愧弗如的特权阶级。然而，那也许又正是使那里的非圣裔的青年们，不禁特地要演《子见南子》的原因罢。

中国的权势者何以要捧孔子，甚至到了民国，废了帝制、科举和“八股”之后仍然如此，

中国的一般的民众，尤其是所谓愚民，虽称孔子

为圣人，却不觉得他是圣人；对于他，是恭谨的，却不亲密。但我想，能像中国的愚民那样，懂得孔夫子的，恐怕世界上是再也没有的了。不错，孔夫子曾经计划过出色的治国的方法，但那都是为了治民众者，即权势者设想的方法，为民众本身的，却一点也没有。这就是“礼不下庶人”。成为权势者们的圣人，终于变了“敲门砖”，实在也叫不得冤枉。和民众并无关系，是不能说的，但倘说毫无亲密之处，我以为怕要算是非常客气的说法了。不去亲近那毫不亲密的圣人，正是当然的事，什么时候都可以，试去穿了破衣，赤着脚，走上大成殿去看看罢，恐怕会像误进上海的上等影戏院或者头等电车一样，立刻要受斥逐的。谁都知道这是大人老爷们的物事，虽是“愚民”，却还没有愚到这步田地的。

连所谓的“学界”也如此，实在有点匪夷所思。鲁迅说：孔子的学说全都是为治民众者，即权势者设想。可谓一语破的。

对于孔子及其学说的两种态度：治民众者与民众。说世界最懂得孔子的是中国的“愚民”，此亦一大发现。

四月二十九日。

注　释

1　本篇最初用日文写成，发表于 1935 年 6 月日本《改造》月刊；中译文发表于同年 7 月在东京出版的《杂文》月刊第 2 号，题为《孔夫子在现代中国》。后编入《且介亭杂文二集》。

2　汤岛　东京的街名，建有日本最大的孔庙“汤岛圣堂”。

3　何键（1887—1956）　字芸樵，湖南醴陵人，军阀出身，1929 年至 1937 年任国民党湖南省政府主席。作者作此文时，何键还兼任“追剿军”总司令。

4 勃兰特　易卜生剧本《勃兰特》的主人公。“全部，或全无”，是他信奉的哲学。

5 《孔子家语》 原书二十七卷，已佚，今本为三国魏王肃编辑，共十卷。书中内容辑自《左传》《国语》《荀子》《孟子》《礼记》等多种儒家经典，是关于孔子的言行录。

6 侯失勒（F. W. Herschel，1792—1871） 通译赫歇耳，英国天文学家、物理学家。其名著《谈天》（今译《天文学纲要》）中译本出版于 1859 年。雷侠儿（C. Lyell,1797—1875） 通译赖尔，英国地质学家。著有《地质学原理》《古人类的地质证据》等。所著《地学浅释》（今译《地质学基础》）中译本出版于 1871 年。代那（J. D. Dana，1813—1895） 通译达纳，美国地质学家、矿物学家。所著《金石识别》（今译《矿物学系统》）中译本出版于 1871 年。

7 徐桐（1819—1900） 字荫轩。汉军正蓝旗人，清末大臣。同治初，为同治帝师傅，光绪间官至大学士。崇尚宋儒学说，顽固保守，反对康梁变法。曾主张利用义和团排外，围攻外国使馆。八国联军攻入北京后，自缢而死。著有《治平宝鉴》。

8 御茶之水　日本东京地名。

9 警视总临　日本负责管理警察工作的最高长官。孔子曾一度任鲁国的司寇，掌管刑狱，故有此称。

10 由　孔子的弟子仲由，即子路。

11 “君子死，冠不免” 语见《左传》哀公十五年。

12 孔子因子路战死而倒掉肉酱的事，见《孔子家语·子贡问》。

13 孔子作《春秋》而乱臣贼子惧　典出《孟子·滕文公》。

14 《子见南子》 独幕剧，林语堂作，发表于 1928 年 11 月《奔流》第 1 卷第 6 期。1929 年山东曲阜第二师范学校学生排演此剧时，当地孔氏族人以“公然侮辱宗祖孔子”为由，向国民党政府教育部提出控告，结果将该校校长裁撤。南子是卫灵公的夫人。“子见南子”，事见《论语·雍也》。

对于批评家的希望[1]

前两三年的书报上，关于文艺的大抵只有几篇创作（姑且这样说）和翻译，于是读者颇有批评家出现的要求，现在批评家已经出现了，而且日见其多了。

以文艺如此幼稚的时候，而批评家还要发掘美点，想扇起文艺的火焰来，那好意实在很可感。即不然，或则叹息现代作品的浅薄，那是望著作家更其深，或则叹息现代作品之没有血泪，那是怕著作界复归于轻佻。虽然似乎微辞过多，其实却是对于文艺的热烈的好意，那也实在是很可感谢的。

独有靠了一两本"西方"的旧批评论，或则捞一点头脑板滞的先生们的唾余，或则仗着中国固有的什么天经地义之类的，也到文坛上来践踏，则我以为委实太滥用了批评的权威。试将粗浅的事来比罢：譬如厨子做菜，有人品评他坏，他固不应该将厨刀铁釜交给批评者，说道你试来做一碗好的看：但他却可以有几条希望，就是望吃菜的没有"嗜痂之癖"[2]，没有

也有独靠了一两本"西方"的新批评论，为后学之类的，也有捞脑筋灵活、朝秦暮楚的权威的唾余的，也有仗着并非固有而

喝醉了酒，没有害着热病，舌苔厚到二三分。

是新添的却一样天经地义的原则之类，明例在文坛上逞雄，算得是批评界的一大进化。

我对于文艺批评家的希望却还要小。我不敢望他们于解剖裁判别人的作品之前，先将自己的精神来解剖裁判一回，看本身有无浅薄卑劣荒谬之处，因为这事情是颇不容易的。我所希望的不过愿其有一点常识，例如知道裸体画和春画的区别，接吻和性交的区别，尸体解剖和戮尸的区别，出洋留学和“放诸四夷”的区别，笋和竹的区别，猫和老虎的区别，老虎和番菜馆的区别……。更进一步，则批评以英美的老先生学说为主，自然是悉听尊便的，但尤希望知道世界上不止英美两国；看不起托尔斯泰，自然也自由的，但尤希望先调查一点他的行实，真看过几本他所做的书。

一曰批评不要违背常识。

二曰批评不要定于一尊。

还有几位批评家，当批评译本的时候，往往诋为不足齿数的劳力，而怪他何不去创作。创作之可尊，想来翻译家该是知道的，然而他竟止于翻译者，一定因为他只能翻译，或者偏爱翻译的缘故。所以批评家若不就事论事，而说些应当去如此如彼，是溢出于事权以外的事，因为这类言语，是商量教训而不是批评。现在还将厨子来比，则吃菜的只要说出品味如何就尽够，苦于此之外，又怪他何以不去做裁缝或造房子，那是无论怎样的呆厨子，也难免要说这位客官是痰迷心窍的了。

三曰批评不要超越事权。

十一月九日。

注 释

1 发表于 1922 年 11 月 9 日《晨报副刊》，署名风声。后编入《热风》。

2 “嗜痂之癖” 一种病态的嗜好。南朝宋刘敬叔《异苑》卷十载 :“东莞刘邕性嗜食疮痂，以为味似鳆鱼。尝诣孟灵休，灵休先患炙疮，痂落在床，邕取食之。”

诗歌之敌[1]

大前天第一次会见“诗孩”[2]，谈话之间，说到我可以对于《文学周刊》[3]投一点什么稿子。我暗想倘不是在文艺上有伟大的尊号如诗歌小说评论等，多少总得装一些门面，使与尊号相当，而是随随便便近于杂感一类的东西，那总该容易的罢，于是即刻答应了。此后玩了两天，食粟而已，到今晚才向书桌坐下来豫备写字，不料连题目也想不出，提笔四顾，右边一个书架，左边一口衣箱，前面是墙壁，后面也是墙壁，都没有给我少许灵感之意。我这才知道：大难已经临头了。

幸而因“诗孩”而联想到诗，但不幸而我于诗又偏是外行，倘讲些什么“义法”之流，岂非“鲁般门前掉大斧”[4]。记得先前见过一位留学生，听说是大有学问的。他对我们喜欢说洋话，使我不知所云，然而看见洋人却常说中国话。这记忆忽然给我一种启示，我就想在《文学周刊》上论打拳；至于诗呢？留待将来遇见拳师的时候再讲。但正在略略踌躇之际，却又联想到较为妥当的，曾在《学灯》[5]——不是上海出版的《学灯》——上见过的一篇春日一郎的文章来了，于是就将他的题目直抄下来：《诗歌之敌》。

那篇文章的开首说，无论什么时候，总有“反诗歌党”的。编成这一党派的分子：一、是凡要感得专诉于想像力的或种艺术的魅力，最要紧的是精神的炽烈的扩大，而他们却已完全不能扩大了的固执的智力主义者；二、是他们自己曾以媚态奉献于艺术神女，但终于不成功，于是一变而攻击诗人，以图报复的著作者；三、是以为诗歌的热烈的感情的奔迸，足以危害社会的道德与平和的那些怀着宗教精神的人们。但这自然是专就西洋而论。

诗歌不能凭仗了哲学和智力来认识，所以感情已经冰结的思想家，即对于诗人往往有谬误的判断和隔膜的揶揄。最显著的例是洛克，他观作诗，就和踢球相同。在科学方面发扬了伟大的天才的巴士凯尔[6]，于诗美也一点不懂，曾以几何学者的口吻断结说："诗者，非有少许稳定者也。"凡是科学底的人们，这样的很不少，因为他们精细地研钻着一点有限的视野，便决不能和博大的诗人的感得全人间世，而同时又领会天国之极乐和地狱之大苦恼的精神相通。近来的科学者虽然对于文艺稍稍加以重视了，但如意大利的伦勃罗梭一流总想在大艺术中发见疯狂，奥国的佛罗特一流专一用解剖刀来分割文艺，冷静到入了迷，至于不觉得自己的过度的穿凿附会者，也还是属于这一类。中国的有些学者，我不能妄测他们于科学究竟到了怎样高深，但看他们或者至于诧异现在的青年何以要绍介被压迫民族文学，或者至于用算盘来算定新诗的乐

诗歌不能凭仗理性判断，其实文学也如此。然而，给诗歌或文学立法和阐释的，却又都是"感情已经冰结"的思想家和批评家，这是文学史上的一大死结。

这里说科学家的视野是有限的，方法是分析的，所以不及诗人得以感通自然与人事，外界与内心者的博大。

诗歌精神。

弗洛伊德批判。

观或悲观，即以决定中国将来的运命，则颇使人疑是对于巴士凯尔的冷嘲。因为这时可以改篡他的话："学者，非有少许稳定者也。"

论柏拉图与亚里士多德，《理想国》与《诗学》。

但反诗歌党的大将总要算柏拉图。他是艺术否定论者，对于悲剧喜剧，都加攻击，以为足以灭亡我们灵魂中崇高的理性，鼓舞劣等的情绪，凡有艺术，都是模仿的模仿，和"实在"尚隔三层；又以同一理由，排斥荷马。在他的《理想国》中，因为诗歌有能鼓动民心的倾向，所以诗人是看作社会的危险人物的，所许可者，只有足供教育资料的作品，即对于神明及英雄的颂歌。这一端，和我们中国古今的道学先生的意见，相差似乎无几。然而柏拉图自己却是一个诗人，著作之中，以诗人的感情来叙述的就常有；即《理想国》，也还是一部诗人的梦书。他在青年时，又曾委身于艺圃的开拓，待到自己知道胜不过无敌的荷马，却一转而开始攻击，仇视诗歌了。但自私的偏见，仿佛也不容易支持长久似的，他的高足弟子亚里士多德做了一部《诗学》，就将为奴的文艺从先生的手里一把抢来，放在自由独立的世界里了。

第三种是中外古今触目皆是的东西。如果我们能够看见罗马法皇宫中的禁书目录[7]，或者知道旧俄国教会里所诅咒的人名[8]，大概可以发见许多意料不到的事的罢，然而我现在所知道的却都是耳食之谈，所以竟没有写在纸上的勇气。总之，在普通的社会上，历来就骂杀了不少的诗人，则都有文艺史实来作证的了。中国的大惊小怪，也不下于过去的西洋，绰号似的造出许多恶名，都给文人负担，尤其是抒情诗人。而中国诗人也每未免感得太浅太偏，走过宫人斜[9]就做一首“无题”，看见树丫叉就赋一篇“有感”。和这相应，道学先生也就神经过敏之极了：一见“无题”就心跳，遇“有感”则立刻满脸发烧，甚至于必以学者自居，生怕将来的国史将他附入文苑传。

说文学革命之后而文学已有转机，我至今还未明白这话是否真实。但戏曲尚未萌芽，诗歌却已奄奄一息了，即有几个人偶然呻吟，也如冬花在严风中颤抖。听说前辈老先生，还有后辈而少年老成的小先生，近来尤厌恶恋爱诗；可是说也奇怪，咏叹恋爱的诗歌果然少见了。从我似的外行人看起来，诗歌是本以发抒自己的热情的，发讫即罢；但也愿意有共鸣的心弦，则不论多少，有了也即罢；对于老先生的一颦蹙，殊无所用其惭惶。纵使稍稍带些杂念，即所谓意在撩拨爱人或是“出风头”之类，也并非大悖人情，所以正是毫不足怪，而且对于老先生的一颦蹙，即更无所用其惭惶。因为意在爱人，便和前辈老先生尤如风马牛之不相及，倘因他们一摇头而慌忙辍笔，使他高兴，那倒像撩拨老先生，反而失敬了。

在中国，知识界似乎达致一种共识，即学者优于诗人（作家）。这是一个极奇怪而可笑的现象。

倘我们赏识美的事物，而以伦理学的眼光来论动机，必求其“无所为”，则第一先得与生物离绝。柳

诗歌是不科学乃至反科学的，因为它是美学。

阴下听黄鹂鸣，我们感得天地间春气横溢，见流萤明灭于丛草里，使人顿怀秋心。然而鹏歌萤照是“为”什么呢？毫不客气，那都是所谓“不道德”的，都正在大“出风头”，希图觅得配偶。至于一切花，则简直是植物的生殖机关了。虽然有许多披着美丽的外衣，而目的则专在受精，比人们的讲神圣恋爱尤其露骨。即使清高如梅菊，也逃不出例外——而可怜的陶潜林逋[10]，却都不明白那些动机。

科学是诗歌之敌，政治也可以成为诗歌（文学）之敌。

一不小心，话又说得不甚驯良了，倘不急行检点，怕难免真要拉到打拳。但离题一远，也就很不容易勒转，只好再举一种近似的事，就此收场罢。

豢养文士仿佛是赞助文艺似的，而其实也是敌。宋玉司马相如之流，就受着这样的待遇，和后来的权门的“清客”略同，都是位在声色狗马之间的玩物。查理九世[11]的言动，更将这事十分透彻地证明了的。他是爱好诗歌的，常给诗人一点酬报，使他们肯做一些好诗，而且时常说：“诗人就像赛跑的马，所以应该给吃一点好东西。但不可使他们太肥；太肥，他们就不中用了。”这虽然对于胖子而想兼做诗人的，不算一个好消息，但也确有几分真实在内。匈牙利最大的抒情诗人彼象飞（A. Petőfi）有题 B. Sz. 夫人照像的诗，大旨说“听说你使你的丈夫很幸福，我希望不至于此，因为他是苦恼的夜莺，而今沉默在幸福里了。苛待他罢，使他因此常常唱出甜美的歌来。”也正是

古今文人却往往以被豢养为幸福。

一样的意思。但不要误解，以为我是在提倡青年要做好诗，必须在幸福的家庭里和令夫人天天打架。事情也不尽如此的。相反的例并不少，最显著的是勃朗宁和他的夫人[12]。

一九二五年一月一日。

注 释

1 发表于1925年1月17日《京报》副刊《文学周刊》第5期。后编入《集外集拾遗》。

2 “诗孩”指孙席珍（1906—1984），作家，浙江绍兴人。当时是绿波社成员，《文学周刊》编辑。因为经常发表诗歌，人又年轻，所以被钱玄同、刘半农等戏称为“诗孩”。

3 《文学周刊》《京报》副刊，1924年12月创刊，初由绿波社、星星文学社合编，后改由北京《文学周刊》社编辑，1925年11月停刊。

4 “鲁般门前掉大斧”语出明代梅之涣《题李白墓》诗：“采石江边一堆土，李白之名高千古，来来往往一首诗，鲁班门前弄大斧。”

5 《学灯》 日本杂志，月刊，1897年创刊于东京，丸善株式会社出版。

6 巴士凯尔（B. Pascal，1623—1662）通译帕期卡，法国数学家、物理学家、思想家。著有《思想录》《致外省人书》，在思想界和文学界均有很大影响。

7 罗马法皇宫中的禁书目录 罗马教皇于1543年设立查禁书刊主教会议，随后教廷控制下的各大学相继发布“禁书目录”，1559年罗马教皇亲自颁布“禁书目录”，此后目录不断加以补充，除禁书外，还列有作者名单，目的在于镇压异端。法皇，即教皇。

8　俄国教会里所诅咒的人名　俄罗斯正教会与沙皇政权互相勾结，共同遏制民主革命思想的发展，打击其中的代表性人物。被教会指名诅咒的有别林斯基、赫尔岑、车尔尼雪夫斯基、杜勃罗留波夫、托尔斯泰等人。

9　宫人斜　古代埋葬宫女的墓地。

10　林逋（967—1028）宋代诗人。字君复，谥号和靖先生，钱塘（今浙江杭州）人。隐居西湖孤山，喜种梅养鹤，至今他的坟墓附近仍有鹤塚和放鹤亭。著有《和靖诗集》。

11　查理九世（Charles IX，1550—1574）法国国王。曾资助“七星诗社”，供养龙沙等一批诗人。

12　勃朗宁（R. Browning，1812—1889）英国诗人，著有诗剧《巴拉塞尔士》等。他的夫人伊丽莎白·芭雷特·勃朗宁（E. B. Browning，1806—1861），同为英国诗人，著有抒情诗集《葡萄牙十四行诗》等。二人不顾家庭的反对而结婚，长期旅居意大利，感情甚笃，传为诗坛佳话。

革命时代的文学[1]

——四月八日在黄埔军官学校[2]讲

今天要讲几句的话是就将这“革命时代的文学”算作题目。这学校是邀过我好几次了，我总是推宕着没有来。为什么呢？因为我想，诸君的所以来邀我，大约是因为我曾经做过几篇小说，是文学家，要从我这里听文学。其实我并不是的，并不懂什么。我首先正经学习的是开矿，叫我讲掘煤，也许比讲文学要好一些。自然，因为自己的嗜好，文学书是也时常看看的，不过并无心得，能说出于诸君有用的东西来。加以这几年，自己在北京所得的经验，对于一向所知道的前人所讲的文学的议论，都渐渐的怀疑起来。那是开枪打杀学生的时候[3]罢，文禁也严厉了，我想：文学文学，是最不中用的，没有力量的人讲的；有实力的人并不开口，就杀人，被压迫的人讲几句话，写几个字，就要被杀；即使幸而不被杀，但天天呐喊，叫苦，鸣不平，而有实力的人仍然压迫，虐待，杀戮，

“文学无用论”：文学与权力的冲突。

没有方法对付他们，这文学于人们又有什么益处呢？

在自然界里也这样，鹰的捕雀，不声不响的是鹰，吱吱叫喊的是雀；猫的捕鼠，不声不响的是猫，吱吱叫喊的是老鼠；结果，还是只会开口的被不开口的吃掉。文学家弄得好，做几篇文章，也许能够称誉于当时，或者得到多少年的虚名罢，——譬如一个烈士的追悼会开过之后，烈士的事情早已不提了，大家倒传诵着谁的挽联做得好：这实在是一件很稳当的买卖。

但在这革命地方的文学家，恐怕总喜欢说文学和革命是大有关系的，例如可以用这来宣传，鼓吹，煽动，促进革命和完成革命。不过我想，这样的文章是无力的，因为好的文艺作品，向来多是不受别人命令，不顾利害，自然而然地从心中流露的东西；如果先挂起一个题目，做起文章来，那又何异于八股，在文学中并无价值，更说不到能否感动人了。为革命起见，要有"革命人"，"革命文学"倒无须急急，革命人做出东西来，才是革命文学。所以，我想：革命，倒是与文章有关系的。革命时代的文学和平时的文学不同，革命来了，文学就变换色彩。但大革命可以变换文学的色彩，小革命却不，因为不算什么革命，所以不能变换文学的色彩。在此地是听惯了"革命"了，江苏浙江谈到革命二字，听的人都很害怕，讲的人也很危险。其实"革命"是并不稀奇的，惟其有了它，社会才会改革，人类才会进步，能从原虫到人类，从野蛮

文学的价值，首先在于真诚与感动。

"革命人"先于"革命文学"。

到文明，就因为没有一刻不在革命。生物学家告诉我们："人类和猴子是没有大两样的，人类和猴子是表兄弟。"但为什么人类成了人，猴子终于是猴子呢？这就因为猴子不肯变化——它爱用四只脚走路。也许曾有一个猴子站起来，试用两脚走路的罢，但许多猴子就说："我们底祖先一向是爬的，不许你站！"咬死了。它们不但不肯站起来，并且不肯讲话，因为它守旧。人类就不然，他终于站起，讲话，结果是他胜利了。现在也还没有完。所以革命是并不稀奇的，凡是至今还未灭亡的民族，还都天天在努力革命，虽然往往不过是小革命。

论革命。革命的普遍性。"大革命"与"小革命"。

大革命与文学有什么影响呢？大约可以分开三个时候来说：

（一）大革命之前，所有的文学，大抵是对于种种社会状态，觉得不平，觉得痛苦，就叫苦，鸣不平，在世界文学中关于这类的文学颇不少。但这些叫苦鸣不平的文学对于革命没有什么影响，因为叫苦鸣不平，并无力量，压迫你们的人仍然不理，老鼠虽然吱吱地叫，尽管叫出很好的文学，而猫儿吃起它来，还是不客气。所以仅仅有叫苦鸣不平的文学时，这个民族还没有希望，因为止于叫苦和鸣不平。例如人们打官司，失败的方面到了分发冤单的时候，对手就知道他没有力量再打官司，事情已经了结了；所以叫苦鸣不平的文学等于喊冤，压迫者对此倒觉得放心。有些民族因为叫苦无用，连苦也不叫了，他们便成为沉默的民族，渐渐更加衰颓下去，埃及，阿拉伯，波斯，印度就都没有什么声音了！至于富有反抗性，蕴有力量的民族，因为叫苦没用，他便觉悟起来，由哀音而变为怒吼。怒吼的文学一出现，反抗就快到了；他们已经很愤怒，所以与革命爆发时代接近的文学每每带有愤怒之音；他要反抗，他要复仇。苏俄革命将起时，即有些这类的文学。但也有例外，如波兰，虽然早有复仇的文学，然而他的恢复，是靠着欧洲大战的。

前革命文学：叫苦鸣不平的文学。反抗的文学。

（二）到了大革命的时代，文学没有了，没有声音了，因为大家受革命潮流的鼓荡，大家由呼喊而转入行动，大家忙着革命，没有闲空谈文学了。还有一层，是那时民生凋敝，一心寻面包吃尚且来不及，那里有心思谈文学呢？守旧的人因为受革命潮流的打击，气得发昏，也不能再唱所谓他们底文学了。有人说：“文学是穷苦的时候做的”，其实未必，穷苦的时候必定没有文学作品的，我在北京时，一穷，就到处借钱，不写一个字，到薪俸发放时，才坐下来做文章。忙的时候也必定没有文学作品，挑担的人必要把担子放下，才能做文章；拉车的人也必要把车子放下，才能做文章。大革命时代忙得很，同时又穷得很，这一部分人和那一部分人斗争，非先行变换现代社会底状态不可，没有时间也没有心思做文章；所以大革命时代的文学便只好暂归沉寂了。

（三）等到大革命成功后，社会底状态缓和了，大家底生活有余裕了，这时候就又产生文学。这时候底文学有二：一种文学是赞扬革命，称颂革命，——讴歌革命，因为进步的文学家想到社会改变，社会向前走，对于旧社会的破坏和新社会的建设，都觉得有意义，一方面对于旧制度的崩坏很高兴，一方面对于新的建设来讴歌。另有一种文学是吊旧社会的灭亡——挽歌——也是革命后会有的文学。有些的人以为这是"反革命的文学"，我想，倒也无须加以这么大的罪名。革命虽然进行，但社会上旧人物还很多，决不能一时变成新人物，他们的脑中满藏着旧思想旧东西；环境渐变，影响到他们自身的一切，于是回想旧时的舒服，便对于旧社会眷念不已，恋恋不舍，因而讲出很古的话，陈旧的话，形成这样的文学。这种文学都是悲哀的调子，表示他心里不舒服，一方面看见新的建设胜利了，一方面看见旧的制度灭亡了，所以唱起挽歌来。但是怀旧，唱挽歌，就表示已经革命了，如果没有革命，旧人物正得势，是不会唱挽歌的。

大革命时代没有文学。

后革命文学：颂歌与挽歌。

不过中国没有这两种文学——对旧制度挽歌，对新制度讴歌；因为中国革命还没有成功，正是青黄不接，忙于革命的时候。不过旧文学仍然很多，报纸上的文章，几乎全是旧式。我想，这足见中国革命对于社会没有多大的改变，对于守旧的人没有多大的影响，所以旧人仍能超然物外。广东报纸所讲的文学，都是旧的，新的很少，也可以证明广东社会没有受革命影响；没有对新的讴歌，也没有对旧的挽歌，广东仍然是十年前底广东。不但如此，并且也没有叫苦，没有鸣不平；止看见工会参加游行，但这是政府允许的，不是因压迫而反抗的，也不过是奉旨革命。中国社会没有改变，所以没有怀旧的哀词，也没有崭新的进行曲，只在苏俄却已产生了这两种文学。他们的旧文学家逃亡外国，所作的文学，多是吊亡挽旧的哀词；新文学则正在努力向前走，伟大的作品虽然还没有，但是新作品已不少，他们已经离开怒吼时期而过渡到讴歌的时期了。赞美建设是革命进行以后的影响，再往后去的情形怎样，现在不得而知，但推想起来，大约是平民文学罢，因为平民的世界，是革命的结果。

以革命证文学，复以文学证革命。

“奉旨革命。”

现在中国自然没有平民文学，世界上也还没有平民文学，所有的文学，歌呀，诗呀，大抵是给上等人看的；他们吃饱了，睡在躺椅上，捧着看。一个才子出门遇见一个佳人，两个人很要好，有一个不才子从中捣乱，生出差迟来，但终于团圆了。这样地看看，多么舒服。或者讲上等人怎样有趣和快乐，下等人怎样可笑。前几年《新青年》载过几篇小说，描写罪人在寒地里的生活，大学教授看了就不高兴，因为他们不喜欢看这样的下流人。如果诗歌描写车夫，就是下流诗歌；一出戏里，有犯罪的事情，就是下流戏。他们的戏里的脚色，止有才子佳人，才子中状元，佳人

迄今为止，世界上没有“平民文学”。

封一品夫人，在才子佳人本身很欢喜，他们看了也很欢喜，下等人没奈何，也只好替他们一同欢喜欢喜。在现在，有人以平民——工人农民——为材料，做小说做诗，我们也称之为平民文学，其实这不是平民文学，因为平民还没有开口。这是另外的人从旁看见平民的生活，假托平民底口吻而说的。眼前的文人有些虽然穷，但总比工人农民富足些，这才能有钱去读书，才能有文章；一看好像是平民所说的，其实不是；这不是真的平民小说。平民所唱的山歌野曲，现在也有人写下来，以为是平民之音了，因为是老百姓所唱。但他们间接受古书的影响很大，他们对于乡下的绅士有田三千亩，佩服得不了，每每拿绅士的思想，做自己的思想，绅士们惯吟五言诗，七言诗；因此他们所唱的山歌野曲，大半也是五言或七言。这是就格律而言，还有构思取意，也是很陈腐的，不能称是真正的平民文学。现在中国底小说和诗实在比不上别国，无可奈何，只好称之曰文学；谈不到革命时代的文学，更谈不到平民文学。现在的文学家都是读书人，如果工人农民不解放，工人农民的思想，仍然是读书人的思想，必待工人农民得到真正的解放，然后才有真正的平民文学。有些人说："中国已有平民文学"，其实这是不对的。

论中国文学。

诸君是实际的战争者，是革命的战士，我以为现在还是不要佩服文学的好。学文学对于战争，没有益处，最好不过作一篇战歌，或者写得美的，便可于战余休憩时看看，倒也有趣。要讲得堂皇点，则譬如种柳树，待到柳树长大，浓阴蔽日，农夫耕作到正午，或者可以坐在柳树底下吃饭，休息休息。中国现在的社会情状，止有实地的革命战争，一首诗吓不走孙传芳，一炮就把孙传芳轰走了。自然也有人以为文学于革命是有伟力的，但我个人总觉得怀疑，文学总是一种余裕的产物，可以表示一民族的文化，倒是真的。

否定文学的实用价值，而肯定文学作为民族文化的客观呈示。

人大概是不满于自己目前所做的事的，我一向只会做几篇文章，自己也做得厌了，而捏枪的诸君，却又要听讲文学。我呢，自然倒愿意听听大炮的声音，仿佛觉得大炮的声音或者比文学的声音要好听得多似的。我的演说只有这样多，感谢诸君听完的厚意！

注 释

1 本篇记录稿最初发表于 1927 年 6 月 12 日广州黄埔军官学校出版的《黄埔生活》周刊第 4 期。后收入《而已集》时，由作者作了修改。

2 **黄埔军官学校** 国民党改组后，孙中山在广州黄埔创立的陆军军官学校，通称黄埔军校。1924 年 6 月正式开学。最初名为中国国民党陆军军官学校，第三期起改称中央军事政治学校，第六期起改称中央陆军军官学校。因校址设在黄埔，故称为“黄埔陆军军官学校”，简称“黄埔军校”，蒋介石任校长。

第一次国共合作期间，中国共产党人周恩来、叶剑英、恽代英、萧楚女等都曾先后在该校任职，为北伐军培养了大批骨干，在讨伐两广和云南军阀的战争中也起了很大作用。1927 年 4 月 12 日“清党”运动发生后，该校为国民党一党所掌握。

3 指“三一八”惨案。

革命文学[1]

今年在南方，听得大家叫“革命”，正如去年在北方，听得大家叫“讨赤”的一样盛大。

而这“革命”还侵入文艺界里了。

最近，广州的日报上还有一篇文章指示我们，叫我们应该以四位革命文学家为师法：意大利的唐南遮[2]，德国的霍普德曼，西班牙的伊本纳兹[3]，中国的吴稚晖[4]。

两位帝国主义者，一位本国政府的叛徒，一位国民党救护的发起者，都应该作为革命文学的师法，于是革命文学便莫名其妙了，因为这实在是至难之业。

两种“革命文学”的赝品。

于是不得已，世间往往误以两种文学为革命文学：一是在一方的指挥刀的掩护之下，斥骂他的敌手的；一是纸面上写着许多“打，打”，“杀，杀”，或“血，血”的。

如果这是“革命文学”，则做“革命文学家”，实在是最痛快而安全的事。

从指挥刀下骂出去，从裁判席上骂下去，从官营的报上骂开去，真是伟哉一世之雄，妙在被骂者不敢开口。而又有人说，这不敢开口，又何其怯也？对手无“杀身成仁”[5]之勇，是第二条罪状，斯愈足以显革命文学家之英雄。所可惜者只在这文学并非对于强暴者的革命，而是对于失败者的革命。

“指挥刀”是鲁迅文集中重复出现的重要意象，是梦魇所在，足见他对权势者的本能的憎恶。

唐朝人早就知道，穷措大想做富贵诗，多用些“金”“玉”“锦”“绮”字面，自以为豪华，而不知适见其寒蠢。真会写富贵景象的，有道：“笙歌归院落，灯火下楼台”[6]，全不用那些字。“打，打”，“杀，杀”，听去诚然是英勇的，但不过是一面鼓。即使是鼙鼓，倘若前面无敌军，后面无我军，终于不过是一面鼓而已。

“并非对于强暴者的革命，而是对于失败者的革命”，——这就对真假革命及真假革命文学作出了根本性的划分。

我以为根本问题是在作者可是一个“革命人”，倘是的，则无论写的是什么事件，用的是什么材料，即都是“革命文学”。从喷泉里出来的都是水，从血管里出来的都是血。“赋得革命，五言八韵”[7]，是只能骗骗盲试官的。

鲁迅重视的始终是人，此之所以为本质主义者。

但“革命人”就希有。俄国十月革命时，确曾有许多文人愿为革命尽力。但事实的狂风，终于转得他们手足无措。显明的例是诗人叶遂宁[8]的自杀，还有小说家梭波里[9]，他最后的话是：“活不下去了！”

在革命时代有大叫“活不下去了”的勇气，才可以做革命文学。

叶遂宁和梭波里终于不是革命文学家。为什么呢，因为俄国是实在在革命。革命文学家风起云涌的所在，其实是并没有革命的。

注　释

1 发表于 1927 年 10 月 21 日上海《民众旬刊》第 5 期。后编入《而已集》。

2 唐南遮（G. D'Annunzio，1863—1938） 通译邓南遮，意大利作家。出身于大地主家庭，曾任众议院议员。第一次世界大战期间，拥护帝国主义战争，以后又效忠大独裁者墨索里尼，受到法西斯主义者的推崇，获得“亲王”称号。在创作上宣扬唯美主义、色情和暴力，作品有诗集《新歌》、剧本《死城》、小说《生活的火焰》《死的胜利》等。

3 伊本纳兹（V. Blasco-Ibáñez，1867—1928） 通译伊巴内斯，西班牙作家，西班牙共和党的领导人。因反对王党，曾先后被政府监禁，1923 年流亡法国。1924 年曾来我国游历。主要作品有小说《农舍》《启示录的四骑士》等。

4 吴稚晖曾向国民党中央监察委员会呈文，以“救护”国民党为名发起“清党”。

5 “杀身成仁”语出《论语·卫灵公》：“志士仁人，无求生以害仁，有杀身以成仁。”

6 “笙歌归院落”二句，引自唐代白居易的《宴散》一诗。

7 “赋得革命，五言八韵” 科举时的试帖诗，往往冠以“赋得”二字作为诗题，这里是一种戏仿。

8 叶遂宁（С. А. Есенин，1895—1925）通译叶赛宁，苏俄诗人。以描写农村田园生活的抒情诗著称，十月革命后自杀身亡。

9 梭波里（А. М. Соболь，1888—1926）苏联作家。十月革命后，因不满当时的社会现实而自杀。主要作品有长篇小说《尘土》、短篇小说集《樱桃开花的时候》。

关于知识阶级[1]

——十月二十五日在上海劳动大学讲

我到上海约二十多天，这回来上海并无什么意义，只是跑来跑去偶然到上海就是了。

我没有什么学问和思想，可以贡献给诸君。但这次易先生[2]要我来讲几句话；因为我去年亲见易先生在北京和军阀官僚怎样奋斗，而且我也参与其间，所以他要我来，我是不得不来的。

我不会讲演，也想不出什么可讲的，讲演近于做八股，是极难的，要有讲演的天才才好，在我是不会的。终于想不出什么，只能随便一谈；刚才谈起中国情形，说到“知识阶级”四字，我想对于知识阶级发表一点个人的意见，只是我并不是站在引导者的地位，要诸君都相信我的话。我自己走路都走不清楚，如何能引导诸君？

“知识阶级”一辞是爱罗先珂（V. Eroshenko）七八年前讲演“知识阶级及其使命”时提出的，他骂俄国的知识阶级，也骂中国的知识阶级，中国人于是也骂起知识阶级来了；后来便要打倒知识阶级，再利害一点，甚至于要杀知识阶级了。知识就仿佛是罪恶，但是，一方面虽有人骂知识阶级，一方面却又有人以此自豪：这种情形是中国所中俄知识阶级的区别：实际上或精神上与平民阶级的关系。

特有的，所谓俄国的知识阶级，其实与中国的不同，俄国当革命以前，社会上还欢迎知识阶级。为什么要欢迎呢？因为他确能替平民抱不平，把平民的苦痛告诉大众。他为什么能把平民的苦痛说出来？因为他与平民接近，或自身就是平民。几年前有一位中国大学教授[3]，他很奇怪，为什么有人要描写一个车夫的事情，这就因为大学教授一向住在高大的洋房里，不明白平民的生活。欧洲的著作家往往是平民出身，（欧洲人虽出身穷苦，而也做文章；这因为他们的文字容易写，中国的文字却不容易写了。）所以也同样的感受到平民的苦痛，当然能痛痛快快写出来为平民说话。因此平民以为知识阶级对于自身是有益的，于是赞成他，到处都欢迎他，但是他们既受此荣誉，地位就增高了，而同时却把平民忘记了，变成一种特别的阶级。那时他们自以为了不得，到阔人家里去宴会，钱也多了，房子东西都要好的，终于与平民远远的离开了。他享受了高贵的生活，就记不起从前一切的贫苦生活了。——所以请诸位不要拍手，拍了手把我的地位一提高，我就要忘记了说话的。他不但不同情于平民或许还要压迫平民，以致变成了平民的敌人。现在贵族阶级不能存在；贵族的知识阶级当然也不能站住了，这是知识阶级缺点之一。

还有，知识阶级不可免避的运命，在革命时代是注重实行的，动的。思想还在其次，直白地说：或者倒有害。至少我个人的意见如此的。唐朝奸臣李林甫有一次看兵操练很勇敢，就有人对着他称赞。他说："兵，好是好，可是无思想，"[4]这话很不差。因为，兵之所以勇敢，就在没有思想，要是有了思想，就会没有勇气了。现在倘叫我去当兵，要我去革命，我一定不去，因为明白了利害是非，就难于实行了。有知识的人，讲讲柏拉图（Plato），讲讲苏格拉底（Socrates）是不会有危险的。讲柏拉图可以讲一年，讲苏格拉底可以讲三年，他很可以安安稳稳地活下去，但要他去干危险的事情，那就很费踟蹰。譬如中国人，凡是做文章，总说"有利然而又有弊"，这最足以代表知识阶级的思想。其实无论什么都是有弊的，就是吃饭也是有弊的，它能滋养我们这方面是有利的；但是一方面使我们消化器官疲乏，那就不好而有弊了。假使做事要面面顾到，那就什么事都不能做了。

还有，知识阶级对于别人的行动，往往以为这样也不好，那样也不好。先前俄国皇帝杀革命党，他们反对皇帝；后来革命党杀皇族，他们也起来反对。问他怎么才好呢？他们也没办法。所以在皇帝时代他们吃苦，在革命时代他们也吃苦，这实在是他们本身的缺点。

知识阶级的命运：由于是思想的、批判的，所以和强有力者是冲突的。

所以我想，知识阶级能否存在还是个问题。知识和强有力是冲突的，不能并立的；强有力不许人民有自由思想，因为这能使能力分散。在动物界有很明显知识阶级讲思想自由，统治阶级讲思想统一。

的例子；猴子的社会是最专制的，猴王说一声走，猴子都走了。在原始时代酋长的命令是不能反对的，无怀疑的；在那时酋长带领着群众并吞衰小的部落；于是部落渐渐的大了，团体也大了。一个人就不能支配了。因为各个人思想发达了，各人的思想不一，民族的思想就不能统一，于是命令不行，团体的力量减小，而渐趋灭亡。在古时，野蛮民族常侵略文明很发达的民族，在历史上是常见的。现在，知识阶级在国内的弊病，正与古时一样。

英国罗素（Russel）法国罗曼罗兰（R. Rolland）反对欧战，大家以为他们了不起。其实，幸而他们的话没有实行，否则，德国早已打进英国和法国了；因为德国如不能同时实行非战，是没有办法的。俄国托尔斯泰（Tolstoi）的无抵抗主义之所以不能实行，也是这个原因。他不主张以恶报恶的，他的意思是皇帝叫我们去当兵，我们不去当兵。叫警察去捉，他不去；叫刽子手去杀，他不去杀。大家都不听皇帝的命令，他也没有兴趣；那末做皇帝也无聊起来，天下也就太平了。然而，如果一部分的人偏听皇帝的话，那就不行。

我从前也很想做皇帝，后来在北京去看到宫殿的房子都是一个刻板的格式，觉得无聊极了。所以我皇帝也不想做了。做人的趣味在和许多朋友有趣的谈天，热烈的讨论。做了皇帝，口出一声，臣民都下跪，只有不绝声的 Yes[5]，Yes！那有什么趣味？但是还有人做皇帝，因为他和外界隔绝，不知外面还有世界！

总之，思想一自由，能力要减少，民族就站不住，他的自身也站不住了！现在思想自由和生存还有冲突，这是知识阶级本身的缺点。

统治阶级必然提倡和利用民族主义。

然而知识阶级将怎么样呢？还是在指挥刀下听令行动，还是发表倾向民众的思想呢？要是发表意见，就要想到什么就说什么。真的知识阶级是不顾利害的，如想到种种利害，就是假的，冒充的知识阶级；只是假知识阶级的寿命倒比较长一点。像今天发表这个主张，明天发表那个意见的人，思想似乎天天在进步；只是真的知识阶级的进步，决不能如此快的。不过，他们对于社会永不会满意的，所感受的永远是痛苦，所看到的永远是缺点，他们预备着将来的牺牲，社会也因为有了他们而热闹，不过他的本身——心身方面总是苦痛的；因为这也是旧式社会传下来的遗物。至于诸君，是与旧的不同，是二十世纪初叶青年，如在劳动大学一方读书，一方做工，这是新的境遇；或许可以造成新的局面，但是，环境是老样子，着着逼人堕落，倘不与这老社会奋斗，还是要回到老路上去的。

真知识阶级和假知识阶级。

譬如从前我在学生时代不吸烟，不吃酒，不打牌，没有一点嗜好；后来当了教员，有人发传单说我抽鸦片。我很气，但并不辩明，为要报复他们，前年我在陕西就真的抽一回鸦片，看他们怎样？此次来上海，有人在报纸上说我来开书店；又有人说我每年版税有一万多元。但是我也并不辩明；但曾经自己想，与其负空名，倒不如真的去赚这许多进款。

思想运动与社会运动的结合：革命与“反动”。

还有一层，最可怕的情形，就是比较新的思想运动起来时，如与社会无关，作为空谈那是不要紧的，这也是专制时代所以能容知识阶级存在的原故。因为痛哭流泪与实际是没有关系的。只是思想运动变成实际的社会运动时，那就危险了。往往反为旧势力所扑灭。中国现在也是如此，这现象，革新的人称之为“反动”。我在文艺史上，却找到一个好名辞，就是 Renaissance[6]，在意大利文艺复兴的意义，是把古时好的东西复活，将现存的坏的东西压倒，因为那时候思想太专制腐败了，在古时代确实有些比较好的；因此后来得到了社会上的信仰。现在中国顽固派的复古，把孔子礼教都拉出来了，但是他们拉出来的是好的么？如果是不好的，就是反动，倒退，以后恐怕是倒退的时代了。

还有，中国人现在胆子格外小了，这是受了共产党的影响。人一听到俄罗斯，一看见红色，就吓得一跳；一听到新思想，一看到俄国的小说，更其害怕。对于较特别的思想，较新思想尤其丧心发抖，总要仔仔细细底想，这有没有变成共产党思想的可能性？！这样的害怕，一动也不敢动，怎样能够有进步呢？这实在是没有力量的表示。比如我们吃东西，吃就吃，若是左思右想，吃牛肉怕不消化，喝茶时又要怀疑，那就不行了，——老年人才是如此；有力量，有自信力的人是不至于此的。虽是西洋文明罢，我们能吸收时，就是西洋文明也变成我们自己的了。好像吃牛肉一样，决不会吃了牛肉自己也即变成牛肉的，要是如此胆小，那真是衰弱的知识阶级了，不衰弱的知识阶级，尚且对于将来的存在不能确定；而衰弱的知识阶级是必定要灭亡的。从前或许有，将来一定不能存在的。

"衰弱的知识阶级。"

现在比较安全一点的，还有一条路，是不做时评而做艺术家。要为艺术而艺术[7]。住在"象牙之塔"[8]里，目下自然要比别处平安。就我自己来说罢，有人说我只会讲自己，这是真的。我先前独自住在厦门大学的一所静寂的大洋房里；到了晚上我总是孤思默想，想到一切，想到世界怎样，人类怎样。我静静地思想时，自己以为很了不得的样子；但是给蚊子一咬，跳了一跳，把世界人类的大问题全然忘了，离不开的还是我本身。

"为艺术而艺术。"

就我自己说起来，是早就有人劝我不要发议论，不要做杂感，你还是创作去吧！因为做了创作在世界史上有名字，做杂感是没有名字的。其实，就是我不做杂感，世界史上，还是没有名字的。这得声明一句，是：这些劝我做创作，不要写杂感的人们之中，有几个是别有用意，是被我骂过的。所以要我不再做杂感。

但是我不听他，因此在北京终于站不住了，不得不躲到厦门的图书馆上去了。

以生命为本位的思想。

艺术家住在象牙塔中，固然比较地安全，但可惜还是安全不到底。秦始皇，汉武帝想成仙，终于没有成功而死了。危险的临头虽然可怕，但别的运命说不定，“人生必死”的运命却无法逃避，所以危险也仿佛用不着害怕似的。但我并不想劝青年得到危险，也不劝他人去做牺牲，说为社会死了名望好，高巍巍的镌起铜像来。自己活着的人没有劝别人去死的权利，假使你自己以为死是好的，那末请你自己先去死吧。诸君中，恐有钱人不多罢？那末，我们穷人唯一的资本就是生命。以生命来投资，为社会做一点事，总得多赚一点利才好；以生命来做利息很小的牺牲，是不值得的。所以我从来不叫人去牺牲，但也不要再爬进象牙之塔和知识阶级里去了，我以为是最稳当的一条路。

“知识阶级”的优越感：精英主义。

至于有一班从外国留学回来，自称知识阶级，以为中国没有他们就要灭亡的，却不在我所论之内，像这样的知识阶级，我还不知道是些什么东西。

今天的说话很没有伦次，望诸君原谅！

注 释

1 最初发表于1927年11月上海劳动大学《劳人周刊》第5期，为黄河清的记录稿，发表前曾经鲁迅校阅。后编入《集外集拾遗补编》。

2 易先生 即易培基（1880—1937），教育家。字寅村，湖南长沙人。1924年11月及1925年12月曾先后两次担任过北洋政府教育总长。在北京女子师范大学学潮中，支持学生，该校复课后兼任校长。1927年任上海劳动大学校长。

3 指吴宓（1894—1978），字雨僧，陕西泾原人。曾留学美国，1921年回国后任清华大学国学研究院主任，后又任东南大学教授。主编《学衡》杂志。1949年后，任教于西南师范学院。

4 出处未详。有注本疑李林甫乃许敬宗之误，所据为《隋唐嘉话》卷中，可参看。

5 Yes 英语，“是”的意思。

6 Renaissance 英语，文艺复兴。14世纪至15世纪在意大利兴起的新兴资产阶级反对封建主义和神权统治的思想文化运动。随后扩及德、法、英、荷诸国，运动以恢复古希腊罗马文化为口号，提倡人本主义，影响深广。

7 为艺术而艺术 十九世纪后半叶在西欧兴起的一种文化观，否定文艺与政治和社会的关系，主张艺术的价值在艺术本身。这种艺术超功利的观点，最早由法国作家戈蒂叶（1811—1872）提出，诗人波特莱尔起而响应，英国唯美派作家王尔德也为之鼓吹，以致产生世界性的影响。

8 “象牙之塔” 原是法国十九世纪文艺批评家圣伯夫（1804—1869）批评诗人维尼的用语，后来用以比喻脱离现实的文艺家的小天地。

魏晋风度及文章与药及酒之关系[1]

——九月间在广州夏期学术演讲会[2]讲

1928年12月30日，鲁迅致陈濬信中说："在广州之谈魏晋事，盖有慨而言。"内容是学术的，指归是现实的，见解是独异的，阐发是自由的。学者与战士的区别，于此可见。

乱世出"英雄"。演讲一开始，便把魏晋时代的历史背景与现实环境联系起

我今天所讲的，就是黑板上写着的这样一个题目。

中国文学史，研究起来，可真不容易。研究古的，恨材料太少，研究今的，材料又太多，所以到现在，中国较完全的文学史尚未出现。今天讲的题目是文学史上的一部分，也是材料太少，研究起来很有困难的地方。因为我们想研究某一时代的文学，至少要知道作者的环境，经历和著作。

汉末魏初这个时代是很重要的时代，在文学方面起一个重大的变化，因当时正在黄巾[3]和董卓[4]大乱之后，而且又是党锢[5]的纠纷之后，这时曹操出来了。——不过我们讲到曹操[6]，很容易就联想起《三国志演义》[7]，更而想起戏台上那一位花面的奸臣，但这不是观察曹操的真正方法。现在我们再看历史，在历史上的记载和论断有时也是极靠不住的，不能相信的

地方很多。因为通常我们晓得，某朝的年代长一点，其中必定好人多；某朝的年代短一点，其中差不多没有好人。为什么呢？因为年代长了，做史的是本朝人，当然恭维本朝的人物，年代短了，做史的是别朝人，便很自由地贬斥其异朝的人物，所以在秦朝，差不多在史的记载上半个好人也没有。曹操在史上年代也是颇短的，自然也逃不了被后一朝人说坏话的公例。其实，曹操是一个很有本事的人，至少是一个英雄，我虽不是曹操一党，但无论如何，总是非常佩服他。

来。"党锢"的纠纷，很容易令人联想到"清党"之举；而曹操何许人也，自不待言。

研究那时的文学，现在较为容易了，因为已经有人做过工作：在文集一方面有清严可均辑的《全上古三代秦汉三国晋南北朝文》[8]。其中于此有用的，是《全汉文》，《全三国文》，《全晋文》。

此处指曹操为"英雄"，乃十足的反语。郭沫若为曹操翻案，作《蔡文姬》，却引鲁迅此说为自己立论，反语正说，不免走错了房间。

在诗一方面有丁福保辑的《全汉三国晋南北朝诗》[9]。——丁福保是做医生的，现在还在。

辑录关于这时代的文学评论有刘师培编的《中国中古文学史》[10]。这本书是北大的讲义，刘先生已死，此书由北大出版。

上面三种书对于我们的研究有很大的帮助。能使我们看出这时代的文学的确有点异彩。

我今天所讲，倘若刘先生的书里已详的，我就略一点；反之，刘先生所略的，我就较详一点。

董卓之后，曹操专权。在他的统治之下，第一个特色便是尚刑名。他的立法是很严的，因为当大乱之后，大家都想做皇帝，大家都想叛乱，故曹操不能不如此。曹操曾自己说过："倘无我，不知有多少人称王称帝！"[11]这句话他倒并没有说谎。因此之故，影响到文章方面，成了清峻的风格。——就是文章要简约严明的意思。

此外还有一个特点，就是尚通脱[12]。他为什么要尚通脱呢？自然也与当时的风气有莫大的关系。因为在党锢之祸以前，凡党中人都自命清流，不过讲"清"讲得太过，便成固执，所以在汉末，清流的举动有时便非常可笑了。

比方有一个有名的人，普通的人去拜访他，先要说几句话，倘这几句话说得不对，往往会遭倨傲的待遇，叫他坐到屋外去，甚而至于拒绝不见。

又如有一个人，他和他的姊夫是不对的，有一回他到姊姊那里去吃饭之后，便要将饭钱算回给姊姊。她不肯要，他就于出门之后，把那些钱扔在街上，算是付过了。[13]

个人这样闹闹脾气还不要紧，若治国平天下也这样闹起执拗的脾气来，那还成甚么话？所以深知此弊的曹操要起来反对这种习气，力倡通脱。通脱即随便之意。此种提倡影响到文坛，便产生多量想说甚么便说甚么的文章。

更因思想通脱之后，废除固执，遂能充分容纳异端和外来的思想，故孔教以外的思想源源引入。

总括起来，我们可以说汉末魏初的文章是清峻，通脱。在曹操本身，也是一个改造文章的祖师，可惜他的文章传的很少。他胆子很大，文章从通脱得力不少，做文章时又没有顾忌，想写的便写出来。

所以曹操征求人才时也是这样说，不忠不孝不要紧，只要有才便可以。[14]这又是别人所不敢说的。曹操做诗，竟说是"郑康成行酒伏地气绝"[15]，他引出离当时不久的事实，这也是别人所不敢用的。还有一样，比方人死时，常常写点遗令，这是名人的一件极时髦的事。当时的遗令本有一定的格式，且多言身后当葬于何处何处，或葬于某某名人的墓旁；操独不然，他的遗令不但没有依着格式，内容竟讲到遗下的衣服和伎女怎样处置等问题。[16]

陆机虽然评曰"贻尘谤于后王"[17]，然而我想他无论如何是一个精明人，他自己能做文章，又有手段，把天下的方士文士统统搜罗起来，省得他们跑在外面给他捣乱。所以他帷幄里面，方士文士就特别地多。

曹操对知识分子的控制。

孝文帝曹丕[18]，以长子而承父业，篡汉而即帝位。他也是喜欢文章的。其弟曹植[19]，还有明帝曹叡[20]，都是喜欢文章的。不过到那个时候，于通脱之外，更加上华丽。丕著有《典论》，现已失散无全本，那里面说："诗赋欲丽"，"文以气为主"。《典论》的零零碎碎，在唐宋类书中；一篇整的《论文》，在《文选》中可以看见。

后来有一般人很不以他的见解为然。他说诗赋不必寓教训，反对当时那些寓训勉于诗赋的见解，用近代的文学眼光看来，曹丕的一个时代可说是"文学的自觉时代"，或如近代所说是为艺术而艺术（Art for Art' s Sake）的一派。所以曹丕做的诗赋很好，更因他以“气”为主，故于华丽以外，加上壮大。归纳起来，汉末，魏初的文章，可说是：“清峻，通脱，华丽，壮大。”在文学的意见上，曹丕和曹植表面上似乎是不同的。曹丕说文章事可以留名声于千载[21]；但子建却说文章小道[22]，不足论的。据我的意见，子建大概是违心之论。这里有两个原因，第一，子建的文章做得好，一个人大概总是不满意自己所做而羡慕他人所为的，他的文章已经做得好，于是他便敢说文章是小道；第二，子建活动的目标在于政治方面，政治方面不甚得志，遂说文章是无用了。

曹操曹丕以外，还有下面的七个人：孔融，陈琳，王粲，徐幹，阮瑀，应瑒，刘桢，都很能做文章，后来称为“建安七子”[23]。七人的文章很少流传，现在我们很难判断；但，大概都不外是“慷慨”，“华丽”罢。华丽即曹丕所主张，慷慨就因当天下大乱之际，亲戚朋友死于乱者特多，于是为文就不免带着悲凉，激昂和“慷慨”了。

七子之中，特别的是孔融，他专喜和曹操捣乱。曹丕《典论》里有论孔融的，因此他也被拉进“建安七子”一块儿去。其实不对，很两样的。不过在当时，他的名声可非常之大。孔融作文，喜用讥嘲的笔调，曹丕很不满意他。孔融的文章现在传的也很少，就他所有的看起来，我们可以瞧出他并不大对别人讥讽，只对曹操。比方操破袁氏兄弟，曹丕把袁熙的妻甄氏拿来，归了自己，孔融就写信给曹操，说当初武王伐纣，将妲己给了周公了。操问他的出典，他说，以今例古，大概那时也是这样的。又比方曹操要禁酒，说酒可以亡国，非禁不可，孔融又反对他，说也有以女人亡国的，何以不禁婚姻？[24]

其实曹操也是喝酒的。我们看他的“何以解忧？惟有杜康”[25]的诗句，就可以知道。为什么他的行为会和议论矛盾呢？此无他，因曹操是个办事人，所以不得不这样做；孔融是旁观的人，所以容易说些自由话。曹操见他屡屡反对自己，后来借故把他杀了。[26]他杀孔融的罪状大概是不孝。因为孔融有下列的两个主张：

第一，孔融主张母亲和儿子的关系是如瓶之盛物一样，只要在瓶内把东西倒了出来，母亲和儿子的关系便算完了。第二，假使有天下饥荒的一个时候，有点食物，给父亲不给呢？孔融的答案是：倘若父亲是不好的，宁可给别人。——曹操想杀他，便不惜以这种主张为他不忠不孝的根据，把他杀了。倘若曹操在世，我们可以问他，当初求才时就说不忠不孝也不要紧，为何又以不孝之名杀人呢？然而事实上纵使曹操再生，也没人敢问他，我们倘若去问他，恐怕他把我们也杀了！

刻画政治流氓——借口清除异端分子，或根本无须借口——的嘴脸。

与孔融一同反对曹操的尚有一个祢衡[27]，后来给黄祖杀掉的。祢衡的文章也不错，而且他和孔融早是“以气为主”来写文章的了。故在此我们又可知道，汉文慢慢壮大起来，是时代使然，非专靠曹操父子之功的。但华丽好看，却是曹丕提倡的功劳。

这样下去一直到明帝的时候，文章上起了个重大的变化，因为出了一个何晏[28]。

何晏的名声很大，位置也很高，他喜欢研究《老子》和《易经》。至于他是怎样的一个人呢？那真相现在可很难知道，很难调查。因为他是曹氏一派的人，中国的政治派别家族化、亲族化，是本质上的“宗派”，未必因为政见的不同。

司马氏很讨厌他，所以他们的记载对何晏大不满。因此产生许多传说，有人说何晏的脸上是搽粉的，又有人说他本来生得白，不是搽粉的。[29] 但究竟何晏搽粉不搽粉呢？我也不知道。

但何晏有两件事我们是知道的。第一，他喜欢空谈，是空谈的祖师；第二，他喜欢吃药，是吃药的祖师。[30]

此外，他也喜欢谈名理。他身子不好，因此不能不服药。他吃的不是寻常的药，是一种名叫“五石散”的药。

“五石散”是一种毒药，是何晏吃开头的。汉时，大家还不敢吃，何晏或者将药方略加改变，便吃开头了。五石散的基本，大概是五样药：石钟乳，石硫黄，白石英，紫石英，赤石脂；另外怕还配点别样的药。但现在也不必细细研究它，我想各位都是不想吃它的。

从书上看起来，这种药是很好的，人吃了能转弱为强。因此之故，何晏有钱，他吃起来了；大家也跟着吃。那时五石散的流毒就同清末的鸦片的流毒差不多，看吃药与否以分阔气与否的。现在由隋巢元方做的《诸病源候论》[31] 的里面可以看到一些。据此书，可知吃这药是非常麻烦的，穷人不能吃，假使吃了之后，一不小心，就会毒死。先吃下去的时候，倒不怎样的，后来药的效验既显，名曰“散发”。倘若没有“散发”，就有弊而无利。因此吃了之后不能休息，非走路不可，因走路才能“散发”，所以走路名曰“行散”。比方我们看六朝人的诗，有云：“至城东行散”，就是此意。后来做诗的人不知其故，以为“行散”即步行之意，所以不服药也以“行散”二字入诗，这是很笑话的。

走了之后，全身发烧，发烧之后又发冷。普通发冷宜多穿衣，吃热的东西。但吃药后的发冷刚刚要相反：衣少，冷食，以冷水浇身。倘穿衣多而食热物，那就非死不可。因此五石散一名寒食散。只有一样不必冷吃的，就是酒。

吃了散之后，衣服要脱掉，用冷水浇身；吃冷东西；饮热酒。这样看起来，五石散吃的人多，穿厚衣的人就少；比方在广东提倡，一年以后，穿西装的人就没有了。因为皮肉发烧之故，不能穿窄衣。为豫防皮肤被衣服擦伤，就非穿宽大的衣服不可。现在有许多人以为晋人轻裘缓带，宽衣，在当时是人们高逸的表现，其实不知他们是吃药的缘故。一班名人都吃药，穿的衣都宽大，于是不吃药的也跟着名人，把衣服宽大起来了！

还有，吃药之后，因皮肤易于磨破，穿鞋也不方便，故不穿鞋袜而穿屐。所以我们看晋人的画像或那时的文章，见他衣服宽大，不鞋而屐，以为他一定是很舒服，很飘逸的了，其实他心里都是很苦的。

更因皮肤易破，不能穿新的而宜于穿旧的，衣服便不能常洗。因不洗，便多虱。所以在文章上，虱子的地位很高，“扪虱而谈”[32]，当时竟传为美事。比方我今天在这里演讲的时候，扪起虱来，那是不大好的。但在那时不要紧，因为习惯不同之故。这正如清朝是提倡抽大烟的，我们看见两肩高耸的人，不觉得奇怪。现在就不行了，倘若多数学生，他的肩成为一字样，我们就觉得很奇怪了。

此外可见服散的情形及其他种种的书，还有葛洪的《抱朴子》[33]。

到东晋以后，作假的人就很多，在街旁睡倒，说是“散发”以示阔气。[34]就像清时尊读书，就有人以墨涂唇，表示他是刚才写了许多字的样子。故我想，衣大，穿屐，散髮等等，后来效之，不吃也学起来，与理论的提倡实在是无关的。

又因“散发”之时，不能肚饿，所以吃冷物，而且要赶快吃，不论时候，一日数次也不可定。因此影响到晋时“居丧无礼”。——本来魏晋时，对于父母之礼是很繁多的。比方想去访一个人，那么，在未访之前，必先打听他父母及其祖父母的名字，以便避讳。否则，嘴上一说出这个字音，假如他的父母是死了的，主人便会大哭起来[35]——他记得父母了——给你一个大大的没趣。晋礼居丧之时，也要瘦，不多吃饭，不准喝酒。但在吃药之后，为生命计，不能管得许多，只好大嚼，所以就变成“居丧无礼”了。

居丧之际，饮酒食肉，由阔人名流倡之，万民皆从之，因为这个缘故，社会上遂尊称这样的人叫作名士派。

吃散发源于何晏，和他同志的，有王弼和夏侯玄[36]两个人，与晏同为服药的祖师。有他三人提倡，有多人跟着走。他们三人多是会做文章，除了夏侯玄的作品流传不多外，王何二人现在我们尚能看到他们的文章。他们都是生于正始的，所以又名曰“正始名士”[37]。但这种习惯的末流，是只会吃药，或竟假装吃药，而不会做文章。

东晋以后，不做文章而流为清谈，由《世说新语》[38]一书里可以看到。此中空论多而文章少，比较他们三个差得远了。三人中王弼二十余岁便死了，夏侯何二人皆为司马懿[39]所杀。因为他二人同曹操有关系，非死不可，犹曹操之杀孔融，也是借不孝做罪名的。

二人死后，论者多因其与魏有关而骂他，其实何晏值得骂的就是因为他是吃药的发起人。这种服散的风气，魏，晋，直到隋，唐，还存在着，因为唐时还有“解散方”[40]，即解五石散的药方，可以证明还有人吃，不过少点罢了。唐以后就没有人吃，其原因尚未详，大概因其弊多利少，和鸦片一样罢？

晋名人皇甫谧[41]作一书曰《高士传》，我们以为他很高超。但他是服散的，曾有一篇文章，自说吃散之苦。因为药性一发，稍不留心，即会丧命，至少也会受非常的苦痛，或要发狂；本来聪明的人，因此也会变成痴呆。所以非深知药性，会解救，而且家里的人多深知药性不可。晋朝人多是脾气很坏，高傲，发狂，性暴如火的，大约便是服药的缘故。比方有苍蝇扰他，竟至拔剑追赶；就是说话，也要胡胡涂涂地才好，有时简直是近于发疯。但在晋朝更有以痴为好的，这大概也是服药的缘故。

魏末，何晏他们以外，又有一个团体新起，叫做“竹林名士”，也是七个，所以又称“竹林七贤”[42]。正始名士服药，竹林名士饮酒。竹林的代表是嵇康[43]和阮籍[44]。但究竟竹林名士不纯粹是喝酒的，嵇康也兼服药，而阮籍则是专喝酒的代表。但嵇康也饮酒，刘伶[45]也是这里面的一个。他们七人中差不多都是反抗旧礼教的。

对于始终表现“极坏”的嵇康，鲁迅特别看重，称赞说“思想新颖，往往与古时旧说反对”，曾多次校勘《嵇康集》。对于古人的这种态度，在他是少有的。

这七人中，脾气各有不同。嵇阮二人的脾气都很大；阮籍老年时改得很好，嵇康就始终都是极坏的。

阮年青时，对于访他的人有加以青眼和白眼的分别。白眼大概是全然看不见眸子的，恐怕要练习很久才能够。青眼我会装，白眼我却装不好。

后来阮籍竟做到“口不臧否人物”[46]的地步，嵇康却全不改变。结果阮得终其天年，而嵇竟丧于司马氏之手，与孔融何晏等一样，遭了不幸的杀害。这大概是因为吃药和吃酒之分的缘故：吃药可以成仙，仙是可以骄视俗人的；饮酒不会成仙，所以敷衍了事。

他们的态度，大抵是饮酒时衣服不穿，帽也不带。若在平时，有这种状态，我们就说无礼，但他们就不同。居丧时不一定按例哭泣；子之于父，是不能提父的名，但在竹林名士一流人中，子都会叫父的名号[47]。旧传下来的礼教，竹林名士是不承认的。即如刘伶——他曾做过一篇《酒德颂》，谁都知道——他是不承认世界上从前规定的道理的，曾经有这样的事，有一次有客见他，他不穿衣服。人责问他；他答人说，天地是我的房屋，房屋就是我的衣服，你们为什么进我的裤子中来？[48]至于阮籍，就更甚了，他连上下古今也不承认，在《大人先生传》[49]里有说：“天地解兮六合开，星辰陨兮日月颓，我腾而上将何怀？”他的意思是天地神仙，都是无意义，一切都不要，所以他觉得世上的道理不必争，神仙也不足信，既然一切都是虚无，所以他便沉湎于酒了。然而他还有一个原因，就是他的饮酒不独由于他的思想，大半倒在环境。其时司马氏已想篡位，而阮籍名声很大，所以他讲话就极难，只好多饮酒，少讲话，而且即使讲话讲错了，也可以借醉得到人的原谅。只要看有一次司马懿求和阮籍结亲，而阮籍一醉就是两个月，没有提出的机会[50]，就可以知道了。

阮籍作文章和诗都很好，他的诗文虽然也慷慨激昂，但许多意思都是隐而不显的。宋的颜延之[51]已经说不大能懂，我们现在自然更很难看得懂他的诗了。他诗里也说神仙，但他其实是不相信的。嵇康的论文，比阮籍更好，思想新颖，往往与古时旧说反对。孔子说："学而时习之，不亦说乎？"嵇康做的《难自然好学论》[52]，却道，人是并不好学的，假如一个人可以不做事而又有饭吃，就随便闲游不喜欢读书了，所以现在人之好学，是由于习惯和不得已。还有管叔蔡叔，是疑心周公，率殷民叛，因而被诛，一向公认为坏人的。[53]而嵇康做的《管蔡论》，就也反对历代传下来的意思，说这两个人是忠臣，他们的怀疑周公，是因为地方相距太远，消息不灵通。

知识分子自身的危险性，盖出于干预显示政治。

但最引起许多人的注意，而且于生命有危险的，是《与山巨源绝交书》中的"非汤武而薄周孔"。司马懿因这篇文章，就将嵇康杀了。[54]非薄了汤武周孔，在现时代是不要紧的，但在当时却关系非小。汤武是以武定天下的；周公是辅成王的；孔子是祖述尧舜，而尧舜是禅让天下的。嵇康都说不好，那么，教司马懿篡位的时候，怎么办才是好呢？没有办法。在这一点上，嵇康于司马氏的办事上有了直接的影响，因此就非死不可了。嵇康的见杀，是因为他的朋友吕安不孝，连及嵇康，罪案和曹操的杀孔融差不多。魏晋，是以孝治天下的，不孝，故不能不杀。为什么要以孝治天下呢？因为天位从禅让，即巧取豪夺而来，若主张以忠治天下，他们的立脚点便不稳，办事便棘手，立论也难了，所以一定要以孝治天下。但倘只是实行不孝，其实那时倒不很要紧的，嵇康的害处是在发议论；阮籍不同，不大说关于伦理上的话，所以结局也不同。

但魏晋也不全是这样的情形，宽袍大袖，大家饮酒。反对的也很多。在文章上我们还可以看见裴頠的《崇有论》[55]，孙盛的《老子非大贤论》[56]，这些都是反对王何们的。在史实上，则何曾劝司马懿杀阮籍有好几回[57]，司马懿不听他的话，这是因为阮籍的饮酒，与时局的关系少些的缘故。

然而后人就将嵇康阮籍骂起来，人云亦云，一直到现在，一千六百多年。季札说："中国之君子，明于礼义而陋于知人心。"[58]这是确的，大凡明于礼义，就一定要陋于知人心的，所以古代有许多人受了很大的冤枉。例如嵇阮的罪名，一向说他们毁坏礼教。但据我个人的意见，这判断是错的。魏晋时代，崇奉礼教的看来似乎很不错，而实在是毁坏礼教，不信礼教的。表面上毁坏礼教者，实则倒是承认礼教，太相信礼教。因为魏晋时所谓崇奉礼教，是用以自利，那崇奉也不过偶然崇奉，如曹操杀孔融，司马懿杀嵇康，都是因为他们和不孝有关，但实在曹操司马懿何尝是著名的孝子，不过将这个名义，加罪于反对自己的人罢了。于是老实人以为如此利用，亵黩了礼教，不平之极，无计可施，激而变成不谈礼教，不信礼教，甚至于反对礼教。——但其实不过是态度，至于他们的本心，恐怕倒是相信礼教，当作宝贝，比曹操司马懿们要迂执得多。现在说一个容易明白的比喻罢，譬如有一个军阀，在北方——在广东的人所谓北方和我常说的北方的界限有些不同，我常称山东、山西、直隶、河南之类为北方——那军阀从前是压迫民党的，后来北伐军势力一大，他便挂起了青天白日旗，说自己已经信仰三民主义了，是总理的信徒。这样还不够，他还要做总理的纪念周。这时候，真的三民主义的信徒，去呢，不去呢？不去，他那里就可以说你反对三民主义，定罪，杀人。但既然在他的势力之下，没有别法，真的总理的信徒，倒会不谈三民主义，或者听人假惺惺的谈起来就皱眉，好像反对三民主义模样。所以我想，魏晋时所谓反对礼教的人，有许多大约也如此。他们倒是迂夫子，将礼教当作宝贝看待的。

从前曹操、司马懿将“不孝”的罪名加之于政治反对派，现在的军阀则将“反对三民主义”的罪名加之于“真的总理的信徒”。其中说，被称作破坏礼教者实在是相信礼教的，暗示被加以“反对三民主义”罪名的，正是三民主义的信徒。至于自称信仰三民主义的军阀，得其反则是三民主义的反对者、背叛者。

还有一个实证，凡人们的言论，思想，行为，倘若自己以为不错的，就愿意天下的别人，自己的朋友都这样做。但嵇康阮籍不这样，不愿意别人来模仿他。竹林七贤中有阮咸，是阮籍的侄子，一样的饮酒。阮籍的儿子阮浑也愿加入时，阮籍却道不必加入，吾家已有阿咸在，够了。[59] 假若阮籍自以为行为是对的，就不当拒绝他的儿子，而阮籍却拒绝自己的儿子，可知阮籍并不以他自己的办法为然。至于嵇康，一看他的《绝交书》，就知道他的态度很骄傲的；有一次，他在家打铁——他的性情是很喜欢打铁的——钟会来看他了，他只打铁，不理钟会。[60] 钟会没有意味，只得走了。其时嵇康就问他：“何所闻而来，何所见而去？”钟会答道：“闻所闻而来，见所见而去。”这也是嵇康杀身的一条祸根。但我看他做给他的儿子看的

《家诫》——当嵇康被杀时，其子方十岁，算来当他做这篇文章的时候，他的儿子是未满十岁的——就觉得宛然是两个人。他在《家诫》中教他的儿子做人要小心，还有一条一条的教训。有一条是说长官处不可常去，亦不可住宿；官长送人们出来时，你不要在后面，因为恐怕将来官长惩办坏人时，你有暗中密告的嫌疑。又有一条是说宴饮时候有人争论，你可立刻走开，免得在旁批评，因为两者之间必有对与不对，不批评则不像样，一批评就总要是甲非乙，不免受一方见怪。还有人要你饮酒，即使不愿饮也不要坚决地推辞，必须和和气气的拿着杯子。我们就此看来，实在觉得很希奇：嵇康是那样高傲的人，而他教子就要他这样庸碌。因此我们知道，嵇康自己对于他自己的举动也是不满足的。所以批评一个人的言行实在难，社会上对于儿子不像父亲，称为“不肖”，以为是坏事，殊不知世上正有不愿意他的儿子像自己的父亲哩。试看阮籍嵇康，就是如此。这是，因为他们生于乱世，不得已，才有这样的行为，并非他们的本态。但又于此可见魏晋的破坏礼教者，实在是相信礼教到固执之极的。

不过何晏王弼阮籍嵇康之流，因为他们的名位大，一般的人们就学起来，而所学的无非是表面，他们实在的内心，却不知道。因为只学他们的皮毛，于是社会上便很多了没意思的空谈和饮酒。许多人只会无端的空谈和饮酒，无力办事，也就影响到政治上，弄得玩“空城计”，毫无实际了。在文学上也这样，嵇康阮籍的纵酒，是也能做文章的，后来到东晋，空谈和饮酒的遗风还在，而万言的大文如嵇阮之作，却没有了。刘勰[61]说：“嵇康师心以遣论，阮籍使气以命诗。”这“师心”和“使气”，便是魏末晋初的文章的特色。正始名士和竹林名士的精神灭后，敢于师心使气的作家也没有了。

到东晋，风气变了。社会思想平静得多，各处都夹入了佛教的思想。再至晋末，乱也看惯了，篡也看惯了，文章便更和平。代表平和的文章的人有陶潜。他的态度是随便饮酒，乞食，高兴的时候就谈论和作文章，无尤无怨。所以现在有人称他为“田园诗人”，是个非常和平的田园诗人。他的态度是不容易学的，他非常之穷，而心里很平静。家常无米，就去向人家门口求乞。他穷到有客来见，连鞋也没有，那客人给他从家丁取鞋给他，他便伸了足穿上了。虽然如此，他却毫不为意，还是“采菊东篱下，悠然见南山”。这样的自然状态，实在不易模仿。他穷到衣服也破烂不堪，而还在东篱下采菊，偶然抬起头来，悠然的见了南山，这是何等自然。现在有钱的人住在租界里，雇花匠种数十盆菊花，便做诗，叫作“秋日赏菊效陶彭泽体”，自以为合于渊明的高致，我觉得不大像。

陶潜之在晋末，是和孔融于汉末与嵇康于魏末略同，又是将近易代的时候。但他没有什么慷慨激昂的表示，于是便博得“田园诗人”的名称。但《陶集》里有《述酒》一篇，是说当时政治的。这样看来，可见他于世事也并没有遗忘和冷淡，不过他的态度比嵇康阮籍自然得多，不至于招人注意罢了。还有一个原因，先已说过，是习惯。因为当时饮酒的风气相沿下来，人见了也不觉得奇怪，而且汉魏晋相沿，时代不远，变迁极多，既经见惯，就没有大感触，陶潜之比孔融嵇康和平，是当然的。例如看北朝的墓志，官位升进，往往详细写着，再仔细一看，他是已经经历过两三个朝代了，但当时似乎并不为奇。

据我的意思，即使是从前的人，那诗文完全超于政治的所谓“田在这里，环境是决定性的。是专制政治制造了大批狂人、炼丹术士、酒徒和“田园诗人”。

园诗人”，“山林诗人”，是没有的。完全超出于人间世的，也是没有的。既然是超出于世，则当然连诗文也没有。诗文也是人事，既有诗，就可以知道于世事未能忘情。譬如墨子兼爱，杨子[62]为我。墨子当然要著书；杨子就一定不著，这才是“为我”。因为若做出书来给别人看，便变成“为人”了。

由此可知陶潜总不能超于尘世，而且，于朝政还是留心，也不能忘掉“死”，这是他诗文中时时提起的。用别一种看法研究起来，恐怕也会成一个和旧说不同的人物罢。

自汉末至晋末文章的一部分的变化与药及酒之关系，据我所知的大概是这样。但我学识太少，没有详细的研究，在这样的热天和雨天费去了诸位这许多时光，是很抱歉的。现在这个题目总算是讲完了。

注　释

1　记录稿最初发表于 1927 年 8 月 11、12、13、15、16、17 日广州《民国日报》副刊《现代青年》第 173 期至 178 期，改定稿发表于 1927 年 11 月 16 日《北新》半月刊第 2 卷第 2 号。后收入《而已集》。

2　**广州夏期学术演讲会**　国民党政府广州市教育局主办，1927 年 7 月 18 日在广州市立师范学校礼堂举行开幕式，广州市长、教育局长均有出席，可以说是一次官办的学术活动。作者这篇讲演是 7 月 23、26 日所作的。

3 **黄巾** 指东汉末年张角领导的农民起义军。张角，巨鹿人，为太平道首领，秘密进行组织活动，十余年间，徒众达数十万，遍布青、徐、冀等八州。他们提出“苍天已死，黄天当立，岁在甲子，天下大吉”的口号，中平元年（184），即“甲子”年，各地同时举行起义。起义军以黄巾缠头，称为“黄巾军”。他们焚烧官府、捕杀官吏，旬日之间，天下响应。后来张角病死，终因官军及地主武装的强大镇压而失败。

4 **董卓**（？—192） 字仲颖，陇西临洮（今甘肃岷县）人。本为凉州豪强，后为并州牧。灵帝死后，大将军何进谋诛宦官，召他率兵入洛阳。旋即废少帝，立献帝，自任丞相，专断朝政。曹操袁绍等起兵反对，他挟持献帝西迁长安，自为太师。后为王允、吕布所杀。

5 **党锢** 东汉桓帝时宦官专权，侵犯士族大地主的利益。世家大族李膺等人和太学生郭泰、贾彪等联合，共同抨击宦官集团。延熹九年（166），宦官诬告他们“诽讪朝廷”，结党为乱，便将李膺等二百多名“党人”逮捕入狱。此后，又于灵帝建宁二年（169），熹平元年（172），熹平五年（176）三次捕杀“党人”，以至连及五族。直至中平元年黄巾起义，才下诏赦免。这一事件，史称“党锢之祸”。

6 **曹操**（155—220） 三国时政治家、军事家、文学家。字孟德，沛国谯（今安徽亳县）人。东汉末，镇压黄巾起义，伐董卓，破袁绍，建安十三年（208）进位为丞相，二十一年（216）封为魏王。曹丕篡汉后追尊为武帝。

7 **《三国志演义》** 即《三国演义》，长篇小说，元末明初罗贯中著。根据陈寿《三国志》和裴松之注，以及元代《三国志平话》等熔裁创作而成。书中描写了汉末和三国时代的政治和军事斗争，对于当时的黑暗而混乱的社会现实，也有相当程度的反映。

8 **《全上古三代秦汉三国晋南北朝文》** 严可均编。内收作者三千四百余人，分代编辑，共十五集，总计七百四十六卷。严可均（1762—1843） 字景文，号铁桥，浙江乌程（今吴兴）人。清嘉庆举人，曾任建德教谕。他从嘉庆十三年（1808）起开始搜集该书材料，历二十余年始成。

9 《全汉三国晋南北朝诗》 丁福保编，收作者七百余人，依时代分为十一集，共五十四卷。丁福保（1874—1952） 字仲祜，江苏无锡人。清末入读江阴南菁书院，后习医，曾赴日本考察，归国后在上海创办医学书局。

10 《中国中古文学史》 刘师培编。此书原是他在大学任教时编写的讲义，后编入《刘申叔遗书》。刘师培（1884—1919） 一名光汉，字申叔，江苏仪征人。曾加入光复会和同盟会，在东京担任《民报》编辑，鼓吹革命。后热衷于无政府主义，创办《天义》和《衡报》等刊物，宣传无政府主义，反对民族革命。辛亥革命后，追随杨度组织“筹安会”，并任理事，拥护袁世凯称帝。1917 年被聘为北京大学教授。新文化运动兴起后参加组织国故月刊社，担任《国故月刊》总编辑，成为有名的复古派人物。对经学、小学和汉魏文学颇有研究，一生著作甚丰，近人辑为《刘申叔先生遗书》，凡七十四种。

11 参见《三国志·魏书·武帝纪》裴松之注所引《魏武故事》。

12 尚通脱 提倡本真，自由放达。《南史·任昉传》：“性通脱，不事仪形。”

13 参见《太平御览》卷四二五所引谢承《后汉书》。

14 参见《三国志·魏书·武帝纪》。

15 参见《三国志·魏书·袁绍传》裴松之注引《英雄记》所载曹操《董卓歌》。按，郑康成（127—200），名玄，北海高密（今山东高密）人，东汉经学家。

16 曹操的遗令，《三国志》及其他古书有零散的记载，严可均合成一篇，收入《全三国文》卷三，可参看。

17 “贻尘谤于后王” 语出陆机《吊魏武帝文》：“彼裘绂于何有，贻尘谤于后王。”见萧统《文选》卷六十。

18 曹丕（187—221） 字子桓，曹操次子，文学家。建安二十五年（220）废汉献帝，自立为帝，为魏文帝。他喜爱文学，除创作外，兼擅批评，其中《典论·论文》是现存的我国第一篇文学批评论文。有辑本《魏文帝集》三卷。

19 **曹植**（192—232） 字子建，曹操第三子，封陈王；谥思，世称陈思王。建安时代的重要诗人。他向往政治而并不得志，曹丕曹叡相继为帝，备受猜忌和排挤，四十一岁时郁郁而死。有《曹子建集》。

20 **曹叡**（204—239） 字元仲，曹丕之子，即魏明帝。

21 **文章事可以留名声于千载** 参见曹丕《典论·论文》："盖文章经国之大业，不朽之盛事；年寿有时而尽，荣乐止乎其身：二者必至之常期，未若文章之无穷。是以古之作者，寄身于翰墨，见意于篇籍，不假良史之辞，不托飞驰之势，而声名自传于后。"

22 **文章小道** 参见曹植《与杨德祖书》："辞赋小道，固未足以揄扬大义，彰示来世也。昔扬子云先朝执戟之臣耳，犹称壮夫不为也；吾虽德薄，位为藩侯，犹庶几戮力上国，流惠下民，建永世之业，留金石之功；岂徒以翰墨为勋绩，辞赋为君子哉！"

23 **"建安七子"** 这个名称始见于曹丕的《论文》。所谓"七子"，即孔融（153—208），鲁国（今山东曲阜）人，汉献帝时为北海相，太中大夫。陈琳（？—217），广陵（今江苏江都）人，曾任司空（曹操）军谋祭酒。王粲（177—217），山阳高平（今山东邹县）人，曾任丞相（曹操）军谋祭酒、侍中。徐幹（171—217），北海（今山东潍坊西南）人，曾任司空军谋祭酒、五官将（曹丕）文学。阮瑀（？—212），陈留尉氏（今河南尉氏）人，曾任司空军谋祭酒。应瑒（？—217），汝南（今河南汝南）人，曾任丞相掾属、五官将文学。刘桢（？—217），东平（今山东东平）人，曾任丞相掾属。

24 孔融反对曹操事，可参见《后汉书·孔融传》。

25 **"何以解忧？惟有杜康"** 见曹操《短歌行》。杜康，相传为周代人，善造酒；这里指代酒。

26　曹操杀孔融事，可参见《后汉书·孔融传》，又《三国志·魏书·崔琰传》注引孙氏《魏氏春秋》，亦有记载。

27　祢衡（173—198）　汉末文学家。字正平，平原般（今山东临邑）人。与孔融友善，曾多次辱骂曹操；曹操虽想杀他而忌他的文名，送刘表处，又因辱骂刘表而被送到江夏太守黄祖处，终为黄祖所杀。

28　何晏（？—249）　字平叔，南阳宛县（今河南南阳）人。曹操的女婿。齐王曹芳时，为吏部尚书，后被司马懿杀害。

29　何晏搽粉事，可参见《三国志·魏书·曹爽传》注引鱼豢《魏略》，及晋代裴启所著《语林》。

30　何晏服药事，见《世说新语·言语》刘孝标注引秦承祖《寒食散论》，隋代巢元方《诸病源候论》卷六《寒食发散候》。

31　巢元方　隋医学家。曾任太医博士，隋大业六年（610）主持编辑《诸病源候论》，凡五十卷。关于寒食散的服解办法，该书卷六《寒食散发候》有较详记载。

32　“扪虱而谈”　参见《晋书·王猛传》：“桓温入关，猛被褐而诣之，一面谈当世之事，扪虱而言，旁若无人。”

33　葛洪（约 281—341）　东晋道教理论家、医学家、炼丹家。字稚川，自号抱朴子。丹阳句容（今属江苏）人。少好神仙导养之法。从葛玄弟子郑隐受炼丹术。曾任谘议参军等职，赐爵关内侯。后至广州，止于罗浮山炼丹，积年而卒。所著《抱朴子》共八卷，分内外篇，内论神仙方药，外论时政人事。关于服散，见于内篇。

34　关于服散作假事，可参见《太平广记》卷二四七引侯白的《启颜录》。

35　关于闻讳而哭事，可参见《世说新语·任诞》篇。

36　王弼（226—249）　三国魏玄学家。字辅嗣，魏国山阳（今河南焦作）人。王粲的族孙。曾任尚书郎。好论儒道，与何晏、夏侯玄等同开玄学清谈之风，人称“正始名士”，著有《周易注》等。**夏侯玄**（209—254） 字太初，沛国谯县（今安徽亳县）人。曹爽姑子，为曹爽辅政，后迁至征西将军。曹爽被司马懿杀后，他也为司马师所杀。

37 **“正始名士”** 据《世说新语·文学》注，指夏侯玄、何晏、王弼等人。按，正始（240—249），为魏废帝齐王曹芳的年号。

38 **《世说新语》** 古小说集。南朝宋刘义庆撰。原八卷，分本三卷，分德行、言语、政事、文学等三十六门，主要记述晋代士大夫的言谈轶事。语言精炼隽永，对后代笔记文学颇有影响。刘义庆（403—444），彭城（今江苏徐州）人，宋武帝刘裕的侄子，袭爵为临川王，曾任南兖州刺史。

39 **司马懿**（197—251） 字仲达，河内温县（今河南温县）人。初为曹操主簿，魏明帝时迁大将军。齐王曹芳即位后，他专断国事，使政权向司马氏过渡。死后其子司马昭继为大将军，至咸熙二年（265），昭子司马炎代魏称帝，建立晋朝。按，夏侯玄为司马师所杀，此为作者误记。

40 **唐时还有“解散方”**《唐书·经籍志》及《新唐书·艺文志》均有著录，可参看。

41 **皇甫谧**（215—282） 字士安，自号玄晏先生，安定朝那（今宁夏固原东南）人。晋朝初年，屡征不仕，著有《高士传》《逸士传》《玄晏春秋》及针灸学著作《甲乙经》等。关于他服散的事，可参看《晋书·皇甫谧传》。

42 **“竹林七贤”** 指阮籍、嵇康、山涛、向秀、阮咸、王戎、刘伶等人。《世说新语》说七人“常集于竹林之下，肆意酣畅”，故世谓“竹林七贤”。

43 **嵇康**（223—262） 思想家、文学家。字叔夜，谯郡铚（今安徽宿县）人。少时不涉经学，长好老庄。与魏宗室通婚，做过中散大夫，政治上倾向于曹魏，后为司马昭所杀。著有《嵇康集》十卷。

44 **阮籍**（210—263） 思想家、文学家。字嗣宗，陈留尉氏（今河南尉氏）人。做过步兵校尉，世称阮步兵，与嵇康齐名。本有济世之志，为保全性命于乱世，平日以嗜酒放诞的行为做掩饰，得以免遭杀害。著有《阮籍集》十卷。

45 刘伶　字伯伦，西晋沛国（今安徽宿县西北）人，仕魏为建威参军。他崇尚老庄哲学，反对名教礼法；为避免司马氏集团的政治迫害，佯狂纵酒，作《酒德颂》。

46 “口不臧否人物”　语见《晋书·阮籍传》。

47 关于晋代子呼父名的事，可参见《晋书》中的《胡毋辅之传》《王蒙传》。

48 关于刘伶裸形见客事，见于《世说新语·任诞》。

49 《大人先生传》　是阮籍借“大人先生”之口抒写个人胸臆的一篇文章。

50 关于阮籍辞婚事，见于《晋书·阮籍传》。文中司马懿当为司马昭，此乃作者误记。

51 颜延之（384—456）　南朝宋诗人。字延年，琅琊临沂（今山东临沂）人。官至金紫光禄大夫。与谢灵运齐名，世称“颜谢”。明人辑有《颜光禄集》。

52 《难自然好学论》　嵇康为反对张邈的《自然好学论》而作的论文。

53 管叔蔡叔　周武王的两个兄弟。《史记·管蔡世家》即有“管叔蔡叔疑周公之为不利于成王，乃挟武庚以作乱”的记载。

54 《与山巨源绝交书》　山巨源，即山涛（205—283），河内怀（今河南武陟）人。他在政治上投靠司马氏，曾任选曹郎，后将去职，欲举嵇康代任。嵇康便作此信拒绝，并在信中表示和他绝交。后来嵇康为朋友吕安案牵连，为司马昭所杀。见《三国志·魏书·王粲传》注所引《魏氏春秋》。按，杀嵇康的是司马昭，作者误记为司马懿。

55 裴頠（267—300）　西晋哲学家。字逸民，河东闻喜（今山西闻喜）人。官至尚书左仆射，后为赵王司马伦所杀，年仅三十四岁。因深患时俗放荡，不尊儒术，反对何晏、王弼的“贵无”学说，乃作《崇有论》。

56 孙盛（约306—378）　东晋无神论者。字安国，太原中都（今山西平遥）人。曾任长沙太守，官至秘书监，加给事中。他不同意“贵无论”和“崇有论”，反对崇尚老庄，所作《老聃非大贤论》，直接批评当时清谈家奉为宗主的老子。著有《魏氏春秋》《晋阳秋》等。

57 何曾（199—278） 魏晋时大臣。字颖考，陈国阳夏（今河南太康）人。曹魏时，官至司徒，参与司马懿与曹爽争权及司马炎篡魏等活动。西晋初，位至丞相，太傅。生活奢侈，日食万钱，还说无下箸处。文中说何曾劝司马懿杀阮籍事，见《晋书·何曾传》。司马懿当为司马昭，此为作者误记。

58 “中国之君子”二句，见于《庄子·田子方》。季札当为温伯，此乃作者误记。

59 阮籍不愿儿子模仿自己事，见《晋书·阮籍传》。

60 嵇康怠慢钟会事，见《晋书·嵇康传》。钟会（225—264），字士季，颍川长社（今河南长葛）人。官至司徒，为司马昭主要谋士。景元四年（263），与邓艾分军灭蜀，次年谋叛被杀。长于名家之学，著有《道论》二十篇，已佚。

61 刘勰（约465—约520） 南朝梁文艺理论家。字彦和，南东莞莒县（今属山东）人。他的著作《文心雕龙》，是我国第一部系统的文艺理论批评专著。作者另文将《文心雕龙》与亚里士多德的《诗学》并提，说它们“解析神质，包举洪纤，开源发流，为世楷式”。

62 杨子 指杨朱。魏国人，战国初期哲学家。主张“为我”，重视个人生命的保存，反对别人对自己的侵夺，也反对侵夺别人，《韩非子》中称为“轻物重生之士”。著作亡佚。

文艺与政治的歧途[1]

——十二月二十一日在上海暨南大学讲

我是不大出来讲演的；今天到此地来，不过因为说过了好几次，来讲一回也算了却一件事。我所以不出来讲演，一则没有什么意见可讲，二则刚才这位先生说过，在座的很多读过我的书，我更不能讲什么。书上的人大概比实物好一点，《红楼梦》里面的人物，像贾宝玉林黛玉这些人物，都使我有异样的同情；后来，考究一些当时的事实，到北京后，看看梅兰芳姜妙香[2]扮的贾宝玉林黛玉，觉得并不怎样高明。

我没有整篇的鸿论，也没有高明的见解，只能讲讲我近来所想到的。我每每觉到文艺和政治时时在冲突之中；文艺和革命原不是相反的，两者之间，倒有不安于现状的同一。惟政治是要维持现状，自然和不安于现状的文艺处在不同的方向。不过不满意现状的文艺，直到十九世纪以后才兴起来，只有一段短短历史。政治家最不喜欢人家反抗他的意见，最不喜欢人家要想，要开口。而从前的社会也的确没有人想过什么，又没有人开过口。且看动物中的猴子，它们自有它们的首领；首领要它们怎样，它们就怎样。在部落里，他们有一个酋长，他们跟着酋长走，酋长的吩咐，就是他们的标准。酋长要他们死，也只好去死。那时没有什么文艺，即使有，也不过赞美上帝（还没有后人所谓 God[3] 那么玄妙）罢了！那里会有自由思想？后来，一个部落一个部落你吃我吞，渐渐扩大起来，所谓大国，就是吞吃那多多少少的小部落；一到了大国，内部情形就复杂得多，夹着许多不同的思想，许多不同的问题。这时，文艺也起来了，和政治不断地冲突；政治想维系现状使它统一，文艺催促社会进化使它渐渐分离；文艺虽使社会分裂，但是社会这样才进步起来。文艺既然是政治家的眼中钉，那就不免被挤出去。外国许多文学家，在本国站不住脚，相率亡命到别个国度去；这个方法，就是"逃"。要是逃不掉，那就被杀掉，割掉他的头；割掉头那是最好的方法，既不会开口，又不会想了。俄国许多文学家，受到这个结果，还有许多充军到冰雪的西伯利亚去。

有一派讲文艺的，主张离开人生，讲些月呀花呀鸟呀的话（在中国又不同，有国粹的道德，连花呀月呀都不许讲，当作别论），或者专讲"梦"，专讲些将来的社会，不要讲得太近。这种文学家，他们都躲在象牙之塔里面；但是"象牙之塔"毕竟不能住得很长久的呀！象牙之塔总是要安放在人间，就免不掉还要受政治的压迫。打起仗来，就不能不逃开去。北京有一班文人[4]，顶看不起描写社会的文学家，他们想，小说里面连车夫的生活都可以写进去，岂不把小说应该写才子佳人一首诗生爱情的定律都打破了吗？现在呢，他们也不能做高尚的文学家了，还是要逃到南边来；"象牙之塔"的窗子里，到底没有一块一块面包递进来的呀！

等到这些文学家也逃出来了，其他文学家早已死的死，逃的逃了。别的文学家，对于现状早感到不满意，又不能不反对，不能不开口，“反对”“开口”就是有他们的下场。我以为文艺大概由于现在生活的感受，亲身所感到的，便影印到文艺中去。挪威有一文学家[5]，他描写肚子饿，写了一本书，这是依他所经验的写的。对于人生的经验，别的且不说，“肚子饿”这件事，要是欢喜，便可以试试看，只要两天不吃饭，饭的香味便会是一个特别的诱惑；要是走过街上饭铺子门口，更会觉得这个香味一阵阵冲到鼻子来。我们有钱的时候，用几个钱不算什么；直到没有钱，一个钱都有它的意味。那本描写肚子饿的书里，它说起那人饿得久了，看见路人个个是仇人，即是穿一件单褂子的，在他眼里也见得那是骄傲。我记起我自己曾经写过这样一个人，他身边什么都光了，时常抽开抽屉看看，看角上边上可以找到什么；路上一处一处去找，看有什么可以找得到；这个情形，我自己是体验过来的。

从生活窘迫过来的人，一到了有钱，容易变成两种情形：一种是理想世界，替处同一境遇的人着想，便成为人道主义；一种是什么都是自己挣起来，从前的遭遇，使他觉得什么都是冷酷，便流为个人主义。我们中国大概是变成个人主义者多。主张人道主义的，要想替穷人想想法子，改变改变现状，在政治家眼里，倒还不如个人主义的好；所以人道主义者和政治家就有冲突。俄国文学家托尔斯泰讲人道主义，反对战争，写过三册很厚的小说——那部《战争与和平》，他自己是个贵族，却是经过战场的生活，他感到战争是怎么一个惨痛。尤其是他一临到长官的铁板前（战场上重要军官都有铁板挡住枪弹），更有刺心的痛楚。而他又眼见他的朋友们，很多在战场上牺牲掉。战争的结果，也可以变成两种态度：一种是英雄，他见别人死的死伤的伤，只有他健存，自己就觉得怎样了不得，这么那么夸耀战场上的威雄。一种是变成反对战争的，希望世界上不要再打仗了。托尔斯泰便是后一种，主张用无抵抗主义来消灭战争。他这么主张，政府自然讨厌他；反对战争，和俄皇的侵掠欲望冲突；主张无抵抗主义，叫兵士不替皇帝打仗，警察不替皇帝执法，审判官不替皇帝裁判，大家都不去捧皇帝；皇帝是全要人捧的，没有人捧，还成什么皇帝，更和政治相冲突。这种文学家出来，对于社会现状不满意，这样批评，那样批评，弄得社会上个个都自己觉到，都不安起来，自然非杀头不可。

但是，文艺家的话其实还是社会的话，他不过感觉灵敏，早感到早说出来（有时，他说得太早，连社会也反对他，也排轧他）。譬如我们学兵式体操，行举枪礼，照规矩口令是“举……枪”这般叫，一定要等“枪”字令下，才可以举起。有些人却是一听到“举”字便举起来，叫口令的要罚他，说他做错。文艺家在社会上正是这样；他说得早一点，大家都讨厌他。政治家认定文学家是社会扰乱的煽动者，心想杀掉他，社会就可平安。殊不知杀了文学家，社会还是要革命；俄国的文学家被杀掉的充军的不在少数，革命的火焰不是到处燃着吗？文学家生前大概不能得到社会的同情，潦倒地过了一生，直到死后四五十年，才为社会所认识，大家大闹起来。政治家因此更厌恶文学家，以为文学家早就种下大祸根；政治家想不准大家思想，而那野蛮时代早已过去了。在座诸位的见解，我虽然不知道；据我推测，一定和政治家是不相同；政治家既永远怪文艺家破坏他们的统一，偏见如此，所以我从来不肯和政治家去说。

到了后来，社会终于变动了；文艺家先时讲的话，渐渐大家都记起来了，大家都赞成他，恭维他是先知先觉。虽是他活的时候，怎样受过社会的奚落。刚才我来讲演，大家一阵子拍手，这拍手就见得我并不怎样伟大；那拍手是很危险的东西，拍了手或者使我自以为伟大不再向前了，所以还是不拍手的好。上面我讲过，文学家是感觉灵敏了一点，许多观念，文学家早感到了，社会还没有感到。譬如今天 ×× 先生穿了皮袍，我还只穿棉袍；×× 先生对于天寒的感觉比我灵。再过一月，也许我也感到非穿皮袍不可，在天气上的感觉，相差到一个月，在思想上的感觉就得相差到三四十年。这个话，我这么讲，也有许多文学家在反对。我在广东，曾经批评一个革命文学家——现在的广东，是非革命文学不能算做文学的，是非“打打打，杀杀杀，革革革，命命命”，不能算做革命文学的——我以为革命并不能和文学连在一块儿，虽然文学中也有文学革命。但做文学的人总得闲定一点，正在革命中，那有功夫做文学。我们且想想：在生活困乏中，一面拉车，一面“之乎者也”，到底不大便当。古人虽有种田做诗的，那一定不是自己在种田；雇了几个人替他种田，他才能吟他的诗；真要种田，就没有功夫做诗。革命时候也是一样；正在革命，那有功夫做诗？我有几个学生，在打陈炯明[6]时候，他们都在战场；我读了他们的来信，只见他们的字与词一封一封生疏下去。俄国革命以后，拿了面包票排了队一排一排去领面包；这时，国家既不管你什么文学家艺术家雕刻家；大家连想面包都来不及，那有功夫去想文学？等到有了文学，革命早成功了。革命成功以后，闲空了一点；有人恭维革命，有人颂扬革命，这已不是革命文学。他们恭维革命颂扬革命，就是颂扬有权力者，和革命有什么关系？

这时，也许有感觉灵敏的文学家，又感到现状的不满意，又要出来开口。从前文艺家的话，政治革命家原是赞同过；直到革命成功，政治家把从前所反对那些人用过的老法子重新采用起来，在文艺家仍不免于不满意，又非被排轧出去不可，或是割掉他的头。割掉他的头，前面我讲过，那是顶好的法子咾，——从十九世纪到现在，世界文艺的趋势，大都如此。

十九世纪以后的文艺，和十八世纪以前的文艺大不相同。十八世纪的英国小说，它的目的就在供给太太小姐们的消遣，所讲的都是愉快风趣的话。十九世纪的后半世纪，完全变成和人生问题发生密切关系。我们看了，总觉得十二分的不舒服，可是我们还得气也不透地看下去。这因为以前的文艺，好像写别一个社会，我们只要鉴赏；现在的文艺，就在写我们自己的社会，连我们自己也写进去；在小说里可以发见社会，也可以发见我们自己；以前的文艺，如隔岸观火，没有什么切身关系；现在的文艺，连自己也烧在这里面，自己一定深深感觉到；一到自己感觉到，一定要参加到社会去！

十九世纪，可以说是一个革命的时代；所谓革命，那不安于现在，不满意于现状的都是。文艺催促旧的渐渐消灭的也是革命（旧的消灭，新的才能产生），而文学家的命运并不因自己参加过革命而有一样改变，还是处处碰钉子。现在革命的势力已经到了徐州[7]，在徐州以北文学家原站不住脚；在徐州以南，文学家还是站不住脚，即共了产，文学家还是站不住脚。革命文学家和革命家竟可说完全两件事。诋斥军阀怎样怎样不合理，是革命文学家；打倒军阀是革命家；孙传芳所以赶走，是革命家用炮轰掉的，决不是革命文艺家做了几句“孙传芳呀，我们要赶掉你呀”的文章赶掉的。在革命的时候，文学家都在做一个梦，以为革命成功将有怎样怎样一个世界；革命以后，他看看现实全不是那么一回事，于是他又要吃苦了。照他们这样叫，啼，哭都不成功；向前不成功，向后也不成功，理想和现实不一致，这是注定的运命；正如你们从《呐喊》上看出的鲁迅和讲坛上的鲁迅并不一致；或许大家以为我穿洋服头发分开，我却没有穿洋服，头发也这样短短的。所以以革命文学自命的，一定不是革命文学，世间那有满意现状的革命文学？除了吃麻醉药！苏俄革命以前，有两个文学家，叶遂宁和梭波里，他们都讴歌过革命，直到后来，他们还是碰死在自己所讴歌希望的现实碑上，那时，苏维埃是成立了！

不过，社会太寂寞了，有这样的人，才觉得有趣些。人类是欢喜看看戏的，文学家自己来做戏给人家看，或是绑出去砍头，或是在最近墙脚下枪毙，都可以热闹一下子。且如上海巡捕用棒打人，大家围着去看，他们自己虽然不愿意挨打，但看见人家挨打，倒觉得颇有趣的。文学家便是用自己的皮肉在挨打的啦！

今天所讲的，就是这么一点点，给它一个题目，叫做……《文艺与政治的歧途》。

注 释

1 本篇记录稿发表于 1928 年 1 月 29 日、30 日上海《新闻报·学海》第 182、183 期，署周鲁迅讲、刘率真记。后收入《集外集》时，曾经作者校阅。

2 姜妙香　京剧演员，北京人。1926 年起，与梅兰芳同台演出《黛玉葬花》。

3 God 英语，上帝。

4 指吴宓、梁实秋等一批留学英美的文化人。梁实秋于 1926 年 3 月 27 日在《晨报副刊》发表题为《现代中国文学之浪漫的趋势》的文章，说："近年来新诗中产出了一个'人力车夫派'。这一派是专门为人力车夫抱不平，以为神圣的人力车夫被经济制度压迫过甚……其实人力车夫……既没有什么可怜恤的，更没有什么可赞美。"

5 指汉姆生（K. Hamsun，1859—1952），挪威小说家。曾当过水手和木工，著有长篇小说《饥饿》《老爷》等，于1920年获诺贝尔文学奖。

6 陈炯明（1875—1933） 广东军阀。字竞存，广东海丰人。早年参加同盟会，后孙中山任命为广东省长兼粤军总司令。1922年发动叛变，1925年所部为广东革命军消灭。

7 蒋介石“清党”后，继续打着“北伐革命”的旗帜，于1927年12月16日占领徐州。

现今的新文学的概观[1]

——五月二十二日在燕京大学国文学会讲

这一年多，我不很向青年诸君说什么话了，因为革命以来，言论的路很窄小，不是过激，便是反动，于大家都无益处。这一次回到北平，几位旧识的人要我到这里来讲几句，情不可却，只好来讲几句。但因为种种琐事，终于没有想定究竟来讲什么——连题目都没有。

那题目，原是想在车上拟定的，但因为道路坏，汽车颠起来有尺多高，无从想起。我于是偶然感到，外来的东西，单取一件，是不行的，有汽车也须有好道路，一切事总免不掉环境的影响。文学——在中国的所谓新文学，所谓革命文学，也是如此。

在中国，新事物都是异质文化侵入的产物。

中国的文化，便是怎样的爱国者，恐怕也大概不能不承认是有些落后。新的事物，都是从外面侵入的。新的势力来到了，大多数的人们还是莫名其妙。北平还不到这样，譬如上海租界，那情形，外国人是处在中央，那外面，围着一群翻译，包探，巡捕，西崽[2]……之类，是懂得外国话，熟悉租界章程的。这一圈之外，才是许多老百姓。

老百姓一到洋场，永远不会明白真实情形，外国人说“Yes”，翻译道，“他在说打一个耳光”，外国人说“No[3]”，翻出来却是他说“去枪毙”。倘想要免去这一类无谓的冤苦，首先是在知道得多一点，冲破了这一个圈子。

在文学界也一样，我们知道得太不多，而帮助我们知识的材料也太少。梁实秋有一个白璧德，徐志摩有一个泰戈尔，胡适之有一个杜威，——是的，徐志摩还有一个曼殊斐儿，他到她坟上去哭过[4]，——创造社有革命文学，时行的文学，不过附和的，创作的很有研究的却不多。直到现在，还是给几个出题目的人们圈了起来。

各种文学，都是应环境而产生的，推崇文艺的人，虽喜欢说文艺足以煽起风波来，但在事实上，却是政治先行，文艺后变。倘以为文艺可以改变环境，那是“唯心”之谈，事实的出现，并不如文学家所豫想。所以，巨大的革命以前的所谓革命文学者还须灭亡，待到革命略有结果，略有喘息的余裕，这才产生新的革命文学者。为什么呢，因为旧社会将近崩坏之际，是常常会有近似带革命性的文学作品出现的，然而其实并非真的革命文学。例如：或者憎恶旧社会，而只

“政治先行，文艺后变。”

文艺家可以预言，但无力改变现状。

是憎恶，更没有针对于将来的理想；或者也大呼改造社会，而问他要怎样的社会，却是不能实现的乌托邦[5]；或者自己活得无聊了，便空泛地希望一大转变，来作刺戟，正如饱于饮食的人，想吃些辣椒爽口；更下的是，原是旧式人物，但在社会里失败了，却想另挂新招牌，靠新兴势力获得更好的地位。

希望革命的文人，革命一到，反而沉默下去的例子，在中国便曾有过的。即如清末的南社[6]，便是鼓吹革命的文学团体，他们叹汉族的被压制，愤满人的凶横，渴望着"光复旧物"。但民国成立以后，倒寂然无声了。我想，这是因为他们的理想，是在革命以后，"重见汉官威仪[7]"，峨冠博带。而事实并不这样，所以反而索然无味，不想执笔了。俄国的例子尤为明显，十月革命开初，也曾有许多革命文学家非常惊喜，欢迎这暴风雨的袭来，愿受风雷的试炼。但后来，诗人叶遂宁，小说家索波里自杀了，近来还听说有名的小说家爱伦堡[8]有些反动。这是什么缘故呢？就因为四面袭来的并不是暴风雨，来试炼的也并非风雷，却是老老实实的"革命"。空想被击碎了，人也就活不下去，这倒不如古时候相信死后灵魂上天，坐在上帝旁边吃点心的诗人们福气。[9]因为他们在达到目的之前，已经死掉了。

否认现代中国有所谓"小资产阶级文学"的产生。

中国，据说，自然是已经革了命，——政治上也许如此罢，但在文艺上，却并没有改变。有人说，"小资产阶级文学之抬头”[10]了，其实是，小资产阶级文学在哪里呢，连“头”也没有，哪里说得到“抬”。这照我上面所讲的推论起来，就是文学并不变化和兴旺，所反映的便是并无革命和进步，——虽然革命家听了也许不大喜欢。

至于创造社所提倡的，更彻底的革命文学——无产阶级文学，自然更不过是一个题目。这边也禁，那边也禁的王独清的从上海租界里遥望广州暴动的诗[11]，“Pong Pong Pong”，铅字逐渐大了起来，只在说明他曾为电影的字幕和上海的酱园招牌所感动，有模仿勃洛克的《十二个》之志而无其力和才。郭沫若的《一只手》[12]是很有人推为佳作的，但内容说一个革命者革命之后失了一只手，所余的一只还能和爱人握手的事，却未免“失”得太巧。五体，四肢之中，倘要失去其一，实在还不如一只手；一条腿就不便，头自然更不行了。只准备失去一只手，是能减少战斗的勇往之气的；我想，革命者所不惜牺牲的，一定不只这一点。《一只手》也还是穷秀才落难，后来终于中状元，谐花烛的老调。

但这些却也正是中国现状的一种反映。新近上海出版的革命文学的一本书的封面上，画着一把钢叉，这是从《苦闷的象征》[13]的书面上取来的，叉的中间的一条尖刺上，又安一个铁锤，这是从苏联的旗子上取来的。然而这样地合了起来，却弄得既不能刺，又不能敲，只能在表明这位作者的庸陋，——也正可以做那些文艺家的徽章。

从这一阶级走到那一阶级去，自然是能有的事。但最好是意识如何，便一一直说，使大众看去，为仇为友，了了分明。不要脑子里存着许多旧的残滓，却故意瞒了起来，演戏似的指着自己的鼻子道，“惟我是无产阶级！”现在的人们既然神经过敏，听到“俄”字便要气绝，论写真实。

革命暴发户形象。

"奉旨申斥"的"革命文学"乘时代风涛而起，实则帝制时代的遗传。

连嘴唇也快要不准红了，对于出版物，这也怕，那也怕；而革命文学家又不肯多绍介别国的理论和作品，单是这样的指着自己的鼻子，临了便会像前清的"奉旨申斥"一样，令人莫名其妙的。

对于诸君，"奉旨申斥"大概还须解释几句才会明白罢。这是帝制时代的事。一个官员犯了过失了，便叫他跪在一个什么门外面，皇帝差一个太监来斥骂。这时须得用一点化费，那么，骂几句就完；倘若不用，他便从祖宗一直骂到子孙。这算是皇帝在骂，然而谁能去问皇帝，问他究竟可是要这样地骂呢？去年，据日本的杂志上说，成仿吾是由中国的农工大众选他往德国研究戏曲去了，我们也无从打听，究竟真是这样地选了没有。

所以我想，倘要比较地明白，还只好用我的老话，"多看外国书"，来打破这包围的圈子。这事，于诸君是不甚费力的。关于新兴文学的英文书或英译书，即使不多，然而所有的几本，一定较为切实可靠。多看些别国的理论和作品之后，再来估量中国的新文艺，便可以清楚得多了。更好是绍介到中国来；翻译并不比随便的创作容易，然而于新文学的发展却更有功，于大家更有益。

注 释

1 发表于1929年5月25日北平《未名》半月刊第2卷第8期。后编入《三闲集》。

2 西崽 旧时对西洋人雇用的中国男仆的蔑称。

3 “No”英语，“不是”的意思。

4 曼殊斐儿（K. Mansfield，1888—1923）通译曼斯菲尔德，英国女作家。著有《幸福》《鸽巢》等短篇小说集。徐志摩曾到伦敦拜访她，翻译过她的作品，在《欧游漫记》中，还有着到枫丹白露上过她的坟的记述。

5 乌托邦 拉丁文Utopia的音译。英国汤姆士·莫尔1516年所作小说《乌托邦》，描写一个叫“乌托邦”的社会组织，带有空想的性质。所以，“乌托邦”也便成了“空想社会”的同义语。

6 南社 辛亥革命时期的进步的文学团体。由陈去病、高旭、柳亚子等人发起，1909年成立于苏州。该社编印不定期刊《南社》，发表社员诗文，积极鼓吹反清革命，盛时社员多达千余人，并在全国各地设立分社。辛亥革命后发生分化，1923年解体。

7 汉官威仪 指汉代叔孙通等人制定的礼仪制度。《后汉书·光武帝纪》载：王莽篡位失败被杀后，司隶校尉即后来的汉光武帝刘秀到长安时，当地吏士及见司隶僚属，皆欢喜不自胜。老吏或垂涕曰：“不图今日复见汉官威仪。”

8 爱伦堡（И. Г. Эренбург，1891—1967）苏联作家。著有长篇小说《巴黎的陷落》《暴风雨》《九级浪》等。1954年发表中篇小说《解冻》，引起国内很大争议。1921年起，长期担任记者，发表过大量政论。此外还有多卷本回忆录《人·岁月·生活》问世。

9 这里说的是德国诗人海涅在诗集《还乡记》中描述的梦境：“我梦见我自己做了上帝，/ 昂然地高坐在天堂，/ 天使们环绕在我身旁，/ 不绝地称赞我的诗章。// 我在吃糕饼、糖果，喝着酒，/ 和天使们一起欢宴，/ 我享受着这些珍品，/ 却无须破费一个小钱……”

10 “小资产阶级文学之抬头” 参见李初梨《对于所谓“小资产阶级革命文学”底抬头，普罗列塔利亚文学应该防御自己》，载 1928 年 12 月《创造月刊》第 2 卷第 6 期。

11 指王独清的长诗《11 Dec》(《十二月十一日》)，1928 年 11 月出版。

12 《一只手》 短篇小说，载 1928 年《创造月刊》第 1 卷第 9 期至第 11 期。

13 《苦闷的象征》 文艺论文集，日本文艺评论家厨川白村作，鲁迅译。1924 年 12 月北京新潮社出版。

“硬译”与“文学的阶级性”[1]

一

听说《新月》月刊团体里的人们在说，现在销路好起来了。这大概是真的，以我似的交际极少的人，也在两个年青朋友的手里见过第二卷第六七号的合本。顺便一翻，是争“言论自由”的文字和小说居多。近尾巴处，则有梁实秋先生的一篇《论鲁迅先生的“硬译”》，以为“近于死译”。而“死译之风也断不可长”，就引了我的三段译文，以及在《文艺与批评》[2]的后记里所说：“但因为译者的能力不够，和中国文本来的缺点，译完一看，晦涩，甚而至于难解之处也真多；倘将仂句[3]拆下来呢，又失了原来的语气。在我，是除了还是这样的硬译之外，只有束手这一条路了，所余的惟一的希望，只在读者还肯硬着头皮看下去而已”这些话，细心地在字旁加上圆圈，还在“硬译”两字旁边加上套圈，于是“严正”地下了“批评”道：“我们‘硬着头皮看下去’了，但是无所得。‘硬译’和‘死译’有什么分别呢？”

新月社的声明[4]中，虽说并无什么组织，在论文里，也似乎痛恶无产阶级式的“组织”，“集团”这些话，但其实是有组织的，至少，关于政治的论文，这一本里都互相“照应”；关于文艺，则这一篇是登在上面的同一批评家所作的《文学是有阶级性的吗？》的余波。在那一篇里有一段说：“……但是不幸得很，没有一本这类的书能被我看懂。……最使我感得困难的是文字，……简直读起来比天书还难。……现在还没有一个中国人，用中国人所能看得懂的文字，写一篇文章告诉我们无产文学的理论究竟是怎么一回事。”字旁也有圆圈，怕排印麻烦，恕不照画了。总之，梁先生自认是一切中国人的代表，这些书既为自己所不懂，也就是为一切中国人所不懂，应该在中国断绝其生命，于是出示曰“此风断不可长”云。

别的“天书”译著者的意见我不能代表，从我个人来看，则事情是不会这样简单的。第一，梁先生自以为“硬着头皮看下去”了，但究竟硬了没有，是否能够，还是一个问题。以硬自居了，而实则其软如棉，正是新月社的一种特色。第二，梁先生虽自来代表一切中国人了，但究竟是否全国中的最优秀者，也是一个问题。这问题从《文学是有阶级性的吗？》这篇文章里，便可以解释。Proletary[5] 这字不必译音，大可译义，是有理可说的。但这位批评家却道：“其实翻翻字典，这个字的涵义并不见得体面，据《韦白斯特大字典》[6]，Proletary 的意思就是：A citizen of the lowest class who served the state not with property，but only by having children。……普罗列塔利亚是国家里只会生孩子的阶级！（至少在罗马时代是如此）”其实正无须来争这“体面”，大约略有常识者，总不至于以现在为罗马时代，将现在的无产者都看作罗马人的。这正如将 Chemie 译作“舍密学”[7]，读者必不和埃及的“炼金术”混同，对于“梁”先生所作的文章，也决不会去考查语源，误解为“独木小桥”竟会动笔一样。连“翻翻字典”（《韦白斯特大字典》！）也还是“无所得”，一切中国人未必全是如此的罢。

二

但于我最觉得有兴味的，是上节所引的梁先生的文字里，有两处都用着一个“我们”，颇有些“多数”和“集团”气味了。自然，作者虽然单独执笔，气类则决不只一人，用“我们”来说话，是不错的，也令人看起来较有力量，又不至于一人双肩负责。然而，当“思想不能统一”时，“言论应该自由”时，正如梁先生的批评资本制度一般，也有一种“弊病”。就是，既有“我们”便有我们以外的“他们”，于是新月社的“我们”虽以为我的“死译之风断不可长”了，却另有读了并不“无所得”的读者存在，而我的“硬译”，就还在“他们”之间生存，和“死译”还有一些区别。

我也就是新月社的“他们”之一，因为我的译作和梁先生所需的条件，是全都不一样的。

那一篇《论硬译》的开头论误译胜于死译说：“一部书断断不会完全曲译……部分的曲译即使是错误，究竟也还给你一个错误，这个错误也许真是害人无穷的，而你读的时候究竟还落个爽快。”末两句大可以加上夹圈，但我却从来不干这样的勾当。我的译作，本不在博读者的“爽快”，却往往给以不舒服，甚而至于使人气闷，憎恶，愤恨。读了会“落个爽快”的东西，自有新月社的人们的译著在：徐志摩先生的诗，沈从文，凌叔华先生的小说，陈西滢（即陈源）先生的闲话，梁实秋先生的批评，潘光旦先生的优生学，还有白璧德先生的人文主义。

所以，梁先生后文说："这样的书，就如同看地图一般，要伸着手指来寻找句法的线索位置"这些话，在我也就觉得是废话，虽说犹如不说了。是的，由我说来，要看"这样的书"就如同看地图一样，要伸着手指来找寻"句法的线索位置"的。看地图虽然没有看《杨妃出浴图》或《岁寒三友图》那么"爽快"，甚而至于还须伸着手指（其实这恐怕梁先生自己如此罢了，看惯地图的人，是只用眼睛就可以的），但地图并不是死图；所以"硬译"即使有同一之劳，照例子也就和"死译"有了些"什么区别"。识得ABCD者自以为新学家，仍旧和化学方程式无关，会打算盘的自以为数学家，看起笔算的演草来还是无所得。现在的世间，原不是一为学者，便与一切事都会有缘的。

然而梁先生有实例在，举了我三段的译文，虽然明知道"也许因为没有上下文的缘故，意思不能十分明了"。在《文学是有阶级性的吗？》这篇文章中，也用了类似手段，举出两首译诗[8]来，总评道："也许伟大的无产文学还没有出现，那么我愿意等着，等着，等着。"这些方法，诚然是很"爽快"的，但我可以就在这一本《新月》月刊里的创作——是创作呀！——《搬家》第八页上，举出一段文字来——

"小鸡有耳朵没有？"

"我没看见过小鸡长耳朵的。"

"它怎样听见我叫它呢？"她想到前天四婆告诉她的耳朵是管听东西，眼是管看东西的。

"这个蛋是白鸡黑鸡？"枝儿见四婆没答她，站起来摸着蛋子又问。

"现在看不出来，等孵出小鸡才知道。"

"婉儿姊说小鸡会变大鸡，这些小鸡也会变大鸡么？"

“好好的喂它就会长大了，像这个鸡买来时还没有这样大吧？”

也够了，“文字”是懂得的，也无须伸出手指来寻线索，但我不“等着”了，以为就这一段看，是既不“爽快”，而且和不创作是很少区别的。

临末，梁先生还有一个诘问：“中国文和外国文是不同的，……翻译之难即在这个地方。假如两种文中的文法句法词法完全一样，那么翻译还成为一件工作吗？……我们不妨把句法变换一下，以使读者能懂为第一要义，因为‘硬着头皮’不是一件愉快的事，并且‘硬译’也不见得能保存‘原来的精悍的语气’。假如‘硬译’而还能保存‘原来的精悍的语气’，那真是一件奇迹，还能说中国文是有‘缺点’吗？”我倒不见得如此之愚，要寻求和中国文相同的外国文，或者希望“两种文中的文法句法词法完全一样”。我但以为文法繁复的国语，较易于翻译外国文，语系相近的，也较易于翻译，而且也是一种工作。荷兰翻德国，俄国翻波兰，能说这和并不工作没有什么区别么？日本语和欧美很“不同”，但他们逐渐添加了新句法，比起古文来，更宜于翻译而不失原来的精悍的语气，开初自然是须“找寻句法的线索位置”，很给了一些人不“愉快”的，但经找寻和习惯，现在已经同化，成为己有了。中国的文法，比日本的古文还要不完备，然而也曾有些变迁，例如《史》《汉》不同于《书经》[9]，现在的白话文又不同于《史》《汉》；有添造，例如唐译佛经，元译上谕[10]，当时很有些“文法句法词法”是生造的，一经习用，便不必伸出手指，就懂得了。现在又来了“外国文”，许多句子，即也须新造，——说得坏点，就是硬造。据我的经验，这样译来，较之化为几句，更能保存原来的精悍的语气，但因为有待于新造，所以原先的中国文是有缺点的。有什么“奇迹”，干什么“吗”呢？但有待于“伸出手指”，“硬着头皮”，于有些人自然“不是一件愉快的事”。不过我是本不想将“爽快”或“愉快”来献给那些诸公的，只要还有若干的读者能够有所得，梁实秋先生“们”的苦乐以及无所得，实在“于我如浮云”[11]。

但梁先生又有本不必求助于无产文学理论，而仍然很不了了的地方，例如他说，“鲁迅先生前些年翻译的文学，例如厨川白村的《苦闷的象征》，还不是令人看不懂的东西，但是最近翻译的书似乎改变风格了。”只要有些常识的人就知道：“中国文和外国文是不同的”，但同是一种外国文，因为作者各人的做法，而“风格”和“句法的线索位置”也可以很不同。句子可繁可简，名词可常可专，决不会一种外国文，易解的程度就都一式。我的译《苦闷的象征》，也和现在一样，是按板规逐句，甚而至于逐字译的，然而梁实秋先生居然以为不能看懂者，乃是原文原是易解的缘故，也因为梁实秋先生是中国新的批评家了的缘故，也因为其中硬造的句法，是比较地看惯了的缘故。若在三家村里，专读《古文观止》的学者们，看起来又何尝不比“天书”还难呢。

三

但是，这回的“比天书还难”的无产文学理论的译本们，却给了梁先生不小的影响。看不懂了，会有影响，虽然好像滑稽，然而是真的，这位批评家在《文学是有阶级性的吗？》里说：“我现在批评所谓无产文学理论，也只能根据我所能了解的一点材料而已。”这就是说：因此而对于这理论的知识，极不完全了。

但对于这罪过，我们（包含一切“天书”译者在内，故曰“们”）

也只能负一部分的责任，一部分是要作者自己的胡涂或懒惰来负的。"什么卢那卡尔斯基，蒲力汗诺夫"的书我不知道，若夫"婆格达诺夫之类"的三篇论文[12]和托罗兹基的半部《文学与革命》[13]，则确有英文译本的了。英国没有"鲁迅先生"，译文定该非常易解。梁先生对于伟大的无产文学的产生，曾经显示其"等着，等着，等着"的耐心和勇气，这回对于理论，何不也等一下子，寻来看了再说呢。不知其有而不求曰胡涂，知其有而不求曰懒惰，如果单是默坐，这样也许是"爽快"的，然而开起口来，却很容易咽进冷气去了。

例如就是那篇《文学是有阶级性的吗？》的高文，结论是并无阶级性。要抹杀阶级性，我以为最干净的是吴稚晖先生的"什么马克斯牛克斯"以及什么先生的"世界上并没有阶级这东西"的学说。那么，就万喙息响，天下太平。但梁先生却中了一些"什么马克斯"毒了，先承认了现在许多地方是资产制度，在这制度之下则有无产者。不过这"无产者本来并没有阶级的自觉。是几个过于富同情心而又态度褊激的领袖把这个阶级观念传授了给他们"[14]，要促起他们的联合，激发他们争斗的欲念。不错，但我以为传授者应该并非由于同情，却因了改造世界的思想。况且"本无其物"的东西，是无从自觉，无从激发的，会自觉，能激发，足见那是原有的东西。原有的东西，就遮掩不久，即如格里莱阿[15]说地体运动，达尔文说生物进化，当初何尝不或者几被宗教家烧死，或者大受保守者攻击呢，然而现在人们对于两说，并不为奇者，就因为地体终于在运动，生物确也在进化的缘故。承认其有而要掩饰为无，非有绝技是不行的。

但梁先生自有消除斗争的办法，以为如卢梭所说："资产是文明的基础"[16]，"所以攻击资产制度，即是反抗文明"，"一个无产者假如他是有出息的，只消辛辛苦苦诚诚实实的工作一生，多少必定可以得到相当的资产。这才是正当的生活斗争的手段。”我想，卢梭去今虽已百五十年，但当不至于以为过去未来的文明，都以资产为基础。（但倘说以经济关系为基础，那自然是对的。）希腊印度，都有文明，而繁盛时俱非在资产社会，他大概是知道的；倘不知道，那也是他的错误。至于无产者应该“辛辛苦苦”爬上有产阶级去的“正当”的方法，则是中国有钱的老太爷高兴时候，教导穷工人的古训，在实际上，现今正在“辛辛苦苦诚诚实实”想爬上一级去的“无产者”也还多。然而这是还没有人“把这个阶级观念传授了给他们”的时候。一经传授，他们可就不肯一个一个的来爬了，诚如梁先生所说，“他们是一个阶级了，他们要有组织了，他们是一个集团了，于是他们便不循常轨的一跃而夺取政权财权，一跃而为统治阶级。”但可还有想“辛辛苦苦诚诚实实工作一生，多少必定可以得到相当的资产”的“无产者”呢？自然还有的。然而他要算是“尚未发财的有产者”了。梁先生的忠告，将为无产者所呕吐了，将只好和老太爷去互相赞赏而已了。

那么，此后如何呢？梁先生以为是不足虑的。因为“这种革命的现象不能是永久的，经过自然进化之后，优胜劣败的定律又要证明了，还是聪明才力过人的人占优越的地位，无产者仍是无产者”。但无产阶级大概也知道“反文明的势力早晚要被文明的势力所征服”，所以“要建立所谓‘无产阶级文化’，……这里面包括文艺学术”[17]。

自此以后，这才入了文艺批评的本题。

四

梁先生首先以为无产者文学理论的错误，是“在把阶级的束缚加在文学上面”，因为一个资本家和一个劳动者，有不同的地方，但还有相同的地方，“他们的人性（这两字原本有套圈）并没有两样”，例如都有喜怒哀乐，都有恋爱（但所“说的是恋爱的本身，不是恋爱的方式”），“文学就是表现这最基本的人性的艺术”[18]。这些话是矛盾而空虚的。既然文明以资产为基础，穷人以竭力爬上去为“有出息”，那么，爬上是人生的要谛，富翁乃人类的至尊，文学也只要表现资产阶级就够了，又何必如此“过于富同情心”，一并包括“劣败”的无产者？况且“人性”的“本身”，又怎样表现的呢？譬如原质或杂质的化学底性质，有化合力，物理学底性质有硬度，要显示这力和度数，是须用两种物质来表现的，倘说要不用物质而显示化合力和硬度的单单“本身”，无此妙法；但一用物质，这现象即又因物质而不同。文学不借人，也无以表示“性”，一用人，而且还在阶级社会里，即断不能免掉所属的阶级性，无需加以“束缚”，实乃出于必然。自然，“喜怒哀乐，人之情也”，然而穷人决无开交易所折本的懊恼，煤油大王那会知道北京检煤渣老婆子身受的酸辛，饥区的灾民，大约总不去种兰花，像阔人的老太爷一样，贾府上的焦大，也不

鲁迅的阶级论不是学院式的，描述性的，而是带有一种以弱势者为本位的情感倾向，体现一种底层意识。

爱林妹妹的。“汽笛呀！”“列宁呀！”固然并不就是无产文学，然而“一切东西呀！”“一切人呀！”“可喜的事来了，人喜了呀！”也不是表现“人性”的“本身”的文学。倘以表现最普通的人性的文学为至高，则表现最普遍的动物性——营养，呼吸，运动，生殖——的文学，或者除去“运动”，表现生物性的文学，必当更在其上。倘说，因为我们是人，所以以表现人性为限，那么，无产者就因为是无产阶级，所以要做无产文学。

其次，梁先生说作者的阶级，和作品无关[19]。托尔斯泰出身贵族，而同情于贫民，然而并不主张阶级斗争；马克斯[20]并非无产阶级中的人物；终身穷苦的约翰孙[21]博士，志行吐属，过于贵族。所以估量文学，当看作品本身，不能连累到作者的阶级和身分。这些例子，也全不足以证明文学的无阶级性的。托尔斯泰正因为出身贵族，旧性荡涤不尽，所以只同情于贫民而不主张阶级斗争。马克斯原先诚非无产阶级中的人物，但也并无文学作品，我们不能悬拟他如果动笔，所表现的一定是不用方式的恋爱本身。至于约翰孙博士终身穷苦，而志行吐属，过于王侯者，我却实在不明白那缘故，因为我不知道英国文学和他的传记。也许，他原想“辛辛苦苦诚诚实实的工作一生，多少必定可以得到相当的资产”，然后再爬上贵族阶级去，不料终于“劣败”，连相当的资产也积不起来，所以只落得摆空架子，“爽快”了罢。

其次，梁先生说，“好的作品永远是少数人的专利品，大多数永远是蠢的，永远是和文学无缘”，但鉴赏力之有无却和阶级无干，因为“鉴赏文学也是天生的一种福气”，就是，虽在无产阶级里，也会有这“天生的一种福气”的人。[22]由我推论起来，则只要有这一种“福气”的人，虽穷得不能受教育，至于一字不识，也可以赏鉴《新月》月刊，来作“人性”和文艺“本身”原无阶级性的证据。但梁先生也知道天生这一种福气的无产者一定不多，所以另定一种东西（文艺？）来给他们看，“例如什么通俗的戏剧，电影，侦探小说之类”，因为“一般劳工劳农需要娱乐，也许需要少量的艺术的娱乐”的缘故。这样看来，好像文学确因阶级而不同了，但这是因鉴赏力之高低而定的，这种力量的修养和经济无关，乃是上帝之所赐——“福气”。所以文学家要自由创造，既不该为皇室贵族所雇用，也不该受无产阶级所威胁，去做讴功颂德的文章。这是不错的，但在我们所见的无产文学理论中，也并未见过有谁说或一阶级的文学家，不该受皇室贵族的雇用，却该受无产阶级的威胁，去做讴功颂德的文章，不过说，文学有阶级性，在阶级社会中，文学家虽自以为“自由”，自以为超了阶级，而无意识底地，也终受本阶级的阶级意识所支配，那些创作，并非别阶级的文化罢了。例如梁先生的这篇文章，原意是在取消文学上的阶级性，张扬真理的。但以资产为文明的祖宗，指穷人为劣败的渣滓，只要一瞥，就知道是资产家的斗争的“武器”，——不，“文章”了。无产文学理论家以主张“全人类”“超阶级”的文学理论为帮助有产阶级的东西，这里就给了一个极分明的例证。至于成仿吾先生似的“他们一定胜利的，所以我们去指导安慰他们去”，说出“去了”之后，便来“打发”自己们以外的“他们”那样的无产文学家，那不消说，是也和梁先生一样地对于无产文学的理论，未免有“以意为之”的错误的。

又其次，梁先生最痛恨的是无产文学理论家以文艺为斗争的武器，就是当作宣传品。他“不反对任何人利用文学来达到另外的目的”，但“不能承认宣传式的文字便是文学”。[23]我以为这是自扰之谈。据我所看过的那些理论，都不过说凡文艺必有所宣传，并没有谁主张只要宣传式的文字便是文学。诚然，前年以来，中国确曾有许多诗歌小说，填进口号和标语去，自以为就是无产文学。但那是因为内容和形式，都没有无产气，不用口号和标语，便无从表示其“新兴”的缘故，实际上也并非无产文学。今年，有名的“无产文学底批评家”钱杏邨先生在《拓荒者》上还在引卢那卡尔斯基的话，以为他推重大众能解的文学，足见用口号标语之未可厚非，来给那些“革命文学”辩护。但我觉得那也和梁实秋先生一样，是有意的或无意的曲解。卢那卡尔斯基所谓大众能解的东西，当是指托尔斯泰做了分给农民的小本子那样的文体，工农一看便会了然的语法，歌调，诙谐。只要看台明 · 培特尼（Demian Bednii）[24] 曾因诗歌得到赤旗章，而他的诗中并不用标语和口号，便可明白了。

最后，梁先生要看货色。这不错的，是最切实的办法；但抄两首译诗算是在示众，是不对的。《新月》上就曾有《论翻译之难》[25]，何况所译的文是诗。就我所见的而论，卢那卡尔斯基的《被解放的堂 · 吉诃德》，法兑耶夫的《溃灭》[26]，格拉特珂夫的《水门汀》[27]，在中国这十一年中，就并无可以和这些相比的作品。这是指“新月社”一流的蒙资产文明的余荫，而且衷心在拥护它的作家而言。于号称无产作家的作品中，我也举不出相当的成绩。但钱杏邨先生也曾辩护，说新兴阶级，于文学的本领当然幼稚而单纯，向他们立刻要求好作品，是“布尔乔亚”的恶意 [28]。这话为农工而说，是极不错的。这样的无理要求，恰如使他们冻饿了好久，倒怪他们为什么没有富翁那么肥胖一样。但中国的作者，现在却实在并无刚刚放下锄斧柄子的人，大多数都是进过学校的智识者，有些还是早已有名的文人，莫非克服了自己的小资产阶级意识之后，就连先前的文学本领也随着消失了么？不会的。俄国的老作家亚历舍·托尔斯泰和威垒赛耶夫，普理希文[29]，至今都还有好作品。中国的有口号而无随同的实证者，我想，那病根并不在“以文艺为阶级斗争的武器”，而在“借阶级斗争为文艺的武器”，在“无产者文学”这旗帜之下，聚集了不少的忽翻筋斗的人，试看去年的新书广告，几乎没有一本不是革命文学，批评家又但将辩护当作“清算”，就是，请文学坐在“阶级斗争”的掩护之下，于是文学自己倒不必着力，因而于文学和斗争两方面都少关系了。

“以文艺为阶级斗争的武器”，自不同于“借阶段斗争为文艺的武器”。然而，在相当长一段时期内，前者已为后者所置换。

但中国目前的一时现象，当然毫不足作无产文学之新兴的反证的。梁先生也知道，所以他临末让步说，“假如无产阶级革命家一定要把他的宣传文学唤做无产文学，那总算是一种新兴文学，总算是文学国土里的新收获，用不着高呼打倒资产的文学来争夺文学的领域，因为文学的领域太大了，新的东西总有它的位置的。”[30]但这好像“中日亲善，同存共荣”之说，从羽毛未丰的无产者看来，是一种欺骗。愿意这样的“无产文学者”，现在恐怕实在也有的罢，不过这是梁先生所谓“有出息”的要爬上资产阶级去的“无产者”一流，他的作品是穷秀才未中状元时候的牢骚，从开手到爬上以及以后，都决不是无产文学。无产者文学是为了以自己们之力，来解放本阶级并及一切阶级而斗争的一翼，所要的是全般，不是一角的地位。就拿文艺批评界来比方罢，假如在“人性”的“艺术之

鲁迅所理解的“无产者文学”：一、自己解放自己；二、并及于解放一切阶级；三、所要的是全般，而不是一角的地位。

宫”[31]（这须从成仿吾先生处租来暂用）里，向南面摆两把虎皮交椅，请梁实秋钱杏邨两位先生并排坐下，一个右执“新月”，一个左执“太阳”[32]，那情形可真是“劳资”媲美了。

五

到这里，又可以谈到我的“硬译”去了。

推想起来，这是很应该跟着发生的问题：无产文学既然重在宣传，宣传必须多数能懂，那么，你这些“硬译”而难懂的理论“天书”，究竟为什么而译的呢？不是等于不译么？

我的回答，是：为了我自己，和几个以无产文学批评家自居的人，和一部分不图“爽快”，不怕艰难，多少要明白一些这理论的读者。

从前年以来，对于我个人的攻击是多极了，每一种刊物上，大抵总要看见“鲁迅”的名字，而作者的口吻，则粗粗一看，大抵好像革命文学家。但我看了几篇，竟逐渐觉得废话太多了。解剖刀既不中腠理，子弹所击之处，也不是致命伤。例如我所属的阶级罢，就至今还未判定，忽说小资产阶级，忽说“布尔乔亚”，有时还升为“封建余孽”，而且又等于猩猩[33]（见《创造月刊》上的“东京通信”）；有一回则骂到牙齿的颜色。在这样的社会里，有封建余孽出风头，是十分可能的，但封建余孽就是猩猩，却在任何“唯物史观”上都没有说明，也找不出牙齿色黄，即有害于无产阶级革命的论据。我于是想，可供参考的这样的理论，是太少了，所以大家有些胡涂。对于敌人，解剖，咬嚼，现在是在所不免的，不过有一本解剖学，有一本烹饪法，依法办理，则构造味道，总还可以较为清楚，有味。人往往以神话中的

Prometheus[34]比革命者，以为窃火给人，虽遭天帝之虐待不悔，其博大坚忍正相同。但我从别国里窃得火来，本意却在煮自己的肉的，以为倘能味道较好，庶几在咬嚼者那一面也得到较多的好处，我也不枉费了身躯；出发点全是个人主义，并且还夹杂着小市民性的奢华，以及慢慢地摸出解剖刀来，反而刺进解剖者的心脏里去的“报复”。梁先生说“他们要报复！”其实岂只“他们”，这样的人在“封建余孽”中也很有的。然而，我也愿意于社会上有些用处，看客所见的结果仍是火和光。这样，首先开手的就是《文艺政策》[35]，因为其中含有各派的议论。

窃火者。

郑伯奇[36]先生现在是开书铺，印 Hauptmann 和 Gregory 夫人[37]的剧本了，那时他还是革命文学家，便在所编的《文艺生活》[38]上，笑我的翻译这书，是不甘没落，而可惜被别人着了先鞭。翻一本书便会浮起，做革命文学家真太容易了，我并不这样想。有一种小报，则说我的译《艺术论》是“投降”。[39]是的，投降的事，为世上所常有。但其时成仿吾元帅早已爬出日本的温泉，住进巴黎的旅馆了，在这里又向谁去输诚呢。今年，说法又两样了，在《拓荒者》和《现代小说》上，都说是“方向转换”[40]。我看见日本的有些杂志中，曾将这四字加在先前的新感觉派片冈铁兵[41]上，算是一个好名词。其实，这些纷纭之谈，也还是只看名目，连想也不肯想的老病。译一本关于无产文学的书，是不足以证明方向的，倘有曲译，倒反足以为害。我的译书，就也要献给这些速断的无产文学批评家，因为他们是有不贪“爽快”，耐苦来研究这些理论的义务的。

但我自信并无故意的曲译，打着我所不佩服的批评家的伤处了的时候我就一笑，打着我的伤处了的时候我就忍疼，却决不肯有所增减，这也是始终“硬译”的一个原因。自然，世间总会有较好的翻译者，能够译成既不曲，也不“硬”或“死”的文章的，那时我的译本当然就被淘汰，我就只要来填这从“无有”到“较好”的空间罢了。

硬译："中间物"观点。

然而世间纸张还多，每一文社的人数却少，志大力薄，写不完所有的纸张，于是一社中的职司克敌助友，扫荡异类的批评家，看见别人来涂写纸张了，便喟然兴叹，不胜其摇头顿足之苦。上海的《申报》上，至于称社会科学的翻译者为“阿狗阿猫”[42]，其愤愤有如此。在“中国新兴文学的地位，早为读者所共知”的蒋光Z先生，曾往日本东京养病，看见藏原惟人[43]，谈到日本有许多翻译太坏，简直比原文还难读……他就笑了起来，说："……那中国的翻译界更要莫名其妙了，近来中国有许多书籍都是译自日文的，如果日本人将欧洲人那一国的作品带点错误和删改，从日文译到中国去，试问这作品岂不是要变了一半相貌么？……"[44]（见《拓荒者》也就是深不满于翻译，尤其是重译的表示。不过梁先生还举出书名和坏处，蒋先生却只嫣然一笑，扫荡无余，真是普遍得远了。藏原惟人是从俄文直接译过许多文艺理论和小说的，于我个人就极有裨益。我希望中国也有一两个这样的诚实的俄文翻译者，陆续译出好书来，不仅自骂一声"混蛋"就算尽了革命文学家的责任。

然而现在呢，这些东西，梁实秋先生是不译的，称人为"阿狗阿猫"的伟人也不译，学过俄文的蒋先生原是最为适宜的了，可惜养病之后，只出了一本《一周间》[45]，而日本则早已有了两种的译本。中国曾经大谈达尔文，大谈尼采，到欧战时候，则大骂了他们一通，但达尔文的著作的译本，至今只有一种[46]，尼采的则只有半部[47]，学英德文的学者及文豪都不暇顾及，或不屑顾及，拉倒了。所以暂时之间，恐怕还只好任人笑骂，仍从日文来重译，或者取一本原文，比照了日译本来直译罢。我还想这样做，并且希望更多有这样做的人，来填一填彻底的高谈中的空虚，因为我们不能像蒋先生那样的"好笑起来"，也不该如梁先生的"等着，等着，等着"了。

六

我在开头曾有"以硬自居了，而实则其软如棉，正是新月社的一种特色"这些话，到这里还应该简短地补充几句，就作为本篇的收场。

《新月》一出世，就主张"严正态度"[48]，但于骂人者则骂之，讥人者则讥之。这并不错，正是"即以其人之道，还治其人之身"，虽然也是一种"报复"，而非为了自己。到二卷六七号合本的广告上，还说"我们都保持'容忍'的态度（除了'不容忍'的态度是我们所不能容忍以外），我们都喜欢稳健的合乎理性的学说”。上两句也不错，“以眼还眼，以牙还牙”，和开初仍然一贯。然而从这条大路走下去，一定要遇到“以暴力抗暴力”，这和新月社诸君所喜欢的“稳健”也不能相容了。

这一回，新月社的“自由言论”遭了压迫，照老办法，是必须对于压迫者，也加以压迫的，但《新月》上所显现的反应，却是一篇《告压迫言论自由者》[49]，先引对方的党义，次引外国的法律，终引东西史例，以见凡压迫自由者，往往臻于灭亡：是一番替对方设想的警告。

结末回到新月派批评家的阶级性分析上来，仍是“以眼还眼”法。

所以，新月社的“严正态度”，“以眼还眼”法，归根结蒂，是专施之力量相类，或力量较小的人的，倘给有力者打肿了眼，就要破例，只举手掩住自己的脸，叫一声“小心你自己的眼睛！”

注　释

1 发表于 1930 年 3 月上海《萌芽月刊》第 1 卷第 2 期。后编入《二心集》。

2 《文艺与批评》 文艺论文集，苏联文艺批评家卢那察尔斯基著，鲁迅译。1929 年 10 月上海水沫书店出版。

3 伪句　语法术语，相当于词组。

4 新月社的声明　指《新月》创刊号发表的《新月的态度》。

5 Proletary 英语，无产者；下文的“普罗列塔利亚”是英语 Proletariat 的音译，即无产阶级。

6《韦白斯特大字典》 美国诺·韦白斯特（1758—1843）编辑的一部大型英语辞典。1828 年初版。下面英文句的意思是：无产者是最低阶级的公民，他们不是靠财产而只是靠生孩子为国家服务。

7 “舍密学” 即化学。舍密为德语 Chemie 的音译，源自希腊语 Chemeia，意为炼金术。

8 两首译诗 指郭沫若译的苏联马林霍夫的《十月》和苏汶译的苏联撒莫比特尼克的《给一个新同志》。

9《史》 指《史记》。汉 指《汉书》。书经 即《尚书》。

10 唐译佛经，元译上谕 在唐代翻译佛经中，最著名的是由玄奘主持翻译的七十五部。元朝规定诏令、奏章及官府文书必须全部使用蒙文，而附以汉文的译文。这两类翻译多是直译，大体保存了原文的语法结构，对丰富和改造汉语的词汇和语法，产生过不小的作用。

11 “于我如浮云” 语见《论语·述而》。无关、无碍之意。

12 婆格达诺夫（A. A. Богданов，1873—1928） 通译波格丹诺夫，苏联哲学家。他的三篇论文，指《无产阶级诗歌》《无产阶级艺术的批评》及《宗教、艺术与马克斯主义》曾由苏汶译成中文，加上画室译的《“无产阶级文化”宣言》，辑成《新艺术论》一书，于 1929 年由水沫书店出版。

13 托罗兹基 即托洛茨基。他的《文学与革命》，由李霁野、韦素园译成中文，于 1928 年 2 月由北京未名社出版。

14 见于梁实秋《文学是有阶级性的吗？》一文。

15 格里莱阿（G. Galileo，1564—1642） 通译伽利略，意大利物理学家、天文学家。近代实验科学的奠基者之一。因 1632 年发表《关于两种世界体系对话》，反对托勒密的地心体系，证明并支持哥白尼的“日心说”，于 1633 年被罗马教廷宗教裁判所判罪，严加管制至死。直到 1984 年教廷才予以昭雪。

16 关于卢梭说资产是文明的基础，卢梭 1755 年为《法兰西百科全书》撰写《论政治经济学》条目，其中说“财富是文明社会的真正基础”。梁实秋把“财富”同“资产（资本）”混为一谈。“资产（资本）”是指能创造剩余价值的价值，产生于资本主义时代。

17 引自梁实秋的《文学是有阶级性的吗？》一文。

18 引自梁实秋的《文学是有阶级性的吗？》一文。

19 引自梁实秋的《文学是有阶级性的吗？》一文。

20 马克斯　即马克思。

21 约翰孙（S. Johnson，1709—1784） 通译约翰逊，英国作家、文学批评家。

22 引自梁实秋的《文学是有阶级性的吗？》一文。

23 引自梁实秋的《文学是有阶级性的吗？》一文。

24 台明·培特尼（Д. Бедный，1883—1945） 通译杰米扬·别得内依，俄罗斯诗人。著有长诗《大街》《尤登尼奇的宣言》等。1923 年 4 月，全俄中央执行委员会主席团授予他红旗勋章（赤旗章）。他的长诗《没工夫唾骂》，由瞿秋白译成中文发表。

25 《论翻译之难》 指胡适发表于 1929 年 1 月《新月》第 1 卷第 11 期的《论翻译》一文，其中说：“翻译是一件艰难的事，谁都不免有错误。”

26 法兑耶夫（A. A. Фадеев，1901—1956） 通译法捷耶夫，苏联作家。三十年代起长期担任苏联作协的领导工作，文坛毁誉不一，后开枪自杀。著有长篇小说《毁灭》《青年近卫军》等。《毁灭》于 1930 年 1 月起连载于《萌芽月刊》时，题作《溃灭》。

27 格拉特珂夫（Ф. В. Гладков，1883—1958） 苏联作家。所著《水门汀》又译《士敏土》，通译《水泥》。

28 “布尔乔亚”的恶意　钱杏邨在《中国新兴文学中的几个具体的问题》一文

中，说鲁迅、茅盾等对"口号标语文学"的批评，是"中国的布尔乔亚的作家"对"普罗列塔利亚文坛"的"恶意的嘲笑"。布尔乔亚，法语 Bourgeoisie 的音译，即"资产阶级"。

29 **亚历舍·托尔斯泰**（A. H. Толстой，1883—1945） 通译阿列克赛·托尔斯泰，著有《苦难的历程》等。**威垒赛耶夫**（B. B. Вересаев ，1867—1945） 通译魏烈萨耶夫，著有小说《无路可走》、自传性作品《医生笔记》等。**普理希文**（M. M. Пришвин，1873—1954） 通译普里什文，著有《黑色的阿拉伯人》等。三位均是十月革命前成名，革命后继续创作的苏联作家。

30 引自梁实秋的《文学是有阶级性的吗？》一文。

31 **"艺术之宫"** 成仿吾在《〈呐喊〉的评论》中说：鲁迅的历史小说《不周山》（后改名为《补天》）"虽然也还有不能令人满足的地方"，却是表示作者"要进而入纯文艺的宫廷"的"杰作"。

32 **"太阳"** 指蒋光慈、钱杏邨等组织的文学团体太阳社。

33 **等于猩猩** 杜荃（郭沫若）在《文艺战线上的封建余孽》一文中，说鲁迅过去和陈西滢、高长虹的论战是"猩猩和猩猩战"。下文的"骂到牙齿的颜色"，见于《流沙》第 3 期刊出的署名心光的《鲁迅在上海》一文，其中攻击鲁迅说："你看他近来在'华盖'之下哼出了一声'醉眼中的朦胧'来了。但他在这篇文章里消极的没有指摘出成仿吾等的错误，积极的他自己又不屑替我们青年指出一条路来，他看见旁人的努力他就妒忌，他只是露出满口黄牙在那里冷笑。"

34 Prometheus 普罗米修斯。

35 **《文艺政策》** 鲁迅 1928 年翻译的关于苏联文艺政策的文件汇编，其中包括《关于对文艺的党的对策》（1924 年 5 月俄共〔布〕中央召开的关于文艺政策讨论会的记录）、《观念形态战线和文学》（1925 年 1 月第一次无产阶级作家大会的决议）和《关于文艺领域上的党的政策》（1925 年 6 月俄共〔布〕中央的决议）三个部分，1930 年 6 月由水沫书店出版，列为鲁迅、冯雪峰主编的《科学的艺术论丛书》之一。

36 郑伯奇（1895—1979） 陕西长安人，作家，创造社成员。当时在上海开设文献书房。革命文学论争期间，曾著文批评鲁迅翻译《艺术论》是不甘没落。曾参与筹备左联并任常委。1932 年至 1935 年秋在上海为良友图书公司编辑《新小说》时，鲁迅常为之推荐青年文稿，并为其编译《新俄小说家二十人集》。

37 Hauptmann　霍普特曼（1862—1946），德国剧作家。Gregory 夫人　格列高里夫人（1852—1932），爱尔兰剧作家。

38 《文艺生活》 创造社后期的文艺周刊，郑伯奇编辑。

39 “投降”一说，见于 1929 年 8 月 19 日上海小报《真报》所载尚文的《鲁迅与北新书局决裂》一文。

40 “方向转换” 见于 1930 年 1 月《拓荒者》第 1 期所载钱杏邨《中国新兴文学中的几个具体的问题》以及 1929 年 12 月《现代小说》第 3 卷第 3 期所载刚果伦的《1929 年中国文坛的回顾》两文。

41 片冈铁兵（1894—1944） 日本小说家。1924 年与川端康成等创办《文艺时代》杂志，参加“新感觉派”文艺运动。1928 年加入劳农党，倾向于无产阶级文艺，后被捕，在狱中转向。

42 “阿猫阿狗” 1930 年 1 月 8 日《申报·艺术界》刊载陈洁的《社会科学书籍的瘟疫》一文，其中说：“阿猫也来一本社会科学的理论，阿狗也来一本社会科学大纲，驯至阿猫阿狗联合起来弄社会科学大全，这样，杂乱胡糟的社会科学书籍就发瘟了。”同月该刊发表偶然的《创作数种》，也有类似的嘲讽的话。

43 藏原惟人（1902—1991） 日本文艺批评家、政治家。

44 引自蒋光慈 1930 年 1 月发表在《拓荒者》第 1 期的《东京之旅》一文。

45 《一周间》 苏联作家里别进斯基的中篇小说，蒋光慈译，1930 年 1 月上海北新书局出版。

46 指达尔文著的《物种起源》，当时马君武译作《物种原始》，1920 年由上海中华书局出版。

47 指尼采的《查拉图斯特拉如是说》，当时由郭沫若译出第一部，书名为《查拉图司屈拉钞》，1928 年 6 月创造社出版部出版。

48 "严正态度" 指新月社在《新月》发刊词《新月的态度》中所表示的态度。其中标举"两大原则"，是"健康与尊严"。在该刊第 2 卷第 6、7 期合刊的《敬告读者》中，又表示说"我们的立论的态度希望能做到严正的地步"。

49 《告压迫言论自由者》 罗隆基作，载于 1929 年 9 月《新月》第 2 卷第 6、7 期合刊。

对于左翼作家联盟的意见[1]

——三月二日在左翼作家联盟[2]成立大会讲

左翼，意为激进的，革命的。“左翼”容易成为“右翼”，也可以演绎为激进的变成保守的，革命的变成反革命的。

有许多事情，有人在先已经讲得很详细了，我不必再说。我以为在现在，“左翼”作家是很容易成为“右翼”作家的。为什么呢？第一，倘若不和实际的社会斗争接触，单关在玻璃窗内做文章，研究问题，那是无论怎样的激烈，“左”，都是容易办到的；然而一碰到实际，便即刻要撞碎了。关在房子里，最容易高谈彻底的主义，然而也最容易“右倾”。西洋的叫做“Salon 的社会主义者”，便是指这而言。“Salon”是客厅的意思，坐在客厅里谈谈社会主义，高雅得很，漂亮得很，然而并不想到实行的。这种社会主义者，毫不足靠。并且在现在，不带点广义的社会主义的思想的作家或艺术家，就是说工农大众应该做奴隶，应该被虐杀，被剥削的这样的作家或艺术家，是差不多没有了，除非墨索里尼，但墨索里尼并没有写过文艺作品。（当然，这样的作家，也还不能说完全没有，例如中国的新月派诸文学家，以及所说的墨索里尼所宠爱的邓南遮便是。）

第二，倘不明白革命的实际情形，也容易变成“右翼”。革命是痛苦，其中也必然混有污秽和血，决不是如诗人所想像的那般有趣，那般完美；革命尤其是现实的事，需要各种卑贱的，麻烦的工作，决不如诗人所想像的那般浪漫；革命当然有破坏，然而更需要建设，破坏是痛快的，但建设却是麻烦的事。所以对于革命抱着浪漫谛克的幻想的人，一和革命接近，一到革命进行，便容易失望。听说俄国的诗人叶遂宁，当初也非常欢迎十月革命，当时他叫道，“万岁，天上和地上的革命！”又说“我是一个布尔塞维克了！”然而一到革命后，实际上的情形，完全不是他所想像的那么一回事，终于失望，颓废。叶遂宁后来是自杀了的，听说这失望是他的自杀的原因之一。又如毕力涅克[3]和爱伦堡，也都是例子。在我们辛亥革命时也有同样的例，那时有许多文人，例如属于“南社”的人们，开初大抵是很革命的，但他们抱着一种幻想，以为只要将满洲人赶出去，便一切都恢复了“汉官威仪”，人们都穿大袖的衣服，峨冠博带，大步地在街上走。谁知赶走满清皇帝以后，民国成立，情形却全不同，所以他们便失望，以后有些人甚至成为新的运动的反动者。但是，我们如果不明白革命的实际情形，也容易和他们一样的。

诗人多昧于实际。

革命有破坏，也有建设。

知识者大抵带有一种莫名其妙的优越感。

还有，以为诗人或文学家高于一切人，他底工作比一切工作都高贵，也是不正确的观念。举例说，从前海涅以为诗人最高贵，而上帝最公平，诗人在死后，便到上帝那里去，围着上帝坐着，上帝请他吃糖果。在现在，上帝请吃糖果的事，是当然无人相信的了，但以为诗人或文学家，现在为劳动大众革命，将来革命成功，劳动阶级一定从丰报酬，特别优待，请他坐特等车，吃特等饭，或者劳动者捧着牛油面包来献他，说："我们的诗人，请用吧！"这也是不正确的；因为实际上决不会有这种事，恐怕那时比现在还要苦，不但没有牛油面包，连黑面包都没有也说不定，俄国革命后一二年的情形便是例子。如果不明白这情形，也容易变成"右翼"。事实上，劳动者大众，只要不是梁实秋所说"有出息"者，也决不会特别看重知识阶级者的，如我所译的《溃灭》中的美谛克（知识阶级出身），反而常被矿工等所嘲笑。不待说，知识阶级有知识阶级的事要做，不应特别看轻，然而劳动阶级决无特别例外地优待诗人或文学家的义务。

现在，我说一说我们今后应注意的几点。

在中国，新势力特别易于接受妥协。

第一，对于旧社会和旧势力的斗争，必须坚决，持久不断，而且注重实力。旧社会的根柢原是非常坚固的，新运动非有更大的力不能动摇它什么。并且旧社会还有它使新势力妥协的好办法，但它自己是决不妥协的。在中国也有过许多新的运动了，却每次都是新的敌不过旧的，那原因大抵是在新的一面没有坚决的广大的目的，要求很小，容易满足。譬如白话文运动，当初旧社会是死力抵抗的，但不久便容许白话文底存在，给它一点可怜地位，在报纸的角头等地方可以看见用白话写的文章了，这是因为在旧社会看来，新的东西并没有什么，并不可怕，所以就让它存在，而新的一面也就满足，以为白话文已得到存在权了。又如一二年来的无产文学运动，也差不多一样，旧社会也容许无产文学，因为无产文学并不厉害，反而他们也来弄无产文学，拿去做装饰，仿佛在客厅里放着许多古董磁器以外，放一个工人用的粗碗，也很别致；而无产文学者呢，他已经在文坛上有个小地位，稿子已经卖得出去了，不必再斗争，批评家也唱着凯旋歌："无产文学胜利！"但除了个人的胜利，即以无产文学而论，究竟胜利了多少？况且无产文学，是无产阶级解放斗争底一翼，它跟着无产阶级的社会的势力的成长而成长，在无产阶级的社会地位很低的时候，无产文学的文坛地位反而很高，这只是证明无产文学者离开了无产阶级，回到旧社会去罢了。

第二，我以为战线应该扩大。在前年和去年，文学上的战争是有的，但那范围实在太小，一切旧文学旧思想都不为新派的人所注意，反而弄成了在一角里新文学者和新文学者的斗争，旧派的人倒能够闲舒地在旁边观战。

第三，我们应当造出大群的新的战士。因为现在人手实在太少了，譬如我们有好几种杂志[4]，单行本的书也出版得不少，但做文章的总同是这几个人，所以内容就不能不单薄。一个人做事不专，这样弄一点，那样弄一点，既要翻译，又要做小说，还要做批评，并且也要做诗，这怎么弄得好呢？这都因为人太少的缘故，如果人多了，则翻译的可以专翻译，创作的可以专创作，批评的专批评；对敌人应战，也军势雄厚，容易克服。关于这点，我可带便地说一件事。前年创造社和太阳社向我进攻的时候，那力量实在单薄，到后来连我都觉得有点无聊，没有意思反攻了，因为我后来看出了敌军在演“空城计”。那时候我的敌军是专事于吹擂，不务于招兵练将的；攻击我的文章当然很多，然而一看就知道都是化名，骂来骂去都是同样的几句话。我那时就等待有一个能操马克斯主义批评的枪法的人来狙击我的，然而他终于没有出现。在我倒是一向就注意新的青年战士底养成的，曾经弄过好几个文学团体[5]，不过效果也很小。但我们今后却必须注意这点。

我们急于要造出大群的新的战士，但同时，在文学战线上的人还要“韧”。所谓韧，就是不要像前清做八股文的“敲门砖”似的办法。前清的八股文，原是“进学”做官的工具，只要能做“起承转合”，借以进了“秀才举人”，便可丢掉八股文，一生中再也用不到它了，所以叫做“敲门砖”，犹之用一块砖敲门，门一敲进，砖就可抛弃了，不必再将它带在身边。这种办法，直到现在，也还有许多人在使用，我们常常看见有些人出了一二本诗集或小说集以后，他们便永远不见了，到那里去了呢？是因为出了一本或二本书，有了一点小名或大名，得到了教授或别的什么位置，功成名遂，不必再写诗写小说了，所以永远不见

造就新的战士，其实也是基于“韧战”的要求。

了。这样，所以在中国无论文学或科学都没有东西，然而在我们是要有东西的，因为这于我们有用。（卢那卡尔斯基是甚至主张保存俄国的农民美术，因为可以造出来卖给外国人，在经济上有帮助。我以为如果我们文学或科学上有东西拿得出去给别人，则甚至于脱离帝国主义的压迫的政治运动上也有帮助。）但要在文化上有成绩，则非韧不可。

最后，我以为联合战线是以有共同目的为必要条件的。我记得好像曾听到过这样一句话："反动派且已经有联合战线了，而我们还没有团结起来！"其实他们也并未有有意的联合战线，只因为他们的目的相同，所以行动就一致，在我们看来就好像联合战线。而我们战线不能统一，就证明我们的目的不能一致，或者只为了小团体，或者还其实只为了个人，如果目的都在工农大众，那当然战线也就统一了。

鲁迅由来重视联合战线，反对关门主义、宗派主义。但是，在左联后期，周扬等加以鲁迅的罪名之一，乃正是"破坏联合战线"。

注　释

1　发表于1930年4月1日《萌芽月刊》第1卷第4期。后编入《二心集》。

2　**左翼作家联盟**　即中国左翼作家联盟，简称"左联"。中国共产党领导下的革命文学团体。1930年3月在上海成立，最初参加者五十余人，后来发展至二百七十余人，并先后在北平及日本东京设立分盟，还在广州、天津、武汉、南京等地成立小组。左联成立时由冯乃超任党团书记，其后冯雪峰、阳翰笙、丁玲、周扬等先后担任过这一职务。鲁迅参与了左联的发起和筹备工作，成立时又被推选为常务委员。但是，他对左联的成立纲领及名单曾经表示过不同意见，尤其对左联后期周扬的领导工作表示严重不满。1935 年底，左联自行解散，鲁迅称为“溃散”。

3　毕力涅克（Б. А. Пильняк，1894—1941）通译皮利尼亚克，苏联“同路人”作家，著有长篇小说《红木》等。

4　几种杂志　指《萌芽月刊》《拓荒者》《大众文艺》《文艺研究》等。

5　几个文学团体　指莽原社、未名社、朝花社等。

批评家的批评家[1]

情势也转变得真快，去年以前，是批评家和非批评家都批评文学，自然，不满的居多，但说好的也有。去年以来，却变了文学家和非文学家都翻了一个身，转过来来批评批评家了。

这一回可是不大有人说好，最彻底的是不承认近来有真的批评家。即使承认，也大大的笑他们胡涂。为什么呢？因为他们往往用一个一定的圈子向作品上面套[2]，合就好，不合就坏。

但是，我们曾经在文艺批评史上见过没有一定圈子的批评家吗？都有的，或者是美的圈，或者是真实的圈，或者是前进的圈。没有一定的圈子的批评家，那才是怪汉子呢。办杂志可以号称没有一定的圈子，而其实这正是圈子，是便于遮眼的变戏法的手巾。譬如一个编辑者是唯美主义者罢，他尽可以自说并无定见，单在书籍评论上，就足够玩把戏。倘是一种所谓“为艺术的艺术”的作品，合于自己的私意的，他就

做批评的和办杂志，确乎都有一定的圈子，问题不在于圈子的有无，只在于圈子的对错。

思想冲突是一种客观存在，而且，惟有通过相互否定批判和斗争，才能推动思想的发展。这种斗争，与权力背景下的意识形态专政有着根本的区别。

但是，至今仍然有论客把鲁迅的批判性话语说成张献忠考秀才式的严酷，以激发读者“满心的憎恨”，实在只好以“诬陷”名之。

选登一篇赞成这种主义的批评，或读后感，捧着它上天；要不然，就用一篇假急进的好像非常革命的批评家的文章，捺它到地里去。读者这就被迷了眼。但在个人，如果还有一点记性，却不能这么两端的，他须有一定的圈子。我们不能责备他有圈子，我们只能批评他这圈子对不对。

然而批评家的批评家会引出张献忠考秀才的古典来：先在两柱之间横系一条绳子，叫应考的走过去，太高的杀，太矮的也杀，于是杀光了蜀中的英才。[3]这么一比，有定见的批评家即等于张献忠，真可以使读者发生满心的憎恨。但是，评文的圈，就是量人的绳吗？论文的合不合，就是量人的长短吗？引出这例子来的，是诬陷，更不是什么批评。

一月十七日。

注　释

1　发表于1934年1月21日《申报·自由谈》，署名倪朔尔。后编入《花边文学》。

2　有关用一个一定的圈子向作品上面套等论调，见于当时《现代》月刊所载的文章，如刘莹姿的《我所希望于新文坛上之批评家者》，苏汶的《新的公式主义》等。刘莹姿说批评家“拿一套外国或本国的时髦圈子来套量作品的高低大小”，“这是充分地表明了我国新文坛尚无真挚伟大的批评家”。苏汶在文中引用张天翼如下的一段话，说：“他是不知从什么地方拿来了一个圈子，就拿这去套一切的文章。小了不合适，大了套不进：不行。恰恰套住：行。”

3 关于张献忠考秀才的说法，见于清代彭遵泗的《蜀碧》一书。

非革命的急进革命论者[1]

对于革命，革命者或革命军，倘要求绝对的正确、纯粹、彻底，都是不可能的。

倘说，凡大队的革命军，必须一切战士的意识，都十分正确，分明，这才是真的革命军，否则不值一哂。这言论，初看固然是很正当，彻底似的，然而这是不可能的难题，是空洞的高谈，是毒害革命的甜药。

譬如在帝国主义的主宰之下，必不容训练大众个个有了“人类之爱”，然后笑嘻嘻地拱手变为“大同世界”[2]一样，在革命者们所反抗的势力之下，也决不容用言论或行动，使大多数人统得到正确的意识。所以每一革命部队的突起，战士大抵不过是反抗现状这一种意思，大略相同，终极目的是极为歧异的。或者为社会，或者为小集团，或者为一个爱人，或者为自己，或者简直为了自杀。然而，革命军仍然能够前行。因为在进军的途中，对于敌人、个人主义者所发的子弹和集团主义者所发的子弹，是一样地能够制其死命；任何战士死伤之际，便要减少些军中的战斗力，也两者相等的。但自然，因为终极目的的不同，在行进时，也时时有人退伍，有人落荒，有人颓唐，有人叛变，然而只要无碍于进行，则愈到后来，这队伍也就愈成为纯粹，精锐的队伍了。

我先前为叶永蓁君的《小小十年》作序[3]，以为已经为社会尽了些力量，便是这意思。书中的主角，究竟上过前线，当过哨兵（虽然连放枪的方法也未曾被教），比起单是抱膝哀歌，握笔愤叹的文豪们来，实在也切实得远了。倘若要现在的战士都是意识正确，而且坚于钢铁之战士，不但是乌托邦的空想，也是出于情理之外的苛求。

但后来在《申报》上，却看见了更严厉，更彻底的批评[4]，因为书中的主角的从军，动机是为了自己，所以深加不满。《申报》是最求和平，最不鼓动革命的报纸，初看仿佛是很不相称似的，我在这里要指出貌似彻底的革命者，而其实是极不革命或有害革命的个人主义的论客来，使那批评的灵魂和报纸的躯壳正相适合。

指出一种“貌似彻底的革命者”，其本质是“极不革命或有害革命的个人主义的论客”，这在中国的革命语境中极其重要。

其一是颓废者，因为自己没有一定的理想和无力，便流落而求刹那的享乐；一定的享乐，又使他发生厌倦，则时时寻求新刺戟，而这刺戟又须利害，这才感到畅快。革命便也是那颓废者的新刺戟之一，正如饕餮者餍足了肥甘，味厌了，胃弱了，便要吃胡椒和辣椒之类，使额上出一点小汗，才能送下半碗饭去一般。他于革命文艺，就要彻底的，完全的革命文艺，一有时代的缺陷的反映，就使他皱眉，以为不值一晒。和事实离开是不妨的，只要一个爽快。法国的波特莱尔，谁都知道是颓废的诗人，然而他欢迎革命，待到革命要妨害他的颓废生活的时候，他才憎恶革命了。所以革命前夜的纸张上的革命家，而且是极彻底，极激烈的革命家，临革命时，便能够撕掉他先前的假面，——不自觉的假面。这种史例，是也应该献给一碰小钉子，一有小地位（或小款子），便东窜东京，西走巴黎的成仿吾那样“革命文学家”的。

其一，我还定不出他的名目。要之，是毫无定见，因而觉得世上没有一件对，自己没有一件不对，归根结蒂，还是现状最好的人们。他现为批评家而说话的时候，就随便捞到一种东西以驳诘相反的东西。要驳互助说时用争存说[5]，驳争存说时用互助说；反对和平论时用阶级争斗说，反对斗争时就主张人类之爱。论敌是唯心论者呢，他的立场是唯物论，待到和唯物论者相辩难，他却又化为唯心论者了。要之，是用英尺来量俄里，又用法尺来量密达，而发见无一相合的人。因为别的一切，无一相合，于是永远觉得自己是“允执厥中”[6]，永远得到自己满足。从这些人们的批评的指示，则只要不完全，有缺陷，就不行。但现在的人，的事，哪里会有十分完全，并无缺陷的呢，为万全计，就只好毫不动弹。然而这毫不动弹，却也就是一个大错。总之，做人之道，是非常之烦难了，至

要维持绝对正确，除非丧失立场。

于做革命家，那当然更不必说。

《申报》的批评家对于《小小十年》虽然要求彻底的革命的主角，但于社会科学的翻译，是加以刻毒的冷嘲的。所以那灵魂是后一流，而略带一些颓废者的对于人生的无聊，想吃些辣椒来开开胃的气味。

注　释

1 发表于1930年3月1日《萌芽月刊》第1卷第3期。后编入《二心集》。

2 “大同世界” 中国古代士人所鼓吹的一种平等安乐的理想社会，康有为即有《大同书》。“大同”一词源出于《礼记·礼运》。

3 叶永蓁 浙江乐清人，黄埔军校第三期学生，后为国民党军队的军官。著有自传体长篇小说《小小十年》，1929年9月上海春潮书局出版。

4 这里说的《申报》的批评，指该报1929年11月19日“新书月评”栏内偶然评《小小十年》的文章。

5 互助说 俄国无政府主义者克鲁泡特金提倡的一种学说，认为生物及人类的生存和进化是由于“互助”的缘故，故而主张以互助的办法解决社会矛盾。争存说 即达尔文进化论的生存竞争学说。

6 “允执厥中” 不偏不倚的意思，语见《尚书·大禹谟》。

黑暗中国的文艺界的现状[1]

——为美国《新群众》作

现在，在中国，无产阶级的革命的文艺运动，其实就是惟一的文艺运动。因为这乃是荒野中的萌芽，除此以外，中国已经毫无其他文艺。属于统治阶级的所谓“文艺家”，早已腐烂到连所谓“为艺术的艺术”以至“颓废”的作品也不能生产，现在来抵制左翼文艺的，只有诬蔑，压迫，囚禁和杀戮；来和左翼作家对立的，也只有流氓，侦探，走狗，刽子手了。

这一点，已经由两年以来的事实，证明得十分明白。

前年，最初绍介蒲力汗诺夫（Plekhanov）和卢那卡尔斯基（Lunacharsky）的文艺理论进到中国的时候，先使一位白璧德先生（Mr. Prof. Irving Babbitt）的门徒，感觉锐敏的“学者”愤慨[2]，他以为文艺原不是无产阶级的东西，无产者倘要创作或鉴赏文艺，先应该辛苦地积钱，爬上资产阶级去，而不应该大家浑身褴褛，到这花园中来吵嚷。并且造出谣言，说在中国主张无产阶级文学的人，是得了苏俄的卢布。这方法也并非毫无效力，许多上海的新闻记者就时时捏造新闻，有时还登出卢布的数目。但明白的读者们并不相信它，因为比起这种纸上的新闻来，他们却更切实地在事实上看见只有从帝国主义国家运到杀戮无产者的枪炮。

统治阶级的官僚，感觉比学者慢一点，但去年也就日加迫压了。禁期刊，禁书籍，不但内容略有革命性的，而且连书面用红字的，作者是俄国的，绥拉菲摩维支（A. Serafmovitch），伊凡诺夫（V. Ivanov）和奥格涅夫（N. Ognev）不必说了，连契诃夫（A. Chekhov）和安特来夫（L. Andreev）[3]的有些小说，也都在禁止之列。于是使书店好出算学教科书和童话，如Mr. Cat和MissRoss[4]谈天，称赞春天如何可爱之类——因为至尔妙伦（H. Zur Mühlen）[5]所作的童话的译本也已被禁止，所以只好竭力称赞春天。但现在又有一位将军[6]发怒，说动物居然也能说话而且称为Mr.，有失人类的尊严了。

单是禁止，还不根本的办法，于是今年有五个左翼作家失了踪，经家族去探听，知道是在警备司令部，然而不能相见，半月以后，再去问时，却道已经“解放”——这是“死刑”的嘲弄的名称——了，而上海的一切中文和西文的报章上，绝无记载。接着是封闭曾出新书或代售新书的书店，多的时候，一天五家，——但现在又陆续开张了，我们不知道是怎么一回事，惟看书店的广告，知道是在竭力印些英汉对照，如斯蒂文生（Robert Stevenson），槐尔特（Oscar Wilde）[7]等人的文章。

然而统治阶级对于文艺，也并非没有积极的建设。一方面，他们将几个书店的原先的老板和店员赶开，暗暗换上肯听嗾使的自己的一伙。但这立刻失败了。因为里面满是走狗，这书店便像一座威严的衙门，而中国的衙门，是人民所最害怕最讨厌的东西，自然就没有人去。喜欢去跑跑的还是几只闲逛的走狗。这样子，又怎能使门市热闹呢？

强盗小说（武侠小说）和肉欲小说（所谓“身体写作”）假“文学”之名以点缀文坛，是大有利于文化统制的。

但是，还有一方面，是做些文章，印行杂志，以代被禁止的左翼的刊物，至今为止，已将十种。然而这也失败了。最有妨碍的是这些“文艺”的主持者，乃是一位上海市的政府委员和一位警备司令部的侦缉队长[8]，他们的善于“解放”的名誉，都比“创作”要大得多。他们倘做一部“杀戮法”或“侦探术”，大约倒还有人要看的，但不幸竟在想画画，吟诗。这实在譬如美国的亨利 · 福特（Henry Ford）[9]先生不谈汽车，却来对大家唱歌一样，只令人觉得非常诧异。

官僚的书店没有人来，刊物没有人看，救济的方法，是去强迫早经有名，而并不分明左倾的作者来做文章，帮助他们的刊物的流布。那结果，是只有一两个胡涂的中计，多数却至今未曾动笔，有一个竟吓得躲到不知道什么地方去了。

现在他们里面的最宝贵的文艺家，是当左翼文艺运动开始，未受迫害，为革命的青年所拥护的时候，自称左翼，而现在爬到他们的刀下，转头来害左翼作家的几个人。为什么被他们所宝贵的呢？因为他曾经是左翼，所以他们的有几种刊物，那面子还有一部分是通红的，但将其中的农工的图，换上了毕亚兹莱（Aubrey Beardsley）[10]的个个好像病人的图画了。

在这样的情形之下，那些读者们，凡是一向爱读旧式的强盗小说的和新式的肉欲小说的，倒并不觉得不便。然而较进步的青年，就觉得无书可读，他们不得已，只得看看空话很多，内容极少——这样的才不至于被禁止——的书，姑且安慰饥渴，因为他们知道，与其去买官办的催吐的毒剂，还不如喝喝空杯，至少，是不至于受害。但一大部分革命的青年，却无论如何，仍在非常热烈地要求，拥护，发展左翼文艺。

所以，除官办及其走狗办的刊物之外，别的书店的期刊，还是不能不设种种方法，加入几篇比较的急进的作品去，他们也知道专卖空杯，这生意决难久长。左翼文艺有革命的读者大众支持，“将来”正属于这一面。

这样子，左翼文艺仍在滋长。但自然是好像压于大石之下的萌芽一样，在曲折地滋长。

所可惜的，是左翼作家之中，还没有农工出身的作家。一者，因为农工历来只被迫压，榨取，没有略受教育的机会；二者，因为中国的象形——现在是早已变得连形也不像了——的方块字，使农工虽是读书十年，也还不能任意写出自己的意见。这事情很使拿刀的“文艺家”喜欢。他们以为受教育能到会写文章，至少一定是小资产阶级，小资产者应该抱住自己的小资产，现在却反而倾向无产者，那一定是“虚伪”。惟有反对无产阶级文艺的小资产阶级的作家倒是出于“真”心的。“真”比“伪”好，所以他们的对于左翼作家的诬蔑，压迫，囚禁和杀戮，便是更好的文艺。

专制统治者毕竟带有流氓性

但是，这用刀的“更好的文艺”，却在事实上，质，所要的是除掉异类，并不惧惮“一无所有”。

证明了左翼作家们正和一样在被压迫被杀戮的无产者负着同一的运命，惟有左翼文艺现在在和无产者一同受难（Passion），将来当然也将和无产者一同起来。单单的杀人究竟不是文艺，他们也因此自己宣告了一无所有了。

注 释

1 本篇是应美国友人史沫特莱之约，为美国《新群众》杂志而作，时间约在1931年4、5月间，未在国内发表过。后编入《二心集》。

2 这里说的白璧德的门徒、“学者”是指梁秋实。

3 绥拉菲摩维支（A. C. Серафимович，1863—1949）通译绥拉菲摩维奇，著有长篇小说《铁流》等。伊凡诺夫（B. B. Иванов，1895—1963）著有中篇小说《铁甲列车14—69号》等。奥格涅夫（H. Огнёв，1888—1938）著有《新俄学生日记》等。契诃夫（A. П. Чехов，1860—1904）著有中短篇小说数百篇及剧本《海鸥》《樱桃园》等。安特来夫（Л. H. Андреев，1871—1919）通译安德烈夫，著有中篇小说《红的笑》等，十月革命后流亡。他们都是俄国作家。

4 Mr. Cat和Miss Rose 英语，猫先生和玫瑰小姐。

5 至尔妙伦（1883—1951）德国女作家。生于维也纳，曾参加德国无产阶级文学活动。1933年为德国纳粹党所迫害，长期流亡国外。作品有童话《小彼得》《真理之城》，以及《玫瑰》《织毯工阿里》等。

6 一位将军 指湖南军阀何键。他在 1931 年 2 月 23 日给国民党政府教育部的“咨文”中，主张禁止在教科书中将动物拟人化的作法，说：“近日课本。每每狗说。猪说。鸭子说。以及猫小姐。狗大哥。牛公公之词。充溢行间。禽兽能作人言。尊称加诸兽类。鄙俚怪诞。莫可言状。”

7 斯蒂文生（1850—1894） 也译作史蒂文森，英国作家。著有小说《金银岛》《化身博士》《诱拐》等，还写有大量诗歌、散文和游记。槐尔特（1856—1900） 通译王尔德，英国唯美主义作家。大学时开始创作，后在伦敦专业写作，还曾赴美、法等国讲学。1897 年被控入狱，最后病死在法国。主要作品有童话《快乐王子集》，剧本《莎乐美》《温德米尔夫人的扇子》《理想的丈夫》，还有长篇小说《道林·格雷的画像》等。

8 政府委员 指朱应鹏，国民党上海市区党部委员、上海市政府委员，《前锋月刊》主编。侦缉队长 指范争波，国民党上海市党部常务委员，淞沪警备司令部侦缉队长兼军法处长，《前锋周报》编辑。均为“民族主义文学运动”的发起人。

9 享利·福特（1863—1947） 美国汽车制造商，有“汽车大王”之称。

10 毕亚兹莱（1872—1898） 英国画家。善用黑白线条作装饰性绘画，所画人物多单薄瘦削。

上海文艺之一瞥[1]

——八月十二日在社会科学研究会讲

上海过去的文艺，开始的是《申报》。要讲《申报》，是必须追溯到六十年以前的，但这些事我不知道。我所能记得的，是三十年以前，那时的《申报》，还是用中国竹纸的，单面印，而在那里做文章的，则多是从别处跑来的“才子”。

那时的读书人，大概可以分他为两种，就是君子和才子。君子是只读四书五经，做八股，非常规矩的。而才子却此外还要看小说，例如《红楼梦》，还要做考试上用不着的古今体诗[2]之类。这是说，才子是公开的看《红楼梦》的，但君子是否在背地里也看《红楼梦》，则我无从知道。有了上海的租界，——那时叫作“洋场”，也叫“夷场”，后来有怕犯讳的，便往往写作“彝场”——有些才子们便跑到上海来，因为才子是旷达的，那里都去；君子则对于外国人的东西总有点厌恶，而且正在想求正路的功名，所以决不轻易的乱跑。孔子曰，“道不行，乘桴浮于海”，从才子们看来，就是有点才子气的，所以君子们的行径，在才子就谓之“迂”。

才子原是多愁多病，要闻鸡生气，见月伤心的。一到上海，又遇见了婊子。去嫖的时候，可以叫十个二十个的年青姑娘聚集在一处，样子很有些像《红楼梦》，于是他就觉得自己好像贾宝玉；自己是才子，那么婊子当然是佳人，于是才子佳人的书就产生了。内容多半是，惟才子能怜这些风尘沦落的佳人，惟佳人能识坎轲不遇的才子，受尽千辛万苦之后，终于成了佳偶，或者是都成了神仙。

他们又帮申报馆印行些明清的小品书出售，自己也立文社，出灯谜，有入选的，就用这些书做赠品，所以那流通很广远。也有大部书，如《儒林外史》[3]，《三宝太监西洋记》[4]，《快心编》[5]等。现在我们在旧书摊上，有时还看见第一页印有“上海申报馆仿聚珍板印”字样的小本子，那就都是的。

佳人才子的书盛行的好几年，后一辈的才子的心思就渐渐改变了。他们发见了佳人并非因为“爱才若渴”而做婊子的，佳人只为的是钱。然而佳人要才子的钱，是不应该的，才子于是想了种种制伏婊子的妙法，不但不上当，还占了她们的便宜，叙述这各种手段的小说就出现了，社会上也很风行，因为可以做嫖学教科书去读。这些书里面的主人公，不再是才子＋（加）呆子，而是在婊子那里得了胜利的英雄豪杰，是才子＋流氓。

在这之前，早已出现了一种画报，名目就叫《点石斋画报》，是吴友如[6]主笔的，神仙人物，内外新闻，无所不画，但对于外国事情，他很不明白，例如画战舰罢，是一只商船，而舱面上摆着野战炮；画决斗则两个穿礼服的军人在客厅里拔长刀相击，至于将花瓶也打落跌碎。然而他画“老鸨虐妓”，“流氓拆梢”之类，却实在画得很好的，我想，这是因为他看得太多了的缘故；就是在现在，我们在上海也常常看到和他所画一般的脸孔。这画报的势力，当时是很大的，流行各省，算是要知道“时务”——这名称在那时就如现在之所谓“新学”——的人们的耳目。前几年又翻印了，叫作《吴友如墨宝》，而影响到后来也实在利害，小说上的绣像[7]不必说了，就是在教科书的插画上，也常常看见所画的孩子大抵是歪戴帽，斜视眼，满脸横肉，一副流氓气。在现在，新的流氓画家又出了叶灵凤[8]先生，叶先生的画是从英国的毕亚兹莱（Aubrey Beardsley）剥来的，毕亚兹莱是“为艺术的艺术”派，他的画极受日本的“浮世绘”（Ukiyoe）[9]的影响。浮世绘虽是民间艺术，但所画的多是妓女和戏子，胖胖的身体，斜视的眼睛—— Erotic（色情的）眼睛。不过毕亚兹莱画的人物却瘦瘦的，那是因为他是颓废派（Decadence）的缘故。颓废派的人们多是瘦削的，颓丧的，对于壮健的女人他有点惭愧，所以不喜欢。我们的叶先生的新斜眼画，正和吴友如的老斜眼画合流，那自然应该流行好几年。但他也并不只画流氓的，有一个时期也画过普罗列塔利亚，不过所画的工人也还是斜视眼，伸着特别大的拳头。但我以为画普罗列塔利亚应该是写实的，照工人原来的面貌，并不须画得拳头比脑袋还要大。

现在的中国电影，还在很受着这“才子＋流氓”式的影响，里面的英雄，作为“好人”的英雄，也都是油头滑脑的，和一些住惯了上海，晓得怎样“拆梢”，“揩油”，“吊膀子”[10]的滑头少年一样。看了之后，令人觉得现在倘要做英雄，做好人，也必须是流氓。

才子＋流氓的小说，但也渐渐的衰退了。那原因，我想，一则因为总是这一套老调子——妓女要钱，嫖客用手段，原不会写不完的；二则因为所用的是苏白，如什么倪＝我，耐＝你，阿是＝是否之类，除了老上海和江浙的人们之外，谁也看不懂。

然而才子＋佳人的书，却又出了一本当时震动一时的小说，那就是从英文翻译过来的《迦茵小传》（H. R. Haggard：Joan Haste）[11]。但只有上半本，据译者说，原本从旧书摊上得来，非常之好，可惜觅不到下册，无可奈何了。果然，这很打动了才子佳人们的芳心，流行得很广很广。后来还至于打动了林琴南先生，将全部译出，仍旧名为《迦茵小传》。而同时受了先译者的大骂，说他不该全译，使迦茵的价值降低，给读者以不快的。于是才知道先前之所以只有半部，实非原本残缺，乃是因为记着迦茵生了一个私生子，译者故意不译的。其实这样的一部并不很长的书，外国也不至于分印成两本。但是，即此一端，也很可以看出当时中国对于婚姻的见解了。

这时新的才子＋佳人小说便又流行起来，但佳人已是良家女子了，和才子相悦相恋，分拆不开，柳阴花下，像一对胡蝶，一双鸳鸯一样，但有时因为严亲，或者因为薄命，也竟至于偶见悲剧的结局，不再都成神仙了，——这实在不能不说是一个大进步。到了近来是在制造兼可擦脸的牙粉了的天虚我生先生所编的月刊杂志《眉语》[12]出现的时候，是这鸳鸯胡蝶式文学[13]的极盛时期。后来《眉语》虽遭禁止，势力却并不消退，直待《新青年》盛行起来，这才受了打击。这时有伊孛生的剧本的绍介[14]和胡适之先生的《终身大事》[15]的别一形式的出现，虽然并不是故意的，然而鸳鸯胡蝶派作为命根的那婚姻问题，却也因此而诺拉（Nora）似的跑掉了。

这后来，就有新才子派的创造社的出现。创造社是尊贵天才的，为艺术而艺术的，专重自我的，崇创作，恶翻译，尤其憎恶重译的，与同时上海的文学研究会[16]相对立。那出马的第一个广告[17]上，说有人"垄断"着文坛，就是指着文学研究会。文学研究会却也正相反，是主张为人生的艺术的，是一面创作，一面也看重翻译的，是注意于绍介被压迫民族文学的，这些都是小国度，没有人懂得他们的文字，因此也几乎全都是重译的。并且因为曾经声援过《新青年》，新仇夹旧仇，所以文学研究会这时就受了三方面的攻击。一方面就是创造社，既然是天才的艺术，那么看那为人生的艺术的文学研究会自然就是多管闲事，不免有些“俗”气，而且还以为无能，所以倘被发见一处误译，有时竟至于特做一篇长长的专论[18]。一方面是留学过美国的绅士派，他们以为文艺是专给老爷太太们看的，所以主角除老爷太太之外，只配有文人，学士，艺术家，教授，小姐等等，要会说 Yes，No，这才是绅士的庄严，那时吴宓先生就曾经发表过文章，说是真不懂为什么有些人竟喜欢描写下流社会。第三方面，则就是以前说过的鸳鸯胡蝶派，我不知道他们用的是什么方法，到底使书店老板将编辑《小说月报》[19]的一个文学研究会会员撤换，还出了《小说世界》[20]，来流布他们的文章。这一种刊物，是到了去年才停刊的。

创造社的这一战，从表面看来，是胜利的。许多作品，既和当时的自命才子们的心情相合，加以出版者的帮助，势力雄厚起来了。势力一雄厚，就看见大商店如商务印书馆，也有创造社员的译著的出版，——这是说，郭沫若和张资平两位先生的稿件。这以来，据我所记得，是创造社也不再审查商务印书馆出版物的误译之处，来作专论了。这些地方，我想，是也有些才子＋流氓式的。然而，“新上海”是究竟敌不过“老上海”的，创造社员在凯歌声中，终于觉到了自己就在做自己们的出版者的商品，种种努力，在老板看来，就等于眼镜铺大玻璃窗里纸人的腴眼，不过是“以广招徕”。待到希图独立出版的时候，老板就给吃了一场官司，虽然也终于独立，说是一切书籍，大加改订，另行印刷，从新开张了，然而旧老板却还是永远用了旧版子，只是印，卖，而且年年是什么纪念的大廉价。

商品固然是做不下去的，独立也活不下去。创造社的人们的去路，自然是在较有希望的“革命策源地”的广东。在广东，于是也有“革命文学”这名词的出现，然而并无什么作品，在上海，则并且还没有这名词。

到了前年，“革命文学”这名目这才旺盛起来了，主张的是从“革命策源地”回来的几个创造社元老和若干新份子。革命文学之所以旺盛起来，自然是因为由于社会的背景，一般群众，青年有了这样的要求。当从广东开始北伐的时候，一般积极的青年都跑到实际工作去了，那时还没有什么显著的革命文学运动，到了政治环境突然改变，革命遭了挫折，阶级的分化非常显明，国民党以“清党”之名，大戮共产党及革命群众，而死剩的青年们再入于被迫压的境遇，于是革命文学在上海这才有了强烈的活动。所以这革命文学的旺盛起来，在表面上和别国不同，并非由于革命的高扬，而是因为革命的挫折；虽然其中也有些是旧文人解下指挥刀来重理笔墨的旧业，有些是几个青年被从实际工作排出，只好借此谋生，但因为实在具有社会的基础，所以在新份子里，是很有极坚实正确的人存在的。但那时的革命文学运动，据我的意见，是未经好好的计划，很有些错误之处的。例如，第一，他们对于中国社会，未曾加以细密的分析，便将在苏维埃政权之下才能运用的方法，来机械的地运用了。再则他们，尤其是成仿吾先生，将革命使一般人理解为非常可怕的事，摆着一种极左倾的凶恶的面貌，好似革命一到，一切非革命者就都得死，令人对革命只抱着恐怖。其实革命是并非教人死而是教人活的。这种令人“知道点革命的厉害”，只图自己说得畅快的态度，也还是中了才子＋流氓的毒。

论革命。

论流氓。

激烈得快的，也平和得快，甚至于也颓废得快。倘在文人，他总有一番辩护自己的变化的理由，引经据典。譬如说，要人帮忙时候用克鲁巴金的互助论，要和人争闹的时候就用达尔文的生存竞争说。无论古今，凡是没有一定的理论，或主张的变化并无线索可寻，而随时拿了各种各派的理论来作武器的人，都可以称之为流氓。例如上海的流氓，看见一男一女的乡下人在走路，他就说，“喂，你们这样子，有伤风化，你们犯了法了！”他用的是中国法。倘看见一个乡下人在路旁小便呢，他就说，“喂，这是不准的，你犯了法，该捉到捕房去！”这时所用的又是外国法。但结果是无所谓法不法，只要被他敲去了几个钱就都完事。

投机主义：脚踏两只船的出色比喻。

在中国，去年的革命文学者和前年很有点不同了。这固然由于境遇的改变，但有些“革命文学者”的本身里，还藏着容易犯到的病根。“革命”和“文学”，若断若续，好像两只靠近的船，一只是“革命”，一只是“文学”，而作者的每一只脚就站在每一只船上面。当环境较好的时候，作者就在革命这一只船上踏得重一点，分明是革命者，待到革命一被压迫，则在文学的船上踏得重一点，他变了不过是文学家了。所以前年的主张十分激烈，以为凡非革命文学，统得扫荡的人，去年却记得了列宁爱看冈却罗夫[21]（I. A. Gontcharov）的作品的故事，觉得非革命文学，意义倒也十分深长；还有最彻底的革命文学家叶灵凤先生，他描写革命家，彻底到每次上茅厕时候都用我的《呐喊》去揩屁股[22]，现在却竟会莫名其妙的跟在所谓民族主义文学家屁股后面了。

类似的例，还可以举出向培良[23]先生来。在革命渐渐高扬的时候，他是很革命的；他在先前，还曾经说，青年人不但嗥叫，还要露出狼牙来。这自然也不坏，但也应该小心，因为狼是狗的祖宗，一到被人驯服的时候，是就要变而为狗的。向培良先生现在在提倡人类的艺术了，他反对有阶级的艺术的存在，而在人类中分出好人和坏人来，这艺术是“好坏斗争”的武器。狗也是将人分为两种的，豢养它的主人之类是好人，别的穷人和乞丐在它的眼里就是坏人，不是叫，便是咬。然而这也还不算坏，因为究竟还有一点野性，如果再一变而为吧儿狗，好像不管闲事，而其实在给主子尽职，那就正如现在的自称不问俗事的为艺术而艺术的名人们一样，只好去点缀大学教室了。

文艺的吧儿：这里包括“为艺术而艺术”一类。

这样的翻着筋斗的小资产阶级，即使是在做革命文学家，写着革命文学的时候，也最容易将革命写歪；写歪了，反于革命有害，所以他们的转变，是毫不足惜的。当革命文学的运动勃兴时，许多小资产阶级的文学家忽然变过来了，那时用来解释这现象的，是突变之说。但我们知道，所谓突变者，是说A要变B，几个条件已经完备，而独缺其一的时候，这一个条件一出现，于是就变成了 B。譬如水的结冰，温度须到零点，同时又须有空气的振动，倘没有这，则即便到了零点，也还是不结冰，这时空气一振动，这才突变而为冰了。所以外面虽然好像突变，其实是并非突然的事。倘没有应具的条件的，那就是即使自说已变，实际上却并没有变，所以有些忽然一天晚上自称突变过来的小资产阶级革命文学家，不久就又突变回去了。

论小资产阶级作家的“突变”。

去年左翼作家联盟在上海的成立，是一件重要的事实。因为这时已经输入了蒲力汗诺夫，卢那卡尔斯基等的理论，给大家能够互相切磋，更加坚实而有力，但也正因为更加坚实而有力了，就受到世界上古今所少有的压迫和摧残，因为有了这样的压迫和摧残，就使那时以为左翼文学将大出风头，作家就要吃劳动者供献上来的黄油面包了的所谓革命文学家立刻现出原形，有的写悔过书，有的是反转来攻击左联，以显出他今年的见识又进了一步。这虽然并非左联直接的自动，然而也是一种扫荡，这些作者，是无论变与不变，总写不出好的作品来的。

但现存的左翼作家，能写出好的无产阶级文学来么？我想，也很难。这是因为现在的左翼作家还都是读书人——智识阶级，他们要写出革命的实际来，是很不容易的缘故。日本的厨川白村（H. Kuriyagawa）曾经提出过一个问题，说：作家之所以描写，必得是自己经验过的么？他自答道，不必，因为他能够体察。[24]所以要写偷，他不必亲自去做贼，要写通奸，他不必亲自去私通。但我以为这是因为作家生长在旧社会里，熟悉了旧社会的情形，看惯了旧社会的人物的缘故，所以他能够体察；对于和他向来没有关系的无产阶级的情形和人物，他就会无能，或者弄成错误的描写了。所以革命文学家，至少是必须和革命共同着生命，或深切地感受着革命的脉搏的。（最近左联的提出了“作家的无产阶级化”的口号，就是对于这一点的很正确的理解。）[25]

在现在中国这样的社会中，最容易希望出现的，是反叛的小资产阶级的反抗的，或暴露的作品。因为他生长在这正在灭亡着的阶级中，所以他有甚深的了解，甚大的憎恶，而向这刺下去的刀也最为致命与有力。固然，有些貌似革命的作品，也并非要将本阶级或资产阶级推翻，倒在憎恨或失望于他们的不能改良，不能较长久的保持地位，所以从无产阶级的见地看来，不过是“兄弟阋于墙”，两方一样是敌对。但是，那结果，却也能在革命的潮流中，成为一粒泡沫的。对于这些的作品，我以为实在无须称之为无产阶级文学，作者也无须为了将来的名誉起见，自称为无产阶级的作家的。

中国二十世纪三十年代的“左翼作家”并没有“好的无产阶级文学”，反叛的小资产阶级的暴露或反抗的文学倒是最有希望产生，并且是最有力量的。

但是，虽是仅仅攻击旧社会的作品，倘若知不清缺点，看不透病根，也就于革命有害，但可惜的是现在的作家，连革命的作家和批评家，也往往不能，或不敢正视现社会，知道它的底细，尤其是认为敌人的底细。随手举一个例罢，先前的《列宁青年》[26]上，有一篇评论中国文学界的文章，将这分为三派，首先是创造社，作为无产阶级文学派，讲得很长，其次是语丝社，作为小资产阶级文学派，可就说得短了，第三是新月社，作为资产阶级文学派，却说得更短，到不了一页。这就在表明：这位青年批评家对于愈认为敌人的，就愈是无话可说，也就是愈没有细看。自然，我们看书，倘看反对的东西，总不如看同派的东西的舒服，爽快，有益；但倘是一个战斗者，我以为，在了解革命和敌人上，倒是必须更多的去解剖当面的敌人的。要写文学作品也一样，不但应该知道革命的实际，也必须深知敌人的情形，现在的各方面的状况，再去断定革命的前途。惟有明白旧的，看到新的，了解过去，推断将来，我们的文学的发展才有希望。我想，这是在现在环境下的作家，只要努力，还可以做得到的。

在现在，如先前所说，文艺是在受着少有的压迫与摧残，广泛地现出了饥馑状态。文艺不但是革命的，连那略带些不平色彩的，不但是指摘现状的，连那些攻击旧来积弊的，也往往就受迫害。这情形，即在说明至今为止的统治阶级的革命，不过是争夺一把旧椅子。去推的时候，好像这椅子很可恨，一夺到手，就又觉得是宝贝了，而同时也自觉了自己正和这“旧的”一气。二十多年前，都说朱元璋（明太祖）是民族的革命者，其实是并不然的，他做了皇帝以后，称蒙古朝为“大元”，杀汉人比蒙古人还利害。奴才做了主人，是决不肯废去“老爷”的称呼的，他的摆架子，恐怕比他的主人还十足，还可笑。这正如上海的工人赚了几文钱，开起小小的工厂来，对付工人反而凶到绝顶一样。

在一部旧的笔记小说——我忘了它的书名了——上，曾经载有一个故事，说明朝有一个武官叫说书人讲故事，他便对他讲檀道济——晋朝的一个将军，讲完之后，那武官就吩咐打说书人一顿，人问他什么缘故，他说道：“他既然对我讲檀道济，那么，对檀道济是一定去讲我的了。”[27] 现在的统治者也神经衰弱到像这武官一样，什么他都怕，因而在出版界上也布置了比先前更进步的流氓，令人看不出流氓的形式而却用着更厉害的流氓手段：用广告，用诬陷，用恐吓；甚至于有几个文学者还拜了流氓做老子，以图得到安稳和利益。因此革命的文学者，就不但应该留心迎面的敌人，还必须防备自己一面的三翻四复的暗探了，较之简单地用着文艺的斗争，就非常费力，而因此也就影响到文艺上面来。

现在上海虽然还出版着一大堆的所谓文艺杂志，其实却等于空虚。以营业为目的的书店所出的东西，因为怕遭殃，就竭力选些不关痛痒的文章，如说“命固不可以不革，而亦不可以太革”之类，那特色是在令人从头看到末尾，终于等于不看。至于官办的，或对官场去凑趣的杂志呢，作者又都是乌合之众，共同的目的只在捞几文稿费，什么“英国维多利亚朝的文学”呀；“论刘易士得到诺贝尔奖金”呀，连自己也并不相信所发的议论，连自己也并不看重所做的文章。所以，我说，现在上海所出的文艺杂志都等于空虚，革命者的文艺固然被压迫了，而压迫者所办的文艺杂志上也没有什么文艺可见。然而，压迫者当真没有文艺么？有是有的，不过并非这些，而是通电，告示，新闻，民族主义的“文学”，法官的判词等。例如前几天，《申报》上就记着一个女人控诉她的丈夫强迫鸡奸并殴打得皮肤上成了青伤的事，而法官的判词却道，法律上并无禁止丈夫鸡奸妻子的明文，而皮肤打得发鲁迅文集中有数处批判“武侠小说”的文字。不意二十世纪八十年代以来，它居然成了中国大学讲堂上的宠儿，出版界的热门货。

青，也并不算毁损了生理的机能，所以那控诉就不能成立。现在是那男人反在控诉他的女人的“诬告”了。法律我不知道，至于生理学，却学过一点，皮肤被打得发青，肺，肝，或肠胃的生理的机能固然不至于毁损，然而发青之处的皮肤的生理的机能却是毁损了的。这在中国的现在，虽然常常遇见，不算什么稀奇事，但我以为这就已经能够很明白的知道社会上的一部分现象，胜于一篇平凡的小说或长诗了。

除以上所说之外，那所谓民族主义文学，和闹得已经很久了的武侠小说之类，是也还应该详细解剖的。但现在时间已经不够，只得待将来有机会再讲了。今天就这样为止罢。

注　释

1 发表于 1931 年 7 月 27 日和 8 月 3 日上海《文艺新闻》第 20 期和 21 期，据《鲁迅日记》，讲演日期应为 1931 年 7 月 20 日。后编入《二心集》时，作者略作修改。

2 古今体诗　古体诗和今体诗。因律诗、绝句、排律等形成于唐代，故唐代称之为今体诗，而称较早产生、格律并不严格的古诗为古体诗。后人也便沿用此说。

3《儒林外史》 长篇小说，清代吴敬梓著，共五十五回。小说以讽刺的笔调，叙述了各种不同类型的儒生的故事，揭发科举制度的罪恶，对封建专制社会中的道德败坏和政治黑暗予以有力的抨击。

4 《三宝太监西洋记》 即《三宝太监西洋记通俗演义》，明代罗懋登著，共二十卷，一百回。

5 《快心编》 通俗小说。天花才子编，四桔居士评点，共三集，三十二回。

6 《点石斋画报》 一种石印画报，旬刊，吴友如主笔。1884年创刊，附《申报》发行。吴友如（？—约1893），清末画家。名猷，字友如，江苏元和（今吴县）人。除主绘《点石斋画报》外，又自办《飞影阁画报》，所绘多为时事新闻插图和市民生活，影响颇大，后来他把这些作品汇辑出版，题为《吴友如墨宝》。

7 绣像 在通俗小说卷头介绍书中人物的白描画像。

8 叶灵凤（1904—1975） 作家，画家，江苏南京人，曾参加创造社。1926年与潘汉年合编《幻洲》半月刊，1928年主编《现代小说》《戈壁》半月刊，三十年代初与穆时英合编《文艺画报》。上海沦陷后往香港。主要著作有《女娲氏的遗孽》《永久的女性》，译有《新俄短篇小说集》，罗曼·罗兰的《白利与露西》等。

9 “浮世绘” 日本德川时代（亦称江户时代，1603—1867）兴起的一种民间版画，多取材于下层市民生活，以色彩明艳、线条简练为特色，至十八世纪末逐渐衰落。“浮世”，现世的意思。

10 “拆梢” 即敲诈。“揩油” 指对妇女的猥亵行为。“吊膀子” 即勾引妇女。这些都是上海方言。

11 《迦茵小传》 长篇小说，英国哈葛德作。最初有署名潘溪子的译文，所译仅为原著的上半部，1903年上海文明书局出版。后来林琴南根据魏易口述译出全文，1905年商务印书馆出版。

12 天虚我生 即陈蝶仙，鸳鸯蝴蝶派作家。九一八事变后，他经营的家庭工业社制造了一种“无敌牌”牙粉，取代日本的“金钢石”牙粉而畅销各地。《眉语》 鸳鸯蝴蝶派的月刊，1914年10月创刊，高剑华主编，这里说天虚我生主编，当是误记。

13 鸳鸯胡蝶式文学 指鸳鸯蝴蝶派作品。这类作品多写才子佳人故事，以迎合小市民趣味。鸳鸯蝴蝶派兴起于清末民初，先后办过《小说时报》《民权素》《小说丛报》《礼拜六》等刊物，又因《礼拜六》影响较大，故称礼拜六派。其中，著名作家有包天笑、陈蝶仙、徐枕亚、周瘦鹃、张恨水等。

14 伊孛生　即易卜生。这里说的剧本指《玩偶之家》，写娜拉（诺拉）不甘做丈夫的玩偶而离家出走的故事，五四时期译成中文并上演，影响很大。当时易卜生的一些主要剧作也都译成中文，《新青年》还曾出版过介绍他的专号。

15 《终身大事》 以婚姻问题为题材的剧本，1919 年 3 月发表于《新青年》第 6 卷第 3 号。

16 文学研究会　著名新文学团体，由沈雁冰、郑振铎、叶绍钧等人发起，1921 年 1 月成立于北京，后迁往上海。主张“为人生的艺术”，提倡严肃的写实的新文学，它的宣言及许多会员作品发表于由沈雁冰主编的《小说月报》上，还陆续编辑了《文学旬刊》(后改名《文学周刊》)、《诗》月刊等刊物，出版《文学研究会丛书》。此外，还译介了俄国和东、北欧等被压迫民族的文学理论和创作。1932 年“一·二八”事件发生，《小说月报》停刊，该会也随之解散。

17 创造社出马的第一个广告，指《创造》季刊的出版广告，刊登在 1921 年 9 月 29 日《时事新报》上。其中有“自文化运动发生后，我们新文艺为一、二偶像所垄断”的话。

18 这里说的长篇专论，是指成仿吾在《创造季刊》发表的《“雅典主义”》一文，对佩韦（王统照）的《今年纪念的几个文学家》文中将无神论（Atheism）误译为“雅典主义”加以批评。

19 《小说月报》 1910 年 7 月创刊于上海，商务印书馆出版，由王蕴章、恽铁樵先后主编，是礼拜六派的主要刊物之一。从 1921 年 1 月第 12 卷第 1 期起，由沈雁冰主编，遭到礼拜六派的攻击。1923 年 1 月第 14 期起改由郑振铎主编。1931 年 12 月停刊。

20 《小说世界》 周刊，鸳鸯蝴蝶派刊物，1923 年创刊于上海。叶劲风、胡寄尘先后主编，商务印书馆出版发行。1929 年 9 月停刊。

21 冈却罗夫（И. А. Гончаров，1812—1891） 通译冈察洛夫，俄国作家。著有长篇小说《奥勃洛摩夫》等。列宁在《论苏维埃共和国的国内外形势》等多篇文章中提及小说主人公奥勃洛摩夫。

22 指叶灵凤的小说《穷愁的自传》，载《现代小说》第 3 卷第 2 期。小说中的主角魏晴说："照着老例，起身后我便将十二枚铜元从旧货摊上买来的一册《呐喊》撕下三页到露台上去大便。"

23 向培良（1905—1961） 湖南黔阳人，狂飙社主要成员。这里的青年人要露出狼牙的说法，见于他发表于《狂潮》第 5 期的《论孤独者》一文。1929 年在上海主编《青春月刊》，反对有产阶级的艺术，提倡"人类的艺术"。所著《人类的艺术》一书，1930 年 5 月由国民党南京拔提书店出版。

24 见于厨川白村的《苦闷的象征》。

25 这括号内附注是在《二心集》编集时所加。

26 《列宁青年》 中国共产主义青年团的机关刊物。1923 年 10 月创刊于上海。原名《中国青年》，后改为《无产青年》，1928 年 10 月改为《列宁青年》。1932 年停刊。这里说的其中一篇评论文章，是指得钊的《一年来中国文艺界述评》，载于该刊 1929 年 3 月第 1 卷第 11 期。

27 这里说的檀道济当为韩信，见宋代江少虞所著《事实类苑》。

帮忙文学与帮闲文学[1]

——十一月二十二日在北京大学第二院讲

我四五年来未到这边，对于这边情形，不甚熟悉；我在上海的情形，也非诸君所知。所以今天还是讲帮闲文学与帮忙文学。

这当怎么讲？从五四运动后，新文学家很提倡小说；其故由当时提倡新文学的人看见西洋文学中小说地位甚高，和诗歌相仿佛；所以弄得像不看小说就不是人似的。但依我们中国的老眼睛看起来，小说是给人消闲的，是为酒余茶后之用。因为饭吃得饱饱的，茶喝得饱饱的，闲起来也实在是苦极的事，那时候又没有跳舞场：明末清初的时候，一份人家必有帮闲的东西存在的。那些会念书会下棋会画画的人，陪主人念念书，下下棋，画几笔画，这叫做帮闲，也就是篾片！所以帮闲文学又名篾片文学。小说就做着篾片的职务。汉武帝时候，只有司马相如不高兴这样，常常装病不出去。[2]至于究竟为什么装病，我可不知道。倘说他反对皇帝是为了卢布，我想大概是不会的，因为那个时候还没有卢布。大凡要亡国的时候，皇帝无事，臣子谈谈女人，谈谈酒，像六朝的南朝，开国的时候，这些人便做诏令，做敕，做宣言，做电报，——做所谓皇皇大文。主人一到第二代就不忙了，于是臣子就帮闲。所以帮闲文学实在就是帮忙文学。

中国文学从我看起来，可以分为两大类：（一）廊庙文学，这就是已经走进主人家中，非帮主人的忙，就得帮主人的闲；与这相对的是（二）山林文学。唐诗即有此二种。如果用现代话讲起来，是“在朝”和“下野”。后面这一种虽然暂时无忙可帮，无闲可帮，但身在山林，而“心存魏阙”[3]。如果既不能帮忙，又不能帮闲，那么，心里就甚是悲哀了。

中国文学的二元结构：廊庙文学与山林文学。

中国是隐士和官僚最接近的。那时很有被聘的希望，一被聘，即谓之征君；开当铺，卖糖葫芦是不会被征的。我曾经听说有人做世界文学史，称中国文学为官僚文学。看起来实在也不错。一方面固然由于文字难，一般人受教育少，不能做文章，但在另一方面看起来，中国文学和官僚也实在接近。

这里的“隐士”实为不得志的文人。中国文人与官僚最接近。中国文学可称为官僚文学，也可称为帮忙文学或帮闲文学。

现在大概也如此。惟方法巧妙得多了，竟至于看不出来。今日文学最巧妙的有所谓为艺术而艺术派。这一派在五四运动时代，确是革命的，因为当时是向“文以载道”[4]说进攻的，但是现在却连反抗性都没有了。不但没有反抗性，而且压制新文学的发生。对社会不敢批评，也不能反抗，若反抗，便说对不起艺术。故也变成帮忙柏勒思（plus）[5]帮闲。为艺术而艺术派对俗事是不问的，但对于俗事如主张为人生而艺术的人是反对的，则如现代评论派，他们反对骂人，但有人骂他们，他们也是要骂的。他们骂骂人的人，正如

“为艺术而艺术派”在中国的变迁：从革命到反革命。

杀杀人的一样——他们是刽子手。

这种帮忙和帮闲的情形是长久的。我并不劝人立刻把中国的文物都抛弃了，因为不看这些，就没有东西看；不帮忙也不帮闲的文学真也太不多。现在做文章的人们几乎都是帮闲帮忙的人物。有人说文学家是很高尚的，我却不相信与吃饭问题无关，不过我又以为文学与吃饭问题有关也不打紧，只要能比较的不帮忙不帮闲就好。

注　释

1　记录稿发表于 1932 年 12 月 17 日天津《电影与文艺》创刊号。收入《集外集拾遗》时，曾经作者修订。

2　关于司马相如装病不出事，见《史记 · 司马相如传》。

3　**"心存魏阙"**　语出《庄子 · 让王》："身在江海之上，心居乎魏阙之下。"魏阙，古代宫门上高耸的楼观，因而用作朝廷的代称。

4　**"文以载道"**　语出宋代周敦颐《通书 · 文辞》："文所以载道也。"

5　**柏勒思**　英语，"加"的意思。

论“第三种人”[1]

这三年来，关于文艺上的论争是沉寂的，除了在指挥刀的保护之下，挂着“左翼”的招牌，在马克斯主义里发见了文艺自由论，列宁主义里找到了杀尽共匪说的论客[2]的“理论”之外，几乎没有人能够开口，然而，倘是“为文艺而文艺”的文艺，却还是“自由”的，因为他决没有收了卢布的嫌疑。但在“第三种人”，就是“死抱住文学不放的人”[3]，又不免有一种苦痛的豫感：左翼文坛要说他是“资产阶级的走狗”[4]。

代表了这一种“第三种人”来鸣不平的，是《现代》杂志第三和第六期上的苏汶先生的文章[5]（我在这里先应该声明：我为便利起见，暂且用了“代表”，“第三种人”这些字眼，虽然明知道苏汶先生的“作家之群”，是也如拒绝“或者”，“多少”，“影响”这一类不十分决定的字眼一样，不要固定的名称的，因为名称一固定，也就不自由了）。他以为左翼的批评家，动不动就说作家是“资产阶级的走狗”，甚至于将中立者认为非中立，而一非中立，便有认为“资产阶级的走狗”的可能，号称“左翼作家”者既然“左而不作”[6]，“第三种人”又要作而不敢，于是文坛上便没有东西了。然而文艺据说至少有一部分是超出于阶级斗争之外的，为将来的，就是“第三种人”所抱住的真的，永久的文艺。——但可惜，被左翼理论家弄得不敢作了，因为作家在未作之前，就有了被骂的豫感。

我相信这种豫感是会有的，而以“第三种人”自命的作家，也愈加容易有。我也相信作者所说，现在很有懂得理论，而感情难变的作家。然而感情不变，则懂得理论的度数，就不免和感情已变或略变者有些不同，而看法也就因此两样。苏汶先生的看法，由我看来，是并不正确的。

自然，自从有了左翼文坛以来，理论家曾经犯过错误，作家之中，也不但如苏汶先生所说，有“左而不作”的，并且还有由左而右，甚至于化为民族主义文学的小卒，书坊的老板，敌党的探子的，然而这些讨厌左翼文坛了的文学家所遗下的左翼文坛，却依然存在，不但存在，还在发展，克服自己的坏处，向文艺这神圣之地进军。苏汶先生问过：克服了三年，还没有克服好么？[7] 回答是：是的，还要克服下去，三十年也说不定。然而一面克服着，一面进军着，不会做待到克服完成，然后行进那样的傻事的。但是，苏汶先生说过“笑话”[8]：左翼作家在从资本家取得稿费；现在我来说一句真话，是左翼作家还在受封建的资本主义的社会的法律的压迫，禁锢，杀戮。所以左翼刊物，全被摧残，现在非常寥寥，即偶有发表，

着眼于两种不同的事实。

批评作品的也绝少，而偶有批评作品的，也并未动不动便指作家为“资产阶级的走狗”，而且不要“同路人”。左翼作家并不是从天上掉下来的神兵，或国外杀进来的仇敌，他不但要那同走几步的“同路人”，还要招致那站在路旁看看的看客也一同前进。

如同“革命不是教人死而是教人活的”一样的观点。

但现在要问：左翼文坛现在因为受着压迫，不能发表很多的批评，倘一旦有了发表的可能，不至于动不动就指“第三种人”为“资产阶级的走狗”么？我想，倘若左翼批评家没有宣誓不说，又只从坏处着想，那是有这可能的，也可以想得比这还要坏。不过我以为这种豫测，实在和想到地球也许有破裂之一日，而先行自杀一样，大可以不必的。

然而苏汶先生的“第三种人”，却据说是为了这未来的恐怖而“搁笔”了。未曾身历，仅仅因为心造的幻影而搁笔，“死抱住文学不放”的作者的拥抱力，又何其弱呢？两个爱人，有因为豫防将来的社会上的斥责而不敢拥抱的么？

其实，这“第三种人”的“搁笔”，原因并不在左翼批评的严酷。真实原因的所在，是在做不成这样的“第三种人”，做不成这样的人，也就没有了第三种笔，搁与不搁，还谈不到。

生在有阶级的社会里而要做超阶级的作家，生在战斗的时代而要离开战斗而独立，生在现在而要做给与将来的作品，这样的人，实在也是一个心造的幻影，

> 此篇多处使用浅显的比喻以证艰奥的理论。

> 反对“第三种人”理论，是因为这种理论一是反现实的，二是反战斗的，三是反真实的，也即逃避的和虚伪的。

在现实世界上是没有的。要做这样的人，恰如用自己的手拔着头发，要离开地球一样，他离不开，焦躁着，然而并非因为有人摇了摇头，使他不敢拔了的缘故。

所以虽是“第三种人”，却还是一定超不出阶级的，苏汶先生就先在豫料阶级的批评了，作品里又岂能摆脱阶级的利害；也一定离不开战斗的，苏汶先生就先以“第三种人”之名提出抗争了，虽然“抗争”之名又为作者所不愿受；而且也跳不过现在的，他在创作超阶级的，为将来的作品之前，先就留心于左翼的批判了。

这确是一种苦境。但这苦境，是因为幻影不能成为实有而来的。即使没有左翼文坛作梗，也不会有这“第三种人”，何况作品。但苏汶先生却又心造了一个横暴的左翼文坛的幻影，将“第三种人”的幻影不能出现，以至将来的文艺不能发生的罪孽，都推给它了。

左翼作家诚然是不高超的，连环图画，唱本，然而也不到苏汶先生所断定那样的没出息[9]。左翼也要托尔斯泰，弗罗培尔[10]。但不要“努力去创造一些属于将来（因为他们现在是不要的）的东西”的托尔斯泰和弗罗培尔。他们两个，都是为现在而写的，将来是现在的将来，于现在有意义，才于将来会有意义。尤其是托尔斯泰，他写些小故事给农民看，也不自命为“第三种人”，当时资产阶级的多少攻击，终于不能使他“搁笔”。左翼虽然诚如苏汶先生所说，不至于蠢到不知道“连环图画是产生不出托尔斯泰，产生不出弗罗培尔来”，但却以为可以产出密开朗该罗，达文希[11]那样伟大的画手。而且我相信，从唱本说书里是可以产生托尔斯泰，弗罗培尔的。现在提起密开朗该罗们的画来，谁也没有非议了，但实际上，那不是宗教的宣传画，《旧约》[12]的连环图画么？而且是为了那时的“现在”的。

总括起来说，苏汶先生是主张“第三种人”与其欺骗，与其做冒牌货，倒还不如努力去创作，这是极不错的。

“定要有自信的勇气，才会有工作的勇气！”[13]这尤其是对的。

然而苏汶先生又说，许多大大小小的“第三种人”们，却又因为豫感了不祥之兆——左翼理论家的批评而“搁笔”了！

“怎么办呢”？

十月十日。

批评“形式决定论”。

就墨西哥画家里维拉的壁画《贫民之夜》，鲁迅有说明道：“可知倘还在倾向沙龙（salon）绘画，正是现代艺术中的最坏的倾向。”他是反对艺术家的贵族化态度的。

注　释

1　发表于 1932 年 11 月 1 日上海《现代》第 2 卷第 1 期。后编入《南腔北调集》。1931 年 12 月，胡秋原在他主持的《文化评论》创刊号发表《阿狗文艺论》一文，自称“自由人”，一面批评“民族主义文学”，一面攻击左翼文学运动。此后，还发表了《勿侵略文艺》《钱杏邨理论之清算与民族文学理论之批评》等文，受到左联理论家如洛扬（冯雪峰）等的批判。苏汶（杜衡）于 1932 年 7 月在《现代》第 1 卷第 3 期发表《关于“文新”与胡秋原的文艺论辩》一文，自称“第三种人”，说许多作家“搁笔”，是因为左联的批评家的“凶暴”，和左联“霸占”了文坛的缘故，等等，继续受到左联的批判。

2　论客　指胡秋原等人。

3　“死抱住文学不放的人”　原是苏汶在《关于“文新”与胡秋原的文艺论辩》中的话：“在‘智识阶级的自由人’和‘不自由的，有党派的’阶级争着文坛的霸权的时候，最吃苦的，却是这两种人之外的第三种人。这第三种人便是所谓的作者之群。作者，老实说，是多少带点我前面所说起的死抱住文学不肯放手的气味的。”

4　苏汶在《关于“文新”与与胡秋原的文艺论辩》一文中说：“诚然，难乎其为作家！……他只想替文学，不管是煽动的也好，暴露的也好，留着一线残存的生机，但是又怕被料事如神的指导者们算出命来，派定他是那一阶级的走狗。”

5　苏汶（1906—1964）　作家，文艺批评家。原名戴克崇，笔名苏汶、杜衡，浙江杭县（今余杭）人。与施蛰存共同主编《现代》月刊，还参与创办编辑过《星火》《新文艺》等杂志。著有小说集《还乡集》、长篇小说《叛徒》等。这里说的苏汶的文章，指《关于“文新“与胡秋原的文艺论辩》及《“第三种人”的出路》。

6 “左而不作” 见1932年10月《现代》第6期发表的苏汶答易嘉（瞿秋白）的文章《“第三种人”的出路》:“而在今日之下，左而不作的左翼作家，何其多也！”

7 见于苏汶的《“第三种人”的出路》一文。

8 苏汶说的“笑话”，见于《“第三种人”的出路》:“容我说句笑话，连在中国这样野蛮的国家，左翼诸公都还可以拿他们的反资本主义的作品去从资本家手里换出几个稿费来呢。”

9 苏汶在《关于“文新”与胡秋原的文艺论辩》一文中说：“譬如拿他们所提倡的文艺大众化这问题来说吧。他们鉴于现在劳动者没有东西看，在那里看陈旧的充满了封建气味的（这就是说，有害的）连环图画和唱本。于是他们便要作家们去写一些有利的连环图画和唱本来给劳动者们看。……这样低级的形式还生产得出好的作品吗？确实，连环图画里是产生不出托尔斯泰，产生不出弗罗培尔来的。……他们要弗罗培尔什么用呢？要托尔斯泰什么用呢？他们不但根本不会叫作家去做成弗罗培尔或托尔斯泰，就使有了，他们也是不要……”

10 弗罗培尔（G. Flaubert，1821—1880） 通译福楼拜，法国小说家。著有长篇小说《包法利夫人》《情感教育》等。

11 密开朗该罗（B. Michelangelo，1475—1564） 通译米开朗琪罗，文艺复兴时期意大利画家、雕刻家、建筑师和诗人。著名绘画有《创世记》《最后的审判》等。达文希（Da Vinci，1452—1519） 通译达·芬奇，文艺复兴时期意大利画家。代表作有《蒙娜·丽莎》《最后的晚餐》等。

12 《旧约》 即《旧约全书》，《圣经》的前部分（《新约全书》为后部分）。原为犹太教经书，后为基督教所继承。

13 这句话和结束句，均引自《“第三种人”的出路》。

门外文谈[1]

一　开　头

听说今年上海的热，是六十年来所未有的。白天出去混饭，晚上低头回家，屋子里还是热，并且加上蚊子。这时候，只有门外是天堂。因为海边的缘故罢，总有些风，用不着挥扇。虽然彼此有些认识，却不常见面的寓在四近的亭子间或搁楼里的邻人也都坐出来了，他们有的是店员，有的是书局里的校对员，有的是制图工人的好手。大家都已经做得筋疲力尽，叹着苦，但这时总还算有闲的，所以也谈闲天。

闲天的范围也并不小：谈旱灾，谈求雨，谈吊膀子，谈三寸怪人干，谈洋米，谈裸腿，也谈古文，谈白话，谈大众语。因为我写过几篇白话文，所以关于古文之类他们特别要听我的话，我也只好特别说的多。这样的过了两三夜，才给别的话岔开，也总算谈完了。不料过了几天之后，有几个还要我写出来。

他们里面，有的是因为我看过几本古书，所以相信我的，有的是因为我看过一点洋书，有的又因为我看古书也看洋书；但有几位却因此反不相信我，说我是蝙蝠。我说到古文，他就笑道，你不是唐宋八大家，能信么？我谈到大众语，他又笑道：你又不是劳苦大众，讲什么海话呢？

这也是真的。我们讲旱灾的时候，就讲到一位老爷下乡查灾，说有些地方是本可以不成灾的，现在成灾，是因为农民懒，不戽水。但一种报上，却记着一个六十老翁，因儿子戽水乏力而死，灾象如故，无路可走，自杀了。老爷和乡下人，意见是真有这么的不同的。那么，我的夜谈，恐怕也终不过是一个门外闲人的空话罢了。

飓风过后，天气也凉爽了一些，但我终于照着希望我写的几个人的希望，写出来了，比口语简单得多，大致却无异，算是抄给我们一流人看的。当时只凭记忆，乱引古书，说话是耳边风，错点不打紧，写在纸上，却使我很踌躇，但自己又苦于没有原书可对，这只好请读者随时指正了。

一九三四年，八月十六夜，写完并记。

二　字是什么人造的？

字是什么人造的？

我们听惯了一件东西，总是古时候一位圣贤所造的故事，对于文字，也当然要有这质问。但立刻就有忘记了来源的答话：字是仓颉造的。

这是一般的学者的主张，他自然有他的出典。我还见过一幅这位仓颉的画像，是生着四只眼睛的老头陀。可见要造文字，相貌先得出奇，我们这种只有两只眼睛的人，是不但本领不够，连相貌也不配的。

然而做《易经》的人（我不知道是谁），却比较的聪明，他说："上古结绳而治，后世圣人易之以书契。"他不说仓颉，只说"后世圣人”，不说创造，只说掉换，真是谨慎得很；也许他无意中就不相信古代会有一个独自造出许多文字来的人的了，所以就只是这么含含胡胡的来一句。

但是，用书契来代结绳的人，又是什么脚色呢？文学家？不错，从现在的所谓文学家的最要卖弄文字，夺掉笔杆便一无所能的事实看起来，的确首先就要想到他；他也的确应该给自己的吃饭家伙出点力。然而并不是的。有史以前的人们，虽然劳动也唱歌，求爱也唱歌，他却并不起草，或者留稿子，因为他做梦也想不到卖诗稿，编全集，而且那时的社会里，也没有报馆和书铺子，文字毫无用处。据有些学者告诉我们的话来看，这在文字上用了一番工夫的，想来该是史官了。

史来源于巫。

原始社会里，大约先前只有巫，待到渐次进化，事情繁复了，有些事情，如祭祀，狩猎，战争……之类，渐有记住的必要，巫就只好在他那本职的“降神”之外，一面也想法子来记事，这就是“史”的开头。况且“升中于天”[2]，他在本职上，也得将记载酋长和他的治下的大事的册子，烧给上帝看，因此一样的要做文章——虽然这大约是后起的事。再后来，职掌分得更清楚了，于是就有专门记事的史官。文字就是史官必要的工具，古人说：“仓颉，黄帝史。”[3]第一句未可信，但指出了史和文字的关系，却是很有意思的。至于后来的“文学家”用它来写“阿呀呀，我的爱哟，我要死了！”那些佳句，那不过是享享现成的罢了，“何足道哉”！

三　字是怎么来的？

照《易经》说，书契之前明明是结绳；我们那里的乡下人，碰到明天要做一件紧要事，怕得忘记时，也常常说：“裤带上打一个结！”那么，我们的古圣人，是否也用一条长绳，有一件事就打一个结呢？恐怕是不行的。只有几个结还记得，一多可就糟了。或者那正是伏羲皇上的“八封”[4]之流，三条绳一组，都不打结是“乾”，中间各打一结是“坤”罢？恐怕也不对。八组尚可，六十四组就难记，何况还会有五百十二组呢。只有在秘鲁还有存留的“打结字”（Quippus），用一条横绳，挂上许多直绳，拉来拉去的结起来，网不像网，倒似乎还可以表现较多的意思。我们上古的结绳，恐怕也是如此的罢。但它既然被书契掉换，又不是书契的祖宗，我们也不妨暂且不去管它了。

象形是汉字的基础。

夏禹的“岣嵝碑”[5]是道士们假造的；现在我们能在实物上看见的最古的文字，只有商朝的甲骨和钟鼎文。但这些，都已经很进步了，几乎找不出一个原始形态。只在铜器上，有时还可以看见一点写实的图形，如鹿，如象，而从这图形上，又能发见和文字相关的线索：中国文字的基础是“象形”。

画在西班牙的亚勒泰米拉（Altamira）洞[6]里的野牛，是有名的原始人的遗迹，许多艺术史家说，这正是“为艺术的艺术”，原始人画着玩玩的。但这解释未免过于“摩登”，因为原始人没有十九世纪的文艺家那么有闲，他的画一只牛，是有缘故的，为的是关于野牛，或者是猎取野牛，禁咒野牛的事。现在上海墙壁上的香烟和电影的广告画，尚且常有人张着嘴巴看，在少见多怪的原始社会里，有了这么一个奇迹，那轰动一时，就可想而知了。他们一面看，知道了野牛这东西，原来可以用线条移在别的平面上，同时仿佛也认识了一个“牛”字，一面也佩服这作者的才能，但没有人请他作自传赚钱，所以姓氏也就湮没了。但在社会里，仓颉也不止一个，有的在刀柄上刻一点图，有的在门户上画一些画，心心相印，口口相传，文字就多起来，史官一采集，便可以敷衍记事了。中国文字的由来，恐怕也逃不出这例子的。

自然，后来还该有不断的增补，这是史官自己可以办到的，新字夹在熟字中，又是象形，别人也容易推测到那字的意义。直到现在，中国还在生出新字来。但是，硬做新仓颉，却要失败的，吴的朱育，唐的武则天，都曾经造过古怪字，也都白费力。现在最会造字的是中国化学家，许多原质和化合物的名目，很不容易认得，连音也难以读出来了。老实说，我是一看见就头痛的，觉得远不如就用万国通用的拉丁名来得爽快，如果二十来个字母都认不得，请恕我直说：那么，化学也大抵学不好的。

四　写字就是画画

《周礼》和《说文解字》[7]上都讲文字的构成法有六种，这里且不谈罢，只说些和“象形”有关的东西。

象形，“近取诸身，远取诸物”[8]，就是画一只眼睛是“目”，画一个圆圈，放几条毫光是“日”，那自然很明白，便当的。但有时要碰壁，譬如要画刀口，怎么办呢？不画刀背，也显不出刀口来，这时就只好别出心裁，在刀口上加一条短棍，算是指明“这个地方”的意思，造了“刃”。这已经颇有些办事棘手的模样了，何况还有无形可象的事件，于是只得来“象意”[9]，也叫作“会意”。一只手放在树上是“采”，一颗心放在屋子和饭碗之间是“寍”，有吃有住，安寍了。但要写“寧可”的寧，却又得在碗下面放一条线，表明这不过是用了“寍”的声音的意思。“会意”比“象形”更麻烦，它至少要画两样。如“寶”字，则要画一个屋顶，一串玉，一个缶，一个貝，计四样；我看“缶”字还是杵臼两形合成的，那么一共有五样。单单为了画这一个字，就很要破费些工夫。

不过还是走不通，因为有些事物是画不出，有些事物是画不来，譬如松柏，叶样不同，原是可以分出来的，但写字究竟是写字，不能像绘画那样精工，到底还是硬挺不下去。来打开这僵局的是“谐声”，意义和形象离开了关系。这已经是“记音”了，所以有人说，这是中国文字的进步。不错，也可以说是进步，然而那基础也还是画画儿。例如“菜，从草，采声”，画一窠草，一个爪，一株树：三样；“海，从水，每声”，画一条河，一位戴帽（？）的太太，也三样。总之：如果要写字，就非永远画画不成。

但古人是并不愚蠢的，他们早就将形象改得简单，远离了写实。篆字圆折，还有图画的余痕，从隶书到现在的楷书，和形象就天差地远。不过那基础并未改变，天差地远之后，就成为不象形的象形字，写起来虽然比较的简单，认起来却非常困难了，要凭空一个一个的记住。而且有些字，也至今并不简单，例如"鸞"或"鑿"，去叫孩子写，非练习半年六月，是很难写在半寸见方的格子里面的。

还有一层，是"谐声"字也因为古今字音的变迁，很有些和"声"不大"谐"的了。现在还有谁读"滑"为"骨"，读"海"为"每"呢？

古人传文字给我们，原是一份重大的遗产，应该感谢的。但在成了不象形的象形字，不十分谐声的谐声字的现在，这感谢却只好踌躕一下了。

五　古时候言文一致么？

到这里，我想来猜一下古时候言文是否一致的问题。

对于这问题，现在的学者们虽然并没有分明的结论，但听他口气，好像大概是以为一致的；越古，就越一致。不过我却很有些怀疑，因为文字愈容易写，就愈容易写得和口语一致，但中国却是那么难画的象形字，也许我们的古人，向来就将不关重要的词摘去了的。

《书经》[10]有那么难读，似乎正可作照写口语的证据，但商周人的的确的口语，现在还没有研究出，还要繁也说不定的。至于周秦古书，虽然作者也用一点他本地的方言，而文字大致相类，即使和口语还相近罢，用的也是周秦白话，并非周秦大众语。汉朝更不必说了，虽是肯将《书经》里难懂的字眼，翻成今字的司马迁，也不过在特别情况之下，采用一点俗语，例如陈涉的老朋友看见他为王，惊异道："夥颐，涉之为王沉沉者"[11]，而其中的"涉之为王"四个字，我还疑心太史公加过修剪的。

那么，古书里采录的童谣，谚语，民歌，该是那时的老牌俗语罢。我看也很难说。中国的文学家，是颇有爱改别人文章的脾气的。最明显的例子是汉民间的《淮南王歌》[12]，同一地方的同一首歌，《汉书》和《前汉纪》[13]记的就两样。

一面是——

一尺布，尚可缝；

一斗粟，尚可舂。

兄弟二人，不能相容。

一面却是——

一尺布，暖童童；

一斗粟，饱蓬蓬。

兄弟二人不相容。

比较起来，好像后者是本来面目，但已经删掉了一些也说不定的：只是一个提要。后来宋人的语录，话本，元人的杂剧和传奇里的科白，也都是提要，只是它用字较为平常，删去的文字较少，就令人觉得"明白如话"了。

中国的言文从来不一致。

我的臆测，是以为中国的言文，一向就并不一致的，大原因便是字难写，只好节省些。当时的口语的摘要，是古人的文；古代的口语的摘要，是后人的古文。所以我们的做古文，是在用了已经并不象形的象形字，未必一定谐声的谐声字，在纸上描出今人谁也不说，懂的也不多的，古人的口语的摘要来。你想，这难不难呢？

六　于是文章成为奇货了

文字在人民间萌芽，后来却一定为特权者所收揽。据《易经》的作者所推测，“上古结绳而治”，则连结绳就已是治人者的东西。待到落在巫史的手里的时候，更不必说了，他们都是酋长之下，万民之上的人。社会改变下去，学习文字的人们的范围也扩大起来，但大抵限于特权者。至于平民，那是不识字的，并非缺少学费，只因为限于资格，他不配。而且连书籍也看不见。中国在刻版还未发达的时候，有一部好书，往往是“藏之秘阁，副在三馆”[14]，连做了士子，也还是不知道写着什么的。

汉字：特权者的资本。

因为文字是特权者的东西，所以它就有了尊严性，并且有了神秘性。中国的字，到现在还很尊严，我们在墙壁上，就常常看见挂着写上“敬惜字纸”的篓子；至于符的驱邪治病，那就靠了它的神秘性的。文字既然含着尊严性，那么，知道文字，这人也就连带的尊严起来了。新的尊严者日出不穷，对于旧的尊严者就不利，而且知道文字的人们一多，也会损伤神秘性的。符的威力，就因为这好像是字的东西，除道士以外，谁也不认识的缘故。所以，对于文字，他们一定要把持。

欧洲中世，文章学问，都在道院里；克罗蒂亚（Kroatia）[15]，是到了十九世纪，识字的还只有教士的，人民的口语，退步到对于旧生活刚够用。他们革新的时候，就只好从外国借进许多新语来。

我们中国的文字，对于大众，除了身分，经济这些限制之外，却还要加上一条高门槛：难。单是这条门槛，倘不费他十来年工夫，就不容易跨过。跨过了的，就是士大夫，而这些士大夫，又竭力的要使文字更加难起来，因为这可以使他特别的尊严，超出别的一切平常的士大夫之上。汉朝的杨雄[16]的喜欢奇字，就有这毛病的，刘歆[17]想借他的《方言》稿子，他几乎要跳黄浦。唐朝呢，樊宗师[18]的文章做到别人点不断，李贺的诗做到别人看不懂，也都为了这缘故。还有一种方法，是将字写得别人不认识，下焉者，是从《康熙字典》上查出几个古字来，夹进文章里面去；上焉者是钱坫[19]的用篆字来写刘熙[20]的《释名》，最近还有钱玄同先生的照《说文》字样给太炎先生抄《小学答问》。

文字难，文章难，这还都是原来的；这些上面，又加以士大夫故意特制的难，却还想它和大众有缘，怎么办得到。但士大夫们也正愿其如此，如果文字易识，大家都会，文字就不尊严，他也跟着不尊严了。说白话不如文言的人，就从这里出发的；现在论大众语，说大众只要教给“千字课”[21]就够的人，那意思的根柢也还是在这里。

七 不识字的作家

用那么艰难的文字写出来的古语摘要，我们先前也叫“文”，现在新派一点的叫“文学”，这不是从“文学子游子夏”[22]上割下来的，是从日本输入，他们的对于英文 Literature 的译名。会写写这样的“文”的，现在是写白话也可以了，就叫作“文学家”，或者叫“作家”。

文学的存在条件首先要会写字，那么，不识字的文盲群里，当然不会有文学家的了。然而作家却有的。你们不要太早的笑我，我还有话说。我想，人类是在未有文字之前，就有了创作的，可惜没有人记下，也没有法子记下。我们的祖先的原始人，原是连话也不会说的，为了共同劳作，必需发表意见，才渐渐的练出复杂的声音来。假如那时大家抬木头，都觉得吃力了，却想不到发表，其中有一个叫道“杭育杭育”，那么，这就是创作；大家也要佩服，应用的，这就等于出版。倘若用什么记号留存了下来，这就是文学；他当然就是作家，也是文学家，是“杭育杭育派”[23]。不要笑，这作品确也幼稚得很，但古人不及今人的地方是很多的，这正是其一。就是周朝的什么“关关雎鸠，在河之洲，窈窕淑女，君子好逑”罢，它是《诗经》里的头一篇，所以吓得我们只好磕头佩服。假如，先前未曾有过这样的一篇诗，现在的新诗人用这意思做一首白话诗，到无论什么副刊上去投稿试试罢，我看十分之九是要被编辑者塞进字纸篓去的。“漂亮的好小姐呀，是少爷的好一对儿！”什么话呢？

就是《诗经》的《国风》里的东西，好许多也是不识字的无名氏作品，因为比较的优秀，大家口口相传的。王官[24]们检出它可作行政上参考的记录了下来，此外消灭的正不知有多少。希腊人荷马——我们姑且当作有这样一个人——的两大史诗[25]，也原是口吟，现存的是别人的记录。东晋到齐陈的《子夜歌》和《读曲歌》之类，唐朝的《竹枝词》和《柳枝词》之类，原都是无名氏的创作，经文人的采录和润色之后，留传下来的。这一润色，留传固然留传了，但可惜的是一定失去了许多本来面目。到现在，到处还有民谣，山歌，渔歌等，这就是不识字的诗人的作品；也传述着童话和故事，这就是不识字的小说家的作品；他们，就都是不识字的作家。

但是，因为没有记录作品的东西，又很容易消灭，流布的范围也不能很广大，知道的人们也就很少了。偶有一点为文人所见，往往倒吃惊，吸入自己的作品中，作为新的养料。旧文学衰颓时，因为摄取民间文学或外国文学而起一个新的转变，这例子是常见于文学史上的。不识字的作家虽然不及文人的细腻，但他却刚健，清新。

要这样的作品为大家所共有，首先也就是要这作家能写字，同时也还要读者们能识字以至能写字，一句话：将文字交给一切人。

破除特权思想，将文字交给大众。

八　怎么交代？

将文字交给大众的事实，从清朝末年就已经有了的。

“莫打鼓，莫打锣，听我唱个太平歌……”是钦颁的教育大众的俗歌；此外，士大夫也办过一些白话报，但那主意，是只要大家听得懂，不必一定写得出。《平民千字课》就带了一点写得出的可能，但也只够记账，写信。倘要写出心里所想的东西，它那限定的字数是不够的。譬如牢监，的确是给了人一块地，不过它有限制，只能在这圈子里行立坐卧，断不能跑出设定了的铁栅外面去。

劳乃宣和王照[26]他两位都有简字，进步得很，可以照音写字了。民国初年，教育部要制字母，他们俩都是会员，劳先生派了一位代表，王先生是亲到的，为了入声存废问题，曾和吴稚晖先生大战，战得吴先生肚子一凹，棉裤也落了下来。但结果总算几经斟酌，制成了一种东西，叫作“注音字母”。那时很有些人，以为可以替代汉字了，但实际上还是不行，因为它究竟不过简单的方块字，恰如日本的“假名”[27]一样，夹上几个，或者注在汉字的旁边还可以，要它拜帅，能力就不够了。写起来会混杂，看起来要眼花。那时的会员们称它为“注音字母”，是深知道它的能力范围的。再看日本，他们有主张减少汉字的，有主张拉丁拼音的，但主张只用“假名”的却没有。

再好一点的是用罗马字拼法，研究得最精的是赵元任先生罢，我不大明白。用世界通用的罗马字拼起来——现在是连土耳其也采用了——一词一串，非常清晰，是好的。但教我似的门外汉来说，好像那拼法还太繁。要精密，当然不得不繁，但繁得很，就又变了“难”，有些妨碍普及了。最好是另有一种简而不陋的东西。

这里我们可以研究一下新的“拉丁化”法，《每日国际文选》[28]里有一小本《中国语书法之拉丁化》，《世界》[29]第二年第六七号合刊附录的一份《言语科学》，就都是绍介这东西的。价钱便宜，有心的人可以买来看。它只有二十八个字母，拼法也容易学。“人”就是 Rhen，“房子”就是 Fangz，“我吃果子”是 Wo chgoz，“他是工人”是 Ta sh gungrhen。现在在华侨里实验，见了成绩的，还只是北方话。但我想，中国究竟还是讲北方话——不是北京话——的人们多，将来如果真有一种到处通行的大众语，那主力也恐怕还是北方话罢。为今之计，只要酌量增减一点，使它合于各该地方所特有的音，也就可以用到无论什么穷乡僻壤去了。

那么，只要认识二十八个字母，学一点拼法和写法，除懒虫和低能外，就谁都能够写得出，看得懂了。况且它还有一个好处，是写得快。美国人说，时间就是金钱；但我想：时间就是性命。无端的空耗别人的时间，其实是无异于谋财害命的。不过像我们这样坐着乘风凉，谈闲天的人们，可又是例外。

九　专化呢，普遍化呢？

到了这里，就又碰着了一个大问题：中国的言语，各处很不同，单给一个粗枝大叶的区别，就有北方话，江浙话，两湖川贵话，福建话，广东话这五种，而这五种中，还有小区别。现在用拉丁字来写，写普通话，还是写土话呢？要写普通话，人们不会；倘写土话，别处的人们就看不懂，反而隔阂起来，不及全国通行的汉字了。这是一个大弊病！

我的意思是：在开首的启蒙时期，各地方各写它的土话，用不着顾到和别地方意思不相通。当未用拉丁写法之前，我们的不识字的人专化，还是普遍化？既是一种态度，也是一种方法。

们，原没有用汉字互通着声气，所以新添的坏处是一点也没有的，倒有新的益处，至少是在同一语言的区域里，可以彼此交换意见，吸收智识了——那当然，一面也得有人写些有益的书。问题倒在这各处的大众语文，将来究竟要它专化呢，还是普通化？

方言土语里，很有些意味深长的话，我们那里叫"炼话"，用起来是很有意思的，恰如文言的用古典，听者也觉得趣味津津。各就各处的方言，将语法和词汇，更加提炼，使他发达上去的，就是专化。这于文学，是很有益处的，它可以做得比仅用泛泛的话头的文章更加有意思。但专化又有专化的危险。言语学我不知道，看生物，是一到专化，往往要灭亡的。未有人类以前的许多动植物，就因为太专化了，失其可变性，环境一改，无法应付，只好灭亡。——幸而我们人类还不算专化的动物，请你们不要愁。大众，是有文学，要文学的，但决不该为文学做牺牲，要不然，他的荒谬和为了保存汉字，要十分之八的中国人做文盲来殉难的活圣贤就并不两样。所以，我想，启蒙时候用方言，但一面又要渐渐的加入普通的语法和词汇去。先用固有的，是一地方的语文的大众化，加入新的去，是全国的语文的大众化。

几个读书人在书房里商量出来的方案，固然大抵行不通，但一切都听其自然，却也不是好办法。现在在码头上，公共机关中，大学校里，确已有着一种好像普通话模样的东西，大家说话，既非“国语”，又不是京话，各各带着乡音，乡调，却又不是方言，即使说的吃力，听的也吃力，然而总归说得出，听得懂。如果加以整理，帮它发达，也是大众语中的一支，说不定将来还简直是主力。我说要在方言里“加入新的去”，那“新的”的来源就在这地方。待到这一种出于自然，又加人工的话一普遍，我们的大众语文就算大致统一了。

此后当然还要做。年深月久之后，语文更加一致，和“炼话”一样好，比“古典”还要活的东西，也渐渐的形成，文学就更加精采了。马上是办不到的。你们想，国粹家当作宝贝的汉字，不是化了三四千年工夫，这才有这么一堆古怪成绩么？

至于开手要谁来做的问题，那不消说：是觉悟的读书人。有人说：“大众的事情，要大众自己来做！”那当然不错的，不过得看看说的是什么脚色。如果说的是大众，那有一点是对的，对的是要自己来，错的是推开了帮手。倘使说的是读书人呢，那可全不同了：他在用漂亮话把持文字，保护自己的尊荣。

十　不必恐慌

但是，这还不必实做，只要一说，就又使另一些人发生恐慌了。

首先是说提倡大众语文的，乃是“文艺的政治宣传员如宋阳之流”[30]，本意在于造反。给带上一顶有色帽，是极简单的反对法。不过，一面也就是说，为了自己的太平，宁可中国有百分之八十的文盲。那么，倘使口头宣传呢，就应该使中国有百分之八十的聋子了。但这不属于“谈文”的范围，这里也无须多说。

专为着文学发愁的，我现在看见有两种。一种是怕大众如果都会读，写，就大家都变成文学家了。这真是怕天掉下来的好人。上次说过，在不识字的大众里，是一向就有作家的。我久不到乡下去了，先前是，农民们还有一点余闲，譬如乘凉，就有人讲故事。不过这讲手，大抵是特定的人，他比较的见识多，说话巧，能够使人听下去，懂明白，并且觉得有趣。这就是作家，抄出他的话来，也就是作品。倘有语言无味，偏爱多嘴的人，大家是不要听的，还要送给他许多冷话——讥刺。我们弄了几千年文言，十来年白话，凡是能写的人，何尝个个是文学家呢？即使都变成文学家，又不是军阀或土匪，于大众也并无害处的，不过彼此互看作品而已。

还有一种是怕文学的低落。大众并无旧文学的修养，比起士大夫文学的细致来，或者会显得所谓“低落”的，但也未染旧文学的痼疾，所以它又刚健，清新。无名氏文学如《子夜歌》之流，会给旧文学一种新力量，我先前已经说过了；现在也有人绍介了许多民歌和故事。还有戏剧，例如《朝花夕拾》所引《目连救母》里的无常鬼的自传，说是因为同情一个鬼魂，暂放还阳半日，不料被阎罗责罚，从此不再宽纵了——

“那怕你铜墙铁壁！

哪怕你皇亲国戚！……”

何等有人情，又何等知过，何等守法，又何等果决，我们的文学家做得出来么？

这是真的农民和手业工人的作品，由他们闲中扮演。借目连的巡行来贯串许多故事，除《小尼姑下山》外，和刻本的《目连救母记》是完全不同的。其中有一段《武松打虎》，是甲乙两人，一强一弱，扮着戏玩。先是甲扮武松，乙扮老虎，被甲打得要命，乙埋怨他了，甲道：“你是老虎，不打，不是给你咬死了？”乙只得要求互换，却又被甲咬得要命，一说怨话，甲便道：“你是武松，不咬，不是给你打死了？”我想：比起希腊的伊索[31]，俄国的梭罗古勃[32]的寓言来，这是毫无逊色的。

如果到全国的各处去收集，这一类的作品恐怕还很多。但自然，缺点是有的。是一向受着难文字，难文章的封锁，和现代思潮隔绝。所以，倘要中国的文化一同向上，就必须提倡大众语，大众文，而且书法更必须拉丁化。

十一　大众并不如读书人所想像的愚蠢

但是，这一回，大众语文刚一提出，就有些猛将趁势出现了，来路是并不一样的，可是都向白话，翻译，欧化语法，新字眼进攻。他们都打着“大众”的旗，说这些东西，都为大众所不懂，所以要不得。其中有的是原是文言余孽，借此先来打击当面的白话和翻译的，就是祖传的“远交近攻”的老法术；有的是本是懒惰分子，未尝用功，要大众语未成，白话先倒，让他在这空场上夸海口的，其实也还是文言文的好朋友，我都不想在这里多谈。现在要说的只是那些好意的，然而错误的人，因为他们不是看轻了大众，就是

反对精英主义，又反对“迎合大众”。

看轻了自己，仍旧犯着古之读书人的老毛病。

读书人常常看轻别人，以为较新，较难的字句，自己能懂，大众却不能懂，所以为大众计，是必须彻底扫荡的；说话作文，越俗，就越好。这意见发展开来，他就要不自觉的成为新国粹派。或则希图大众语文在大众中推行得快，主张什么都要配大众的胃口，甚至于说要“迎合大众”，故意多骂几句，以博大众的欢心。这当然自有他的苦心孤诣，但这样下去，可要成为大众的新帮闲的。

不要做“新国粹派”，也不要当“大众的新帮闲”。

说起大众来，界限宽泛得很，其中包括着各式各样的人，但即使“目不识丁”的文盲，由我看来，其实也并不如读书人所推想的那么愚蠢。他们是要智识，要新的智识，要学习，能摄取的。当然，如果满口新语法，新名词，他们是什么也不懂；但逐渐的检必要的灌输进去，他们却会接受；那消化的力量，也许还赛过成见更多的读书人。初生的孩子，都是文盲，但到两岁，就懂许多话，能说许多话了，这在他，全部是新名词，新语法。他哪里是从《马氏文通》或《辞源》里查来的呢？也没有教师给他解释，他是听过几回之后，从比较而明白了意义的。大众的会摄取新词汇和语法，也就是这样子，他们会这样的前进。所以，新国粹派的主张，虽然好像为大众设想，实际上倒尽了拖住的任务。不过也不能听大众的自然，因为有些见识，他们究竟还在觉悟的读书人之下，如果不给他们随时拣选，也许会误拿了无益的，甚而至于有害的东西。所以，“迎合大众”的新帮闲，是绝对的要不得的。

由历史所指示，凡有改革，最初，总是觉悟的智识者的任务。但这些智识者，却必须有研究，能思索，有决断，而且有毅力。他也用权，却不是骗人，他利导，却并非迎合。他不看轻自己，以为是大家的戏子，也不看轻别人，当作自己的喽罗。他只是大众中的一个人，我想，这才可以做大众的事业。

论“觉悟的智识者”。

大众的事业要求大众的共同行动：既需要拉纤，也需要把舵，知识精英是必不可少的。此外，还需要实验，允许探索，允许失败。

十二　煞　尾

话已经说得不少了。总之，单是话不行，要紧的是做。要许多人做：大众和先驱；要各式的人做：教育家，文学家，言语学家……。这已经迫于必要了，即使目下还有点逆水行舟，也只好拉纤；顺水固然好得很，然而还是少不得把舵的。

这拉纤或把舵的好方法，虽然也可以口谈，但大抵得益于实验，无论怎么看风看水，目的只是一个：向前。

“向前”：一贯的进化、进步的观点。

各人大概都有些自己的意见，现在还是给我听听你们诸位的高论罢。

注　释

1　本篇发表于 1934 年 8 月 24 日至 9 月 10 日《申报·自由谈》，署名华圉；曾由作者将它与其他有关语文改革的文章编成《门外文谈》一书，由上海天马书店出版。后编入《且介亭杂文》。

2　**“升中于天”**　语见《礼记·礼器》：“升中于天，因吉土，以飨帝于郊。”郑玄注：“升，上也；中，犹成也；谓巡狩至于方岳，燔柴祭天，告以诸侯之成功也。”

3　**“仓颉，黄帝史”**　语见《汉书·古今人表》。史，史官。

4　**伏羲**　上古帝王，即太昊。传说他教民结网，从事渔猎畜牧。“八卦”相传为他所作。卦，即挂，悬挂物象以示吉凶，有乾（☰）、坤（☷）、震（☳）、艮（☶）、离（☲）、坎（☵）、兑（☱）、巽（☴）八种，分别象征天、地、雷、风、水、火、山、泽八种自然现象。

5　**“岣嵝碑”**　又称禹碑。在湖南衡山云密峰，相传为夏禹治水时所刻。

6　**亚勒泰米拉洞**　通译阿尔塔米拉洞窟。在西班牙北部桑坦德市西，洞窟中遗有动物骨骼化石和石器，以及壁画，所画为野牛、野猪、野鹿、长毛巨象等动物。发现于 1868 年。

7　**《周礼》**　记述周王朝官制及战国时各国制度的资料汇编，为儒家经典之一。**《说文解字》**　简称《说文》，我国第一部系列分析汉字并考察字源的字书，东汉许慎撰。文中说的汉字六种构成法，即《周礼》和《说文》所说的“六书”，两书说法略有出入。

8　**“近取诸身，远取诸物”**　语见《易经·系辞》。

9　**“象意”**　汉字“六书”之一。据《汉书·艺文志》颜师古注：“象意，即会意也。”

10　**《书经》**　即《尚书》。

11　**“夥颐，涉之为王沉沉者”**　语见《史记·陈涉世家》。据司马贞《索隐》：“服虔云：楚人谓多为夥。按又言颐者，助声之辞也。”又据裴骃《集解》：“应劭曰：沈沈，宫室深邃之貌也。”

12 《淮南王歌》 淮南王指汉文帝之弟刘长，因谋反为文帝所废，流放蜀郡，中途绝食而死。《淮南王歌》就是以此事为背景的一首民谣。

13 《汉书》 东汉班固撰写的西汉史，为我国第一部纪传体断代史。《前汉纪》即《汉纪》，东汉荀悦撰，编年体西汉史。

14 “藏之秘阁，副在三馆” 秘阁、三馆，都是藏书的地方。

15 克罗蒂亚 通译克罗地亚。

16 杨雄（前 53—18） 西汉文学家、文字学家。又作扬雄，字子云，蜀郡成都（今属四川）人。著有《法言》《太玄经》及其他文赋。下文所说《方言》，全名为《輶轩使者绝代语释别国方言》，录载全国各地同义异字之字，相传为扬雄所著。

17 刘歆（约前 53—23） 西汉学者。字子骏，后改名秀，字颖叔，沛（今江苏沛县）人。王莽执政时，立古文经博士，任“国师”。后谋诛王莽，事泄自杀。明人辑有《刘子骏集》。

18 樊宗师（？—约 821） 唐代散文学家。字绍述，南阳（今属河南）人，一作河中（今山西永济）人。作文力求诙奇险奥，流于艰涩，时号“涩体”。

19 钱坫（1744—1806） 清代汉学家。字献之，江苏嘉定（今属上海市）人。

20 刘熙 训诂学家。字成国，汉代北海（今山东潍坊）人。所著《释名》，是一部解释字义的书，共八卷。

21 “千字课” 即《平民千字课本》，1922 年陶行知等人创办的中华平民教育促进会编纂的一种供成年人补习汉字的读本。后来还有一些类似的读物印行。

22 “文学子游子夏” 据《论语・先进》刑昺疏：“若‘文章博学’，则有子游、子夏二人也。”子游、子夏，即孔子的弟子言偃、卜商。

23 “杭育杭育派” 林语堂于 1934 年 4 月 28 日起在《申报・自由谈》刊载的《方巾气研究》一文中说：“在批评方面，近来新旧卫道派颇一致，方巾气越来越重。凡非哼哼唧唧文学，或杭育杭育文学，皆在鄙视之列。”又说：“《人间世》出版，动起杭育杭育派的方巾气，七手八脚，乱吹乱擂，却丝毫没有打动了《人世间》。”这里使用“杭育杭育派”，显然是针对林语堂而发的。

24 王官 王朝的官职，这里指“采诗之官”。

25 荷马的两大史诗，指《伊利亚特》和《奥德赛》。

26 劳乃宣（1842—1921） 中国音韵学家、拼音文字提倡者。字季瑄，浙江桐乡人。清末任京师大学堂总监督兼署学部副大臣，民国初年曾主张复辟帝制，后避居青岛。通等韵字母之学，撰《等韵一得》。主张推行简字拼音，曾奏请设立简字学堂于南京。增订王照所制《官话字母》成《宁音谱》《吴音谱》等。王照（1859—1933） 中国拼音文字提倡者。字小航，河北宁河（今属天津市）人。曾参加戊戌变法，事败后逃往日本，后又向清廷投案。致力于汉语拼音字母的研究，拟定“官话字母”，曾流行于北方诸省。1913 年任读音统一会副议长，曾依据他的《官话合声字母》提出拼音方案。著有《小航文存》。

27 “假名” 日文字母从“真名”（汉字）假借而来，故称“假名”。

28 《每日国际文选》 一种提供世界新闻杂志的论文的翻译刊物，1933 年 8 月 1 日创刊，孙师毅等编选，上海中外出版公司印行。《中国语书法之拉丁化》为焦风（方善境）译自苏联的世界语刊物《新阶段》，是《每日国际文选》的第 12 号，1933 年 8 月 12 日出版。

29 《世界》 世界语月刊，上海世界语者协会编印，创刊于 1932 年 12 月。《言语科学》是《世界》的每月增刊。

30 “文艺的政治宣传员如宋阳之流” 引自李焰生在 1934 年 8 月《社会月报》第 1 卷第 3 期发表的《由大众语文文学到国民语文文学》一文的话：“所谓大众语文，意义是模糊的，提倡不是始自现在，那些文艺的政治宣传员如宋阳之流，数年前已经很热闹的讨论过。”宋阳，即瞿秋白。

31 伊索（Aesop，约前六世纪） 相传为古希腊寓言作家，著有《伊索寓言》共三百余篇。

32 梭罗古勃（Ф. Сологуб，1863—1927） 俄国诗人、小说家，著有长篇小说《老屋》《小鬼》等。

答徐懋庸并关于抗日统一战线问题[1]

鲁迅先生：

贵恙已痊愈否？念念。自先生一病，加以文艺界的纠纷，我就无缘再亲聆 教诲，思之常觉怆然！

我现因生活困难，身体衰弱，不得不离开上海，拟往乡间编译一点卖现钱的书后，再来沪上。趁此机会，暂作上海“文坛”的局外人，仔细想想一切问题，也许会更明白些的罢。

在目前，我总觉得先生最近半年来的言行，是无意地助长着恶劣的倾向的。以胡风的性情之诈，以黄源的行为之谄，先生都没有细察，永远被他们据为私有，眩惑群众，若偶像然，于是从他们的野心出发的分离运动，遂一发而不可收拾矣。胡风他们的行动，显然是出于私心的，极端的宗派运动，他们的理论，前后矛盾，错误百出。即如“民族革命战争的大众文学”这口号，起初原是胡风提出来用以和“国防文学”对立的，后来说一个是总的，一个是附属的，后来又说一个是左翼文学发展到现阶段的口号，如此摇摇荡荡，即先生亦不能替他们圆其说。对于他们的言行，打击本极易，但徒以有先生作着他们的盾牌，人谁不爱先生，所以在实际解决和文字斗争上都感到绝大的困难。

我很知道先生的本意。先生是唯恐参加统一战线的左翼战友，放弃原来的立场，而看到胡风们在样子上尚左得可爱；所以赞同了他们的。但我要告诉先生，这是先生对于现在的基本的政策没有了解之故。现在的统一战线——中国的和全世界的都一样——固然是以普洛为主体的，但其成为主体，并不由于它的名义，它的特殊地位和历史，而是由于它的把握现实的正确和斗争能力的巨大。所以在客观上，普洛之为主体，是当然的。但在主观上，普洛不应该挂起明显的徽章，不以工作，只以特殊的资格去要求领导权，以至吓跑别的阶层的战友。所以，在目前的时候，到联合战线中提出左翼的口号来，是错误的，是危害联合战线的。所以先生最近所发表的《病中答客问》，既说明“民族革命战争的大众文学”是普洛文学到现在的一发展，又说这应该作为统一战线的总口号，这是不对的。

再说参加“文艺家协会”的“战友”，未必个个右倾堕落，如先生所疑虑者；况集合在先生的左右的“战友”，既然包括巴金和黄源之流，难道先生以为凡参加“文艺家协会”的人们，竟个个不如巴金和黄源么？我从报章杂志上，知道法西两国“安那其”之反动，破坏联合战线，无异于托派，中国的“安那其”的行为，则更卑劣。黄源是一个根本没有思想，只靠捧名流为生的东西。从前他奔走于傅郑门下之时，一副谄佞之相，固不异于今日之对先生效忠致敬。先生可与此辈为伍，而不屑与多数人合作，此理我实不解。

我觉得不看事而只看人，是最近半年来先生的错误的根由。

先生的看人又看得不准。譬如，我个人，诚然是有许多缺点的，但先生却把我写字糊涂这一层当作大缺点，我觉得实在好笑。（我为什么故意要把“邱韵铎”三字，写成像“郑振铎”的样子呢？难道郑振铎是先生所喜欢的人么？）为此小故，遽拒一个人于千里之外，我实以为不对。

我今天就要离沪，行色匆匆，不能多写了，也许已经写得太多。以上所说，并非存心攻击先生，实在很希望先生仔细想一想各种事情。

拙译《斯太林传》快要出版，出版后当寄奉一册，此书甚望先生细看一下，对原意和译文，均望批评。敬颂
痊安。

懋庸上。八月一日。

以上，是徐懋庸给我的一封信，我没有得他同意就在这里发表了，因为其中全是教训我和攻击别人的话，发表出来，并不损他的威严，而且也许正是他准备我将它发表的作品。但自然，人们也不免因此看得出：这发信者倒是有些“恶劣”的青年！

但我有一个要求：希望巴金，黄源，胡风[2]诸先生不要学徐懋庸的样。因为这信中有攻击他们的话，就也报答以牙眼，那恰正中了他的诡计。在国难当头的现在，白天里讲些冠冕堂皇的话，暗夜里进行一些离间，挑拨，分裂的勾当的，不就正是这些人么？这封信是有计划的，是他们向没有加入“文艺家协会”[3]的人们的新的挑战，想这些人们去应战，那时他们就加你们以“破坏联合战线”的罪名，“汉奸”

的罪名。然而我们不，我们决不要把笔锋去专对几个个人，“先安内而后攘外”[4]，不是我们的办法。

但我在这里，有些话要说一说。首先是我对于抗日的统一战线的态度。其实，我已经在好几个地方说过了，然而徐懋庸等似乎不肯去看一看，却一味的咬住我，硬要诬陷我“破坏统一战线”，硬要教训我说我“对于现在基本的政策没有了解”。我不知道徐懋庸们有什么“基本的政策”。（他们的基本政策不就是要咬我几口么？）然而中国目前的革命的政党向全国人民所提出的抗日统一战线的政策，我是看见的，我是拥护的，我无条件地加入这战线，那理由就因为我不但是一个作家，而且是一个中国人，所以这政策在我是认为非常正确的，我加入这统一战线，自然，我所使用的仍是一枝笔，所做的事仍是写文章，译书，等到这枝笔没有用了，我可自己相信，用起别的武器来，决不会在徐懋庸等辈之下。

其次，我对于文艺界统一战线的态度。我赞成一切文学家，任何派别的文学家在抗日的口号之下统一起来的主张。我也曾经提出过我对于组织这种统一的团体的意见过，那些意见，自然是被一些所谓“指导家”格杀了，反而即刻从天外飞来似地加我以“破坏统一战线”的罪名。这首先就使我暂不加入“文艺家协会”了，因为我要等一等，看一看，他们究竟干的什么勾当；我那时实在有点怀疑那些自称“指导家”以及徐懋庸式的青年，因为据我的经验，那种表面上扮着“革命”的面孔，而轻易诬陷别人为“内奸”，为“反革命”，为“托派”，以至为“汉奸”者，大半不是正路人；因为他们巧妙地格杀革命的民族的力量，不顾革命的大众的利益，而只借革命以营私，老实说，我甚至怀疑过他们是否系敌人所派遣。我想，我不如暂避无益于人的危险，暂不听他们指挥罢。自然，事实会证明他们到底的真相，我决不愿来断定他们是什么人，但倘使他们真的志在革命与民族，而不过心术的不正当，观念的不正确，方式的蠢笨，那我就以为他们实有自行改正一下的必要。我对于“文艺家协会”的态度，我认为它是抗日的作家团体，其中虽有徐懋庸式的人，却也包含了一些新的人；但不能以为有了“文艺家协会”，就是文艺界的统一战线告成了，还远得很，还没有将一切派别的文艺家都联为一气。那原因就在“文艺家协会”还非常浓厚的含有宗派主义和行帮情形。不看别的，单看那章程，对于加入者的资格就限制得太严；就是会员要缴一元入会费，两元年费，也就表示着“作家阀”的倾向，不是抗日“人民式”的了。在理论上，如《文学界》[5]创刊号上所发表的关于“联合问题”和“国防文学”的文章，是基本上宗派主义的；一个作者[6]引用了我在一九三〇年讲的话，并以那些话为出发点，因此虽声声口口说联合任何派别的作家，而仍自己一相情愿的制定了加入的限制与条件。这是作者忘记了时代。我以为文艺家在抗日问题上的联合是无条件的，只要他不是汉奸，愿意或赞成抗日，则不论叫哥哥妹妹，之乎者也，或鸳鸯蝴蝶都无妨。但在文学问题上我们仍可以互相批判。这个作者又引例了法国的人民阵线[7]，然而我以为这又是作者忘记了国度，因为我们的抗日人民统一战线是比

“借革命以营私。”我们的批评家议论的大抵是观念或方式，却回避“心术”问题，回避一种人格的批评。

文学问题不同于组织问题。“宗派主义和行帮情形”，所指基本上属于后者；哪怕“党同伐异”，如果仅属于前者，属于文学思想批判，仍当被认为是正当的。

在这里，对“国防文学”的批评，则因为它带有强制的性质，体现着组织与权力对文学口号的侵入。

据当事人胡风回忆，这里列举的《子夜》及郭沫若等一些说话，都是冯雪峰出于统战的考虑，为减少摩擦所作的意在妥协的权宜的提法，并非鲁迅本意。

法国的人民阵线还要广泛得多的。另一个作者[8]解释“国防文学”，说“国防文学”必须有正确的创作方法，又说现在不是“国防文学”就是“汉奸文学”，欲以“国防文学”一口号去统一作家，也先豫备了“汉奸文学”这名词作为后日批评别人之用。这实在是出色的宗派主义的理论。我以为应当说：作家在“抗日”的旗帜，或者在“国防”的旗帜之下联合起来；不能说：作家在“国防文学”的口号下联合起来，因为有些作者不写“国防为主题”的作品，仍可从各方面来参加抗日的联合战线；即使他像我一样没有加入“文艺家协会”，也未必就是“汉奸”。“国防文学”不能包括一切文学，因为在“国防文学”与“汉奸文学”之外，确有既非前者也非后者的文学，除非他们有本领也证明了《红楼梦》，《子夜》，《阿Q正传》是“国防文学”或“汉奸文学”。这种文学存在着，但它不是杜衡，韩侍桁，杨邨人之流的什么“第三种文学”。因此，我很同意郭沫若先生的“国防文艺是广义的爱国主义的文学”和“国防文艺是作家关系间的标帜，不是作品原则上的标帜”的意见。我提议“文艺家协会”应该克服它的理论上与行动上的宗派主义与行帮现象，把限度放得更宽些，同时最好将所谓“领导权”移到那些确能认真做事的作家和青年手里去，不能专让徐懋庸之流的人在包办。至于我个人的加入与否，却并非重要的事。

其次，我和“民族革命战争的大众文学”这口号的关系。徐懋庸之流的宗派主义也表现在对于这口号的态度上。他们既说这是“标新立异”[9]，又说是与“国防文学”对抗。我真料不到他们会宗派到这样的地步。只要“民族革命战争的大众文学”的口号不是“汉奸”的口号，那就是一种抗日的力量；为什么这是“标新立异”？你们从那里看出这是与“国防文学”对抗？拒绝友军之生力的，暗暗的谋杀抗日的力量的，是你们自己的这种比“白衣秀士”王伦[10]还要狭小的气魄。我以为在抗日战线上是任何抗日力量都应当欢迎的，同时在文学上也应当容许各人提出新的意见来讨论，“标新立异”也并不可怕；这和商人的专卖不同，并且事实上你们先前提出的“国防文学”的口号，也并没有到南京政府或“苏维埃”政府去注过册。但现在文坛上仿佛已有“国防文学”牌与“民族革命战争大众文学”牌的两家，这责任应该徐懋庸他们来负，我在病中答访问者的一文[11]里是并没有把它们看成两家的。自然，我还得说一说“民族革命战争的大众文学”这口号的无误及其与“国防文学”口号之关系。——我先得说，前者这口号不是胡风提的，胡风做过一篇文章是事实[12]，但那是我请他做的，他的文章解释得不清楚也是事实。这口号，也不是我一个人的“标新立异”，是几个人大家经过一番商议的，茅盾[13]先生就是参加商议的一个。郭沫若先生远在日

“标新立异”并不可怕。

本，被侦探监视着，连去信商问也不方便。可惜的就只是没有邀请徐懋庸们来参加议讨。但问题不在这口号由谁提出，只在它有没有错误。如果它是为了推动一向囿于普洛革命文学的左翼作家们跑到抗日的民族革命战争的前线上去，它是为了补救“国防文学”这名词本身的在文学思想的意义上的不明了性，以及纠正一些注进“国防文学”这名词里去的不正确的意见，为了这些理由而被提出，那么它是正当的，正确的。如果人不用脚底皮去思想，而是用过一点脑子，那就不能随便说句“标新立异”就完事。“民族革命战争的大众文学”这名词，在本身上，比“国防文学”这名词，意义更明确，更深刻，更有内容。“民族革命战争的大众文学”，主要是对前进的一向称左翼的作家们提倡的，希望这些作家们努力向前进，在这样的意义上，在进行联合战线的现在，徐懋庸说不能提出这样的口号，是胡说！“民族革命战争的大众文学”，也可以对一般或各派作家提倡的，希望的，希望他们也来努力向前进，在这样的意义上，说不能对一般或各派作家提这样的口号，也是胡说！但这不是抗日统一战线的标准，徐懋庸说我“说这应该作为统一战线的总口号”，更是胡说！我问徐懋庸究竟看了我的文章没有？人们如果看过我的文章，如果不以徐懋庸他们解释“国防文学”的那一套来解释这口号，如聂绀弩[14]等所致的错误，那么这口号和宗派主义或关门主

“国防文学”与“民族革命战争的大众文学”：前者是国家的，后者是民族的；前者的核心在政府，在“最高统帅”，后者的主体是大众；前者是一元的，后者是多元的，内容和着重点都有很大的不同。

义是并不相干的。这里的“大众”，即照一向的“群众”，“民众”的意思解释也可以，何况在现在，当然有“人民大众”这意思呢。我说“国防文学”是我们目前文学运动的具体口号之一，为的是“国防文学”这口号，颇通俗，已经有很多人听惯，它能扩大我们政治的和文学的影响，加之它可以解释为作家在国防旗帜下联合，为广义的爱国主义的文学的缘故。因此，它即使曾被不正确的解释，它本身含义上有缺陷，它仍应当存在，因为存在对于抗日运动有利益。我以为这两个口号的并存，不必像辛人[15]先生的“时期性”与“时候性”的说法，我更不赞成人们以各种的限制加到“民族革命战争的大众文学”上。如果一定要以为“国防文学”提出在先，这是正统，那么就将正统权让给要正统的人们也未始不可，因为问题不在争口号，而在实做；尽管喊口号，争正统，固然也可作为“文章”，取点稿费，靠此为生，但尽管如此，也到底不是久计。

反对一味的“喊口号，争正统”，主张实做。

最后，我要说到我个人的几件事。徐懋庸说我最近半年的言行，助长着恶劣的倾向。我就检查我这半年的言行。所谓言者，是发表过四五篇文章，此外，至多对访问者谈过一些闲天，对医生报告我的病状之类；所谓行者，比较的多一点，印过两本版画，一本杂感[16]，译过几章《死魂灵》[17]，生过三个月的病，签过一个名[18]，此外，也并未到过咸肉庄[19]或赌场，并未出席过什么会议。我真不懂我怎样助长着，以及助长什么恶劣倾向。难道因为我生病么？除了怪我生病而竟不死以外，我想就只有一个说法：怪我生病，不能和徐懋庸这类恶劣的倾向来搏斗。

其次，是我和胡风，巴金，黄源诸人的关系。我和他们，是新近才认识的，都由于文学工作上的关系，虽然还不能称为至交，但已可以说是朋友。不能提出真凭实据，而任意诬我的朋友为“内奸”，为“卑劣”者，我是要加以辩正的，这不仅是我的交友的道义，也是看人看事的结果。徐懋庸说我只看人，不看事，是诬枉的，我就先看了一些事，然后看见了徐懋庸之类的人。胡风我先前并不熟识，去年的有一天，一位名人[20]约我谈话了，到得那里，却见驶来了一辆汽车，从中跳出四条汉子：田汉，周起应，还有另两个[21]，一律洋服，态度轩昂，说是特来通知我：胡风乃是内奸，官方派来的。我问凭据，则说是得自转向以后的穆木天口中。转向者的言谈，到左联就奉为圣旨，这真使我口呆目瞪。再经几度问答之后，我的回答是：证据薄弱之极，我不相信！当时自然不欢而散，但后来也不再听人说胡风是“内奸”了。然而奇怪，此后的小报，每当攻击胡风时，便往往不免拉上我，或由我而涉及胡风。最近的则如《现实文学》[22]发表了 O.V. 笔录的我的主张以后，《社会日报》就说 O.V. 是胡风，笔录也和我的本意不合，稍远的则如周

“四条汉子”在鲁迅文本中是一个描述性名词，三十年后却在“旗手”和“金棍子”手中变成了一个政治专有名词，并以批斗和监禁，对之实行“实际解决”。历史的这种戏剧性，真令人惊叹不置。

文[23]向傅东华抗议删改他的小说时，同报也说背后是我和胡风。最阴险的则是同报在去年冬或今年春罢，登过一则花边的重要新闻：说我就要投降南京，从中出力的是胡风，或快或慢，要看他的办法。[24]我又看自己以外的事：有一个青年，不是被指为“内奸”，因而所有朋友都和他隔离，终于在街上流浪，无处可归，遂被捕去，受了毒刑的么？又有一个青年，也同样的被诬为“内奸”，然而不是因为参加了英勇的战斗，现在坐在苏州狱中，死活不知么？这两个青年就是事实证明了他们既没有像穆木天等似的做过堂皇的悔过的文章，也没有像田汉似的在南京大演其戏[25]。同时，我也看人：即使胡风不可信，但对我自己这人，我自己总还可以相信的，我就并没有经胡风向南京讲条件的事。因此，我倒明白了胡风鲠直，易于招怨，是可接近的，而对于周起应之类，轻易诬人的青年，反而怀疑以至憎恶起来了。自然，周起应也许别有他的优点。也许后来不复如此，仍将成为一个真的革命者；胡风也自有他的缺点，神经质，繁琐，以及在理论上的有些拘泥的倾向，文字的不肯大众化，但他明明是有为的青年，他没有参加过任何反对抗日运动或反对过统一战线，这是纵使徐懋庸之流用尽心机，也无法抹杀的。

至于黄源，我以为是一个向上的认真的译述者，有《译文》这切实的杂志和别的几种译书为证。巴金是一个有热情的有进步思想的作家，在屈指可数的好作家之列的作家，他固然有“安那其主义者”[26]之称，但他并没有反对我们的运动，还曾经列名于文艺工作者联名的战斗的宣言[27]。黄源也签了名的。这样的译者和作家要来参加抗日的统一战线，我们是欢迎的，我真不懂徐懋庸等类为什么要说他们是“卑劣”？难道因为有《译文》存在碍眼？难道连西班牙的“安那其”的破坏革命[28]，也要巴金负责？

还有，在中国近来已经视为平常，而其实不但“助长”，却正是“恶劣的倾向”的，是无凭无据，却加给对方一个很坏的恶名。例如徐懋庸的说胡风的“诈”，黄源的“谄”，就都是。田汉周起应们说胡风是“内奸”，终于不是，是因为他们发昏；并非胡风诈作“内奸”，其实不是，致使他们成为说谎。《社会日报》说胡风拉我转向，而至今不转，是撰稿者有意的诬陷；并非胡风诈作拉我，其实不拉，以致记者变了造谣。胡风并不“左得可爱”，但我以为他的私敌，却实在是“左得可怕”的。黄源未尝作文捧我，也没有给我做过传，不过专办着一种月刊，颇为尽责，舆论倒还不坏，怎么便是“谄”，怎么便是对于我的“效忠致敬”？难道《译文》是我的私产吗？黄源“奔走于傅郑[29]门下之时，一副谄佞之相”，徐懋庸大概是奉谕知道的了，但我不知道，也没有见过，至于他和我的往还，却不见有“谄佞之相”，而徐懋庸也没有一次同在，我不知道他凭着什么，来断定和谄佞于傅郑门下者“无异”？当这时会，我也就是证人，而并未实见的徐懋庸，对于本身在场的我，竟可以如此信口胡说，含血喷人，这真可谓横暴恣肆，达于极点了。莫非这是“了解”了“现在的基本的政策”之故吗？“和全世界都一样”的吗？那么，可真要吓死人！

论胡风。论周扬。论黄源、巴金等。

其实“现在的基本政策”是决不会这样的好像

天罗地网的。不是只要“抗日”，就是战友吗？“诈”何妨，“谄”又何妨？又何必定要剿灭胡风的文字，打倒黄源的《译文》呢，莫非这里面都是“二十一条”[30]和“文化侵略”吗？首先应该扫荡的，倒是拉大旗作为虎皮，包着自己，去吓呼别人；小不如意，就倚势（！）定人罪名，而且重得可怕的横暴者。自然，战线是会成立的，不过这吓成的战线，作不得战。先前已有这样的前车，而覆车之鬼，至死不悟，现在在我面前，就附着徐懋庸的肉身而出现了。

挑战权力者，横暴者，“奴隶总管”。

在左联结成的前后，有些所谓革命作家，其实是破落户的漂零子弟。他也有不平，有反抗，有战斗，而往往不过是将败落家族的妇姑勃谿，叔嫂斗法的手段，移到文坛上。嘁嘁嚓嚓，招是生非，搬弄口舌，决不在大处着眼。这衣钵流传不绝。例如我和茅盾，郭沫若两位，或相识，或未尝一面，或未冲突，或曾用笔墨相讥，但大战斗却都为着同一的目标，决不日夜记着个人的恩怨。然而小报却偏喜欢记些鲁比茅如何，郭对鲁又怎样，好像我们只在争座位，斗法宝。就是《死魂灵》，当《译文》停刊后，《世界文库》上也登完第一部的，但小报却说“郑振铎腰斩《死魂灵》”，或鲁迅一怒中止了翻译。这其实正是恶劣的倾向，用谣言来分散文艺界的力量，近于“内奸”的行为的。然而也正是破落文学家最末的道路。

我看徐懋庸也正是一个嘁嘁嚓嚓的作者，和小报是有关系了，但还没有坠入最末的道路。不过，也已经胡涂得可观。（否则，便是骄横了。）例如他信里说："对于他们的言行，打击本极易，但徒以有先生作他们的盾牌，……所以在实际解决和文字斗争上都感到绝大的困难。"是从修身上来打击胡风的诈，黄源的谄，还是从作文上来打击胡风的论文，黄源的《译文》呢？——这我倒并不急于知道；我所要问的是为什么我认识他们，"打击"就"感到绝大的困难"？对于造谣生事，我固然决不肯附和，但若徐懋庸们义正词严，我能替他们一手掩尽天下耳目的吗？而且什么是"实际解决"？是充军，还是杀头呢？在"统一战线"这大题目之下，是就可以这样锻炼人罪，戏弄威权的？我真要祝祷"国防文学"有大作品，倘不然，也许又是我近半年来，"助长着恶劣的倾向"的罪恶了。

可怕的"实际解决"。1949年以后，胡风、冯雪峰、丁玲、黄源们都是被"实际解决"了的。

临末，徐懋庸还叫我细细读《斯太林传》[31]。是的，我将细细的读，倘能生存，我当然仍要学习；但我临末也请他自己再细细的去读几遍，因为他翻译时似乎毫无所得，实有从新细读的必要。否则，抓到一面旗帜，就自以为出人头地，摆出奴隶总管的架子，以鸣鞭为唯一的业绩——是无药可医，于中国也不但毫无用处，而且还有害处的。

八月三—六日。

注 释

1 最初发表于1936年8月《作家》月刊第1卷第5期。后收入《且介亭杂文末编》。本文由冯雪峰拟稿，经鲁迅补充、修改而成。虽然鲁迅迁就了冯雪峰意在避免纠纷、争取多数的某些策略性的说法，但是，在根本性的问题和重大的结论方面，他仍然保持了个人的意见。

2 巴金（1904—2005）作家。李尧棠，字芾甘，发表《灭亡》时始用笔名巴金。四川成都人。1923年后，先后到上海、南京、北京等地求学，1927年游学法国。研究了十八世纪法国大革命的历史，并接受无政府主义思潮的影响。著名的小说有激流三部曲《家》《春》《秋》及《寒夜》等，还翻译了普希金、屠格涅夫、赫尔岑、克鲁泡特金、高尔基等人的著作多种。晚年任中国作家协会主席，并有《随想录》出版。

黄源（1905—2003）翻译家。字河清，浙江海盐人。曾留学日本，后任生活书店《文学》及《译文》月刊编辑，《译文丛书》主编。1938年参加新四军，次年加入中国共产党，任多种抗敌文艺报刊编辑。建国后任上海军管会文艺处副处长、华东军政委员会文化部副部长、华东局宣传部文艺处长等职，1954年任浙江省委宣传部、文教部副部长兼文化局长。1957年打成“右派”，平反后任浙江省作家协会主席、文联主席。

胡风（1902—1985）作家、翻译家、文艺批评家。原名张光人，笔名谷非等。湖北蕲春人。出身贫苦，1929年留学日本，1933年春，因在留学生中组织左翼抗日文化团体被捕，后被驱逐回上海。曾加入中国左翼作家联盟，先后任宣传部长、书记等职。抗日战争期间，主编《七月》半月刊，出版《七月诗丛》和《七月文丛》；战后主编《希望》，培养了大批青年作家、诗人和文艺批评家。1954年上书“三十万言”，即“关于几个理论性问题的说明材料”，造成新中国成立后第一个文字狱，即“胡风反革命集团”案，株连甚广；

本人 1955 年起受到关押审查，直到 1979 年获释。坐狱期间，身心受到严重摧残。平反后出版《胡风评论集》《胡风文集》等多种著作。

3 “文艺家协会” 全名“中国文艺家协会”，1936 年 6 月 7 日成立于上海。

4 “先安内而后攘外” 蒋介石在 1931 年 11 月 30 日国民党政府外长顾维钧宣誓就职会上的《亲书训词》中提出：“攘外必先安内，统一方能御侮。”1933 年 4 月 10 日，在南昌对国民党将领演讲时，重申“安内始能攘外”的方针。

5 《文学界》 文学月刊，周渊编辑，1936 年 6 月创刊于上海。文中说的“关于‘联合问题’和‘国防文学’的文章”，当指何家槐的《文艺界联合问题我见》和周扬的《关于国防文学》。

6 一个作者 指何家槐。

7 法国的人民阵线 法国反法西斯统一战线组织。1935 年成立，参加该组织的有共产党、社会党、激进社会党和其他党派。

8 另一个作者 指周扬。

9 见于徐懋庸的《“人民大众向文学要求什么？”》一文，载 1936 年 6 月《光明》半月刊创刊号。

10 “白衣秀士”王伦 小说《水浒传》中的人物。他原是梁山泊寨主，宋江上山后，为林冲所杀。

11 指《论现在我们的文学运动》，收入《且介亭杂文末编》。

12 胡风的一篇文章，指《人民大众向文学要求什么？》，载于 1936 年 6 月《文学丛报》第 3 期。

13 茅盾 沈雁冰（1896—1981），发表小说《幻灭》时使用的笔名。作家，中国共产党最早的党员之一。1920 年，与郑振铎、叶圣陶等发起组织“文学研究会”，接办并革新《小说月报》。1928 年赴日本，1930 年 4 月回国，加入左联。抗战期间主编《文艺阵地》，1940 年 5 月赴延安讲学。同年 10 月到重庆，在郭沫若主持的文化工作委员会任委员。1946 年 12 月应邀到苏联访问。

1949 年后，长期担任文化部长，还曾担任全国文联副主席，名誉主席，作家协会主席。前期著作有小说《蚀》《子夜》《林家铺子》《春蚕》，剧本《清明前后》等；后期有《鼓吹集》《鼓吹续集》《夜读偶记》等。1984 年出版《茅盾全集》。

14 聂绀弩（1903—1986） 作家，笔名耳耶，湖北京山人。1924 年考入黄埔军校，翌年留苏，考入莫斯科中山大学。1927 年回国，后加入左联，曾主编《中华日报》副刊《动向》等。抗战期间在新四军军部任职，又先后编辑过多种刊物。1949 年后曾任中国作协古典文学研究部副部长，香港《文汇报》总主笔，人民文学出版社副总编兼古典部主任等。著有杂文集《历史的奥秘》《蛇与塔》《聂绀弩杂文集》，诗集《散宜生诗》，以及《绀弩小说集》《中国古典小说论集》等。

15 辛人（1915—2005） 即陈辛仁，广东普宁人，左联成员。文中所引文章见于 1936 年 8 月发表于《现实文学》第 2 期的《论当前文学运动底诸问题》。

16 两本版画　指作者 1936 年 4 月翻印的《死魂灵百图》和 7 月编印的《凯绥·珂勒惠支版画选集》，均以三闲书屋名义自费印行。一本杂感　指《花边文学》，1936 年 6 月由上海联华书局出版。

17 《死魂灵》 长篇小说，果戈理著，鲁迅译。

18 指 1936 年 6 月在《中国文艺工作者宣言》上的签名。

19 咸肉庄　上海话，指妓院。

20 一位名人　指夏衍。

21 周起应　即周扬。另两个　指夏衍和阳翰笙。

22 《现实文学》 文学月刊，尹庚、白曙编辑，1936 年 7 月创刊。

23 周文（1907—1952） 作家。原名何稻玉，字开荣，笔名何谷天。四川荥经县人。曾参加左联，著有小说《父子之间》《爱》《在白森镇》《烟苗季》等。抗战期间，曾任中华全国文艺界抗敌协会理事。1940 年奉调延安，先后任陕甘宁边区教育厅长、秘书长；1946 年任《新华日报》社副社长。1952 年在“三反”运动中被迫害致死。1980 年，有《周文选集》出版。

24 指 1935 年 12 月 1 日《社会日报》刊载的虹儿的《鲁迅将转变？谷非、张光人近况如何？》一文。

25 指田汉在 1935 年 2 月被捕，8 月经保释出狱后，曾在南京主持“中国舞台协会”，演出他的《回春之曲》《洪水》《械斗》等剧。

26 “安那其主义者” 即无政府主义者。安那其，法语 Anarchisme 的音译。

27 战斗的宣言　指《中国文艺工作者宣言》。

28 西班牙的“安那其”的破坏革命　1936 年 2 月，由西班牙共产党、社会党等组成“西班牙人民阵线”，在选举中获胜并成立联合政府，后来被以佛朗哥为首的右派势力推翻。在人民阵线内部，“全国劳工联盟”（GNT）和伊比利亚安那其主义者联合会（FAI）的无政府主义者在反对佛朗哥的斗争中起了很大的作用。苏联介入“西班牙内战”后，力图将反法西斯的各派政治力量置于它的控制之下，在内部清除异己势力，把“马克思主义统一工人党”（POUM）打成所谓的“托洛茨基派”，大批无政府主义者同样受到毁灭性的打击。“西班牙内战”中的这一事实真相长期为苏联所掩盖。徐懋庸当时受到苏联宣传的影响，在著文批评巴金时，散布了关于西班牙的“安那其”（无政府主义者）“破坏革命”的观点。

29 傅郑　指傅东华和郑振铎。傅东华（1893—1971），翻译家，浙江金华人。郑振铎（1898—1958），笔名西谛，福建长乐人，作家、文学史家、文学研究会主要成员，著有短篇小说集《桂松境》《插图本中国文学史》。

30 “二十一条” 指 1915 年日本向北洋政府总统袁世凯提出的二十一条秘密条款。

31 《斯太林传》 法国巴比塞著，徐懋庸译，1936 年 9 月上海大陆书社出版。

序跋

古来序跋是一种文体，现代的理论家则把它们划归散文的范围。虽然，它们能像其他散文一样写人状物，叙事抒情，但毕竟与书人书事有关。

在鲁迅全集中，序跋的篇目颇不少。其中除了为自己的著作，以及亲自编校的古籍和译作做的说明之外，还包括评骘他们著述的文字。古籍的序跋比较简略，没有太多的发挥，基本上属于学术性质。译文的序跋却很可注意。因为多少带有文化比较的意义，以异域作参照来批判本国的社会和文学，算得上是比较集中的。

关于译事，从开始的时候起，鲁迅就抱着“拿来主义”的态度，希图借此改造中国的国民根性，改造中国的思想和文学；此外，还有一个目的，如他后来所说，是盗“天火”来“煮自己的肉”。早期翻译《月界旅行》，旨在破除迷信思想；翻译《域外小说集》，则在提供文学范本，这些都在序文中写明白了的。二十年代译阿尔志跋绥夫的小说《工人绥惠略夫》，译厨川白村的短评集《出了象牙之塔》，译武者小路实笃的剧本《一个青年的梦》，用意都在于疗救许多中国旧思想的痼疾。他特别欣赏厨川对本国的缺点施以猛烈抨击的态度。在《出了象牙之塔》的后记中写道：“日本能有今日，因为旧物很少，执着也就不深，时势一移，蜕变极易，在任何时候，都能适合于生存。不像幸存的古国，恃着固有而陈旧的文明，害得一切硬化，终于要走到灭亡的路。中国倘不彻底地改革，运命总还是日本长久，这是我所相信的。”从二十年代后期起，他翻译了不少苏联“同路人”作家的作品，大部头的文艺论著，还有关于文艺政策的小册子。由于他痛感中国“革命文学家”的极左理论的破坏性，当左翼文艺勃兴之际，他不能不从中国现实斗争的需要出发，寻求科学理论。然而，他并没有像一些教条主义者那样，把某些党派理论奉作“圣经”，却习惯把正反双方的理论比照译出，而且在序文或附记中，还能不时看到他的独立的批评。

知识分子的势利是不可容忍的。在翻译界，大家向来看重文学大国、文学大师、文学经典，欧美文学作品大量地被译成汉语，其他国家的文学状况则罕为人知，这是一个事实。鲁迅着重翻译俄国以及东北欧一些小国的作品，完全的反其道而行之。他公开说：“我是向来不想译世界上已有定评的杰作，附以不朽的。”在这里，译者固然有以被压迫的共同语境来启发国人的意思，而通过翻译，为弱民族伸张正义也是的确的。反势利即是反潮流，这需要翻译家特别的眼光和胆魄。鲁迅在爱罗先珂作品的附记里明白写道：“广大哉诗人的眼泪，我爱这攻击别国的‘撒提’之幼稚的俄国盲人埃罗先珂，实在远过于赞美本国的‘撒提’，受过诺贝尔奖金的印度诗人泰戈尔；我诅咒美而有毒的曼陀罗华。”世上有几个人能够说这种话呢？

鲁迅为人作序，是非憎爱十分鲜明。作序的大约包括这样两种人的书：一是死者，一是青年。对于有为的青年的书，他反复强调文艺与时代的关系，称许他们在作品中表现出来的勇敢实践的精神。对于已故的革命者的书，如李大钊，他虽然认为作为理论“未必精当”，却热情赞扬说是“先驱者的遗产，革命史上丰碑”；如殷夫，他完全撇开诗艺而从诗人的主体性，从诗的主题和内容出发，发掘诗作的“别一种意义”，使之提升到中国社会改革和文学建设的层面作深度阐释。他由来主张，人是先于作品的。

至于个人著作的出版，鲁迅大抵给加写一篇序跋之类，这是他喜欢做的。他常常在序跋中述说个人的境遇，包括成书前后的情形，或者借此释愤抒情，《〈呐喊〉自序》、《写在〈坟〉后面》一样寂寞悲哀的文字，在他的杂文集中是较为少见的，因此，很可以通过这类序跋，寻绎他在生活、写作和与此相关的精神迁变的真实轨迹。《伪自由书》《准风月谈》《且介亭杂文二集》的后记都写得很长，很特别，几乎全是由报章有关书报检查的消息或是造谣中伤的文字拼贴而成。鲁迅多次说到要保存“中国文网史上极有价值的故实”，大约这就算得是“立此存照”了罢。他曾经说：“我的杂文，所写的常是一鼻，一嘴，一毛，但合起来，已几乎是或一形象的全体，不加什么也过得去的了。但画上一条尾巴，却见得更为完全。”可见，序跋是他整体杂文写作中的一个有机的部分。

序跋本来依附书籍而存在，鲁迅却能统摄全书的神魂而赋予它们很大的独立性，不即不离，若即若离，反客为主，挥洒自如，具有很高的审美价值。在他这里，并不存在文式的等级差别，每作一文，无论大小，从来箭不虚发。

《呐喊》自序[1]

我在年青时候也曾经做过许多梦，后来大半忘却了，但自己也并不以为可惜。所谓回忆者，虽说可以使人欢欣，有时也不免使人寂寞，使精神的丝缕还牵着已逝的寂寞的时光，又有什么意味呢，而我偏苦于不能全忘却，这不能全忘的一部分，到现在便成了《呐喊》的来由。

我有四年多，曾经常常，——几乎是每天，出入于质铺和药店里，年纪可是忘却了，总之是药店的柜台正和我一样高，质铺的是比我高一倍，我从一倍高的柜台外送上衣服或首饰去，在侮蔑里接了钱，再到一样高的柜台上给我久病的父亲去买药。回家之后，又须忙别的事了，因为开方的医生是最有名的，以此所用的药引也奇特：冬天的芦根，经霜三年的甘蔗，蟋蟀要原对的，结子的平地木[2]，……多不是容易办到的东西。然而我的父亲终于日重一日的亡故了。

有谁从小康人家而坠入困顿的么，我以为在这途

从发生学的角度出发研究一个文学文本的构成和品质，当是一件很有意思的事。鲁迅的小说《呐喊》，从自叙看，乃根源于寂寞的记忆。

路中，大概可以看见世人的真面目；我要到N进K学堂[3]去了，仿佛是想走异路，逃异地，去寻求别样的人们。我的母亲没有法，办了八元的川资，说是由我的自便；然而伊[4]哭了，这正是情理中的事，因为那时读书应试是正路，所谓学洋务[5]，社会上便以为是一种走投无路的人，只得将灵魂卖给鬼子，要加倍的奚落而且排斥的，而况伊又看不见自己的儿子了。然而我也顾不得这些事，终于到N去进了K学堂了，在这学堂里，我才知道世上还有所谓格致[6]，算学，地理，历史，绘图和体操。生理学并不教，但我们却看到些木版的《全体新论》和《化学卫生论》[7]之类了。我还记得先前的医生的议论和方药，和现在所知道的比较起来，便渐渐的悟得中医不过是一种有意的或无意的骗子，同时又很起了对于被骗的病人和他的家族的同情；而且从译出的历史上，又知道了日本维新[8]是大半发端于西方医学的事实。

最先从个人生活经验方面感知"庸众"和"异类"的含义。

对中医以至中国传统文化的态度——"不过是一种有意的或无意的骗子"——仍是源于个人的经历和心灵的创痛，现代知识不过使之理性化、科学化罢了。

因为这些幼稚的知识，后来便使我的学籍列在日本一个乡间的医学专门学校里了。我的梦很美满，预备卒业回来，救治像我父亲似的被误的病人的疾苦，战争时候便去当军医，一面又促进了国人对于维新的信仰。我已不知道教授微生物学的方法，现在又有了怎样的进步了，总之那时是用了电影，来显示微生物的形状的，因此有时讲义的一段落已完，而时间还没有到，教师便映些风景或时事的画片给学生看，以用

鲁迅对职业的选择，并非出于个人对专业的爱好，而是一种利他的动机与社会需要的结合。学医如此，弃医从文也如此。

去这多余的光阴。其时正当日俄战争的时候，关于战事的画片自然也就比较的多了，我在这一个讲堂中，便须常常随喜我那同学们的拍手和喝采。有一回，我竟在画片上忽然会见我久违的许多中国人了，一个绑在中国，许多站在左右，一样是强壮的体格，而显出麻木的神情。据解说，则绑着的是替俄国做了军事上的侦探，正要被日军砍下头颅来示众，而围着的便是来赏鉴这示众的盛举的人们。

"幻灯事件"：日后创造的"看客"形象的由来。

这一学年没有完毕，我已经到了东京了，因为从那一回以后，我便觉得医学并非一件紧要事，凡是愚弱的国民，即使体格如何健全，如何茁壮，也只能做毫无意义的示众的材料和看客，病死多少是不必以为不幸的。所以我们的第一要著，是在改变他们的精神，而善于改变精神的是，我那时以为当然要推文艺，于是想提倡文艺运动了。在东京的留学生很有学法政理化以至警察工业的，但没有人治文学和美术；可是在冷淡的空气中，也幸而寻到几个同志了[9]，此外又邀集了必须的几个人，商量之后，第一步当然是出杂志，名目是取"新的生命"的意思，因为我们那时大抵带些复古的倾向，所以只谓之《新生》。

对鲁迅来说，文学与思想（精神）革命的联系，是写作的首要问题。

《新生》的出版之期接近了，但最先就隐去了若干担当文字的人，接着又逃走了资本，结果只剩下不名一钱的三个人。创始时候既已背时，失败时候当然无可告语，而其后却连这三个人也都为各自的运命所驱策，不能在一处纵谈将来的好梦了，这就是我们的并未产生的《新生》的结局。

我感到未尝经验的无聊，是自此以后的事。我当初是不知其所以然的；后来想，凡有一人的主张，得了赞和，是促其前进的，得了反对，是促其奋斗的，独有叫喊于生人中，而生人并无反应，既非赞同，也无反对，如置身毫无边际的荒原，无可措手的了，这是怎样的悲哀呵，我于是以我所感到者为寂寞。

这寂寞又一天一天的长大起来，如大毒蛇，缠住了我的灵魂了。

然而我虽然自有无端的悲哀，却也并不愤懑，因为这经验使我反省，看见自己了：就是我决不是一个振臂一呼应者云集的英雄。

只是我自己的寂寞是不可不驱除的，因为这于我太痛苦。我于是用了种种法，来麻醉自己的灵魂，使我沉入于国民中，使我回到古代去，后来也亲历或旁观过几样更寂寞更悲哀的事，都为我所不愿追怀，甘心使他们和我的脑一同消灭在泥土里的，但我的麻醉法却也似乎已经奏了功，再没有青年时候的慷慨激昂的意思了。

小说创作缘起。

S会馆[10]里有三间屋，相传是往昔曾在院子里的槐树上缢死过一个女人的，现在槐树已经高不可攀了，而这屋还没有人住；许多年，我便寓在这屋里钞古碑。

客中少有人来，古碑中也遇不到什么问题和主义，而我的生命却居然暗暗的消去了，这也就是我惟一的愿望。夏夜，蚊子多了，便摇着蒲扇坐在槐树下，从密叶缝里看那一点一点的青天，晚出的槐蚕又每每冰冷的落在头颈上。

那时偶或来谈的是一个老朋友金心异[11]，将手提的大皮夹放在破桌上，脱下长衫，对面坐下了，因为怕狗，似乎心房还在怦怦的跳动。

“你钞了这些有什么用？”有一夜，他翻着我那古碑的钞本，发了研究的质问了。

“没有什么用。”

“那么，你钞他是什么意思呢？”

“没有什么意思。”

“我想，你可以做点文章……”

我懂得他的意思了，他们正办《新青年》，然而那时仿佛不特没有人来赞同，并且也还没有人来反对，我想，他们许是感到寂寞了，但是说：

以毁坏“铁屋子”作为创作的内驱力，显然一开始便带上启蒙的性质。

“假如一间铁屋子，是绝无窗户而万难破毁的，里面有许多熟睡的人们，不久都要闷死了，然而是从昏睡入死灭，并不感到就死的悲哀。现在你大嚷起来，惊起了较为清醒的几个人，使这不幸的少数者来受无可挽救的临终的苦楚，你倒以为对得起他们么？”

“然而几个人既然起来，你不能说决没有毁坏这铁屋的希望。”

鲁迅的文学创作也有装点欢容的时候，一是因为要“听将令”，而主将是不主张消极的。

是的，我虽然自有我的确信，然而说到希望，却鲁迅把这样的文学称为“遵命文学”。但是，同别样的遵命文学有着根本不同的地方在于，这命令必须是个人愿意听从的。二是他深知自己的黑暗，所以对人对己是很两样的，尤其对于青年，他不愿意将这黑暗——文中称为“寂寞”——传染给他们。所以，鲁迅的文学并非纯粹的美学，在前创作阶段，是有着强烈的政治意识和人文观念的参与的。

鲁迅对于艺术的矛盾态度：在人生（理想）与艺术之间，始终保持着一种内在的紧张。

是不能抹杀的，因为希望是在于将来，决不能以我之必无的证明，来折服了他之所谓可有，于是我终于答应他也做文章了，这便是最初的一篇《狂人日记》。从此以后，便一发而不可收，每写些小说模样的文章，以敷衍朋友们的嘱托，积久就有了十余篇。

在我自己，本以为现在是已经并非一个切迫而不能已于言的人了，但或者也还未能忘怀于当日自己的寂寞的悲哀罢，所以有时候仍不免呐喊几声，聊以慰藉那在寂寞里奔驰的猛士，使他不惮于前驱。至于我的喊声是勇猛或是悲哀，是可憎或是可笑，那倒是不暇顾及的；但既然是呐喊，则当然须听将令的了，所以我往往不恤用了曲笔，在《药》的瑜儿的坟上平空添上一个花环，在《明天》里也不叙单四嫂子竟没有做到看见儿子的梦，因为那时的主将是不主张消极的。至于自己，却也并不愿将自以为苦的寂寞，再来传染给也如我那年青时候似的正做着好梦的青年。

这样说来，我的小说和艺术的距离之远，也就可想而知了，然而到今日还能蒙着小说的名，甚而至于且有成集的机会，无论如何总不能不说是一件侥幸的事，但侥幸虽使我不安于心，而悬揣人间暂时还有读者，则究竟也仍然是高兴的。

所以我竟将我的短篇小说结集起来，而且付印了，又因为上面所说的缘由，便称之为《呐喊》。

一九二二年十二月三日，鲁迅记于北京。

注 释

1 本篇在编集前，曾发表于1923年8月21日北京《晨报·文学旬刊》。

2 平地木 草药，即紫金牛。

3 到N进K学堂 N指南京；K学堂，指江南水师学堂。1898年5月，鲁迅考入江南水师学堂，10月又考入江南陆师学堂附设的矿务铁路学堂。1902年初毕业，被清政府派赴日本留学。

4 伊 女性第三人称，即她。

5 学洋务 清朝末年，当权派李鸿章、张之洞等人推行“洋务运动”，主张在不改变封建专制政体的前提下，学习西方资本主义国家的科学技术，以“自强求富”，于是举办一些军事工业和其他工矿企业，并设立学堂，教习相关的文化知识。在这类学堂里，学习“西学”，即所谓“学洋务”。

6 格致 格（推究）物致知的简称，《礼记·大学》：“致知在格物，物格而后知至。”清末又以“格致”统称物理、化学等学科。

7 《全体新论》 关于生理学的书，英国合信著，1851年出版。《化学卫生论》关于营养学的书，英国真司腾著，1879年出版。

8 日本维新 指发生于日本明治年间（1868—1912）的维新运动，史称“明治维新”。1867年，天皇睦仁宣布废除幕府，亲执政权，接着实行系列改革，废除封建等级制，允许土地自由买卖，扶植资本主义工商业，学习西方文化等等。此前，日本知识界大量输入和讲授西方医学，宣传西方科学技术，积极主张革新，对维新运动的兴起产生一定的影响。

9 几个同志 指许寿裳、袁文薮、周作人等。

10 S会馆 指北京宣武门外南半截胡同的绍兴会馆。作者于1912年5月至1919年11月间曾在此居住。

11 金心异 指钱玄同（1887—1939），学者。名夏，浙江吴兴人，留学日本时曾和作者在东京同听章太炎讲文字学。曾任北京大学、北京师范大学教授。五四时参加新文化运动，是《新青年》编者之一。林纾于 1919 年 3 月在上海《新申报》发表名为《荆生》的小说，攻击新文化运动。小说中有一个人物名“金心异”，即影射钱玄同。

《华盖集》题记[1]

在一年的尽头的深夜中，整理了这一年所写的杂感，竟比收在《热风》里的整四年中所写的还要多。意见大部分还是那样，而态度却没有那么质直了，措辞也时常弯弯曲曲，议论又往往执滞在几件小事情上，很足以贻笑于大方之家。然而那又有什么法子呢。我今年偏遇到这些小事情，而偏有执滞于小事情的脾气。

我知道伟大的人物[2]能洞见三世[3]，观照一切，历大苦恼，尝大欢喜，发大慈悲。但我又知道这必须深入山林，坐古树下，静观默想，得天眼通[4]，离人间愈远遥，而知人间也愈深，愈广；于是凡有言说，也愈高，愈大；于是而为天人师[5]。我幼时虽曾梦想飞空，但至今还在地上，救小创伤尚且来不及，那有余暇使心开意豁，立论都公允妥洽，平正通达，像“正人君子”[6]一般；正如沾水小蜂，只在泥土上爬来爬去，万不敢比附洋楼中的通人[7]，但也自有悲苦愤激，决非洋楼中的通人所能领会。

中国知识界
二分。

这病痛的根柢就在我活在人间，又是一个常人，能够交着“华盖运”。

自谓“活在人间”，又是“常人”，故有此“悲苦愤激”。这种思维方式和风格，本极平常，而在中国现代作家中，几乎为鲁迅所独有，此一可叹者；但竟不能相安于文坛，反为众文人学士所讥，大不满意他的“偏激”“仇恨”“不宽容”，此尤可愤叹。

我平生没有学过算命，不过听老年人说，人是有时要交“华盖运”的。这“华盖”在他们口头上大概已经讹作“镬盖”了，现在加以订正。所以，这运，在和尚是好运：顶有华盖，自然是成佛作祖之兆。但俗人可不行，华盖在上，就要给罩住了，只好碰钉子。我今年开手作杂感时，就碰了两个大钉子：一是为了《咬文嚼字》，一是为了《青年必读书》。署名和匿名的豪杰之士的骂信，收了一大捆，至今还塞在书架下。此后又突然遇见了一些所谓学者，文士，正人，君子等等，据说都是讲公话，谈公理，而且深不以“党同伐异”为然的。可惜我和他们太不同了，所以也就被他们伐了几下，——但这自然是为“公理”之故，和我的“党同伐异”不同。这样，一直到现下还没有完结，只好“以待来年”[8]。

享受独战的不自由中的自由。

也有人劝我不要做这样的短评。那好意，我是很感激的，而且也并非不知道创作之可贵。然而要做这样的东西的时候，恐怕也还要做这样的东西，我以为如果艺术之宫里有这么麻烦的禁令，倒不如不进去；还是站在沙漠上，看看飞沙走石，乐则大笑，悲则大叫，愤则大骂，即使被沙砾打得遍身粗糙，头破血流，而时时抚摩自己的凝血，觉得若有花纹，也未必不及跟着中国的文士们去陪莎士比亚[9]吃黄油面包之有趣。

然而只恨我的眼界小，单是中国，这一年的大事件也可以算是很多的了，我竟往往没有论及，似乎无所感触。我早就很希望中国的青年站出来，对于中国的社会，文明，都毫无忌惮地加以批评，因此曾编印《莽原周刊》，作为发言之地，可惜来说话的竟很少。在别的刊物上，倒大抵是对于反抗者的打击，这实在是使我怕敢想下去的。

五四以后数年，大多数刊物仍是“对于反抗者的打击”，这个判断并不曾引起历史家（包括文学史家）的注意。

现在是一年的尽头的深夜，深得这夜将尽了，我的生命，至少是一部分的生命，已经耗费在写这些无聊的东西中，而我所获得的，乃是我自己的灵魂的荒凉和粗糙。但是我并不惧惮这些，也不想遮盖这些，而且实在有些爱他们了，因为这是我转辗而生活于风沙中的瘢痕。凡有自己也觉得在风沙中转辗而生活着的，会知道这意思。

正如文中所说，大约只有“自己也觉得在风沙中转辗而生活着”的读者，才可以懂得鲁迅。

我编《热风》时，除遗漏的之外，又删去了好几篇。这一回却小有不同了，一时的杂感一类的东西，几乎都在这里面。

一九二五年十二月三十一日之夜，记于绿林书屋[10]东壁下。

注 释

1 本篇在收入《华盖集》前，未曾单独发表过。

2 伟大的人物 这里指佛教创始人释迦牟尼。

3 三世 佛家语，指过去、现在、未来。

4 天眼通 佛家语，六种“神通”即所谓“六通”之一，能透视常人目力所不能见的一切。

5 天人师 佛的称号。

6 “正人君子” 这里指现代评论派的陈西滢等。

7 通人 学识渊博、贯通古今的人。这里是对陈西滢一类留学欧美的学者的讽刺。章士钊在《甲寅》周刊发表的《孤桐杂记》中曾称赞陈西滢说：“《现代评论》有记者自署西滢。无锡陈源之别字也。陈君本字通伯。的是当今通品。”

8 “以待来年” 语见《孟子·滕文公》。

9 陪莎士比亚 徐志摩在 1925 年 10 月 26 日《晨报副刊》发表《汉姆雷德与留学生》一文，说：“我们是去过大英国，莎士比亚是英国人，他写英文的，我们懂英文的，在学堂里研究过他的戏……英国留学生难得高兴时讲他的莎士比亚，多体面多够根儿的事情，你们没到过外国看不完全原文的当然不配插嘴，你们就配扁着耳朵悉心的听。……没有我们是不成的，信不信？”陈西滢在同月 21 日《晨报副刊》发表《听琴》一文，也说“不爱莎士比亚你就是傻子”。这里说的“中国的文士们”，当指徐志摩、陈西滢等人。

10 绿林书屋 北洋政府教育部专门教育司司长刘百昭和现代评论派的一些人，曾骂鲁迅及其他反对章士钊、支持女师大学潮的教员为“土匪”“学匪”，作者因借“绿林”这一关于匪类的旧称，为自己的书室命名。

《华盖集续编》小引[1]

还不满一整年，所写的杂感的分量，已有去年一年的那么多了。秋来住在海边，目前只见云水，听到的多是风涛声，几乎和社会隔绝。如果环境没有改变，大概今年不见得再有什么废话了罢。灯下无事，便将旧稿编集起来；还豫备付印，以供给要看我的杂感的主顾们。

这里面所讲的仍然并没有宇宙的奥义和人生的真谛。不过是，将我所遇到的，所想到的，所要说的，一任它怎样浅薄，怎样偏激，有时便都用笔写了下来。说得自夸一点，就如悲喜时节的歌哭一般，那时无非借此来释愤抒情，现在更不想和谁去抢夺所谓公理或正义。你要那样，我偏要这样是有的；偏不遵命，偏不磕头是有的；偏要在庄严高尚的假面上拨它一拨也是有的，此外却毫无什么大举。名副其实，"杂感"而已。

“偏”：一种反权威、反集团、反正统、反统一的独立的态度。

从一月以来的，大略都在内了；只删去了一篇[2]。

那是因为其中开列着许多人，未曾，也不易遍征同意，所以不好擅自发表。

书名呢？年月是改了，情形却依旧，就还叫《华盖集》。然而年月究竟是改了，因此只得添上两个字："续编"。

一九二六年十月十四日，鲁迅记于厦门。

注　释

1　发表于 1926 年 11 月《语丝》周刊第 105 期。

2　指《大衍发微》，后改收《而已集》作附录。

写在《坟》后面[1]

在听到我的杂文已经印成一半的消息的时候，我曾经写了几行题记，寄往北京去。当时想到便写，写完便寄，到现在还不满二十天，早已记不清说了些甚么了。今夜周围是这么寂静，屋后面的山脚下腾起野烧的微光；南普陀寺还在做牵丝傀儡戏，时时传来锣鼓声，每一间隔中，就更加显得寂静。电灯自然是辉煌着，但不知怎地忽有淡淡的哀愁来袭击我的心，我似乎有些后悔印行我的杂文了。我很奇怪我的后悔；这在我是不大遇到的，到如今，我还没有深知道所谓悔者究竟是怎么一回事。但这心情也随即逝去，杂文当然仍在印行，只为想驱逐自己目下的哀愁，我还要说几句话。

记得先已说过：这不过是我的生活中的一点陈迹。如果我的过往，也可以算作生活，那么，也就可以说，我也曾工作过了。但我并无喷泉一般的思想，伟大华美的文章，既没有主义要宣传，也不想发起一种什么运动。不过我曾经尝得，失望无论大小，是一种苦味，所以几年以来，有人希望我动动笔的，只要意见不很相反，我的力量能够支撑，就总要勉力写几句东西，给来者一些极微末的欢喜。人生多苦辛，而人们有时却极容易得到安慰，又何必惜一点笔墨，给多尝些孤独的悲哀呢？于是除小说杂感之外，逐渐又有了长长短短的杂文十多篇。其间自然也有为卖钱而作的，这回就都混在一处。我的生命的一部分，就这样地用去了，也就是做了这样的工作。然而我至今终于不明白我一向是在做什么。比方做土工的罢，做着做着，而不明白是在筑台呢还在掘坑。所知道的是即使是筑台，也无非要将自己从那上面跌下来或者显示老死；倘是掘坑，那就当然不过是埋掉自己。总之：逝去，逝去，一切一切，和光阴一同早逝去，在逝去，要逝去了。——不过如此，但也为我所十分甘愿的。

然而这大约也不过是一句话。当呼吸还在时，只要是自己的，我有时却也喜欢将陈迹收存起来，明知不值一文，总不能绝无眷恋，集杂文而名之曰《坟》，究竟还是一种取巧的掩饰。刘伶喝得酒气熏天，使人荷锸跟在后面，道：死便埋我。虽然自以为放达，其实是只能骗骗极端老实人的。

所以这书的印行，在自己就是这么一回事。至于对别人，记得在先也已说过，还有愿使偏爱我的文字的主顾得到一点喜欢；憎恶我的文字的东西得到一点呕吐，——我自己知道，我并不大度，那些东西因我的文字而呕吐，我也很高兴的。别的就什么意思也没有了。倘若硬要说出好处来，那么，其中所介绍的几个诗人的事，或者还不妨一看；最末的论“费厄泼赖”这一篇，也许可供参考罢，因为这虽然不是我的血所

自言“并不大度”，而众“东西”们责之以欠大度（或曰“宽容”），可谓文不对题。

写，却是见了我的同辈和比我年幼的青年们的血而写的。

偏爱我的作品的读者，有时批评说，我的文字是说真话的。这其实是过誉，那原因就因为他偏爱。我自然不想太欺骗人，但也未尝将心里的话照样说尽，大约只要看得可以交卷就算完。我的确时时解剖别人，然而更多的是更无情面地解剖我自己，发表一点，酷爱温暖的人物已经觉得冷酷了，如果全露出我的血肉来，末路正不知要到怎样。我有时也想就此驱除旁人，到那时还不唾弃我的，即使是枭蛇鬼怪，也是我的朋友，这才真是我的朋友。倘使并这个也没有，则就是我一个人也行。但现在我并不。因为，我还没有这样勇敢，那原因就是我还想生活，在这社会里。还有一种小缘故，先前也曾屡次声明，就是偏要使所谓正人君子也者之流多不舒服几天，所以自己便特地留几片铁甲在身上，站着，给他们的世界上多有一点缺陷，到我自己厌倦了，要脱掉了的时候为止。

倘说为别人引路，那就更不容易了，因为连我自己还不明白应当怎么走。中国大概很有些青年的“前辈”和“导师”罢，但那不是我，我也不相信他们。我只很确切地知道一个终点，就是：坟。然而这是大家都知道的，无须谁指引。问题是在从此到那的道路。那当然不只一条，我可正不知那一条好，虽然至今有时也还在寻求。在寻求中，我就怕我未熟的果实偏偏

其中《摩罗诗力说》及《论“费厄泼赖”应该缓行》两篇为鲁迅本人所特别看重者：一者强调“反抗”，一者强调“韧战”。

解剖别人——“解剖”即批判，公共知识分子的职能就是批判——已属不易，而解剖自己尤难。鲁迅的可贵处，正在于这种自觉的非精英意识。

鲁迅的朋友观。

毒死了偏爱我的果实的人，而憎恨我的东西如所谓正人君子也者偏偏都矍铄，所以我说话常不免含胡，中止，心里想：对于偏爱我的读者的赠献，或者最好倒不如是一个“无所有”。我的译著的印本，最初，印一次是一千，后来加五百，近时是二千至四千，每一增加，我自然是愿意的，因为能赚钱，但也伴着哀愁，怕于读者有害，因此作文就时常更谨慎，更踌躇。有人以为我信笔写来，直抒胸臆，其实是不尽然的，我的顾忌并不少。我自己早知道毕竟不是什么战士了，而且也不能算前驱，就有这么多的顾忌和回忆。还记得三四年前，有一个学生来买我的书，从衣袋里掏出钱来放在我手里，那钱上还带着体温。这体温便烙印了我的心，至今要写文字时，还常使我怕毒害了这类的青年，迟疑不敢下笔。我毫无顾忌地说话的日子，恐怕要未必有了罢。但也偶尔想，其实倒还是毫无顾忌地说话，对得起这样的青年。但至今也还没有决心这样做。

爱与憎的纠缠。这里说“多所顾忌”，都因为爱的缘故；书简中说到另一层顾忌，则因直言为时局所不容。

今天所要说的话也不过是这些，然而比较的却可以算得真实。此外，还有一点余文。

记得初提倡白话的时候，是得到各方面剧烈的攻击的。后来白话渐渐通行了，势不可遏，有些人便一转而引为自己之功，美其名曰“新文化运动”。又有些人便主张白话不妨作通俗之用；又有些人却道白话要做得好，仍须看古书。前一类早已二次转舵，又反

考“新文化运动”一词来历，看来鲁迅并不赞成这一提法。

过来嘲骂“新文化”了；后二类是不得已的调和派，只希图多留几天僵尸，到现在还不少。我曾在杂感上掊击过的。

新近看见一种上海出版的期刊[2]，也说起要做好白话须读好古文，而举例为证的人名中，其一却是我。这实在使我打了一个寒噤。别人我不论，若是自己，则曾经看过许多旧书，是的确的，为了教书，至今也还在看。因此耳满目染，影响到所做的白话上，常不免流露出它的字句，体格来。但自己却正苦于背了这些古老的鬼魂，摆脱不开，时常感到一种使人气闷的沉重。就是思想上，也何尝不中些庄周韩非[3]的毒，时而很随便，时而很峻急。孔孟的书我读得最早，最熟，然而倒似乎和我不相干。大半也因为懒惰罢，往往自己宽解，以为一切事物，在转变中，是总有多少中间物的。动植之间，无脊椎和脊椎动物之间，都有中间物；或者简直可以说，在进化的链子上，一切都是中间物。当开首改革文章的时候，有几个不三不四的作者，是当然的，只能这样，也需要这样。他的任务，是在有些警觉之后，喊出一种新声；又因为从旧垒中来，情形看得较为分明，反戈一击，易制强敌的死命。但仍应该和光阴偕逝，逐渐消亡，至多不过是桥梁中的一木一石，并非什么前途的目标，范本。跟着起来便该不同了，倘非天纵之圣，积习当然也不能顿然荡除，但总得更有新气象。以文字论，就不必更

“中毒”说。鲁迅对中国传统文化的态度。

“中间物”思想是鲁迅整体思想结构中的内核：反对范式。反对永恒。反对“止于至善”。责任感。自我牺牲。反精英主义。反保守，反倒退，反僵化。永远进击。

在旧书里讨生活，却将活人的唇舌作为源泉，使文章更加接近语言，更加有生气。至于对于现在人民的语言的穷乏欠缺，如何救济，使他丰富起来，那也是一个很大的问题，或者也须在旧文中取得若干资料，以供使役，但这并不在我现在所要说的范围以内，姑且不论。

我以为我倘十分努力，大概也还能够博采口语，来改革我的文章。但因为懒而且忙，至今没有做。我常疑心这和读了古书很有些关系，因为我觉得古人写在书上的可恶思想，我的心里也常有，能否忽而奋勉，是毫无把握的。我常常诅咒我的这思想，也希望不再见于后来的青年。去年我主张青年少读，或者简直不读中国书，乃是用许多苦痛换来的真话，决不是聊且快意，或什么玩笑，愤激之辞。古人说，不读书便成愚人，那自然也不错的。然而世界却正由愚人造成，聪明人决不能支持世界，尤其是中国的聪明人。现在呢，思想上且不说，便是文辞，许多青年作者又在古文，诗词中摘些好看而难懂的字面，作为变戏法的手巾，来装潢自己的作品了。我不知这和劝读古文说可有相关，但正在复古，也就是新文艺的试行自杀，是显而易见的。

至二十世纪九十年代，笔记小说盛行，无人视为“自杀”；然而要害还在于精神上的“复古”，譬如名士趣味、帝王权威，却是近年小说、随笔及影视中所惯见的。

不幸我的古文和白话合成的杂集，又恰在此时出版了，也许又要给读者若干毒害。只是在自己，却还不能毅然决然将他毁灭，还想借此暂时看看逝去的生活的余痕。惟愿偏爱我的作品的读者也不过将这当作一种纪念，知道这小小的丘陇中，无非埋着曾经活过的躯壳。待再经若干岁月，又当化为烟埃，并纪念也从人间消去，而我的事也就完毕了。上午也正在看古文，记起了几句陆士衡的吊曹孟德文[4]，便拉来给我的这一篇作结——

既睎古以遗累，信简礼而薄葬。

彼裘绂于何有，贻尘谤于后王。

嗟大恋之所存，故虽哲而不忘。

览遗籍以慷慨，献兹文而凄伤！

一九二六，一一，一一，夜。鲁迅。

注　释

1 编集前，本篇未曾单独发表过。

2 指上海开明书店出版的《一般》月刊。关于论及“做好白话须读好古文”的文章，见该刊 1926 年 11 月第 1 卷第 3 号署名明石（朱光潜）的《雨天的书》，其中说：“想做好白话文，读若干上品的文言文或且十分必要。现在白话文作者当推胡适之、吴稚晖、周作人、鲁迅诸先生，而这几位先生的白话文都有得力于古文的处所（他们自己也许不承认）。”

3 韩非（约前 280—前 233）战国末期哲学家，先秦法家思想的集大成者，出身韩国贵族，与李斯同为荀卿的学生。他综合了前期法家的多种观点，建立以法治为主的法、术、势相结合的政治思想体系，为中央集权制度提供了有力的理论工具。他的学说受到秦王政的重视，被邀出使秦国，不久自杀于狱中。

著有《韩非子》。

4　**陆士衡的吊曹孟德文**　即晋陆机的《吊魏武帝文》。见《文选》卷六十。此文是他在晋王室的藏书阁中看到曹操的《遗令》而作的。曹操在《遗令》中说，死后的葬礼应该从简，而遗物中的裘（皮衣）绂（印绶）不要分，妓乐可仍留在铜雀台按时上祭作乐。陆机在吊文中，对曹操这位哲人临终的“大恋”表示了自己的感慨。

《野草》题辞[1]

当我沉默着的时候，我觉得充实；我将开口，同时感到空虚。[2]

过去的生命已经死亡。我对于这死亡有大欢喜[3]，因为我借此知道它曾经存活。死亡的生命已经朽腐。我对于这朽腐有大欢喜，因为我借此知道它还非空虚。

生命的泥委弃在地面上，不生乔木，只生野草，这是我的罪过。

野草，根本不深，花叶不美，然而吸取露，吸取水，吸取陈死人[4]的血和肉，各各夺取它的生存。当生存时，还是将遭践踏，将遭删刈，直至于死亡而朽腐。

但我坦然，欣然。我将大笑，我将歌唱。

我自爱我的野草，但我憎恶这以野草作装饰的地面。

地火在地下运行，奔突；熔岩一旦喷出，将烧尽一切野草，以及乔木，于是并且无可朽腐。

开口所以感到空虚者，是因为环境的强制性，使语言陷于无力。

欢喜于“过去的生命”的死亡和朽腐，是因为《野草》时代的绝望与虚无已成过去；自然，这绝望和虚无本身，是曾经在反抗中存活，也即“非空虚”的见证，这也是欢喜的因由。

憎恶以野草作装饰的地面，即憎恶产生《野草》的这个时代。

说是“我的罪过”，其实是时代的罪过。在一个急遽变化的抗争的时代里，必然失去建构永但我坦然，欣然。我将大笑，我将歌唱。

天地有如此静穆，我不能大笑而且歌唱。天地即不如此静穆，我或者也将不能。我以这一丛野草，在明与暗，生与死，过去与未来之际，献于友与仇，人与兽，爱者与不爱者之前作证。

为我自己，为友与仇，人与兽，爱者与不爱者，我希望这野草的死亡与朽腐，火速到来。要不然，我先就未曾生存，这实在比死亡与朽腐更其不幸。

去罢，野草，连着我的题辞！

·九二七年四月二十六日，鲁迅记于广州之白云楼上。

久性作品的从容，此即所谓乔木不生，只生野草；这野草为我所自爱，是因为它植根于陈腐的传统社会和苦难的现实社会，植根于自身被压迫的生命之中。

地火即反抗之火，革命之火。

“静穆”在这里带有一种反讽意味，暗喻周围肃杀的气氛，所以说不能大笑而且歌唱；但说：“即不如此静穆，我或者也将不能”者，这“或者”，则表现为某种疑虑，他不能确知革命到来——“熔岩一旦喷出，将烧尽一切……”——的情形如何，因此也就不能确知自己竟会沉默与否。

在“血的游戏”面前，在“屠伯”面前，在已然明确的斗争目标面前，最后表示与绝望和虚无决绝的态度。

注 释

1 本篇最初发表于1927年7月北京《语丝》周刊第138期。在编入散文诗集《野草》后，于1931年5月上海北新书局印第7版时被国民党书报检查机关抽去，至1941年上海鲁迅全集出版社出版《鲁迅三十年集》时才重新收入。

本篇作于广州，正值蒋介石发动“清党”后不久。《野草》所收的二十三篇，都作于北洋军阀统治下的北京。

2 这里描述了作者在新旧军阀政府政治高压下的写作状态。关于《野草》的内容，他曾在《〈野草〉英文译本序》中解释说：“因为那时难于直说，所以有时措辞就很含糊了。”在《怎么写》中，又曾这样说：“这时，我曾经想要写，但是不能写，无从写。这也就是我所谓‘当我沉默着的时候，我觉得充实；我将开口，同时感到空虚’。”

3　大欢喜　佛家语，指达致极度满足时的一种心境。

4　陈死人　指死去很久的人。

《朝花夕拾》小引[1]

暗喻时局每况愈下。

我常想在纷扰中寻出一点闲静来，然而委实不容易。目前是这么离奇，心里是这么芜杂。一个人做到只剩了回忆的时候，生涯大概总要算是无聊了罢，但有时竟会连回忆也没有。中国的做文章有轨范，世事也仍然是螺旋。前几天我离开中山大学的时候，便想起四个月以前的离开厦门大学；听到飞机在头上鸣叫，竟记得了一年前在北京城上日日旋绕的飞机。我那时还做了一篇短文，叫做《一觉》。现在是，连这“一觉”也没有了。

使人处于不死不活状态，这叫苟活的时代。言极悲愤，而以闲淡语调出之。

广州的天气热得真早，夕阳从西窗射入，逼得人只能勉强穿一件单衣。书桌上的一盆“水横枝”[2]，是我先前没有见过的：就是一段树，只要浸在水中，枝叶便青葱得可爱。看看绿叶，编编旧稿，总算也在做一点事。做着这等事，真是虽生之日，犹死之年，很可以驱除炎热的。

前天，已将《野草》编定了；这回便轮到陆续载在《莽原》上的《旧事重提》，我还替他改了一个名称：《朝花夕拾》。带露折花，色香自然要好得多，但是我不能够。便是现在心目中的离奇和芜杂，我也还不能使他即刻幻化，转成离奇和芜杂的文章。或者，他日仰看流云时，会在我的眼前一闪烁罢。

重复强调时局的“离奇”与心境的“芜杂”。

即谓“无写处”也。

我有一时，曾经屡次忆起儿时在故乡所吃的蔬果：菱角，罗汉豆，茭白，香瓜。凡这些，都是极其鲜美可口的；都曾是使我思乡的蛊惑。后来，我在久别之后尝到了，也不过如此；惟独在记忆上，还有旧来的意味留存。他们也许要哄骗我一生，使我时时反顾。

时有莼鲈之思。

这十篇就是从记忆中抄出来的，与实际容或有些不同，然而我现在只记得是这样。文体大概很杂乱，因为是或作或辍，经了九个月之多。环境也不一：前两篇写于北京寓所[3]的东壁下；中三篇是流离中[4]所作，地方是医院和木匠房；后五篇却在厦门大学的图书馆的楼上，已经是被学者们[5]挤出集团之后了。

一九二七年五月一日，鲁迅于广州白云楼记。

注　释

1 发表于 1927 年 5 月北京《莽原》半月刊第 2 卷第 10 期。

2 “水横枝” 一种盆景。

3 北京寓所　指作者在北京阜成门内西三条胡同二十一号的寓所。

4 流离中　1926 年“三一八”惨案后，北洋政府曾拟通缉包括作者在内的北京文教界人士五十人，作者为此曾先后避居山本医院、德国医院、法国医院等处，故曰“流离”。可参看《而已集 · 大衍发微》。

5 学者们　指当时在厦门大学任教的顾颉刚等人。可参看《两地书》厦门—广州部分。

《自选集》自序[1]

我做小说，是开手于一九一八年，《新青年》上提倡“文学革命”的时候的。这一种运动，现在固然已经成为文学史上的陈迹了，但在那时，却无疑地是一个革命的运动。

此篇可看作是鲁迅对起自辛亥五四，下至“清党”时期的个人精神史。

我的作品在《新青年》上，步调是和大家大概一致的，所以我想，这些确可以算作那时的“革命文学”。

然而我那时对于“文学革命”，其实并没有怎样的热情。见过辛亥革命，见过二次革命，见过袁世凯称帝，张勋复辟，看来看去，就看得怀疑起来，于是失望，颓唐得很了。民族主义的文学家在今年的一种小报上说，“鲁迅多疑”，是不错的，我正在疑心这批人们也并非真的民族主义文学者，变化正未可限量呢。不过我却又怀疑于自己的失望，因为我所见过的人们，事件，是有限得很的，这想头，就给了我提笔的力量。

从不否认自己的“多疑”。

“绝望之为虚妄，正与希望相同。”

既不是直接对于“文学革命”的热情，又为什么提笔的呢？想起来，大半倒是为了对于热情者们的同感。这些战士，我想，虽在寂寞中，想头是不错的，也来喊几声助助威罢。首先，就是为此。自然，在这中间，也不免夹杂些将旧社会的病根暴露出来，催人留心，设法加以疗治的希望。但为达到这希望计，是必须与前驱者取同一的步调的，我于是删削些黑暗，装点些欢容，使作品比较的显出若干亮色，那就是后来结集起来的《呐喊》，一共有十四篇。

这些也可以说，是“遵命文学”。不过我所遵奉的，是那时革命的前驱者的命令，也是我自己所愿意遵奉的命令，决不是皇上的圣旨，也不是金元和真的指挥刀。

自承为“遵命文学”的本义。

回顾新文化阵营的分化。

后来《新青年》的团体散掉了，有的高升，有的退隐，有的前进，我又经验了一回同一战阵中的伙伴还是会这么变化，并且落得一个“作家”的头衔，依然在沙漠中走来走去，不过已经逃不出在散漫的刊物上做文字，叫作随便谈谈。有了小感触，就写些短文，夸大点说，就是散文诗，以后印成一本，谓之《野草》。得到较整齐的材料，则还是做短篇小说，只因为成了游勇，布不成阵了，所以技术虽然比先前好一些，思路也似乎较无拘束，而战斗的意气却冷得不少。新的战友在那里呢？我想，这是很不好的。于是集印了这时期的十一篇作品，谓之《彷徨》，愿以后不再这模样。

“路漫漫其修远兮，吾将上下而求索。”[2]

不料这大口竟夸得无影无踪。逃出北京，躲进厦门，只在大楼上写了几则《故事新编》和十篇《朝花夕拾》。前者是神话，传说及史实的演义，后者则只是回忆的记事罢了。

此后就一无所作，“空空如也”。

可以勉强称为创作的，在我至今只有这五种，本可以顷刻读了的，但出版者要我自选一本集。推测起来，恐怕因为这么一办，一者能够节省读者的费用，二则，以为由作者自选，该能比别人格外明白罢。对于第一层，我没有异议；至第二层，我却觉得也很难。因为我向来就没有格外用力或格外偷懒的作品，所以也没有自以为特别高妙，配得上提拔出来的作品。没有法，就将材料，写法，都有些不同，可供读者参考的东西，取出二十二篇来，凑成了一本，但将给读者一种“重压之感”的作品，却特地竭力抽掉了。这是我现在自有我的想头的：

“并不愿将自以为苦的寂寞，再来传染给也如我那年青时候似的正做着好梦的青年。”[3]

然而这又不似做那《呐喊》时候的故意的隐瞒，因为现在我相信，现在和将来的青年是不会有这样的心境的了。

一九三二年十二月十四日，鲁迅于上海寓居记。

文中似特意安排三段引文，一为裴多菲诗，一为《离骚》，一为《〈呐喊〉自序》，以提挈自创作以来的个人思想和态度。

注　释

1 《鲁迅自选集》，1933 年 3 月上海天马书店出版。其中收《野草》的七篇：《影的告别》《好的故事》《过客》《失掉的好地狱》《这样的战士》《聪明人和傻子和奴才》《淡淡的血痕中》；《呐喊》的五篇：《孔乙己》《一件小事》《故乡》《阿Q正传》《鸭的喜剧》；《彷徨》的五篇：《在酒楼上》《肥皂》《示众》《伤逝》《离婚》；《故事新编》的两篇：《奔月》《铸剑》；《朝花夕拾》的三篇：《狗·猫·鼠》《无常》《范爱农》等，共二十二篇。本篇后收入《南腔北调集》。

2 语见屈原《离骚》。

3 引自《呐喊·自序》。

《准风月谈》前记[1]

自从中华民国建国二十有二年五月二十五日《自由谈》的编者刊出了“吁请海内文豪，从兹多谈风月”的启事以来，很使老牌风月文豪摇头晃脑的高兴了一大阵，讲冷话的也有，说俏皮话的也有，连只会做“文探”的叭儿们也翘起了它尊贵的尾巴。但有趣的是谈风云的人，风月也谈得，谈风月就谈风月罢，虽然仍旧不能正如尊意。

想从一个题目限制了作家，其实是不能够的。假如出一个“学而时习之”[2]的试题，叫遗少和车夫来做八股，那做法就决定不一样。自然，车夫做的文章可以说是不通，是胡说，但这不通或胡说，就打破了遗少们的一统天下。古话里也有过：柳下惠看见糖水，说“可以养老”，盗跖见了，却道可以粘门闩[3]。他们是弟兄，所见的又是同一的东西，想到的用法却有这么天差地远。“月白风清，如此良夜何？”[4]好的，风雅之至，举手赞成。但同是涉及风月的“月黑杀人夜，

在专制时代，题材是有限制的，甚至是被禁的。

风高放火天”[5]呢，这不明明是一联古诗么？

我的谈风月也终于谈出了乱子来，不过也并非为了主张“杀人放火”。其实，以为“多谈风月”，就是“莫谈国事”的意思，是误解的。“漫谈国事”倒并不要紧，只是要“漫”，发出去的箭石，不要正中了有些人物的鼻梁，因为这是他的武器，也是他的幌子。

文化专制制度既培养宠犬，就得训练嗅觉。

从六月起的投稿，我就用种种的笔名了，一面固然为了省事，一面也省得有人骂读者们不管文字，只看作者的署名。然而这么一来，却又使一些看文字不用视觉，专靠嗅觉的“文学家”疑神疑鬼，而他们的嗅觉又没有和全体一同进化，至于看见一个新的作家的名字，就疑心是我的化名，对我呜呜不已，有时简直连读者都被他们闹得莫名其妙了。现在就将当时所用的笔名，仍旧留在每篇之下，算是负着应负的责任。

文网史：题目（题材）的限制、笔名的使用、文字的删改与编辑，充满了张网与钻网的斗争。而统治者的“治绩”，无论在整个文坛或是在某个作家那里，也无论是着意暴露或是设法掩饰，都将不可避免地在历史上保留下来。

还有一点和先前的编法不同的，是将刊登时被删改的文字大概补上去了，而且旁加黑点，以清眉目。这删改，是出于编辑或总编辑，还是出于官派的检查员的呢，现在已经无从辨别，但推想起来，改点句子，去些讳忌，文章却还能连接的处所，大约是出于编辑的，而胡乱删削，不管文气的接不接，语意的完不完的，便是钦定的文章。

日本的刊物，也有禁忌，但被删之处，是留着空白，或加虚线，使读者能够知道的。中国的检查官却不许留空白，必须接起来，于是读者就看不见检查删削的痕迹，一切含胡和恍忽之点，都归在作者身上了。这一种办法，是比日本大有进步的，我现在提出来，以存中国文网史上极有价值的故实。

去年的整半年中，随时写一点，居然在不知不觉中又成一本了。当然，这不过是一些拉杂的文章，为“文学家”所不屑道。然而这样的文字，现在却也并不多，而且“拾荒”的人们，也还能从中检出东西来，我因此相信这书的暂时的生存，并且作为集印的缘故。

一九三四年三月十日，于上海记。

注　释

1　自 1932 年 12 月由黎烈文主编时起，《申报》副刊《自由谈》实行改革，开始出现较为激进的倾向，引起文化界的广泛注意。但因此，也就不断遭到来自官方和文人势力的压迫。为此，编者于 1933 年 5 月 25 日发表启事，说：“吁请海内文豪，从兹多谈风月，少发牢骚，庶作者编者，两蒙其休。”启事刊出后，鲁迅仍用多种笔名撰文，借谈“风月”而谈“风云”。鲁迅为革新后的《自由谈》撰稿，时间达一年零八个月，共使用五十多个笔名，发表杂感一百五十余篇。这些杂文先后收入《伪自由书》、《准风月谈》和《花边文学》中。

《准风月谈》内收 1933 年 6 月至 11 月间所作杂文六十四篇，1934 年 3 月编定，12 月由上海联华书局以“兴中书局”名义出版。

2　“学而时习之”　语见《论语·学而》。

3　柳下惠与盗跖见糖水的事　见《淮南子·说林训》：“柳下惠见饴（糖水）曰：

‘可以养老。’盗跖见饴曰：‘可以粘牡。’见物同而用之异。”后汉高诱注：“牡，门户籥牡也。”按柳下惠，春秋时鲁国人，《孟子》称他为“圣之和者”；盗跖，相传是柳下惠之弟，《史记》说他是大盗。

4　**“月白风清，如此良夜何？”**　语见苏轼《后赤壁赋》。

5　**“月黑杀人夜，风高放火天”**　语见元代鞔然子《拊掌录》：“欧阳（修）公与人行令，各作诗两句，须犯徒（徒刑）以上罪者。一云：‘持刀哄寡妇，下海劫人船。’一云：‘月黑杀人夜，风高放火天。’欧云：‘酒粘衫袖重，花压帽檐偏。’或问之，答云：‘当此时，徒以上罪亦做了。’”

《花边文学》序言[1]

我的常常写些短评，确是从投稿于《申报》的《自由谈》上开头的；集一九三三年之所作，就有了《伪自由书》和《准风月谈》两本。后来编辑者黎烈文先生真被挤轧得苦，到第二年，终于被挤出了，我本也可以就此搁笔，但为了赌气，却还是改些作法，换些笔名，托人抄写了去投稿，新任者不能细辨，依然常常登了出来。一面又扩大了范围，给《中华日报》的副刊《动向》，小品文半月刊《太白》之类，也间或写几篇同样的文字。聚起一九三四年所写的这些东西来，就是这一本《花边文学》。

这一个名称，是和我在同一营垒里的青年战友[2]，换掉姓名挂在暗箭上射给我的。那立意非常巧妙：一，因为这类短评，在报上登出来的时候往往围绕一圈花边以示重要，使我的战友看得头疼；二，因为“花边”[3]也是银元的别名，以见我的这些文章是为了稿费，其实并无足取。至于我们的意见不同之处，是

此为鲁迅多次提及的“青年战友”令他感到“寒心”的重要事件。

我以为我们无须希望外国人待我们比鸡鸭优，他却以为应该待我们比鸡鸭优，我在替西洋人辩护，所以是“买办”。那文章就附在《倒提》之下，这里不必多说。此外，倒也并无什么可记之事。只为了一篇《玩笑只当它玩笑》，又曾引出过一封文公直[4]先生的来信，笔伐的更严重了，说我是“汉奸”，现在和我的复信都附在本文的下面。其余的一些鬼鬼祟祟，躲躲闪闪的攻击，离上举的两位还差得很远，这里都不转载了。

现代书报审查制度。

“花边文学”可也真不行。一九三四年不同一九三五年，今年是为了《闲话皇帝》事件[5]，官家的书报检查处[6]忽然不知所往，还革掉七位检查官，日报上被删之处，也好像可以留着空白（术语谓之“开天窗”）了。但那时可真厉害，这么说不可以，那么说又不成功，而且删掉的地方，还不许留下空隙，要接起来，使作者自己来负吞吞吐吐，不知所云的责任。在这种明诛暗杀之下，能够苟延残喘，和读者相见的，那么，非奴隶文章是什么呢？

“奴隶文章。”

我曾经和几个朋友闲谈。一个朋友说：现在的文章，是不会有骨气的了，譬如向一种日报上的副刊去投稿罢，副刊编辑先抽去几根骨头，总编辑又抽去几根骨头，检查官又抽去几根骨头，剩下来还有什么呢？我说：我是自己先抽去了几根骨头的，否则，连“剩下来”的也不剩。所以，那时发表出来的文字，有被抽四次的可能，——现在有些人不在拚命表彰文天祥[7]方孝孺么，幸而他们是宋明人，如果活在现在，他们的言行是谁也无从知道的。

因此除了官准的有骨气的文章之外，读者也只能看看没有骨气的文章。我生于清朝，原是奴隶出身，不同二十五岁以内的青年，一生下来就是中华民国的主子，然而他们不经世故，偶尔“忘其所以”也就大碰其钉子。我的投稿，目的是在发表的，当然不给它见得有骨气，所以被“花边”所装饰者，大约也确比青年作家的作品多，而且奇怪，被删掉的地方倒很少。一年之中，只有三篇，现在补全，仍用黑点为记。我看《论秦理斋夫人事》的末尾，是申报馆的总编辑删的，别的两篇，却是检查官删的：这里都显着他们不同的心思。

论抽骨头。

今年一年中，我所投稿的《自由谈》和《动向》，都停刊了；《太白》也不出了。我曾经想过：凡是我寄文稿的，只寄开初的一两期还不妨，假使接连不断，它就总归活不久。于是从今年起，我就不大做这样的短文，因为对于同人，是回避他背后的闷棍，对于自己，是不愿做开路的呆子，对于刊物，是希望它尽可能的长生。所以有人要我投稿，我特别敷延推宕，非“摆架子”也，是带些好意——然而有时也是恶意——的“世故”：这是要请索稿者原谅的。

一直到了今年下半年，这才看见了新闻记者的“保护正当舆论”的请愿和智识阶级的言论自由的要求[8]。要过年了，我不知道结果怎么样。然而，即使从此文章都成了民众的喉舌，那代价也可谓大极了：是北五省的自治[9]。这恰如先前的不敢恳请“保护正当舆论”和要求言论自由的代价之大一样：是东三省的沦亡。不过这一次，换来的东西是光明的。然而，倘使万一不幸，后来又复换回了我做“花边文学”一样的时代，大家试来猜一猜那代价该是什么罢……

一九三五年十二月二十九之夜，鲁迅记。

注　释

1　在编集前，本篇未曾单独发表过。

2　**青年战友**　指廖沫沙。

3　**“花边”**　旧时银元边缘铸有花纹，因此有“花边”的俗称。

4　**文公直**　江西萍乡人，当时是国民党政府立法院编译处股长。

5　**《闲话皇帝》事件**　又称《新生》事件。1935 年 5 月，上海《新生》周刊发表易水（艾寒松）的《闲话皇帝》一文。在泛论君主制度时，因涉及日本天皇，当时日本驻上海总领事即以“侮辱天皇，妨害邦交”为名提出抗议。为此，国民党政府便将《新生》周刊查封，并由法院判决该刊主编杜重远一年二个月徒刑。参见《且介亭杂文二集·后记》。

6　**书报检查处**　即“国民党中央宣传委员会图书杂志审查委员会”，1934 年 5 月 25 日在上海设立。《新生》事件发生后，国民党以“失责”为由，将该会检查官项德言等七人撤职，委员会也随之撤销。

7　**文天祥（1236—1283）**　南宋大臣，文学家。字宋瑞，号文山，吉州庐陵（今江西吉安）人。公元1275年，元兵入侵，次年拜右丞相兼枢密使，都督各路兵马抵抗。后退至广东，遇袭被俘，慷慨就义。著有《文山先生全集》。

8 新闻记者的“保护正当舆论”请愿　1935年底，北平、天津、南京、上海等地新闻界纷纷致电国民党中央，要求“开放舆论”，“凡不以武力或暴力为背景之言论，政府必当予以保障”。同年12月，国民党五届一中全会通过所谓“请政府通令全国切实保障正当舆论”的决议。智识阶级的言论自由的要求　1935年底，北平、上海等地的文化教育界人士为开展抗日救国运动，纷纷举行集会，发表宣言，提出“保障集会、结社、言论、出版的绝对自由”的要求。

9 北五省的自治　即发生于1935年11月，由日本侵略者策动汉奸进行的“华北五省自治运动”。北五省指当时的河北、山东、山西、察哈尔、绥远五省。

《且介亭杂文》序言[1]

近几年来，所谓“杂文”的产生，比先前多，也比先前更受着攻击。例如自称“诗人”邵洵美，前“第三种人”施蛰存和杜衡即苏汶，还不到一知半解程度的大学生林希隽[2]之流，就都和杂文有切骨之仇，给了种种罪状的。然而没有效，作者多起来，读者也多起来了。

到了“切迫的时候”，杂文乃应运而生。

其实“杂文”也不是现在的新货色，是“古已有之”的，凡有文章，倘若分类，都有类可归，如果编年，那就只按作成的年月，不管文体，各种都夹在一处，于是成了“杂”。分类有益于揣摩文章，编年有利于明白时势，倘要知人论世，是非看编年的文集不可的，现在新作的古人年谱的流行，即证明着已经有许多人省悟了此中的消息。况且现在是多么切迫的时候，作者的任务，是在对于有害的事物，立刻给以反响或抗争，是感应的神经，是攻守的手足。潜心于他的鸿篇巨制，为未来的文化设想，固然是很好的，但

立足于生存和现在的抗争。

为现在抗争，却也正是为现在和未来的战斗的作者，因为失掉了现在，也就没有了未来。

战斗一定有倾向。这就是邵施杜林之流的大敌，其实他们所憎恶的是内容，虽然披了文艺的法衣，里面却包藏着“死之说教者”[3]，和生存不能两立。

这一本集子和《花为文学》，是我在去年一年中，在官民的明明暗暗，软软硬硬的围剿“杂文”的笔和刀下的结集，凡是写下来的，全在这里面。当然不敢说是诗史，其中有着时代的眉目，也决不是英雄们的八宝箱，一朝打开，便见光辉灿烂。我只在深夜的街头摆着一个地摊，所有的无非几个小钉，几个瓦碟，但也希望，并且相信有些人会从中寻出合于他的用处的东西。

一九三五年十二月三十日，记于上海之且介亭[4]。

“战斗一定有倾向。”

鲁迅说对他的围剿是“官民”的围剿，笔和刀的围剿。对此，以前多称围剿来自官方，民间的围剿便相对被忽略或缩小了，而且这民间竟包括了“同人”在内。所谓“民间立场”，未必就是正确的立场；精神上很可能与官方是一气的，只是身份上留有民间的符码罢了。

注 释

1 在编集前，本篇未曾单独发表过。

2 林希隽 广东潮安人，当时上海大夏大学的学生。他在1934年9月《现代》第5卷第5期发表的《杂文和杂文家》中，说杂文的兴盛，是因为“作家毁掉了自己以投机取巧的手腕来代替一个文艺作者的严肃的工作”。

3 “死之说教者” 原为尼采著《查拉图斯特拉如是说》中的篇名，这里是借用。

4 且介亭 当时作者住在上海北四川路，是租界“越界筑路”地区，正所谓“半租界”区域。“且介”乃取“租界”二字之各半，“且介亭”即“半租界里的亭子间”。

《呐喊》捷克译本序言[1]

文艺的作用正在于沟通人类的心灵。说到此间“最平正的道路”，鲁迅用了“只有”二字，可见对文艺的重视。后来如马尔库塞等法兰克福学派的批判家提倡美学，那着眼点，也就在这里。

记得世界大战之后，许多新兴的国家出现的时候，我们曾经非常高兴过，因为我们也是曾被压迫，挣扎出来的人民。捷克的兴起[2]，自然为我们所大欢喜；但是奇怪，我们又很疏远，例如我，就没有认识过一个捷克人，看见过一本捷克书，前几年到了上海，才在店铺里目睹了捷克的玻璃器。

我们彼此似乎都不很互相记得。但以现在的一般情况而论，这并不算坏事情，现在各国的彼此念念不忘，恐怕大抵未必是为了交情太好了的缘故。自然，人类最好是彼此不隔膜，相关心。然而最平正的道路，却只有用文艺来沟通，可惜走这条道路的人又少得很。

出乎意外地，译者竟首先将试尽这任务的光荣，加在我这里了。我的作品，因此能够展开在捷克的读者的面前，这在我，实在比被译成通行很广的别国语言更高兴。我想，我们两国，虽然民族不同，地域相隔，交通又很少，但是可以互相了解，接近的，因为我们都曾经走过苦难的道路，现在还在走——一面寻求着光明。

一九三六年七月二十一日，鲁迅。

注 释

1 本篇发表于 1936 年 10 月 20 日上海《中流》半月刊第 1 卷第 4 期，题作《捷克文译本〈短篇小说选集〉序》；1937 年收入《且介亭杂文末编》时，题目由鲁迅重新改定。

《呐喊》捷克译本译者为普实克（1907—1980）和弗拉斯塔·诺沃特娜，收入《呐喊》中小说八篇，1937 年 12 月布拉格“人民文化”出版社出版。本篇是作者应捷克普实克博士之请而写的。

2 **捷克的兴起** 捷克和斯洛伐克长期为奥匈帝国所统治，第一次世界大战结束时，于 1918 年 10 月宣告独立，联合成立捷克斯洛伐克共和国。1993 年分为捷克共和国和斯洛伐克共和国。

叶永蓁作《小小十年》小引[1]

这是一个青年的作者，以一个现代的活的青年为主角，描写他十年中的行动和思想的书。

旧的传统和新的思潮，纷纭于他的一身，爱和憎的纠缠，感情和理智的冲突，缠绵和决撒的迭代，欢欣和绝望的起伏，都逐着这“小小十年”而开展，以形成一部感伤的书，个人的书。但时代是现代，所以从旧家庭所希望的“上进”而渡到革命，从交通不大方便的小县而渡到“革命策源地”的广州，从本身的婚姻不自由而渡到伟大的社会改革——但我没有发见其间的桥梁。

一个革命者，将——而且实在也已经（！）——为大众的幸福斗争，然而独独宽恕首先压迫自己的亲人，将枪口移向四面是敌，但又四不见敌的旧社会；一个革命者，将为人我争解放，然而当失去爱人的时候，却希望她自己负责，并且为了革命之故，不愿自己有一个情敌，——志愿愈大，希望愈高，可以致力之处就愈少，可以自解之处也愈多。——终于，则甚至闪出了惟本身目前的刹那间为惟一的现实一流的阴影。在这里，是屹然站着一个个人主义者，遥望着集团主义的大纛，但在“重上征途”[2]之前，我没有发见其间的桥梁。

释迦牟尼出世以后，割肉喂鹰，投身饲虎的是小乘，渺渺茫茫地说教的倒算是大乘，总是发达起来，我想，那机微就在此。

然而这书的生命，却正在这里。他描出了背着传统，又为世界思潮所激荡的一部分的青年的心，逐渐写来，并无遮瞒，也不装点，虽然间或有若干辩解，而这些辩解，却又正是脱去了自己的衣裳。至少，将为现在作一面明镜，为将来留一种记录，是无疑的罢。多少伟大的招牌，去年以来，在文摊上都挂过了，但不到一年，便以变相和无物，自己告发了全盘的欺骗，中国如果还会有文艺，当然先要以这样直说自己所本有的内容的著作，来打退骗局以后的空虚。因为文艺家至少是须有直抒己见的诚心和勇气的，倘不肯吐露本心，就更谈不到什么意识。

对“革命文学”的评价。

指出文艺家必须具有诚心和勇气。这里把“本心”和“意识”分开，而把本心置于意识之上，是很有见地的。对于那些忘却本心而专事概念操作，并以此自我标榜，指导他人的学问家或思想家，或也可以说是当头棒喝。

我觉得最有意义的是渐向战场的一段，无论意识如何，总之，许多青年，从东江起，而上海，而武汉，而江西，为革命战斗了，其中的一部分，是抱着种种的希望，死在战场上，再看不见上面摆起来的是金交椅呢还是虎皮交椅。种种革命，便都是这样地进行，所以掉弄笔墨的，从实行者看来，究竟还是闲人之业。

暗指中国的种种革命，都是以一部分人的牺牲作代价，换取摆设其上的“金交椅”或“虎皮交椅”。

这部书的成就，是由于曾经革命而没有死的青年。我想，活着，而又在看小说的人们，当有许多人发生同感。

技术，是未曾矫揉造作的。因为事情是按年叙述的，所以文章也倾泻而下，至使作者在《后记》里，不愿称之为小说，但也自然是小说。我所感到累赘的只是说理之处过于多，校读时删节了一点，倘使反而损伤原作了，那便成了校者的责任。还有好像缺点而其实是优长之处，是语汇的不丰，新文学兴起以来，未忘积习而常用成语如我的和故意作怪而乱用谁也不懂的生语如创造社一流的文字，都使文艺和大众隔离，这部书却加以扫荡了，使读者可以更易于了解，然而从中作梗的还有许多新名词。

作为拿来主义者，却又特别指出新名词可以“从中作梗”。

通读了这部书，已经在一月之前了，因为不得不写几句，便凭着现在所记得的写了这些字。我不是什么社的内定的“斗争”的“批评家”之一员，只能直说自己所愿意说的话。我极欣幸能绍介这真实的作品于中国，还渴望看见“重上征途”以后之作的新吐的光芒。

一九二九年七月二十八日，于上海，鲁迅记。

注　释

1　本篇发表于 1929 年 8 月上海《春潮》月刊第 1 卷第 8 期。后编入《三闲集》。

2　“重上征途”　《小小十年》的最后一章。

柔石作《二月》小引[1]

冲锋的战士，天真的孤儿，年青的寡妇，热情的女人，各有主义的新式公子们，死气沉沉而交头接耳的旧社会，倒也并非如蜘蛛张网，专一在待飞翔的游人，但在寻求安静的青年的眼中，却化为不安的大苦痛。这大苦痛，便是社会的可怜的椒盐，和战士孤儿等辈一同，给无聊的社会一些味道，使他们无聊地持续下去。

无聊的社会可以使任何个人的大苦痛化为其中的可怜的椒盐，徒增一些味道。

浊浪在拍岸，站在山冈上者和飞沫不相干，弄潮儿则于涛头且不在意，惟有衣履尚整，徘徊海滨的人，一溅水花，便觉得有所沾湿，狼狈起来。这从上述的两类人们看来，是都觉得诧异的。但我们书中的青年萧君，便正落在这境遇里。他极想有为，怀着热爱，而有所顾惜，过于矜持，终于连安住几年之处，也不可得。他其实并不能成为一小齿轮，跟着大齿轮转动，他仅是外来的一粒石子，所以轧了几下，发几声响，便被挤到女佛山[2]——上海去了。

三类青年。

他幸而还坚硬，没有变成润泽齿轮的油。

但是，瞿昙（释迦牟尼）从夜半醒来，目睹宫女们睡态之丑，于是慨然出家，而霍善斯坦因[3]以为是醉饱后的呕吐。那么，萧君的决心遁走，恐怕是胃弱而禁食的了，虽然我还无从明白其前因，是由于气质的本然，还是战后的暂时的劳顿。

我从作者用了工妙的技术所写成的草稿上，看见了近代青年中这样的一种典型，周遭的人物，也都生动，便写下一些印象，算是序文。大概明敏的读者，所得必当更多于我，而且由读时所生的诧异或同感，照见自己的姿态的罢？那实在是很有意义的。

从文化社会学的角度，肯定人物的典型的意义。

一九二九年八月二十日，鲁迅记于上海。

注　释

1　本篇发表于 1929 年 9 月上海《朝花旬刊》第 1 卷第 10 期。后编入《三闲集》。

2　女佛山　小说《二月》中虚拟的一个地名。

3　霍善斯坦因（W. Hausenstein，1882—1957）　德国文艺批评家。所引关于释迦牟尼出家的解释，见于《艺术与社会·印度的社会和艺术》。

《进化和退化》小引[1]

这是译者从十年来所译的将近百篇的文字中，选出不很专门，大家可看之作，集在一处，希望流传较广的本子。一，以见最近的进化学说的情形，二，以见中国人将来的运命。

进化学说之于中国，输入是颇早的，远在严复的译述赫胥黎《天演论》。但终于也不过留下一个空泛的名词，欧洲大战时代，又大为论客所误解，到了现在，连名目也奄奄一息了。其间学说几经迁流，兑佛黎斯[2]的突变说兴而又衰，兰麻克[3]的环境说废而复振，我们生息于自然中，而于此等自然大法的研究，大抵未尝加意。此书首尾的各两篇，即由新兰麻克主义[4]立论，可以窥见大概，略弥缺憾的。

鲁迅有过"进化论的偏颇"的说法，但并未因此否定进化学说的科学性；其中包含的关于自由竞争、斗争、进步、变异的观念，关于环境与遗传、传统与变革的观念，一直为鲁迅所重视，并贯穿于他的思想和斗争实战之中。

但最要紧的是末两篇[5]。沙漠之逐渐南徙，营养之已难支持，都是中国人极重要，极切身的问题，倘不解决，所得的将是一个灭亡的结局。可以解中国古史难以探索的原因，可以破中国人最能耐苦的谬说，还不过是副次的收获罢了。林木伐尽，水泽湮枯，将来的一滴水，将和血液等价，倘这事能为现在和将来的青年所记忆，那么，这书所得的酬报，也就非常之大了。

鲁迅十分重视环境保护，但他并没有把它孤立地当成一门管理科学来看待，而是看作一个政治问题，从而使之同社会制度联系起来。

然而自然科学的范围，所说就到这里为止，那给与的解答，也只是治水和造林。这是一看好像极简单，容易的事，其实却并不如此的。我可以引史沫得列[6]女士在《中国乡村生活断片》中的两段话作证——

"她（使女）说，明天她要到南苑[7]去运动狱吏释放她的亲属。这人，同六十个别的乡人，男女都有，在三月以前被捕和收监，因为当别的生活资料都没有了以后，他们曾经砍过树枝或剥过树皮。他们这样做，并非出于捣乱，只因为他们可以卖掉木头来买粮食。

"……南苑的人民，没有收成，没有粮食，没有工做，就让有这两亩田又有什么用处？……一遇到些少的扰乱，就把整千的人投到灾民的队伍里去。……南苑在那时（军阀混战时）除了树木之外什么都没有了，当乡民一对着树木动手的时候，警察就把他们捉住并且监禁起来。"（《萌芽月刊》五期一七七页。）

两种科学。社会科学对自然科学的补正。

所以这样的树木保护法，结果是增加剥树皮，掘草根的人民，反而促进沙漠的出现。但这书以自然科学为范围，所以没有顾及了。接着这自然科学所论的事实之后，更进一步地来加以解决的，则有社会科学在。

一九三〇年五月五日。

注　释

1 本篇在印入《进化和退化》一书以前，未曾单独发表过。后编入《二心集》。

2 兑佛黎斯（H. De Vries，1848—1935） 通译德佛里斯，荷兰植物学家、遗传学家。他根据月见草的遗传实验结果，认为生物进化的原因在于突变，乃于1901年发表突变学说。

3 兰麻克（J. B. Lamarck，1744—1829） 通译拉马克，法国生物学家。1809年提出“直接顺应说”（“环境说”），强调生物进化的原因主要是直接受到环境的影响，被称为拉马克学说。著有《法国植物志》《无脊椎动物的系统》《动物学哲学》等。

4 新兰麻克主义 通译新拉马克主义，由英国哲学家斯宾塞等人提出，他认为变异是定向的，生物通过获得性状的遗传而进化，否认自然选择在生物进化过程中的重要作用。

5 末两篇 一为匈牙利英吉兰兑尔（A. L. Englaender）的《沙漠的起源，长大，及其侵入华北》；一为美国亚道尔夫（W. H. Adolph）的《中国营养和代谢作用的情形》。

6 史沫得列 通译史沫特莱。

7 南苑 北京南郊的地名。

一八艺社习作展览会小引[1]

执着于把“为人类的艺术”看作未来的事，因为鲁迅始终不曾忘记艺术所由产生的前提，就是“在现在的社会里”。

现代艺术的两种境遇。

现在有自以为大有见识的人，在说“为人类的艺术”。然而这样的艺术，在现在的社会里，是断断没有的。看罢，这便是在说“为人类的艺术”的人，也已将人类分为对的和错的，或好的和坏的，而将所谓错的或坏的加以叫咬了。

所以，现在的艺术，总要一面得到蔑视，冷遇，迫害，而一面得到同情，拥护，支持。

一八艺社也将逃不出这例子。因为它在这旧社会里，是新的，年青的，前进的。

中国近来其实也没有什么艺术家。号称“艺术家”者，他们的得名，与其说在艺术，倒是在他们的履历和作品的题目——故意题得香艳，漂渺，古怪，雄深。连骗带吓，令人觉得似乎了不得。然而时代是在不息地进行，现在新的，年青的，没有名的作家的作品站在这里了，以清醒的意识和坚强的努力，在榛莽中露出了日见生长的健壮的新芽。

自然，这，是很幼小的。但是，惟其幼小，所以希望就正在这一面。

我的话，也就是只对这一面说的，如上。

一九三一年五月二十二日。

一贯支持弱小者的立场。

注 释

1 发表于 1931 年 6 月《文艺新闻》第 14 期。后编入《二心集》。

一八艺社，1929 年由杭州艺术专科学校部分学生组成的一个木刻艺术团体。

《守常全集》题记[1]

我最初看见守常先生的时候，是在独秀先生邀去商量怎样进行《新青年》的集会上，这样就算认识了。不知道他其时是否已是共产主义者。总之，给我的印象是很好的：诚实，谦和，不多说话。《新青年》的同人中，虽然也很有喜欢明争暗斗，扶植自己势力的人，但他一直到后来，绝对的不是。

他的模样是颇难形容的，有些儒雅，有些朴质，也有些凡俗。所以既像文士，也像官吏，又有些像商人。这样的商人，我在南边没有看见过，北京却有的，是旧书店或笺纸店的掌柜。一九二六年三月十八日，段祺瑞们枪击徒手请愿的学生的那一次，他也在群众中，给一个兵抓住了，问他是何等样人。答说是“做买卖的”。兵道：“那么，到这里来干什么？滚你的罢！”一推，他总算逃得了性命。

倘说教员，那时是可以死掉的。

然而到第二年，他终于被张作霖们害死了。

段将军的屠戮，死了四十二人，其中有几个是我的学生，我实在很觉得一点痛楚；张将军的屠戮，死的好像是十多人，手头没有记录，说不清楚了，但我所认识的只有一个守常先生。在厦门[2]知道了这消息之后，椭圆的脸，细细的眼睛和胡子，蓝布袍，黑马褂，就时时出现在我的眼前，其间还隐约看见绞首台。痛楚是也有些的，但比先前淡漠了。这是我历来的偏见：见同辈之死，总没有像见青年之死的悲伤。

这回听说在北平公然举行了葬式[3]，计算起来，去被害的时候已经七年了。这是极应该的。我不知道他那时被将军们所编排的罪状，——大概总不外乎"危害民国"罢。然而仅在这短短的七年中，事实就铁铸一般的证明了断送民国的四省[4]的并非李大钊，却是杀戮了他的将军！

那么，公然下葬的宽典，该是可以取得的了。然而我在报章上，又看见北平当局的禁止路祭和捕拿送葬者的新闻。我也不知道为什么，但这回恐怕是"妨害治安"了罢。倘其果然，则铁铸一般的反证，实在来得更加神速：看罢，妨害了北平的治安的是日军呢还是人民！

反动统治者始终是一气的。

但革命的先驱者的血，现在已经并不希奇了。单就我自己说罢，七年前为了几个人，就发过不少激昂的空论，后来听惯了电刑，枪毙，斩决，暗杀的故事，神经渐渐麻木，毫不吃惊，也无言说了。我想，就是

先驱与大众。

报上所记的“人山人海”去看枭首示众的头颅的人们，恐怕也未必觉得更兴奋于看赛花灯的罢。血是流得太多了。

不过热血之外，守常先生还有遗文在。不幸对于遗文，我却很难讲什么话。因为所执的业，彼此不同，在《新青年》时代，我虽以他为站在同一战线上的伙伴，却并未留心他的文章，譬如骑兵不必注意于造桥，炮兵无须分神于驭马，那时自以为尚非错误。所以现在所能说的，也不过：一，是他的理论，在现在看起来，当然未必精当的；二，是虽然如此，他的遗文却将永住，因为这是先驱者的遗产，革命史上的丰碑。一切死的和活的骗子的一迭迭的集子，不是已在倒塌下来，连商人也“不顾血本”的只收二三折了么？

对李大钊及其文字遗产的评价，第一着重的仍然是革命史上的意义。

以过去和现在的铁铸一般的事实来测将来，洞若观火！

一九三三年五月二十九夜，鲁迅谨记。

这一篇，是T先生要我做的，因为那集子要在和他有关系的G书局出版。我谊不容辞，只得写了这一点，不久，便在《涛声》上登出来。但后来，听说那遗集稿子的有权者另托C书局[5]去印了，至今没有出版，也许是暂时不会出版的罢，我虽然很后悔乱作题记的孟浪，但我仍然要在自己的集子里存留，记此一件公案。十二月三十一夜，附识。

注 释

1 发表于1933年8月《涛声》第2卷第31期。后编入《南腔北调集》。

李大钊的文稿经李乐光收集整理，其中三十篇于1933年交上海群众图书公司出版，题名《守常全集》，并约请鲁迅作序，结果未能出版。1939年4月由北新书局以“社会科学研究社”名义印出初版，当即为租界当局没收。1949年7月仍由北新书局重印出书，改名为《守常文集》上册。

2 厦门 此为作者误记，当为广州。

3 1933年4月23日，李大钊公葬仪式在北平举行。4月23日，移柩赴香山万安公墓途中，国民党军警即以“妨害治安”为名，禁止群众送葬，并向送葬者开枪射击，致使多人受伤，四十余人被捕。

4 四省 指日本侵略军1932年1月占领的东北三省和1933年3月占领的热河省。

5 T先生 指曹聚仁。G书局 指群众图书公司。C书局 指商务印书馆。

叶紫作《丰收》序[1]

经验与写真实。

作者写出创作来，对于其中的事情，虽然不必亲历过，最好是经历过。诘难者问：那么，写杀人最好是自己杀过人，写妓女还得去卖淫么？答曰：不然。我所谓经历，是所遇，所见，所闻，并不一定是所作，但所作自然也可以包含在里面。天才们无论怎样说大话，归根结蒂，还是不能凭空创造。描神画鬼，毫无对证，本可以专靠了神思，所谓“天马行空”似的挥写了，然而他们写出来的，也不过是三只眼，长颈子，就是在常见的人体上，增加了眼睛一只，增长了颈子二三尺而已。这算什么本领，这算什么创造？

阶级论。

地球上不只一个世界，实际上的不同，比人们空想中的阴阳两界还利害。这一世界中人，会轻蔑，憎恶，压迫，恐怖，杀戮别一世界中人，然而他不知道，因此他也写不出，于是他自称“第三种人”，他“为艺术而艺术”，他即使写了出来，也不过是三只眼，长颈子而已。“再亮些”[2]？不要骗人罢！你们的眼睛在那里呢？

伟大的文学是永久的，许多学者们这么说。对啦，也许是永久的罢。但我自己，却与其看薄凯契阿[3]，雨果的书，宁可看契诃夫，高尔基的书，因为它更新，和我们的世界更接近。中国确也还盛行着《三国志演义》和《水浒传》，但这是为了社会还有三国气和水浒气的缘故。《儒林外史》作者的手段何尝在罗贯中下，然而留学生漫天塞地以来，这部书就好像不永久，也不伟大了。伟大也要有人懂。

文学创作与社会存在。中国社会还有“三国气”和“水浒气”，所以有《三国志演义》和《水浒传》的盛行。“伟大也要有人懂。”

这里的六个短篇，都是太平世界的奇闻，而现在却是极平常的事情。因为极平常，所以和我们更密切，更有大关系。作者还是一个青年，但他的经历，却抵得太平天下的顺民的一世纪的经历，在转辗的生活中，要他“为艺术而艺术”，是办不到的。但我们有人懂得这样的艺术，一点用不着谁来发愁。

这就是伟大的文学么？不是的，我们自己并没有这么说。“中国为什么没有伟大文学产生？”[4]我们听过许多指导者的教训了，但可惜他们独独忘却了一方面的对于作者和作品的摧残。“第三种人”教训过我们，希腊神话里说什么恶鬼有一张床，捉了人去，给睡在这床上，短了，就拉长他，太长，便把他截短。[5]左翼批评就是这样的床，弄得他们写不出东西来了。现在这张床真的摆出来了[6]，不料却只有“第三种人”睡得不长不短，刚刚合式。仰面唾天，掉在自己的眼批评家往往苛责于文学而放弃对文学环境——尤其是专制统治者对作家和作品的摧残——的批评。

在存在着压迫者和被压迫者的社会里，战斗的文学成了第一需要。

睛里，天下真会有这等事。

但我们却有作家写得出东西来，作品在摧残中也更加坚实。不但为一大群中国青年读者所支持，当《电网外》在《文学新地》上以《王伯伯》的题目发表后，就得到世界的读者了。[7] 这就是作者已经尽了当前的任务，也是对于压迫者的答复：文学是战斗的！

我希望将来还有看见作者的更多，更好的作品的时候。

一九三五年一月十六日，鲁迅记于上海。

注　释

1　本篇印入《丰收》一书前，未曾单独发表。后编入《且介亭杂文二集》。
叶紫（1912—1939），作家。原名俞鹤林，湖南益阳人。《丰收》收入短篇小说六篇，为奴隶社出版的《奴隶丛书》之一，1935 年 3 月上海容光书局出版。

2　“再亮些”　杜衡著有长篇小说《再亮些》，1934 年 5 月起连载于《现代》杂志；出单行本时改为《叛徒》，篇首引用歌德临终时所说的话：“再亮些，再亮些！”

3　薄凯契阿（G. Boccaccio，1313—1375）　通译薄伽丘，文艺复兴时期意大利作家，著有故事集《十日谈》等。

4　“中国为什么没有伟大文学产生？”　郑伯奇 1934 年 3 月在《春光》月刊创刊号发表《伟大的作品底要求》一文，文中提出：“中国近数十年发生过很多的伟大事变，为什么还没有产生出一部伟大的作品？”该刊第 3 期即以《中国目前为什么没有伟大的作品产生？》为征文题目，刊出十五篇应征的文章。

5 这里说的希腊神话，是“普洛克鲁思德斯之床”的故事：强盗普洛克鲁思德斯有长短不同的两张床，他把长人放在短床上，将他锯短；又把矮人放在长床上，将他拉长。

6 指国民党中央宣传委员会图书杂志审查委员会的成立。

7 得到世界的读者，是指作品在《文学新地》月刊发表后，被译成俄文，刊登在国际革命作家联盟机关刊物《国际文学》上。

田军作《八月的乡村》序[1]

世界的两面和中国的两面：呈对称结构。

爱伦堡（Ilia Ehrenburg）论法国的上流社会文学家之后，他说，此外也还有一些不同的人们："教授们无声无息地在他们的书房里工作着，实验X光线疗法的医生死在他们的职务上，奋身去救自己的伙伴的渔夫悄然沉没在大洋里面。……一方面是庄严的工作，另一方面却是荒淫与无耻。"

这末两句，真也好像说着现在的中国。然而中国是还有更其甚的呢。手头没有书，说不清见于那里的了，也许是已经汉译了的日本箭内亘[2]氏的著作罢，他曾经一一记述了宋代的人民怎样为蒙古人所淫杀，俘获，践踏和奴使。然而南宋的小朝廷却仍旧向残山剩水间的黎民施威，在残山剩水间行乐；逃到那里，气焰和奢华就跟到那里，颓靡和贪婪也跟到那里。"若要官，杀人放火受招安；若要富，跟着行在卖酒醋。"[3]这是当时的百姓提取了朝政的精华的结语。

人民在欺骗和压制之下，失了力量，哑了声音，至多也不过有几句民谣。“天下有道，则庶人不议。”[4]就是秦始皇隋炀帝，他会自承无道么？百姓就只好永远箝口结舌，相率被杀，被奴。这情形一直继续下来，谁也忘记了开口，但也许不能开口。即以前清末年而论，大事件不可谓不多了：雅片战争，中法战争，中日战争，戊戌政变，义和拳变，八国联军，以至民元革命。然而我们没有一部像样的历史的著作，更不必说文学作品了。“莫谈国事”，是我们做小民的本分。

“无声的中国。”

现代中国的历史学和文学。

我们的学者[5]也曾说过：要征服中国，必须征服中国民族的心。其实，中国民族的心，有些是早给我们的圣君贤相武将帮闲之辈征服了的。近如东三省被占之后，听说北平富户，就不愿意关外的难民来租房子，因为怕他们付不出房租。在南方呢，恐怕义军的消息，未必能及鞭毙土匪，蒸骨验尸，阮玲玉[6]自杀，姚锦屏化男[7]的能够耸动大家的耳目罢？“一方面是庄严的工作，另一方面却是荒淫与无耻。”

但是，不知道是人民进步了，还是时代太近，还未湮没的缘故，我却见过几种说述关于东三省被占的事情的小说。这《八月的乡村》，即是很好的一部，虽然有些近乎短篇的连续，结构和描写人物的手段，也不能比法捷耶夫的《毁灭》，然而严肃，紧张，作者的心血和失去的天空，土地，受难的人民，以至失去的茂草，高粱，蝈蝈，蚊子，搅成一团，鲜红的在读者眼前展开，显示着中国的一份和全部，现在和未来，死路与活路。凡有人心的读者，是看得完的，而且有所得的。

关于“心的征服”。

“要征服中国民族，必须征服中国民族的心！”但这书却于“心的征服”有碍。心的征服，先要中国人自己代办。宋曾以道学替金元治心，明曾以党狱替满清箝口。这书当然不容于满洲帝国，但我看也因此当然不容于中华民国。这事情很快的就会得到实证。如果事实证明了我的推测并没有错，那也就证明了这是一部很好的书。

好书为什么倒会不容于中华民国呢？那当然，上面已经说过几回了——

“一方面是庄严的工作，另一方面却是荒淫与无耻！”

这不像序。但我知道，作者和读者是决不和我计较这些的。

一九三五年三月二十八日之夜，鲁迅读毕记。

注　释

1　本篇在印入《八月的乡村》一书前，未曾单独发表过。后编入《且介亭杂文二集》。

田军，即萧军（1907—1988），小说家。原名刘鸿霖，辽宁义县人。1931 年“九一八”后发表作品。1934 年夏任《青岛晨报》副刊编辑，后到上海，继续小说创作。1935 年出版《八月的乡村》，为奴隶社出版的《奴隶丛书》之一。鲁迅逝世后，辗转赴延安，任中华全国文艺统一抗敌协会延安分会（文抗）理事，鲁迅研究会主任干事，《文艺日报》编辑，东北大学鲁艺校长。主编《文化报》，遭到周扬主持的《生活报》的批判，被加以“反苏”等罪名，从此息影文坛。1949 年后从事文物研究工作，四十年后始获平反。

2 箭内亘（1875—1926） 日本史学家。著有《蒙古史研究》《元朝制度考》《元代经略东北考》等。

3 南宋时民谣，见于南宋庄季裕《鸡肋编》。

4 “天下有道，则庶人不议” 语见《论语·季氏》。朱熹《集注》：“上无失政，则下无私议，非箝其口使不敢言也。”

5 学者 指胡适。

6 阮玲玉（1910—1935） 广东中山人，电影演员。因婚姻问题受到一些报纸的诽谤，于 1935 年 3 月间自杀。参看《且介亭杂文二集·论“人言可畏”》。

7 姚锦屏化男 1935 年 3 月间，报载一个东北女子姚锦屏自称化为男身，后经医师检验，结果还是女性。

徐懋庸作《打杂集》序[1]

我觉得中国有时是极爱平等的国度。有什么稍稍显得特出，就有人拿了长刀来削平它。以人而论，孙桂云[2]是赛跑的好手，一过上海，不知怎的就萎靡不振，待到到得日本，不能跑了；阮玲玉算是比较的有成绩的明星，但“人言可畏”，到底非一口气吃下三瓶安眠药片不可。自然，也有例外，是捧了起来。但这捧了起来，却不过为了接着摔得粉碎。大约还有人记得“美人鱼”[3]罢，简直捧得令观者发生肉麻之感，连看见姓名也会觉得有些滑稽。契诃夫说过：“被昏蛋所称赞，不如战死在他手里。”[4]真是伤心而且悟道之言。但中国又是极爱中庸的国度，所以极端的昏蛋是没有的，他不和你来战，所以决不会爽爽快快的战死，如果受不住，只好自己吃安眠药片。

在所谓文坛上当然也不会有什么两样：翻译较多的时候，就有人来削翻译，说它害了创作；近一两年，作短文的较多了，就又有人来削“杂文”[5]，说这是作者的堕落的表现，因为既非诗歌小说，又非戏剧，所以不入文艺之林，他还一片婆心，劝人学学托尔斯泰，做《战争与和平》似的伟大的创作去。这一流论客，在礼仪上，别人当然不该说他是“昏蛋”的。批评家吗？他谦虚得很，自己不承认。攻击杂文的文字虽然也只能说是杂文，但他又决不是杂文作家，因为他不相信自己也相率而堕落。如果恭维他为诗歌小说戏剧之类的伟大的创作者，那么，恭维者之为“昏蛋”也无疑了。归根结底，不是东西而已。不是东西之谈也要算是“人言”，这就使弱者觉得倒是安眠药片较为可爱的缘故。不过这并非战死。问是有人要问的：给谁害死的呢？种种议论的结果，凶手有三位：曰，万恶的社会；曰，本人自己；曰，安眠药片。完了。

我们试去查一通美国的“文学概论”或中国什么大学的讲义，的确，总不能发见一种叫作 Tsa-wen 的东西。这真要使有志于成为伟大的文学家的青年，见杂文而心灰意懒：原来这并不是爬进高尚的文学楼台去的梯子。托尔斯泰将要动笔时，是否查了美国的“文学概论”或中国什么大学的讲义之后，明白了小说是文学的正宗，这才决心来做《战争与和平》似的伟大的创作的呢？我不知道。但我知道中国的这几年的杂文作者，他的作文，却没有一个想到“文学概论”的规定，或者希图义学史上的位置的，他以为非这样写不可，他就这样写，因为他只知道这样的写起来，于大家有益。农夫耕田，泥匠打墙，他只为了米麦可吃，房屋可住，自己也因此有益之事，得一点不亏心的糊口之资，历史上有没有“乡下人列传”或“泥水匠列传”，他向来就并没有想到。如果他只想着成什么所谓气候，他就先进大学，再出外洋，三做教授或大官，四变居士或隐逸去了。历史上很尊隐逸，《居士传》[6]不是还有专书吗，多少上算呀，噫！

但是，杂文这东西，我却恐怕要侵入高尚的文学楼台去的。小说和戏曲，中国向来是看作邪宗的，但一经西洋的“文学概论”引为正宗，我们也就奉之为宝贝，《红楼梦》《西厢记》之类，在文学史上竟论杂文。在鲁迅这里，杂文的范围甚广，随笔亦其中之一体。

和《诗经》《离骚》并列了。杂文中之一体的随笔，因为有人说它近于英国的 Essay[7]，有些人也就顿首再拜，不敢轻薄。寓言和演说，好像是卑微的东西，但伊索和契开罗[8]，不是坐在希腊罗马文学史上吗？杂文发展起来，倘不赶紧削，大约也未必没有扰乱文苑的危险。以古例今，很可能的，真不是一个好消息。但这一段话，我是和不是东西之流开开玩笑的，要使他爬耳搔腮，热剌剌的觉得他的世界有些灰色。前进的杂文作者，倒决不计算着这些。

其实，近一两年来，杂文集的出版，数量并不及诗歌，更其赶不上小说，慨叹于杂文的泛滥，还是一种胡说八道。只是作杂文的人比先前多几个，却是真的，虽然多几个，在四万万人口里面，算得什么，却就要谁来疾首蹙额？中国也真有一班人在恐怕中国有一点生气；用比喻说：此之谓"虎伥"。

这本集子的作者先前有一本《不惊人集》，我只见过一篇自序；书呢，不知道那里去了。这一回我希望一定能够出版，也给中国的著作界丰富一点。我不管这本书能否入于文艺之林，但我要背出一首诗来比一比："夫子何为者？栖栖一代中。地犹鄹氏邑，宅接鲁王宫。叹凤嗟身否，伤麟怨道穷。今看两楹奠：犹与梦时同。"这是《唐诗三百首》[9]里的第一首，是"文学概论"诗歌门里的所谓"诗"。但和我们不相干，那里能够及得这些杂文的和现在切贴，而且生动，泼刺，有益，而且也能移人情。能移人情，对不起得很，就不免要搅乱你们的文苑，至少，是将不是东西之流的唾向杂文的许多唾沫，一脚就踏得无踪无影了，只剩下一张满是油汗兼雪花膏的嘴脸。

这嘴脸当然还可以唠叨，说那一首“夫子何为者”并非好诗，并且时代也过去了。但是，文学正宗的招牌呢？“文艺的永久性”呢？

我是爱读杂文的一个人，而且知道爱读杂文还不只我一个，因为它“言之有物”。我还更乐观于杂文的开展，日见其斑斓。第一是使中国的著作界热闹，活泼；第二是使不是东西之流缩头；第三是使所谓“为艺术而艺术”的作品，在相形之下，立刻显出不死不活相。我所以极高兴为这本集子作序，并且借此发表意见，愿我们的杂文作家，勿为虎伥所迷，以为“人言可畏”，用最末的稿费买安眠药片去。

一九三五年三月三十一日，鲁迅记于上海之卓面书斋。

注　释

1 本篇发表于 1935 年 5 月《芒种》半月刊第 6 期。编入《且介亭杂文二集》。

2 孙桂云　当时的女短跑运动员。

3 “美人鱼”　当时女游泳运动员杨秀琼的绰号。

4 见于契诃夫遗著《随笔》。

5 削“杂文”　这里指林希隽。转述的内容见于他在 1934 年 9 月《现代》杂志发表的《杂文和杂文家》一文。

6 《居士传》　清代彭际清著。五十六卷。列名者三百人，乃辑录多种史传、文集及杂说而成。

7　Essay　英语，汉语意为随笔、小品、短论。

8　伊索（Aesop，约前六世纪）古希腊寓言作家，相传所作《伊索寓言》系后人编集。契开罗（M. T. Cicero，前 106—前 43）通译西塞罗，古罗马政治家、演说家和散文作家。

9　《唐诗三百首》清代蘅塘退士（孙洙）编。共八卷，是流传较广的一种唐诗选本。

白莽作《孩儿塔》序[1]

春天去了一大半了，还是冷；加上整天的下雨，淅淅沥沥，深夜独坐，听得令人有些凄凉，也因为午后得到一封远道寄来的信，要我给白莽的遗诗写一点序文之类；那信的开首说道："我的亡友白莽，恐怕你是知道的罢。……"——这就使我更加惆怅。

说起白莽来，——不错，我知道的。四年之前，我曾经写过一篇《为忘却的记念》，要将他们忘却。他们就义了已经足有五个年头了，我的记忆上，早又蒙上许多新鲜的血迹；这一提，他的年青的相貌就又在我的眼前出现，像活着一样，热天穿着大棉袍，满脸油汗，笑笑的对我说道："这是第三回了。自己出来的。前两回都是哥哥保出，他一保就要干涉我，这回我不去通知他了。……"——我前一回的文章上是猜错的，这哥哥才是徐培根，航空署长，终于和他成了殊途同归的兄弟；他却叫徐白，较普通的笔名是殷夫。

友情之于鲁迅，深沉而迫切，其付出的需要甚于获得。

一个人如果还有友情，那么，收存亡友的遗文真如捏着一团火，常要觉得寝食不安，给它企图流布的。这心情我很了然，也知道有做序文之类的义务。我所惆怅的是我简直不懂诗，也没有诗人的朋友，偶尔一有，也终至于闹开，不过和白莽没有闹，也许是他死得太快了罢。现在，对于他的诗，我一句也不说——因为我不能。

文学的标准并不划一。

这《孩儿塔》的出世并非要和现在一般的诗人争一日之长，是有别一种意义在。这是东方的微光，是林中的响箭，是冬末的萌芽，是进军的第一步，是对于前驱者的爱的大纛，也是对于摧残者的憎的丰碑。一切所谓圆熟简练，静穆幽远之作，都无须来作比方，因为这诗属于别一世界。

鲁迅提倡的是战斗的美学，早年鼓吹"摩罗诗人"，即为此。

那一世界里有许多许多人，白莽也是他们的亡友。单是这一点，我想，就足够保证这本集子的存在了，又何需我的序文之类。

一九三六年三月十一夜，鲁迅记于上海之且介亭。

注　释

1　发表于 1936 年 4 月《文学丛报》月刊第 1 期，发表时题为《白莽遗诗序》。后编入《且介亭杂文末编》。

《医生》译者附记[1]

一九〇五至六年顷，俄国的破裂已经发现了，有权位的人想转移国民的意向，便煽动他们攻击犹太人或别的民族去，世间称为坡格隆。Pogrom 这一个字，是从 Po（渐渐）和 Gromit（摧灭）合成的，也译作犹太人虐杀。这种暴举，那时各地常常实行，非常残酷，全是"非人"的事，直到今年，在库伦还有恩琴[2]对于犹太人的杀戮，专制俄国那时的"庙谟"[3]，真可谓"毒逋四海"[4]的了。

抗议反犹太主义的暴举。

那时的煽动实在非常有力，官僚竭力的唤醒人里面的兽性来，而于其发挥，给他们许多的助力。无教育的俄人中，以歼灭犹太人为一生抱负的很多；这原因虽然颇为复杂，而其主因，便只是因为他们是异民族。

阿尔志跋绥夫的这一篇《医生》（*Doktor*）是一九一〇年印行的《试作》（*Etivdy*）中之一，那做成的时候自然还在先，驱使的便是坡格隆的事，虽然算不得杰作，却是对于他同胞的非人类行为的一个极猛烈的抗争。

论爱与憎的纠缠，憎根于爱，大憎乃大爱的调剂。

在这短篇里，不特照例的可以看见作者的细微的性欲描写和心理剖析，且又简单明了的写出了对于无抵抗主义的抵抗和爱憎的纠缠来。无抵抗，是作者所反抗的，因为人在天性上不能没有憎，而这憎，又或根于更广大的爱。因此，阿尔志跋绥夫便仍然不免是托尔斯泰之徒了，而又不免是托尔斯泰主义的反抗者，——圆稳的说，便是托尔斯泰主义的调剂者。

人说，俄国人有异常的残忍性和异常的慈悲性；这很奇异，但让研究国民性的学者来解释罢。我所想的，只在自己这中国，自从杀掉蚩尤以后，兴高采烈的自以为制服异民族的时候也不少了，不知道能否在《平定什么方略》[5]等等之外，寻出一篇这样为弱民族主张正义的文章来。

以弱小民族为本位。论正义。

一九二一年四月二十八日译者附记。

注　释

1　本篇和《医生》的译文，一同发表于 1921 年 9 月《小说月报》第 12 卷号外《俄国文学研究》。曾收入《现代小说译丛》第一集。

2　库伦　现名乌兰巴托，蒙古人民共和国首都。恩琴（унягерн，1886—1921）今译翁格恩，原是沙皇军队大尉，十月革命后，继续与苏维埃政权为敌，成为远东自卫军头目之一，1921 年被红军俘获后枪决。

3 “庙谟” 犹言庙策、庙略。庙，指庙堂、朝廷；谟，谋略，策划。庙谟是指帝王或朝廷对国家大事的策划。

4 “毒逋四海” 形容毒害甚广。语见《书经·泰誓下》，逋，原作痡。

5 平定什么方略 指历代统治者对镇压少数民族起义和农民起义所作的武功的记录，如《平定金川方略》《平定准噶尔方略》等。

《出了象牙之塔》后记[1]

我将厨川白村氏的《苦闷的象征》译成印出，迄今恰已一年；他的略历，已说在那书的《引言》里，现在也别无要说的事。我那时又从《出了象牙之塔》里陆续地选译他的论文，登在几种期刊上，现又集合起来，就是这一本。但其中有几篇是新译的；有几篇不关宏旨，如《游戏论》,《十九世纪文学之主潮》等，因为前者和《苦闷的象征》中的一节相关，后一篇是发表过的，所以就都加入。惟原书在《描写劳动问题的文学》之后还有一篇短文，是回答早稻田文学社[2]的询问的，题曰《文学者和政治家》。大意是说文学和政治都是根据于民众的深邃严肃的内底生活的活动，所以文学者总该踏在实生活的地盘上，为政者总该深解文艺，和文学者接近。我以为这诚然也有理，但和中国现在的政客官僚们讲论此事，却是对牛弹琴；至于两方面的接近，在北京却时常有，几多丑态和恶行，都在这新而黑暗的阴影中开演，不过还想

由此看鲁迅对翻译的态度。

不出作者所说似的好招牌，——我们的文士们的思想也特别俭啬。因为自己的偏颇的憎恶之故，便不再来译添了，所以全书中独缺那一篇。好在这原是给少年少女们看的，每篇又本不一定相钩连，缺一点也无碍。

“象牙之塔”的典故，已见于自序和本文中了，无须再说。但出了以后又将如何呢？在他其次的论文集《走向十字街头》[3]的序文里有说明，幸而并不长，就全译在下面：——

“东呢西呢，南呢北呢？进而即于新呢？退而安于古呢？往灵之所教的道路么？赴肉之所求的地方么？左顾右盼，仿徨于十字街头者，这正是现代人的心。‘To be or not to be，that is the question。’[4]我年逾四十了，还迷于人生的行路。我身也就是立在十字街头的罢。暂时出了象牙之塔，站在骚扰之巷里，来一说意所欲言的事罢。用了这寓意，便题这漫笔以十字街头的字样。

“作为人类的生活与艺术，这是迄今的两条路。我站在两路相会而成为一个广场的点上，试来一思索，在我所亲近的英文学中，无论是雪莱，裴伦，是斯温班[5]，或是梅垒迪斯[6]，哈兑[7]，都是带着社会改造的理想的文明批评家；不单是住在象牙之塔里的。这一点，和法国文学之类不相同。如摩理思[8]，则就照字面地走到街头发议论。有人说，现代的思想界是碰壁了。然而，毫没有碰壁，不过立在十字街头罢了，道路是多着。”

但这书的出版在著者死于地震之后，内容要比前一本杂乱些，或者是虽然做好序文，却未经亲加去取的罢。

反讽：中国内务部——一个安全部门——掌控了全国人民的健康。

造化所赋与于人类的不调和实在还太多。这不独在肉体上而已，人能有高远美妙的理想，而人间世不能有副其万一的现实，和经历相伴，那冲突便日见其了然，所以在勇于思索的人们，五十年的中寿就恨过久，于是有急转，有苦闷，有彷徨；然而也许不过是走向十字街头，以自送他的余年归尽。自然，人们中尽不乏面团团地活到八十九十，而且心地太平，并无苦恼的，但这是专为来受中国内务部的褒扬而生的人物，必须又作别论。

假使著者不为地震所害，则在塔外的几多道路中，总当选定其一，直前勇往的罢，可惜现在是无从揣测了。但从这本书，尤其是最紧要的前三篇[9]看来，却确已现了战士身而出世，于本国的微温，中道[10]，妥协，虚假，小气，自大，保守等世态，一一加以辛辣的攻击和无所假借的批评。就是从我们外国人的眼睛看，也往往觉得有“快刀断乱麻”似的爽利，至于禁不住称快。

但一方面有人称快，一方面即有人汗颜；汗颜并非坏事，因为有许多人是并颜也不汗的。但是，辣手的文明批评家，总要多得怨敌。我曾经遇见过一个著者的学生，据说他生时并不为一般人士所喜，大概是因为他态度颇高傲，也如他的文辞。这我却无从判别是非，但也许著者并不高傲，而一般人士倒过于谦虚，因为比真价装得更低的谦虚和抬得更高的高傲，虽然同是虚假，而现在谦虚却算美德。然而，在著者身后，他的全集六卷已经出版了，可见在日本还有几个结集的同志和许多阅看的人们和容纳这样地批评的雅量；这和敢于这样地自己省察，攻击，鞭策的批评家，在中国是都不大容易存在的。

勇于反思和反抗，对本国的弊病施以直接而辛辣的攻击，这样的批评家是不能见容于中国的。

我译这书，也并非想揭邻人的缺失，来聊博国人的快意。中国现在并无“取乱侮亡”[11]的雄心，我也不觉得负有刺探别国弱点的使命，所以正无须致力于此。但当我旁观他鞭责自己时，仿佛痛楚到了我的身上了，后来却又霍然，宛如服了一帖凉药。生在陈腐的古国的人们，倘不是洪福齐天，将来要得内务部的褒扬的，大抵总觉到一种肿痛，有如生着未破的疮。未尝生过疮的，生而未尝割治的，大概都不会知道；否则，就明白一割的创痛，比未割的肿痛要快活得多。这就是所谓“痛快”罢？我就是想借此先将那肿痛提醒，而后将这“痛快”分给同病的人们。

著者呵责他本国没有独创的文明，没有卓绝的人物，这是的确的。他们的文化先取法于中国，后来便学了欧洲；人物不但没有孔，墨，连做和尚的也谁都比不过玄奘。兰学[12]盛行之后，又不见有齐名林那，奈端，达尔文[13]等辈的学者；但是，在植物学，地震学，医学上，他们是已经著了相当的功绩的，也许是著者因为正在针砭“自大病”之故，都故意抹杀了。

但总而言之，毕竟并无固有的文明和伟大的世界的人物；当两国的交情很坏的时候，我们的论者也常常于此加以嗤笑，聊快一时的人心。然而我以为惟其如此，正所以使日本能有今日，因为旧物很少，执著也就不深，时势一移，蜕变极易，在任何时候，都能适合于生存。不像幸存的古国，恃着固有而陈旧的文明，害得一切硬化，终于要走到灭亡的路。中国倘不彻底地改革，运命总还是日本长久，这是我所相信的；并以为为旧家子弟而衰落，灭亡，并不比为新发户而生存，发达者更光彩。

中日文化比较。

说到中国的改革，第一著自然是埽荡废物，以造成一个使新生命得能诞生的机运。五四运动，本也是这机运的开端罢，可惜来摧折它的很不少。那事后的批评，本国人大抵不冷不热地，或者胡乱地说一通，外国人当初倒颇以为有意义，然而也有攻击的，据云是不顾及国民性和历史，所以无价值。这和中国多数的胡说大致相同，因为他们自身都不是改革者。岂不是改革么？历史是过去的陈迹，国民性可改造于将来，在改革者的眼里，已往和目前的东西是全等于无物的。在本书中，就有这样意思的话。

关于五四运动的批评，至今不绝。鲁迅在这里称之为“胡说”，但看这类攻击五四运动为“激进主义”、“全面反传统”，成为“文章极左的滥觞”等等，均出自著名学者之口，也正应了鲁迅的判断，即“他们自身都不是改革者。”

恰如日本往昔的派出“遣唐使”[14]一样，中国也有了许多分赴欧，美，日本的留学生。现在文章里每看见“莎士比亚”四个字，大约便是远哉遥遥，从异域持来的罢。然而且吃大菜，勿谈政事，好在欧文，迭更司，德富芦花[15]的著作，已有经林纾译出的了。做买卖军火的中人，充游历官的翻译，便自有摩托车垫输入臀下，这文化确乎是迩来新到的。

改革："已往和目前的东西是全等于无物的。"

他们的遣唐使似乎稍不同，别择得颇有些和我们异趣。所以日本虽然采取了许多中国文明，刑法上却不用凌迟，宫庭中仍无太监，妇女们也终于不缠足。

但是，他们究竟也太采取了，著者所指摘的微温，中道，妥协，虚假，小气，自大，保守等世态，简直可以疑心是说着中国。尤其是凡事都做得不上不下，没有底力；一切都要从灵向肉，度着幽魂生活这些话。凡那些，倘不是受了我们中国的传染，那便是游泳在东方文明里的人们都如此，真是如所谓"把好花来比美人，不仅仅中国人有这样观念，西洋人，印度人也有同样的观念"了。但我们也无须讨论这些的渊源，著者既以为这是重病，诊断之后，开出一点药方来了，则在同病的中国，正可借以供少年少女们的参考或服用，也如金鸡纳霜[16]既能医日本人的疟疾，即也能医治中国人的一般。

赞赏中国古文明的外人并不足取。

我记得"拳乱"时候（庚子）的外人，多说中国坏，现在却常听到他们赞赏中国的古文明。中国成为他们恣意享乐的乐土的时候，似乎快要临头了；我深憎恶那些赞赏。但是，最幸福的事实在是莫过于做旅人，我先前寓居日本时，春天看看上野的樱花，冬天曾往松岛去看过松树和雪，何尝觉得有著者所数说似的那些可厌事。然而，即使觉到，大概也不至于有那么愤懑的。可惜回国以来，将这超然的心境完全失掉了。

本书所举的西洋的人名，书名等，现在都附注原文，以便读者的参考。但这在我是一件困难的事情，因为著者的专门是英文学，所引用的自然以英美的人物和作品为最多，而我于英文是漠不相识。凡这些工作，都是韦素园，韦丛芜，李霁野，许季黻四君帮助我做的；还有全书的校勘，都使我非常感谢他们的厚意。

文句仍然是直译，和我历来所取的方法一样；也竭力想保存原书的口吻，大抵连语句的前后次序也不甚颠倒。至于几处不用“的”字而用“底”字的缘故，则和译《苦闷的象征》相同，现在就将那《引言》里关于这字的说明，照钞在下面：——

“……凡形容词与名词相连成一名词者，其间用‘底’字，例如 social being 为社会底存在物，Psychische　Trauma 为精神底伤害等；又，形容词之由别种品词转来，语尾有 — tive，— tic 之类者，于下也用“底”字，例如 speculative，romantic，就写为思索底，罗曼底。”

一千九百二十五年十二月三日之夜，鲁迅。

注 释

1 本篇在印入《出了象牙之塔》译本前，曾发表于1925年12月《语丝》周刊第57期。

《出了象牙之塔》，为日本评论家厨川白村的文艺评论集，鲁迅译，1925年12月由北京未名社出版，为《未名丛刊》之一。

2 早稻田文学社 即早稻田文学出版社。

3 《走向十字街头》 厨川白村的文艺论文集。有绿蕉、大杰的中译本，1928年8月上海启智书局出版。

4 “To be or not to be，that is the question” 英语：“生存还是毁灭，这是一个值得考虑的问题。”语见莎士比亚戏剧《哈姆雷特》第三幕第一场哈姆雷特的台词。

5 斯温班（A. C. Swinburne，1837—1909）通译斯温勃恩，英国诗人。著有诗剧《阿塔兰塔》及诗集《诗歌及民谣》等。

6 梅垒迪斯（G. Meredith，1828—1909） 通译梅瑞狄斯，英国作家。著有长篇小说《理查弗浮莱尔的苦难》《利己主义者》，长诗《现代的爱情》等。

7 哈兑（T. Hardy，1840—1928）通译哈代，英国作家。著有长篇小说《还乡》《德伯家的苔丝》及诗歌集等。

8 摩理思（W. Morris，1834—1896） 通译莫理斯，英国作家，社会活动家。著有长诗《地上乐园》，小说《乌有乡消息》《约翰·保尔的梦想》等。

9 前三篇 指书中的《出了象牙之塔》、《观照享乐的生活》及《从灵向肉和从肉向灵》等三篇。

10 中道 中和之道。

11 “取乱侮亡” 语见《书经·仲虺之诰》：“兼弱攻昧，取乱侮亡。”注云：“弱则兼之，闇则攻之，乱则取之，有亡形则侮之。”

12　兰学　日本人称早期从荷兰输入的西方文化科学为兰学。

13　林那（C. Linne，1707—1778）或译林奈，瑞典博物学家，双名命名法的创立者。著有《自然界系统》《植物种志》等。奈端（I. Newton，1642—1727）通译牛顿，英国数学家、物理学家。他发现了力学基本定律、万有引力定律，创立了微积分学和光的分析。由于他建立了经典力学，也被称为"牛顿力学"。著有《自然哲学的数学原理》《光学》等。达尔文（C. R. Darwin，1809—1882）英国博物学家，进化论学说的创始人。1859年出版《物种起源》，对整个生物界的发生和发展作出了规律性的解释，实现了生物科学的一场革命。

14　"遣唐使"　唐时日本派往中国的使节。

15　欧文（W. Irving，1783—1859）美国作家。著有《见闻杂记》《华盛顿传》等。迭更司（C. Dickens，1812—1870）通译狄更斯，英国作家。著有长篇小说《大卫·科波菲尔》《艰难时世》《双城记》等。德富芦花（1868—1927）日本作家。著有长篇小说《不如归》《黑潮》等。

16　金鸡纳霜　即奎宁。

《书斋生活与其危险》译者附记[1]

这是《思想·山水·人物》中的一篇，不写何时所作，大约是有所为而发的。作者是法学家，又喜欢谈政治，所以意见如此。

数年以前，中国的学者们[2]曾有一种运动，是教青年们躲进书斋去。我当时略有一点异议[3]，意思也不过怕青年进了书斋之后，和实社会实生活离开，变成一个呆子，——胡涂的呆子，不是勇敢的呆子。不料至今还负着一个“思想过激”的罪名，而对于实社会实生活略有言动的青年，则竟至多遭意外的灾祸。译此篇讫，遥想日本言论之自由，真“不禁感慨系之矣”！

只要与中国社会的改革有关，往往要负“思想过激”的罪名。

作者要书斋生活者和社会接近，意在使知道“世评”，改正自己一意孤行的偏宕的思想。但我以为这意思是不完全的。第一，要先看怎样的“世评”。假如是一个腐败的社会，则从他所发生的当然只有腐败的舆论，如果引以为鉴，来改正自己，则其结果，即

“和社会接近”，是鲁迅对于知识者的一贯的意见。

关于“世评”。

非同流合汙，也必变成圆滑。据我的意见，公正的世评使人谦逊，而不公正或流言式的世评，则使人傲慢或冷嘲，否则，他一定要愤死或被逼死的。

一九二七年六月一日，译者附记。

注　释

1　本篇和《书斋生活与其危险》的译文，一同发表于 1927 年 6 月《莽原》半月刊第 2 卷第 12 期，未印入单行本。

2　学者们　指胡适等人。五四新文化运动期间，胡适等人批判以“国故社”为代表的“抱残守阙”的国故研究，提出以“科学的精神”去“做国故的研究”的主张，在知识界产生过一定的积极影响。但是，与此同时，胡适过分夸大整理国故的作用，给青年大开“国学书目”，劝人“踱进研究室”。甚至要求中学国文课以四分之三的时间去读古文。“五卅”以后，他还发表《爱国运动与求学》一类的文章，把救国与求学对立起来，表现为轻视社会实践，脱离现实斗争的倾向。

3　一点异议　鲁迅在 1925 年 3 月 29 日致徐炳昶的信中公开指出：“前三四年有一派思潮，毁了事情颇不少。学者多劝人踱进研究室……乃是他们所公设的巧计，是精神的枷锁……不料有许多人，却自囚在什么室什么宫里，岂不可惜。”在《碎话》《读书杂谈》中都曾先后表示了一贯的与胡适等学者相反对的主张。

《溃灭》第二部一至三章译者附记[1]

关于这一本小说，本刊第二本上所译载的藏原惟人的说明[2]，已经颇为清楚了。但当我译完这第二部的上半时，还想写几句在翻译的进行中随时发生的感想。

这几章是很紧要的，可以宝贵的文字，是用生命的一部分，或全部换来的东西，非身经战斗的战士，不能写出。

关于小资产阶级的知识者。

譬如，首先是小资产阶级的知识者——美谛克——的解剖；他要革新，然而怀旧；他在战斗，但想安宁；他无法可想，然而反对无法中之法，然而仍然同食无法中之法所得的果子——朝鲜人的猪肉——为什么呢，因为他饿着！他对于巴克拉诺夫的未受教育的好处的见解，我以为是正确的，但这种复杂的意思，非身受了旧式的坏教育便不会知道的经验，巴克拉诺夫也当然无从领悟。如此等等，他们于是不能互相了解，一同前行。读者倘于读本书时，觉得美谛克大可同情，大可宽恕，便是自己也具有他的缺点，于自己的这缺点不自觉，则对于当来的革命，也不会真正地了解的。

其次，是关于袭击团受白军——日本军及科尔却克军——的迫压，攻击，渐濒危境时候的描写。这时候，队员对于队长，显些反抗，或冷淡模样了，这是解体的前征。但当革命进行时，这种情形是要有的，因为倘若一切都四平八稳，势如破竹，便无所谓革命，无所谓战斗。大众先都成了革命人，于是振臂一呼，万众响应，不折一兵，不费一矢，而成革命天下，那是和古人的宣扬礼教，使兆民全化为正人君子，于是自然而然地变了“中华文物之邦”的一样是乌托邦[3]思想。革命有血，有污秽，但有婴孩。这“溃灭”正是新生之前的一滴血，是实际战斗者献给现代人们的大教训。虽然有冷淡，有动摇，甚至于因为依赖，因为本能，而大家还是向目的前进，即使前途终于是“死亡”，但这“死”究竟已经失了个人底的意义，和大众相融合了。所以只要有新生的婴孩，“溃灭”便是“新生”的一部分。中国的革命文学家和批评家常在要求描写美满的革命，完全的革命人，意见固然是高超完善之极了，但他们也因此终于是乌托邦主义者。

革命与革命乌托邦。

又其次，是他们当危急之际，毒死了弗洛罗夫，作者将这写成了很动人的一幕。欧洲的有一些“文明人”，以为蛮族的杀害婴孩和老人，是因为残忍蛮野，没有人心之故，但现在的实地考察的人类学者已经证明其误了：他们的杀害，是因为食物所逼，强敌所逼，出于万不得已，两相比较，与其委给虎狼，委之敌手，倒不如自己杀了去之较为妥当的缘故。所以这杀害里，仍有“爱”存。本书的这一段，就将这情形描写得非常显豁（虽然也含自有自利的自己觉得“轻松”一点的分子在内）。西洋教士，常说中国人的“溺女”“溺婴”，是由于残忍，也可以由此推知其谬，其实，他们是因为万不得已：穷。前年我在一个学校里讲演《老而不死论》[4]，所发挥的也是这意思，但一个青年革命文学家[5]将这胡乱记出，上加一段嘲笑的冒头，投给日报登载出来的时候，却将我的讲演全然变了模样了。

对于本期译文的我的随时的感想，大致如此，但说得太简略，辞不达意之处还很多，只愿于读者有一点帮助，就好。倘要十分了解，恐怕就非实际的革命者不可，至少，是懂些革命的意义，于社会有广大的了解，更至少，则非研究唯物的文学史和文艺理论不可了。

一九三〇年二月八日，L。

注　释

1　本篇和《毁灭》第二部第一至第三章的译文，一同发表于1903年4月《萌芽》月刊第1卷第4期，后未印入单行本。

《溃灭》，长篇小说，苏联法捷耶夫著，鲁迅译。1931年以“三闲书屋”名义出版单行本时，改名为《毁灭》。

2　指藏原惟人的《法兑耶夫的小说》（洛扬译），载于1930年2月《萌芽》月刊

第 1 卷第 2 期。后来印入《溃灭》时，改题为《关于〈毁灭〉》。

3 乌托邦　拉丁文 Utopia 的音译，源出希腊文，意为“无处”。英国汤姆士 · 莫尔（T. More，1478—1535）在 1516 年所作的小说《乌托邦》中，描述了一种称作“乌托邦”的社会组织，寄托空想社会主义的理想。由此“乌托邦”就成了“空想”的同义语。

4 《老而不死论》 鲁迅于 1928 年 5 月 15 日在上海江湾复旦实验中学的讲演。

5 一个青年革命文学家　指当时复旦大学中文系学生葛世荣。